Bettina Hellwig (Hrsg.)

DIE MÖRDERIN VOM BODENSEE

Inhalt

Rezeptverzeichnis

Monika Küble und Henry Gerlach

Weißglut

Der Hieb kam unerwartet. Beim letzten Mal war alles ganz einfach gewesen. Er hatte sein Opfer von hinten gepackt und ihm mit einem Streich die Kehle durchgeschnitten. Doch diesmal war sein Gegner auf der Hut. Blitzschnell drehte der sich um und versetzte ihm einen Schlag auf die Hand, sodass er das Messer fallen ließ. Er schrie auf und taumelte rückwärts, rutschte über die glitschigen Steine im flachen Wasser und fiel der Länge nach hin. Da stürzte sein Gegner sich auf ihn. Er versuchte, sich zu wehren, wurde aber immer wieder unter Wasser gedrückt und von scharfen Hieben ins Gesicht und auf die Arme getroffen. Das letzte, was er sah, waren zwei zornige schwarze Augen.

* * *

Auf den Bergen lag an manchen Stellen noch Schnee. Martha achtete nicht darauf, ihr Blick war zu Boden gerichtet, denn sie war glücklich, dass die ersten Kräuter sprossen. Der Winter war lang gewesen, doch nun war das Eis am See geschmolzen, ein Schwan brütete auf seinem Nest, die Amseln flöteten vom Frühling. Endlich konnte man die Fensterläden wieder öffnen und den Rübeneintopf mit frischen Kräutern würzen. Bärlauch hatte sie schon gefunden, und junger Löwenzahn lag in ihrem Korb.

Für die reichen Leute, die während des Konzils in Konstanz zu Gast waren, gab es auch in der kalten Jahreszeit alle Gewürze, die man sich denken konnte, Pfeffer, Anis, Kümmel, Muskat, Safran und viele andere. Die einfachen Stadtbewohner wie Martha, Waschfrau im Kloster Petershausen, aßen den Winter über jedoch fast nur Schwarzbrot,

Rübeneintopf und verkochtes Rindfleisch aus den Garküchen. Ihre Winterspeisen waren so farblos und öde wie die Natur ringsum, daher erwarteten sie voller Ungeduld das erste Grün.

Martha ging durch den Wald am Eichhorn. Dort hatte der Frühling zu malen begonnen: Buschwindröschen färbten den Boden weiß, Leberblümchen und Veilchen blau, und an sonnigen Stellen wuchsen gelbe Schlüsselblumen. Dann kam sie an den Bach, der an der Konstanzer Bucht in den See mündete. Im Bachbett wuchs an einigen Stellen Brunnenkresse. Martha ging den Bach entlang zum See hinab und füllte ihren Korb mit den scharfen Blättern. Als sie ans Ufer kam, sah sie rechter Hand Konstanz liegen mit der hohen Stadtmauer und den Türmen, davor die Insel mit dem Dominikanerkloster und ganz rechts die Rheinbrücke, die das Klosterdorf Petershausen mit der Stadt verband.

Martha ging ein Stück am Ufer entlang, das jetzt vor Ostern noch breit war. Doch schon nach wenigen Schritten blieb sie stehen. Sie blinzelte, weil sie nicht glauben wollte, was sie dort sah. Drei Ellen von ihr entfernt ragten fünf schmutzige Zehen aus dem flachen Wasser. Martha verharrte und starrte auf den Fuß, dann wanderte ihr Blick weiter, sie sah unter der Wasseroberfläche nackte haarige Beine, eine Hose, ein im Wasser schwebendes weißes Hemd und schließlich einen Kopf, um den sich lange schwarze Haare wie Wasserpflanzen schlangen. Martha versuchte, das Gesicht zu erkennen, doch so sehr sie sich bemühte, da war nichts, was man hätte erkennen können. Erst jetzt begann sie zu schreien, sie lief davon, rutschte auf den Ufersteinen aus, fiel fast hin, fing sich wieder, rannte weiter, schreiend, ihren Korb mit den Kräutern krampfhaft an die Seite gepresst.

* * *

Hanns Hagen fuhr sich mit der Hand über die Augen. Ihm gefiel nicht, was er sah. Am liebsten hätte er überhaupt nichts gesehen, sondern noch in seinem Bett gelegen. Am Abend zuvor war er bei Luitfried Muntprat, dem reichsten Patrizier von Konstanz, zu einem Festmahl eingeladen gewesen. Es war zwar Fastenzeit, aber das störte Luitfried nicht sonderlich. Er hatte sich beim Papst einen Dispens erkauft, der es ihm erlaubte, auch in diesen Zeiten zu essen, was und wie viel ihm beliebte. Wer bei ihm eingeladen war, hatte das Glück, an seiner Ausnahmegenehmigung teilzuhaben. Dies galt auch für Hanns Hagen. Er war Stadtvogt und oberster Herr der Stadtwache, mithin zuständig für die Sicherheit in Konstanz. Daher waren die Kaufleute der Stadt immer bestrebt, ihn sich gewogen zu halten.

Das Essen war sehr üppig gewesen und der Wein überreichlich geflossen. Hagen hatte seinem Rang entsprechend zwar nicht ganz oben an der Tafel gesessen, beim Konzilspräsidenten und den Bischöfen, wo der beste Wein, der Malvasier, kredenzt wurde, für Kopfschmerzen und heftige Übelkeit hatte aber auch der Elsässer ausgereicht. Ebenfalls dazu beigetragen hatte das letzte Hauptgericht, das zwar schön anzusehen, vor allem aber fett und tranig gewesen war: ein Schwanenbraten. Der Koch hatte den Vogel am Spieß zubereitet und dann wieder mit seinem Federkleid versehen. Als er auf einer goldenen Platte hereingetragen wurde, zischte er und spuckte Feuer aus seinem gelben Schnabel. Die Gäste klatschten Beifall für das Spektakel, doch nach all den Hühnern, Enten, Reihern und anderem Geflügel, das vorher serviert worden war, rührten die anderen hohen Herren den Schwan kaum noch an, sodass für Hanns Hagen eine gute Portion übrigblieb.

Nun versuchte er allerdings, nicht mehr daran zu denken, denn was er sah, war nicht geeignet, seinen angeschlagenen Magen zu beruhigen. Vor ihm lag eine Leiche. Eine Waschfrau des Klosters Petershausen hatte sie entdeckt, sie hatte laut »zu Hilfe« geschrien, ein Mann auf der Rheinbrücke hatte sie gehört und war zu Hanns Hagen gelaufen, um ihm von dem Fund zu berichten. Der Stadtvogt hatte sich mühsam von seinem Lager erhoben und war mit zwei Wachen dem Mann gefolgt. Nun stand er am Seeufer beim Eichhorn und überlegte, ob er sich übergeben sollte. Der Tote hatte noch nicht lange im Wasser gelegen, er zeigte noch nicht die typischen Merkmale einer Wasserleiche. Was ihn aber dennoch grausiger machte als alle anderen Leichen, die Hagen bislang gesehen hatte, war sein Gesicht. Oder besser gesagt, das Nichtmehrvorhandensein eines Gesichts.

Der Vogt beschloss, seinem Mageninhalt nun doch freien Lauf zu lassen. Die Wächter sahen ihm interessiert dabei zu.

»So viel Wut!« Hanns Hagen schüttelte den Kopf und wischte sich den Mund am Ärmel ab. Dann fragte er die Umstehenden, ob jemand wüsste, wer der Tote war. Ein grauhaariger Mann hob schüchtern die Hand. Seine Kleidung war ärmlich, an den Füßen trug er grobe Holzschuhe.

»Ihm fehlt ein Finger an der linken Hand. Und die schwarzen Haare … das könnte Simon Sirnacher sein.«

»Wer bist du? Was weißt du sonst noch über den Toten?«

»Hans Ölhafen, Herr. Simon war ein Leibeigener des Klosters wie ich.«

»Welches Klosters?«

»Petershausen.«

Das machte die Sache nicht besser. Hanns Hagen seufzte.

* * *

»Wer kann eine solche Wut auf diesen Mann gehabt haben, dass er ihm das Gesicht zerschlagen hat?« wollte Hanns Hagen vom Abt des Klosters Petershausen Johann von Frey wissen. »Wer war er überhaupt? Was hat er gemacht?«

Der Abt hob sein eindrucksvolles Kinn.

»Mit Verlaub, Herr Vogt, wer gibt Euch das Recht, mir, Johann von Frey, solche Fragen zu stellen? Ihr mögt Vogt in Konstanz sein, aber der Einflussbereich der Stadt endet an der Rheinbrücke.«

Hanns Hagen seufzte noch einmal. Er hatte Johann von Frey in dessen Wohnung über dem Refektorium des Klosters aufgesucht, um Näheres über den Toten zu erfahren. Doch der Abt war auf die Konstanzer nicht gut zu sprechen. Die Stadt strebte danach, vom König den Blutbann auch für Kloster und Dorf jenseits der Rheinbrücke zu erhalten. Noch war dies nicht geschehen, aber man erwartete allgemein Sigismunds Zustimmung. Die Abtei Petershausen war reichsfrei, unterstand mithin direkt dem König, er konnte entscheiden, was dort geschah. Doch wenn nicht gerade ein Konzil in Konstanz stattfand, war der König weit weg, Johann von Frey allein hatte das Sagen in Petershausen, und er tat sich außerordentlich schwer damit, dass es nun anders werden sollte. Hanns Hagen hatte bisher noch nie mit ihm zu tun gehabt, sondern ihn höchstens bei Prozessionen gesehen, von denen es während des Konzils eine Menge gab. Der Klerus hatte ja sonst nicht viel zu tun in diesem Frühling des Jahres 1416, in dem der König in Spanien weilte, um den letzten der drei Päpste des großen Kirchenschismas zum Rücktritt zu bewegen.

»Ehrwürdiger Abt, verzeiht, es war zwar der Konstanzer Rat, der mich eingesetzt hat, dennoch bin ich der königliche Vogt und als solcher zuständig für die Verfolgung derartiger Verbrechen.«

Die Augen des Abtes wurden schmal. Sein hageres Gesicht erinnerte Hagen an den Apostel Paulus, wie er auf eine Säule in der Kirche zum Heiligen Stephan gemalt war.

Heiser antwortete er: »Der König ist in Spanien, und wer weiß, ob er jemals zurückkehrt!«

Der Vogt merkte, dass er von dieser Seite nicht weiterkam.

»Herr, Ihr könnt gerne selbst versuchen herauszufinden, wer diesen Mann umgebracht hat. Momentan ist er in der

Klosterkirche aufgebahrt. Allerdings ist er kein schöner Anblick, von seinem Gesicht ist nicht mehr viel übrig. Und noch weiß keiner, wer ihm das angetan hat.«

Der Abt schluckte. Er wusste, was das bedeutete: Ärger mit den Kaufleuten, Ärger mit den Kardinälen, Ärger mit dem Konzilspräsidenten. Alle würden sie Angst haben, dass ein so grausamer Mörder erneut zuschlagen könnte, und jemand musste dafür geradestehen, wenn der Übeltäter nicht schnell gefunden und gerädert wurde. Er beschloss, dass nicht er derjenige sein würde.

»Nun, vielleicht habt Ihr recht. Es ist wohl besser, wenn Ihr den Mörder rasch findet. Wie kann ich Euch also dabei helfen?«

»Wer war der Tote?«

»Sein Name ist Simon Sirnbacher. Er hat für uns als Holzfäller, Fischer und Jäger gearbeitet. Seit gestern war er verschwunden.«

»Gab es nicht Ärger zwischen dem Kloster und König Sigismund wegen der Holzrechte am Eichhorn? Könnte es deswegen zum Streit gekommen sein?«

Der Abt winkte ab. »Das ist längst vorbei. Sigismunds ungarische Soldaten hatten unerlaubt im Klosterwald Holz geschlagen und verkauft. Aber wir haben die Sache geklärt. Außerdem sind sie mit ihm nach Spanien gereist.«

»War Sirnacher gestern auf dem See beim Fischen?«

»Nein, ich hatte ihn zur Jagd geschickt.«

»Was hat er dann am See gemacht?«

»Manchmal hat er Blesshühner gejagt. Ab und zu hat er mir ein Schwanenei gebracht. Oder sogar einen Reiher erlegt. Die leben ja im Wasser, sind also praktisch Fische, sodass man sie auch jetzt in der Fastenzeit essen kann.«

Hagen nickte. »Ich weiß.« Er musste wieder an das Essen bei Muntprat denken, verjagte den Gedanken aber schnell. Seinem Magen ging es immer noch nicht gut.

»Hatte er mit irgendjemandem Streit?«

»Sirnacher war ein ruhiger, friedlicher Mensch.«

»Aber jemand muss ihn gehasst haben! Eine solche Tat begeht nur einer, der wirklich sehr wütend ist.«

Der Abt zuckte die Schultern. »Was weiß ich. Vielleicht ist er mit einem anderen Jäger in Streit geraten.«

»Oder es hat ihn jemand hier im Kloster ermordet und dann mit einem Boot auf den See gebracht, um die Leiche verschwinden zu lassen.«

»Oh nein!« Der Abt sprang auf. Sein Gesicht lief rot an. »Niemals! Das Kloster ist ein Friedensbezirk. Keiner würde es wagen, hier einen anderen zu misshandeln!«

Angesichts des äbtlichen Furors war Hagen geneigt, ihm zu glauben, dass seine Untertanen nicht wagen würden, gegen seine Gebote zu verstoßen.

Hanns Hagen kam etwas anderes in den Sinn.

»Habt Ihr je vom Reichenauer Fischerkrieg gehört?«

»Natürlich! Damals haben die Reichenauer einen Konstanzer geblendet, der in ihren Fischgründen gefischt hatte. Und die Konstanzer haben anschließend die Festung Schopflen auf der Insel zerstört. Meint Ihr, die Reichenauer haben den Sirnacher ermordet?«

Bevor Hagen antworten konnte, hörte man lautes Geschrei aus dem Wirtschaftshof des Klosters, der hinter dem Refektorium lag. Fast gleichzeitig klopfte es heftig an die Tür der Abtswohnung.

»Herr, kommt schnell!«

Der Abt lief zur Tür, Hagen folgte ihm.

»Was ist los?«

Ein Knecht schrie aufgeregt: »Sie bringen den Aberli um!«

Johann von Frey und Hanns Hagen rannten hinter dem Knecht die Treppe hinab, und der Vogt wunderte sich, wie schnell der Abt trotz seines Alters und seines langen Talars war.

Im Hof stand eine Menschenmenge um einen jungen Mann herum, der von zwei anderen festgehalten wurde und wild um sich schlug. Dabei schrie er wie ein Schwein vor dem Schlachten. Hanns Hagen sah sofort, dass er ein natürlicher Narr war.

»Was geht hier vor?«

Die Stimme des Abtes brachte alle zum Verstummen. Sogar der Narr hörte auf zu schreien und wimmerte nur noch. Einer der Männer, die am Fundort der Leiche gewesen waren, trat vor. Hagen erinnerte sich, dass er sich als Hans Ölhafen vorgestellt hatte.

»Seht doch, ehrwürdiger Abt, was wir bei Aberli gefunden haben!«

Damit hielt er ein blutverschmiertes Beil hoch.

»Er hat den Simon ermordet und in den See geworfen!«

Die Augen vor Entsetzen geweitet, schüttelte der Beschuldigte den Kopf und schrie fortwährend: »Nit wahr! Nit wahr! Nit wahr!«

»Aberli Gensel, ich frage dich, woher kommt das Blut an deinem Beil?« fragte ihn der Abt laut und streng.

Doch der Narr jammerte weiterhin nur: »Nit wahr!«

»Seht ihr?« rief triumphierend Hans Ölhafen. »Er sagt es nicht. Gewiss stammt es von Simon. Er ist der Mörder!«

»Das ist nicht wahr!« Als Echo des Narren kam eine ältere Frau, offenbar die Köchin, herbeigelaufen. In der linken Hand trug sie ein frisch geschlachtetes Huhn. »Schaut her, dafür hat er es gebraucht. Er hat mir ein Huhn geschlachtet!«

»Ein Huhn? Jetzt in der Fastenzeit?« Hagen wunderte sich. Bei Muntprat hatte er nichts anderes erwartet, aber hier im Kloster?

»Der Herr Abt hat es ja selber angeordnet!« erwiderte die Köchin und wandte sich an ihren Herrn. »Ihr habt mir doch gesagt, ich soll es im Wasser untertauchen, damit es ein Geschenk des Sees ist und also ein Fisch!«

Der Abt erwiderte rasch: »Dann ist die Sache mit dem Beil ja geklärt! Anna, du gehst wieder in die Küche! Und ihr anderen lasst den Aberli los! Habt ihr nichts zu tun?«

Murrend ließen die Männer den Narren los und gingen ihrer Wege.

Hanns Hagen beschloss, am nächsten Morgen einen anderen Abt aufzusuchen: den von Reichenau.

* * *

Doch am nächsten Morgen hatte Hanns Hagen keine Zeit, dem Abt von Reichenau einen Besuch abzustatten. Er wurde zum Rathaus gerufen. Dort hatte sich der Stadtrat eingefunden, um über die Situation zu debattieren, denn offenbar hatte sich die Nachricht vom grausamen Tod des Petershauser Fischers rasch in Konstanz verbreitet. Gegenüber dem Rathaus, am Bleicherstad, rotteten sich immer mehr Menschen zusammen. Die Erinnerung an den Fischerkrieg war erwacht.

»Lasst uns auf die Reichenau fahren!« tönten Rufe aus der Menge, »setzen wir dem Abt den roten Hahn aufs Dach!«

Hanns Hagen schwitzte schon, bevor er den Ratssaal betrat. Er wusste, was ihn erwartete.

»Herr Vogt, wie ist es möglich, dass Ihr nichts unternehmt, um den grausamen Mörder zu finden?« fragte der Kaufmann Heinrich Tettikover.

»Draußen gibt es Aufruhr, die Menschen haben Angst! Die Fischer trauen sich nicht mehr auf den See!« ergänzte der Bäckermeister Hans Katz.

»Zu Recht!« riefen mehrere Ratsmitglieder gleichzeitig.

Der lauteste von allen war Luitfried Muntprat. »Hanns Hagen, wofür haben wir Euch gewählt, wenn Ihr nichts für die Sicherheit dieser Stadt tut?« rief er, während er zornig anklagend mit den Armen fuchtelte. »Alle müssen Angst haben, solange der Mörder frei herumläuft, der den armen Sirnacher so zugerichtet hat!«

»Beruhigt Euch, Luitfried!« antwortete ihm der Bürgermeister Heinrich von Ulm. »Kanntet Ihr denn den Toten?«

Muntprat zögerte einen Moment, dann sagte er: »Nein, ich kannte ihn nicht, ich habe seinen Namen von einer Fischhändlerin gehört, aber nicht nur die Fischer, auch alle Händler, die über den See hierher kommen, müssen fürchten, dass sie die Stadt nicht heil erreichen! Ich bezahle die meisten Steuern in dieser Stadt, ich kann doch erwarten, dass ich dafür in Ruhe meinen Geschäften nachgehen kann und mir nicht Sorgen machen muss, ob meinen Geschäftsfreunden auf dem Weg hierher etwas zustößt! Oder seid Ihr nur Vogt geworden, damit Ihr Euch bei anderen Leuten den Wanst vollschlagen könnt, Hagen?«

Da schritt der Bürgermeister ein. »Luitfried, es ist genug! Der Vogt tut, was er kann, da bin ich mir sicher!« Dann wandte er sich an Hagen: »Der Konzilspräsident hat sich leider auch schon beschwert, der Kardinalbischof von Ostia! Hanns, was ist passiert? Wer hat das getan?«

Hanns Hagen stand mit hochrotem Kopf vor dem versammelten Rat, der auf hölzernen Bänken rund um die Ratsstube platziert war, während der Bürgermeister und seine Beisitzer an einem Tisch in der Mitte saßen.

»Meine Herren, das Opfer war ein einfacher Mann, ein Fischer und Jäger, kein Händler. Er ist wohl am Ufer spazieren gegangen, nicht auf einer Lädine gefahren. Außerdem bin ich nicht untätig. Gestern war ich in Petershausen, um dort nach Spuren zu suchen, die mich zu dem Mörder führen könnten.«

»Und? Seid Ihr fündig geworden?« fragte Muntprat herausfordernd und gab sich gleich selbst die höhnische Antwort: »Offenbar nicht, sonst hätten sich nicht die wütenden Leute da draußen versammelt!«

»Hanns, was wollt Ihr jetzt tun?« fragte der Bürgermeister. »Ist es möglich, dass tatsächlich die Reichenauer hinter dem Mord stecken? Die Menge da draußen« – er zeigte mit dem Daumen Richtung Fenster – »hält es jedenfalls für wahr.«

»Das kann ich noch nicht sagen, möglich wär's, und deshalb, meine Herren, bitte ich Euch, mich zu entlassen, denn ich will mich noch heute zur Insel Reichenau begeben, um mit dem dortigen Abt zu sprechen.«

»Dann wäre es gut, wenn Ihr vorher noch mit den Menschen am Bleicherstaad redet, damit sie nicht auf die Idee kommen, selbst zur Reichenau zu fahren. Ihr wisst, wir wollen jetzt während der Konzilszeit Frieden haben. Als Vogt ist es Eure Aufgabe, dafür zu sorgen!«

* * *

Die Kirche des Klosters Reichenau mit ihren feinen Rundbogenfriesen und den rot abgesetzten Lisenen erschien Hanns Hagen viel eleganter als die von Petershausen, obwohl sie wohl älter war. Auch auf der Reichenau herrschte der Benediktinerorden, aber während in Petershausen noch viele Mönche lebten, hauste auf der Insel im Bodensee nur noch eine Handvoll von ihnen in den weitläufigen Klostergebäuden. Entsprechend verfallen sahen viele aus, und neben der Kirche machte nur das Abtshaus auf Hagen einen ordentlichen Eindruck.

Dem hiesigen Abt fehlte schon auf den ersten Blick die Energie und Tatkraft von Johann von Frey in Petershausen. Er war sehr dick, und als der Bruder Pförtner den Vogt in die Stube führte und ihn vorstellte, saß Friedrich von Zollern gerade am Tisch und speiste. Mit spitzen Fingern und einem Messer bearbeitete er einen Hecht, der vor ihm auf einer Holzplatte lag. Die toten Augen des Fisches schienen das Gemetzel teilnahmslos zu beobachten. Ohne ein Wort und ohne seine Mahlzeit zu unterbrechen, wies der Abt auf einen Hocker. Hanns Hagen verbeugte sich und nahm Platz.

Umständlich wischte der Abt sich den Mund am Tischtuch ab, dann fragte er: »Was führt den Vogt der großen Weltstadt Konstanz auf unsere einsame Insel?« Hanns Hagen glaubte, ein Lächeln in seinen Mundwinkeln wahrzunehmen.

»Ehrwürdiger Abt, mein Anliegen ist nicht sehr appetitlich, vielleicht wollt Ihr erst Euer Mahl beenden.«

Der Abt, der sich schon den nächsten Bissen in den Mund gesteckt hatte und nun mit einem Schluck Wein nachspülte, schwang auffordernd den Arm, als wolle er sagen: »Nur zu!«

»Nun, es ist so, in Konstanz ist ein Mann ermordet und seine Leiche schrecklich verstümmelt worden, und da er ein Fischer war, dachten wir, dass es vielleicht Ärger mit den Reichenauer Fischern gegeben hat.«

Friedrich von Zollern, der gerade ein großes Stück Hecht in den Mund gesteckt hatte, hielt abrupt inne und starrte Hagen an.

Der fuhr fort: »Ihr wisst sicher, dass die Reichenauer vor vielen Jahren schon einmal einen Konstanzer misshandelt haben, der unachtsam in ihre Fischgründe eingedrungen war.«

Hanns Hagen glaubte schon, der Abt werde jetzt einen Wutanfall bekommen, aber stattdessen prustete er los, wobei er ein Stück Fisch ausspuckte. Er lachte, dass sein Gesicht rot anlief, irgendwann ging sein Lachen jedoch in ein Röcheln über, und schließlich griff er sich verzweifelt an den Hals. Hanns Hagen sprang von seinem Hocker hoch und lief um den Tisch herum. Der Abt riss den Mund auf und zeigte auf seinen Hals, offenbar wollte er dem Vogt klarmachen, dass sich dort irgendwo eine Gräte verfangen hatte. Nun kam auch der Pförtner hereingelaufen, der wohl gehört hatte, dass etwas nicht stimmte. Gemeinsam drehten sie den schweren Mann dem Fenster zu, um mehr Licht zu haben, der Pförtner hielt ihm den keuchenden Mund auf, und Hagen sah nun, dass tatsächlich hinten im Rachen eine Gräte querstand. Mit Zeige- und Mittelfinger versuchte er sie zu greifen, während der Abt heftig würgte, und schließlich gelang es dem Vogt, das mörderische Objekt herauszuziehen.

Friedrich von Zollern griff nach dem Weinbecher, um seinen Hals auszuspülen, er hustete und spuckte noch eine Weile, dann schüttelte er den Kopf.

»Der Reichenauer Fischerkrieg! Der ist inzwischen 60 Jahre her. Glaubt Ihr allen Ernstes, dass meine Reichenauer heute noch einen solchen Streit vom Zaun brechen würden? Schaut Euch doch um! Hier, mein braver Bruder Severin – sieht so ein Mörder aus?«

Er wies auf den Pförtner, der vom Alter gekrümmt war. Dann zeigte er auf den Hecht.

»Dieser Fisch ist tödlicher als alle meine Männer!«

Schulterzuckend verließ Hanns Hagen die Abtsstube. Die Augen des Hechts blickten immer noch teilnahmslos.

* * *

Die Rückfahrt nach Konstanz dauerte wesentlich länger als die Fahrt zur Reichenau, weil sie rheinaufwärts führte. Die Lädine, auf der Hanns Hagen Platz genommen hatte, transportierte Fässer mit Getreide nach Konstanz. Vier Männer ruderten gegen die Strömung an, und der Vogt hatte viel Zeit, seine Gedanken treiben zu lassen. Er betrachtete die Landschaft ringsum, den sumpfigen Schilfgürtel am nördlichen Ufer, die Ruine Schopflen, zwei Schwäne in der Bucht, die flügelschlagend aufeinander losgingen.

Er war der Lösung seiner Frage nach dem Mörder keinen Schritt näher gekommen. In der Tat schien es höchst unwahrscheinlich, dass die Reichenauer mit der Bluttat in Zusammenhang standen. Aber wer dann? Wer hatte Simon Sirnacher umgebracht? Einen einfachen Mann, bei allen beliebt, der keiner Fliege etwas zuleide tat? Hagen musste über das Bild lachen, das ihm in den Sinn gekommen war, keiner Fliege etwas zuleide tun. Das stimmte natürlich nicht, Sirnacher war Jäger und Fischer gewesen, den Tieren hatte er schon etwas angetan, und Fliegen hatte er vermutlich auch erschlagen, wenn er sie erwischt hatte. Hagen sah wieder die teilnahmslosen Augen des beinahe tödlichen Hechts auf der Abtstafel vor sich, dann schweifte sein Blick über die Bucht.

Plötzlich überfiel ihn ein Gedanke, der ihm den Schweiß ausbrechen ließ.

* * *

Hanns Hagen suchte noch einmal den Abt von Petershausen auf. Dann befragte er die Frau von Simon Sirnbacher und schließlich machte er noch einen Spaziergang zum Eichhorn.

Am nächsten Tag begab er sich wieder ins Rathaus, um dem versammelten Rat die Ergebnisse seiner Nachforschungen mitzuteilen.

»Werte Herren«, begann er seine Ausführungen, »ich habe den Mörder gefunden.«

Freudig beifällige Rufe und Fragen erklangen aus den Reihen der Räte: »So ist es recht!« »Wo ist der Kerl?« »Habt Ihr ihn gefangen?«

»Der Mörder ist kein Mensch, sondern ein Tier.«

Verblüfft sahen ihn die versammelten Handwerker und Patrizier an. Als er sich von der Überraschung erholt hatte, höhnte als erster Luitfried Muntprat: »Ein Tier! Herr Vogt, ein besserer Witz ist Euch nicht eingefallen? Soll ein Tier den Toten so zugerichtet haben, wie man es sich erzählt?«

»Was, wenn die Tiere sich an uns rächen würden, Herr Muntprat?«

Nun regte sich auch bei den anderen Ratsmitgliedern Widerspruch, und selbst der Bürgermeister sagte: »Hanns, die Idee der Rache setzt ein vernunftbegabtes Wesen voraus, die Tiere zählen nicht zu diesen, nur wir Menschen und die Engel.«

»Euer Hund, Herr Bürgermeister, erkennt er Euch wieder, wenn Ihr nach Hause kommt?«

»Natürlich, Rabe ist ein treues Tier.«

»Und wenn ihn jemand geschlagen hat, erkennt er den dann auch wieder?«

»Mein Nachbar hat ihm einmal einen Tritt versetzt. Wenn Rabe ihn sieht, knurrt er böse.«

»Seht Ihr.«

»Wollt Ihr uns allen Ernstes weismachen, dass ein Tier dem Sirnbacher das Gesicht zerschlagen und ihn ins Wasser geworfen hat?« mischte sich Muntprat wieder ein.

»Genau das, meine Herren. Ich habe die Befürchtung, dass der Mörder von Simon Sirnacher kein Mensch war.«

»Wie kommt Ihr zu einer solchen Annahme, Herr Vogt?« wollte nun Heinrich von Ulm wissen.

»Gestern habe ich mit zwei Äbten gesprochen, dem von Petershausen und dem Abt des Klosters Reichenau. Ich bin mir sicher, dass die Reichenauer nichts mit dem Mord zu tun haben. Der Abt von Petershausen hat mir jedoch erzählt, dass Simon Sirnacher viele Wasservögel gejagt hat, die ja jetzt in der Fastenzeit besonders beliebt sind. Außerdem hat er seinem Abt Schwaneneier gebracht, die er offenbar einem Schwanenpaar am Eichhorn gestohlen hatte.«

»Gestohlen!« Muntprat lachte auf.

»So würde es wohl das Schwanenpaar nennen. Aber er hat ihnen nicht nur die Eier genommen. Das Paar gibt es nicht mehr. Herr Muntprat!« wandte sich Hanns Hagen nun direkt an den reichen Patrizier. »Seid Ihr sicher, dass Ihr den Toten nicht gekannt habt? Denkt gut nach, ehe Ihr antwortet!«

Muntprat zog bedrohlich die Mundwinkel nach unten. »Wollt Ihr mir unterstellen, dass ich gelogen habe?«

»Ihr müsst wissen, dass ich auch mit der Frau von Simon Sirnacher, Katharina, gesprochen habe. Sie hat mir nach einigem Drängen erzählt, dass ihr Mann Simon einen Schwan getötet hat, draußen am Eichhorn, und zwar den Schwan, dessen Eier er anschließend aus dem Nest genommen hat. Er hat sich von hinten an das Nest geschlichen und dem brütenden Vogel die Kehle durchgeschnitten. Den Schwan hat er aber nicht dem Abt von Petershausen gebracht, wie es seine Pflicht gewesen wäre als dessen Leibeigener, sondern heimlich verkauft. An einen Patrizier aus Konstanz.«

Schweigend sah der Vogt Muntprat an.

»Na und?« erwiderte dieser ärgerlich. »Vielleicht hat er mir den Schwan verkauft. Ich kenne nicht jeden, der meine Küche beliefert.«

»Sirnachers Frau hat mir gesagt, dass Ihr ihn vorher ausdrücklich gebeten hattet, ihm einen Schwan zu besorgen, weil Ihr unbedingt bei eurem Festmahl den Kardinalbischof von Ostia damit beeindrucken wolltet. Er habe den Vogel direkt zu Euch gebracht, in der Hoffnung, dass Ihr ihn reichlich dafür belohnt.«

Muntprat winkte ab.

Also fuhr Hanns Hagen fort: »Dann habt Ihr ihn noch einmal losgeschickt. Gestern Abend habt Ihr ein Festmahl für die Gesandten des Herzogs von Mailand ausgerichtet, nicht wahr?«

»Und wenn? Was kümmert's Euch?«

»Ist es richtig, dass Ihr dafür wieder einen Schwan haben wolltet? Sirnacher ist an dem Morgen, als er ermordet wurde, am Tag vor Eurem Festmahl, erneut zum Eichhorn gegangen, weil er gesehen hatte, dass dort wieder ein Schwan brütete.«

»Hagen, Ihr langweilt uns mit Eurem Schwanengesang. Habt Ihr den Mörder des armen Sirnacher nun gefunden oder nicht?«

»Es ist der Schwan, Herr Muntprat, der Schwan, dem Simon Sirnacher Weib und Kind getötet hat. Ihr wisst, dass Schwanenpaare ein Leben lang zusammenbleiben, sie sind treu bis in den Tod. Ich habe das Tier selbst gesehen, als ich gestern beim Eichhorn spazieren gegangen bin. Dort befindet sich kein neues Schwanenpaar, das sein Brutgeschäft verrichtet, sondern nur der verwitwete Schwan, der auf dem leeren Nest sitzt, allein, ohne Gefährtin.«

Muntprat lachte los.

»Hagen, Ihr seid noch verrückter, als ich dachte! Ihr versteht also die Sprache der Tiere und wisst, dass dieser Schwan um seine getötete Gattin trauert und den Simon Sirnacher ermordet hat? Seid Ihr ein Hexer oder wollt Ihr uns verpoppeln?«

Hanns Hagen wollte etwas antworten, doch nun begannen auch die anderen Ratsmitglieder zu rumoren und ließen ihn nicht zu Wort kommen.

»Das ist ja die Höhe!« »Ein Schwan als Mörder!« »Wie kann man so etwas behaupten!«

Der Bürgermeister hob die Hände und versuchte, die Gemüter zu beruhigen. »Werte Herren, hört doch an, was der Vogt zu sagen hat!«

Nachdem wieder einigermaßen Ruhe eingekehrt war, sagte Hanns Hagen: »Meine Herren, ich bin überzeugt, dass dieser Schwan den Simon Sirnacher auf dem Gewissen hat. Und ich werde versuchen, ihn mit meinen Leuten einzufangen!«

»Und dann wollt Ihr ihn vor Gericht stellen? Und ihn womöglich am Galgen aufknüpfen? Um die anderen abzuschrecken?«

Bei jeder sarkastischen Frage von Luitfried Muntprat hatten die anderen Ratsmitglieder laut aufgelacht.

»Nein, nein, Herr Vogt,« fuhr der Patrizier dann fort, »Ihr tut besser daran, ihn mir zu überlassen, dann lade ich Euch wieder zum Schwanenessen ein.«

Hanns Hagen verbeugte sich in scheinbarer Zustimmung. Da sagte Muntprat launig: »Hört zu, Hagen, ich begleite Euch zum Eichhorn! Diese Gefangennahme will ich sehen!«

***

Noch am gleichen Tag zog ein Trupp Männer über die Rheinbrücke nach Petershausen: der Stadtvogt Hanns Hagen mit sechs seiner Männer, die Schwerter, Seile und Netze mit sich trugen. Dahinter ritt der vornehme Luitfried Muntprat auf seinem teuren Apfelschimmel. Diesen musste er allerdings zurücklassen, als sie sich dem sumpfigen Seeufer näherten.

Schon von Weitem sahen die Männer den Schwan auf seinem Nest sitzen. Er war allein, weit und breit war kein anderer weißer Vogel zu sehen. Sein Hals war weit nach hinten gebogen und der Kopf ruhte über der Mitte des mächtigen Leibes, als ob er ihm zu schwer wäre.

»Herr Vogt«, rief Luitfried Muntprat angesichts des friedlich dasitzenden Tieres mit lachender Stimme, »da Ihr mich beschuldigt habt, indirekt der Anstifter zu diesem Mord zu sein, erlaubt mir, den perfiden Mörder selbst zu stellen und gefangen zu setzen! Auch wenn er nur ein harmloser Vogel ist, der seine Eier ausbrütet!«

Und schon marschierte er mit gezücktem Schwert das Ufer entlang auf den Schwan zu, als ob er ein lustiges Schauspiel aufführte.

»Bleibt hier, Muntprat, es ist zu gefährlich!« Hanns Hagen lief ihm nach.

»Ein mutiger Mann!« rief bewundernd einer der Wächter.

»Ach was, ein tollkühner Dummkopf!« antwortete Hagen.

Muntprat hatte sich dem Nest inzwischen bis auf wenige Ellen genähert. Der Schwan hob den Kopf und streckte den Hals. Beunruhigt sah er den Mann an. Der blieb einen Augenblick stehen, verunsichert, aber nur kurz. Dann ging er Schritt für Schritt weiter auf das Nest zu. Nun begann der Schwan zu zischen, aber diesmal war das Zischen nicht dem

Einfallsreichtum eines Kochs zu verdanken. Der Vogel erhob sich auf seine Füße, das Zischen wurde lauter, der Kopf schoss nach vorne. Gleichzeitig hob er seine Schwingen.

»Er droht Euch, Muntprat, bleibt stehen!«

»Ach was, das ist nur ein dummes Tier! Gegen mein Schwert kann er nicht an!«

Muntprat hatte das Nest erreicht und wollte mit seiner Waffe den Schwan köpfen, doch der duckte sich blitzschnell und versetzte dem Mann einen scharfen Hieb zwischen die Beine. Muntprat schrie auf und krümmte sich vor Schmerz zusammen. Da begann der Schwan auf seinen Kopf einzuhacken. Er hatte inzwischen das Nest verlassen und ging auf den Mann los. Mit ausgebreiteten Schwingen schlug er auf ihn ein, es klang, als ob man mit einem Dreschflegel auf Muntprats Arme einprügeln würde. Dieser ließ vor Schmerz das Schwert fallen und wich vor der Gewalt des riesigen Vogels nach hinten. Dabei rutschte er auf den schmierigen Steinen aus und fiel rücklings ins Wasser. Nun attackierte ihn der Schwan laut zischend mit Schnabel und Flügeln, und Hanns Hagen sah, wie dem Schreienden das Blut vom Gesicht rann, dort, wo der wütende Vogel ihn getroffen hatte.

Alles war so schnell gegangen, dass der Vogt mit seinen Männern erst eingreifen konnte, als Muntprat schon im Wasser lag. Doch auch die Männer hatten Angst vor dem wild hackenden Schnabel.

»Das Netz!« schrie Hagen, und zu fünft schafften sie es, das zornige Tier zu überwältigen und es von Muntprat weg und an Land zu ziehen.

Dann packten sie den Mann an Armen und Beinen und schleppten ihn ebenfalls ins Trockene. Der Malträtierte kam langsam wieder zu sich, während der Schwan heftig im Netz zappelte und zischte. Stöhnend versuchte Muntprat sich zu erheben, doch bei dem Angriff war offenbar auch sein Bein verletzt worden. Er schrie auf und sackte wieder in sich zusammen.

»Wo ist mein Schwert?« wollte er wissen.

Einer der Stadtwächter lief zum Wasser und kam nach kurzer Zeit mit der Waffe zurück.

»Ich werde dieses Untier töten!« ächzte Muntprat, doch Hanns Hagen gab vieren seiner Männer den Befehl, den Verletzten nach Hause zu bringen.

»Tragt ihn vorsichtig zu seinem Pferd, legt ihn darauf und führt es nach Hause. Achtet aber darauf, dass er keine allzu großen Schmerzen hat, sonst heißt es, der Vogt sei schuld daran!«

Als Hagen mit seinen zwei treuesten Wächtern zurückgeblieben war, wollten sie wissen, was nun zu tun sei.

»Wir müssen einen Baum schlagen, um das Netz daran zu hängen, sonst können wir ihn nicht transportieren.«

Hagen betrachtete den Schwan. Der hatte sich inzwischen in sein Schicksal gefügt und saß still da. Seine schwarzen Augen sahen den Vogt an. Der hielt dem Blick eine Weile stand, dann sagte er zu seinen Männern: »Zerschneidet das Netz!«

Ungläubig erwiderte einer von ihnen: »Aber dann wird er uns wieder angreifen!«

»Oder wegfliegen!« ergänzte der andere.

»Zerschneidet das Netz, dann versteckt euch hinter den Bäumen!«

Kopfschüttelnd gehorchten die beiden.

Als die Schlingen von ihm abgefallen waren, saß der Schwan noch eine Weile still da, auch er ungläubig.

Schließlich rief Hanns Hagen: »Geh! Geh fort!«

Das Tier reagierte nicht.

Da klatschte der Vogt in die Hände und rief noch lauter: »Los, flieg weg! Lass dich hier nie wieder blicken!«

Da erhob sich der Schwan langsam und schritt unsicher zum Ufer. Als er das Wasser erreicht hatte, ließ er sich nieder und schwamm rasch davon. Schließlich breitete er die Flügel aus und begann übers Wasser zu laufen, so lange, bis sich sein schwerer Körper in die Luft erhob. Das Sirren der Flügel war das letzte, was Hanns Hagen und seine Männer von ihm hörten.

Erst jetzt traute sich einer der Wächter, zum Nest zu laufen. Er sah hinein, hob den Kopf und sah den Vogt an.

»Es ist leer!«

Feuerspeiender Schwan im Federkleid

Nachdem du das Tier getötet hast, ziehe das Federkleid über den Kopf ab oder lass es unterhalb der Gurgel ausbluten wie bei einem Schwein. Aber es ist besser, die Zunge herauszuschneiden und den Vogel der Länge nach von unten aufzuschneiden, von der Brust bis zum Schwanz. Dabei vorsichtig nur die Haut einritzen und das Federkleid abziehen, so dass es nicht beschädigt wird. Wenn die Haut abgelöst ist, ziehe sie bis zum Kopf und schneide dann den Kopf ab, so dass er an der Haut bleibt. Tue dasselbe mit den Beinen und dem Schwanz. Entferne die Beinknochen und ersetze sie durch Eisenstangen, damit der Vogel später aufrecht stehen kann, ohne dass man die Stangen sehen kann.

Dann nimm den abgezogenen Körper des Vogels, stopfe ihn mit Spanferkelfüllung, aber ohne Knoblauch, ummantele ihn mit Speckstreifen, spicke ihn mit ganzen Gewürznelken und bestreiche den Braten öfters mit Fett, damit er nicht anfängt zu brennen. Koche den Braten vorsichtig, dass auch der Nacken nicht verbrennt. Wenn der Nacken zu viel Hitze abbekommt, bedecke ihn mit einem feuchten Tuch. Wenn der Braten fertig ist, nimm ihn vom Rost und ziehe ihm die Haut mit dem Federkleid wieder an, die vorher mit Gewürzen, Salz und Zimt von innen eingerieben wurde. Wenn du die Haut übergezogen hast, nimm eine eiserne Vorrichtung auf einem großen Küchenbrett und schiebe die Eisenstäbe durch die Füße und Beine, so dass man sie nicht sieht. Auf diese Weise steht der Schwan aufrecht und scheint lebendig zu sein. Damit er durch den Mund Feuer speit, nimm ein wenig Kampfer in einem kleinen Baumwolltuch eingewickelt und stecke dies in den Schnabel. Tränke es mit etwas Aquavit oder rauchigem alten Wein, der brennbar ist. Vor dem Servieren zünde das Baumwolltüchlein an: Auf diese Weise wird der Vogel für längere Zeit Feuer speien. Um das Schauspiel noch prächtiger zu machen, kann man den Schwan mit Goldfolie bedecken und dann erst die Haut drüberziehen. Das Gericht kann man auch mit Fasanen, Kranichen, Gänsen und anderen Vögeln machen.

Spanferkelfüllung

Man nehme eine klein gehackte Knoblauchzehe, die klein gehackte Leber des Spanferkels, Petersilie, Majoran, Pfeffer und andere gute Gewürze, geriebenen Käse, 4 Eier, Safran, Zwetschgen und reife Trauben, und mische alles mit fettem Speck. Damit fülle man das Spanferkel.

Rezept für Pfauen, Schwäne, Reiher, etc. aus einer neapolitanischen Rezeptsammlung des 15. Jahrhunderts.
Siehe u. a. Terence Scully, Cuoco Napoletano. The Neapolitan Recipe Collection (New York, Pierpont Morgan Library, MS. Buhler, 19). A Critical Edition and English Translation. Ann Arbor 2000.

Übersetzung von Monika Küble

HEIKE THISSEN

Die letzte Hinrichtung

Als die ersten Tropfen vom Himmel auf die Bühne fielen, blickte Barbara auf. Da erkannte sie, was sie in den vergangenen 15 Minuten nicht hatte sehen können oder nicht hatte sehen wollen: diese Menschen. Diese vielen, vielen Menschen. Sie saßen auf Holzbänken, dicht gedrängt, Männer, Frauen, Jugendliche, dazwischen vereinzelt Kinder. Sie standen in zahllosen Reihen am Ende der Friedrichstraße oberhalb von Konstanz und reckten die Hälse. Sie waren auf die kahlen Bäume neben dem Bach geklettert und klammerten sich an die glitschigen Äste, die sich unter dem Gewicht bogen. Die einen starrten gebannt auf die Bühne. Die anderen waren in Gespräche mit ihren Nachbarn vertieft. Erst jetzt bemerkte Barbara, wie laut es hier am Waldrand war. Neben dem Stimmengewirr hob der prasselnde Regen, der von Minute zu Minute stärker auf die Holzbretter unter ihr klopfte, den Geräuschpegel um sie herum weiter.

»So fühlt sich das also an«, dachte sie. Es war der 5. November 1863 und Barbara Ochsenreiter hatte das erste Mal in ihrem Leben eine Bühne betreten. Es war ihr erster großer Auftritt. Und es sollte ihr letzter sein.

Nervös suchte sie die Menge nach bekannten Gesichtern ab. Sie musste die Augen dafür zusammenkneifen, so stark regnete es jetzt. Das Wasser rann ihr über Stirn und Wangen. Es tropfte von ihrer Nasenspitze, und auf dem Rücken konnte sie spüren, wie es in kleinen Bächen von ihrem geflochtenen Zopf hinablief. Da erkannte Barbara in der dritten Reihe auf den Holzbänken ihre Mutter Maria und neben ihr die Kinder. Katharina saß rechts außen, Ludwig links neben ihr, beide starrten auf den Boden vor sich. Maria schaute auf die Bühne, doch sie schien Barbara nicht zu sehen. Ihr Blick ging ins Leere. »Deine Kinder müssen dabei sein. Sie sollen dich sehen«, hatte sie ihrer Tochter am Tag zuvor gesagt. »Und jetzt lass mich in Ruhe.«

Vor wenigen Monaten noch war es Barbara gewesen, die diesen Satz immer wieder benutzt hatte. Sie hatte ihn ihrer eigenen Mutter gesagt, sie hatte ihn Magdalena Schuster nachgerufen, sie hatte ihn dem Pfarrer und jedem einzelnen entgegnet, der ihr sagte, sie solle die Finger vom Schullehrer Jacob Schuster lassen. »Das gehört sich nicht«, »du nimmst mir meinen Mann nicht weg«, »du sollst nicht ehebrechen« oder »was sollen die Leute denken«, hatten sie ihr gesagt, immer wieder.

Doch was wussten sie schon? Das mit Jacob war keine Liebelei und auch kein Ausbruch von romantischen Gefühlen, die aufflammen und im nächsten Augenblick schon wieder erloschen sind. Immerhin lag der erste zaghafte Kuss im Garten hinter dem Schulhaus schon zehn Jahre zurück. Damals hatte Barbara nicht nur gerade ihren 28. Geburtstag gefeiert, sondern auch den zehnten Hochzeitstag mit Georg. Und plötzlich war da dieser Lehrer Jacob und hob wie selbstverständlich ihre Welt aus den Angeln, mit seinen bewundernden Blicken, seinen aufrichtigen Komplimenten und seiner großen Sehnsucht nach ihr. Was Barbara seither für Jacob empfand, war echte, tiefe, unerschütterliche Liebe.

Dass er 22 Jahre älter war als sie selbst, störte weder sie noch ihn. Wer jedoch störte, war Jacobs Ehefrau. Und wer noch mehr störte, war Barbaras Ehemann. Hätte sie doch am Tag ihrer Hochzeit mit Georg im November 1843 schon gewusst, dass es noch jemand anders gab! Sie hätte sich nicht mit diesem armseligen Gärtnergehilfen aus Mimmenhausen zufriedengegeben, hätte ihn nicht geheiratet und erst recht nicht zwei Kinder mit ihm in die Welt gesetzt. Sie hätte gewartet und sich aufgespart für Jacob, den Lehrer, den Gescheiten, der so gut mit Worten umgehen konnte und wusste, wie er sie zum Lachen brachte. Aber was hatte sie schon vom Leben und von der Liebe gewusst, damals? Nichts, absolut gar nichts!

Jetzt, zehn Jahre später, als sie auf der Bühne stand und ihr Blick durch die Gesichter in der Menge wanderte, ohne sie überhaupt richtig wahrzunehmen, wusste sie alles. Sie wusste, was Liebe anrichtete. Was sie mit dem Herzen machte, wie sie Lust und Leid so nah aneinander rücken ließ. Wie sie ein schlechtes Gewissen zum Schweigen bringen konnte. Sie wusste, zu welchen Gedanken die Liebe befähigte und was sie einen tun ließ. Barbara schloss die Augen.

Sie sah sich mit Jacob Schulter an Schulter auf der Holzbank hinter ihrem Schuppen sitzen. Es war März, es lag noch Schnee. Sie fror im beißenden Wind, der um die Ecke pfiff.

»Du, meiner Frau geht es nicht gut«, hatte er gesagt. Es war nicht die erste Lungenentzündung, die sich Magdalena Schuster eingefangen hatte. »Sie wird es wahrscheinlich nicht schaffen«, fuhr Jacob fort. Barbara horchte auf und schaute ihn von der Seite an. Er erwiderte ihren Blick nicht, sondern starrte in die Ferne.

»Sie wird sterben?«, fragte sie und konnte nicht verhindern, dass die Frage nicht gefühl-, sondern hoffnungsvoll klang. Kein Wunder: Ihre Gedanken überschlugen sich. Wenn Jacob bald Witwer wäre, dann wäre er frei für eine neue Frau, frei für sie.

»Aber Jacob, das bedeutet ja ...«, setzte sie flüsternd an.

Doch er drehte sich unvermittelt zu ihr um, in seinen Augen blitzte Zorn. »Was bedeutet es? Was denn?«, herrschte er. »Nichts bedeutet es. Gar nichts. Oder hast du deinen Georg schon vergessen?« Er würde sich wohl eine neue Frau suchen müssen, fuhr er fort. Die Kinder brauchten eine Mutter, das würde sie ja wohl verstehen. »Die Anna ist Witwe, die könnte ich nehmen«, sagte er. Seiner Geliebten stockte der Atem.

Barbara wurde aus ihren Erinnerungen aufgeschreckt. Zwei Männer hatten die Bühne betreten. Einen davon erkannte sie sofort, sie hatte ihn in den vergangenen Tagen des Öfteren gesprochen. Es war der Konstanzer Münsterpfarrer Silvester Katz, der ihr erst durch den strömenden Regen zunickte und ihr dann den Rücken zudrehte. Er fing an, zu den Leuten zu sprechen, die auf den Rängen, am Hang und auf den Bäumen gespannt auf das Schauspiel warteten. Sie hingen sofort an seinen Lippen. Doch Barbara konnte ihm nicht folgen. Der Regen prasselte auf das Holz und das Blut rauschte in ihren Ohren. Seine Ansprache klang für sie wie weit entferntes Gemurmel. Barbaras Gedanken glitten wieder weg, dieses Mal in den Mai.

Sie sah sich in ihrer Küche am Tisch, das rohe Hackfleisch in der Schüssel vor sich. Mit ihrer rechten Hand vermengte sie es mit dem Weckle und den Zwiebeln und beobachtete dabei fasziniert, wie das rote Fleisch immer wieder zwischen ihren Fingern hindurchquoll. Sie musste an Würmer denken, die sich durch enge Erdspalten quetschten, und verwarf die Vorstellung schnell. Mit der Linken fügte sie geschickt die Gewürze hinzu, ein bisschen Salz, ein bisschen Pfeffer, ein paar frisch gehackte Kräuter aus dem Garten. Rasch formte sie große Fleischküchle aus dem Teig, klopfte sie mit den Handflächen platt und legte sie auf einen Teller. Gleich würde sie sie in der Pfanne braten, sie würden zischen, wenn sie hineinglitten, und dann würde schnell der würzige Geruch durch die Küche ziehen und zum Fenster hinaus. Sie wollte Jacob eine Freude machen, der aus dem Unterricht kommen und bei ihr essen wollte. Es war bereits das zweite Mal in dieser Woche, dass sie Fleischküchle buk. Die letzten waren für Georg gewesen, ihren alten Mann. Diese hier sollten für Jacob sein, ihren neuen Mann.

»Mir ist, als müsst ich immer sagen: Ich liebe dich. Und mag nicht auszusprechen wagen: Ich liebe dich. Die Maienlüfte säuseln wieder: Ich lausche hin. Und alle Blütenzweige klagen: Ich liebe dich«, summte sie vor sich hin, als das erste Küchle in die Pfanne rutschte. Jacob hatte ihr das Lied beigebracht. Und dann hörte sie die Stimmen draußen vor der Tür. Sie waren zu viert und klopften nicht an. Erst, als sie alle in der Küche standen, Barbara sich sorgfältig die Hände an der Schürze abwischte und sich zu den Männern umdrehte, brach sie ihr Lied ab. Sie wusste sofort, dass sie es wussten. Der Blick sagte alles, eine Mischung aus Triumph, Hohn und offener Verachtung. »Barbara, du musst mitkommen. Die Gerichtsärzte sind sich sicher, dass du Georg vergiftet hast.« Sie nickte stumm. Was sollte sie schon sagen? Langsam löste sie die Schleife der Schürze auf ihrem Rücken und legte sie auf einen der Stühle. Der Geruch von dem Fleischküchle, das in der Pfanne verbrannte, stieg ihr in die Nase, als sie den Männern nach draußen folgte.

Das mit Georg war gar nicht so schwer gewesen, wie zunächst befürchtet. Im April, einen Monat nach der Beerdigung von Jacobs Frau, und zwei Wochen, nachdem sie ihn vertieft in ein Gespräch mit Anna gesehen hatte, quälten ihren Mann schlimme Magenschmerzen. Sie kümmerte sich um ihn, mehr schlecht als recht, befolgte aber die Ratschläge des Arztes und besorgte die verordneten Medikamente in der Apotheke. Da war ihr die Idee mit dem Vitriolöl gekommen. Schon mehrmals hatte sie es gekauft, um im Gemüsebeet das Unkraut auszurotten. Jedes Mal hatte der freundliche Apotheker gescherzt: »Dass Sie es aber nur auf die Pflanzen anwenden, meine Liebe. Sie wollen doch niemandem Schaden zufügen?« Nein, damals wollte sie das nicht. Aber jetzt, nach dem Tod von Magdalena Schuster, sah die Sache ein bisschen anders aus.

Sie hätte vielleicht nicht bis Mitte Mai warten sollen. Georg hatte sich schnell von seinem Leiden erholt und war bald wieder auf den Beinen. Erst dann schaffte sie es, von Salem nach Überlingen zu laufen und dort das Vitriolöl zu besorgen. So war der Frühling bereits eingezogen, die Sonne wärmte die Luft und die Vögel zogen in den Bäumen vor dem Haus bereits ihre Jungen groß, als sie Georg das erste Mal einige Tropfen der farblosen Flüssigkeit auf Zucker verabreichte. »Was willst du denn, ich bin doch schon wieder gesund«, hatte er noch gesagt und dann doch den Mund aufgesperrt, so wie er es in den Wochen seiner Magenschmerzen so oft getan hatte im blinden Vertrauen darauf, dass seine Frau, die Mutter seiner Kinder, sein Bestes wollte. »Hoffmännische Tropfen, die helfen deinem Magen, sich zu erholen«, hatte sie gesagt. »Konzentrierte Schwefelsäure«, hatte sie gedacht. So ging das alle zwei Tage und sie wurde von Mal zu Mal mutiger, ließ täglich einen Tropfen mehr von der Flüssigkeit aus der kleinen braunen Flasche auf den Zuckerlöffel fallen.

Münsterpfarrer Katz hatte seine Rede beendet. Aber das Publikum applaudierte und er trat auf der Bühne ein Stück zurück, das konnte sie sehen. Sein Talar war inzwischen durchnässt, auch ihm tropfte der kalte Novemberregen von Nase und Kinn. Er fröstelte. Jetzt sprach der andere Mann, der mit ihm die Bühne betreten hatte. Barbara wollte erst hinhören, doch dann fragte sie sich, welchen Unterschied es machte, ob sie nun den Worten folgte oder nicht. Keinen vermutlich. Was es für einen Unterschied gemacht hätte, wenn ihr am 16. Mai nicht die Fleischküchle verbrannt wären? Einen großen vermutlich.

Es musste schnell gehen an jenem Tag. Sie konnte Georg bereits draußen vor dem Haus hören, wie er erst seine Geräte verräumte und dann seine Stiefel auszog. Sie war in Eile, die Pfanne war zu heiß, das Fett spritzte nach allen Seiten, als sie die Küchle hineinlegte, und im Nu waren sie verbrannt. »Was tust du nur? Das riecht ja widerlich«, rümpfte Georg die Nase. Er aß sie trotzdem, sie waren sein Leibgericht, und die Stellen, die am schlimmsten verbrannt waren, schnitt er weg. Das beinah noch rohe Fleisch – es hatte ja keine Zeit gehabt durchzubraten – verschlang er in großen

Bissen. Als er nachmittags um drei Uhr über Magenschmerzen klagte, zögerte Barbara keine Sekunde. Sie verabreichte Georg einen ganzen Esslöffel konzentrierter Schwefelsäure. »Gleich wird's besser gehen«, hörte sie sich sagen, als sie ihm dabei zusah, wie er den Löffel in den Mund steckte und schluckte. Dann ging alles ganz schnell. Drei Stunden lang wand er sich unter Schmerzen und röchelte, bettelte abwechselnd um Wasser und um Milch, und schrie so qualvoll, dass Barbara der verhängnisvolle Löffel schnell leid tat. So sehr sie sich auch wünschte, mit Jacob zusammen zu sein: In diesem Moment wollte sie nichts anderes, als das Leben ihres Mannes zu retten. Doch es half nichts. Georg Ochsenreiter starb abends um 18 Uhr in den Armen seiner Frau einen für alle Umstehenden zunächst mysteriösen Tod.

Doch schnell wunderten sich die ersten, welch wunderbare Wendung das Schicksal für Barbara und Jacob genommen hatte: Erst starb seine Frau, dann einen Monat später aus heiterem Himmel auch ihr Mann? Das sollten sich die Gerichtsmediziner in Konstanz lieber einmal genauer ansehen und holten den toten Georg zur Leichenschau ab. »Sie werden es nicht herausfinden«, versicherte Jacob ihr an jenem Abend. Sie glaubte ihm und entspannte sich. Es war das letzte Mal, dass sie den Mann sah, mit dem sie fortan ihr Leben verbringen wollte. Zum Fleischküchle-Essen vier Tage danach kam er zu spät, da hatten sie Barbara schon längst abgeholt.

»Ist die Angeklagte Barbara Ochsenreiter, geborene Dürr, von Mimmenhausen, schuldig, im Monat Mai des Jahres ihrem Ehemanne Georg Ochsenreiter mit dem Vorsatze, ihn zu töten, konzentrierte Schwefelsäure oder Vitriolöl, von welchem ihr bekannt war, dass es als Gift den Tod bewirken könne, heimlich beigebracht und hiedurch den Tod ihres Ehemannes verursacht zu haben?« Barbara wusste, was sie nun antworten musste. Es war nicht das erste Mal, dass sie diesen Satz hörte. »Ja«, krächzte sie, und, als ihr klar wurde, dass niemand sie durch den Regen hören konnte, noch einmal mit festerer, lauterer Stimme: »Ja.« Dann verschwamm wieder alles vor ihren Augen: der vor Menschen fast berstende Konstanzer Richtplatz am Ende der Friedrichstraße, die Holzbühne, auf der sie stand, der Pfarrer, der ihr versprochen hatte, für ihr Seelenheil zu beten. Sie spürte, wie ihr von hinten ein Stuhl gegen die Beine geschoben wurde, und ließ sich auf ihn fallen. Zu mehr war sie nicht in der Lage, ihre Hände und Füße waren gefesselt, und die starken Arme des Scharfrichters drückten zusätzlich auf ihre Schulter.

Als der Mann einen Schritt zurücktrat und hinter ihrem Rücken zu seinem nassen Schwert griff, warf Barbara einen letzten Blick in die Menschenmenge. Sie suchte im Regen nach Ludwig und Katharina, konnte sie aber nicht entdecken. An ihrem Platz saßen andere Menschen, die sie nicht kannte. Menschen mit gaffenden Augen, gereckten Hälsen und stockendem Atem. Hatte ihre Mutter Gnade mit den Kindern gehabt? Ersparte sie ihnen den Anblick? Es sah ganz danach aus. Barbara atmete erleichtert auf. Es war das letzte Mal. Dann schlug der Scharfrichter zu.

Am 5. November 1853 wurde die Salemerin Theresia Lindegger auf der Richtstätte am Ende der Konstanzer Friedrichstraße unterhalb des heutigen Uniwaldes mit dem Tod bestraft, weil sie ihren Ehemann vergiftet hatte. Es war die letzte öffentliche Hinrichtung auf Konstanzer Stadtgebiet.

Fleischküchle

Zutaten:
500 g Hackfleisch gemischt
1 altes Weckle
etwas Milch
1 Ei
1 Zwiebel
Majoran, Salz und Pfeffer
Fett zum Braten

Zubereitung:
Das Brötchen in Wasser einweichen. Währenddessen das Hackfleisch in eine Schüssel geben und Petersilie waschen und fein hacken. Die Zwiebel sehr fein würfeln. Das Brötchen ausdrücken und zum Fleisch geben. Alle weiteren Zutaten ebenfalls hinzufügen und gut kneten. Dann kleine Fleischküchle formen und in der Pfanne braten, bis sie schön knusprig sind.

Ulrike Wanner

Abgetaucht

Tödlicher Badeunfall bei Friedrichshafen
Südkurier, Konstanz, 27. August 2015

Bei Friedrichshafen verschwand ein 35-Jähriger spurlos beim Schwimmen im Bodensee. Er ist das vierte Opfer der rätselhaften Serie. Ein Augenzeuge berichtete: »Er lachte plötzlich und planschte herum, als ob ihn jemand kitzelte. Nach etwa einer halben Minute ging er unter.« Die sofort alarmierten Rettungskräfte suchten ihn vergeblich. Das jüngste Opfer hinterlässt eine Frau und drei minderjährige Kinder.

Nach Angaben der Polizei suchte der Angestellte des Dornier Museums häufig nach Feierabend das Strandbad auf. Der versierte Schwimmer versank rund 100 Meter vom Ufer entfernt. Zeugen versicherten übereinstimmend, dass sie weder andere Badende noch Taucher in der Nähe des Vermissten gesehen hatten.

Denselben Ablauf berichteten Beobachter der Tragödien vom 6. und 21. Juli und vom 4. August bei Romanshorn, Überlingen und Hagnau. Bis zur Aufklärung der Vorfälle empfehlen die Behörden, beim Baden in Ufernähe zu bleiben.

»Bis zur Aufklärung«, stöhnte Julian Humboldt. »Genau die richtige Botschaft an die Bevölkerung.« Kopfschüttelnd griff der junge Kriminalhauptkommissar nach seiner Kaffeetasse. »Dass die nicht gleich schreiben: ›Die Polizei tappt völlig im Dunkeln.‹« Missmutig warf er einen Blick aus dem Fenster der Polizeidirektion Konstanz, ohne den verlassenen Blarerplatz wahrzunehmen.

Seine Kollegin Leonie Fellmann sah über den Bildschirm hinweg und pustete sich eine blonde Strähne aus dem Gesicht. »Wovon redest du?«

Julian Humboldt schob den Südkurier auf ihren Schreibtisch.

Leonie Fellmann warf einen Blick auf die Schlagzeile. »Hab ich beim Frühstück daheim gelesen. Was soll's. Trink aus, damit wir endlich los können.« Sie stand halb in der Tür, als das Telefon klingelte und Julian ein knappes Gespräch führte.

»Setz dich«, meinte Julian, als er auflegte. »Wir bekommen Besuch.«

Zwei Minuten später betrat ein Mann mittleren Alters das Büro. In Kampfhosen und ausgebleichtem T-Shirt wirkte er mit seinen zotteligen Haaren wie eine Mischung aus Waldschrat und ehemaligem Fremdenlegionär. Er trug einen glockenförmigen Helm mit Kinnriemen und verströmte einen Geruch, der an Kräuterbonbons erinnerte. Leonie rümpfte die Nase und rückte unauffällig so weit wie möglich von dem Ankömmling ab.

Nach einleitenden Floskeln bot ihm der Kommissar Platz an. »Was haben Sie beobachtet?«

»Ich wollte Sie warnen«, antwortete der Besucher, der sich als Reinhard Müller vorgestellt hatte. »Sie müssen sich vor den EBE schützen. Damit Sie nicht auch noch ins All entführt werden.«

Julian Humboldt setzte eine neutrale Miene auf und schickte innerlich ein Stoßgebet zum Himmel. Schon wieder so ein Irrer. Regelmäßig meldeten Leute abstruse Vorkommnisse und lieferten Erklärungen dafür, die auf noch abstruseren Theorien fußten. Er musste Herrn Müller so schnell wie möglich loswerden. »Danke sehr. Wir passen auf uns auf.«

»Was sind EBE?«, rutschte es Leonie Fellmann heraus.

»Extraterrestrische biologische Entitäten«, antwortete Reinhard Müller. »Wenn Menschen Sachen denken, die die EBE interessieren, entführen sie sie.«

»Aha.«

»Ich bin kein Spinner.«

Julian und Leonie wedelten pflichtschuldigst mit den Händen.

Herr Müller klopfte gegen den Helm. »Sie müssen sich unbedingt so einen besorgen. Zinn. Dann können die EBE Ihre Gedanken nicht lesen. Da staunen Sie, nicht wahr?«

Die Beamten nickten überzeugend.

»Ich sehe schon, Sie glauben mir nicht. Dann verwenden Sie wenigstens das.« Er fischte aus einer Hosentasche ein spindelförmiges Bündel und hielt es ihnen hin. »Weißer Salbei. Die EBE mögen seinen Rauch nicht. Der Geruch geht auch beim Duschen nicht ab.«

Leonie wurde es zu bunt. »Herr Müller, vielen Dank für Ihre Informationen. Aber nun müssen wir uns um unsere Ermittlungen kümmern.«

»Deshalb bin ich doch hier. Wegen dem Schwimmer. Der Südkurier hat heute über ihn geschrieben. Die EBE haben ihn mitgenommen. Genauso wie die drei anderen.«

»Gut. Wir gehen der Sache nach.« Leonie lächelte verbindlich und öffnete das Fenster.

Beleidigt erhob sich der Besucher, rammte seine Fäuste in die Taschen. »Lesen Sie unsere Homepage ›Entführt von Aliens‹. Dann verstehen Sie alles.« Er stapfte aus dem Büro.

Sekundenlang herrschte Stille, dann tauschten die Polizisten einen Blick und brachen in Gelächter aus.

* * *

43

»Wo bleibt das Taxi schon wieder?«, polterte Abyssia. »Dauernd kommen wir zu spät. Wir blamieren uns vor der Verwandtschaft.«

Einen Arm hinter den Kopf gelegt schaukelte ihr Mann Sawassi in der Hängematte. »Wir kommen früh genug. Rollabo erzählt die gleichen Anekdoten wie immer und Isalla schwärmt Stunde um Stunde von den leckeren Felchen, die es früher gegeben hat.« Er schloss die Augen. »Dabei schmeckt Fleisch viel besser.«

»Es soll heute wieder was Besonderes zum Essen geben. Aber ohne uns können sie nicht anfangen«, zeterte Abyssia.

»Aua«, kreischte Fredefort. Er hatte sich mit seinem Bruder gebalgt, nun drückte er sich an seine Mutter. »Er hat mich getreten!«

»Streitet nicht dauernd«, mahnte sie ihre Sprösslinge und sah besorgt auf ihren Jüngsten. Sie fand ihn zu klein und zu schwächlich für sein Alter. »Wirst du schon wieder krank?« Sie strich ihm über die Stirn. »Du musst mehr Fleisch essen.«

»Bäh«, machte Fredefort und schüttelte sich. »Ich mag das nicht.«

Abyssia holte Luft für ihre Litanei über gesunde Ernährung.

Fredefort sagte schnell: »Das Taxi ist da.«

Walcyprus war beinahe geräuschlos aufgetaucht und kam in einer eleganten Kurve zum Stehen.

»Wo bleibst du so lange?«, schimpfte Abyssia. »Gib Gas, wir müssen los!«

Walcyprus blieb unbeeindruckt. »Ich will einen größeren Anteil.«

»Was?« Entsetzt sah sie ihn an.

Sawassi glitt aus der Hängematte. »Wie groß?«

»Zehn Prozent mehr.«

»Halsabschneider«, entfuhr es Abyssia.

»Er kann meinen Teil haben«, schlug Fredefort vor.

Ein drohender Blick traf ihren Jüngsten. Er trollte sich hinter seinen Bruder.

»Zehn Prozent mehr oder ihr könnt euch einen anderen suchen.«

Sawassi und Abyssia wechselten einen Blick. Sie stimmten zu.

* * *

»Prost.« Julian Humboldt erhob sein Weizenbierglas.

Leonie Fellmann stieß mit ihm an. Sie hatte den Schirm der Baseballkappe ins Gesicht gezogen, Julian saß mit dem Rücken zur Sonne. Gelegentlich läuteten die beiden den Feierabend auf den Rheinterrassen ein. Dieses Restaurant lag dem Dienstgebäude gegenüber, bot Speisen zu vernünftigen Preisen und Sicht auf das Altstadtpanorama mit dem Münsterturm. In der nachlassenden Hitze des Tages waren alle Plätze belegt. Bestellungen auf Alemannisch und Englisch wurden aufgegeben, Handygedudel mischte sich in Geschirrgeklapper.

Julian blätterte in der Speisekarte. »Das hört sich doch gut an: Wallerfilet an Champignon-Sauce mit dreierlei Senf, dazu Salzkartoffeln und Blattsalate vom Markt.« Er sah sich suchend nach der Bedienung um.

Leonie cremte ihre Arme ein. »Die Krankengeschichten der Opfer geben auch nichts her.« Sie schüttelte ärgerlich den Kopf. »Alle haben ein gesundes Herz besessen, aber sind von jetzt auf nachher ertrunken.«

»Es gibt keine Motive, keine Anhaltspunkte.« Julian leckte sich den Schaum von den Lippen. »Wenn du mich fragst, sind alles normale Badeunfälle. Die Leute sind überhitzt ins Wasser gegangen. Und teils haben sie vorher reichlich gegessen. Viele unterschätzen den See. Er ist tief und überall gibt es plötzlich kalte Strömungen.« Sein Blick schweifte übers Wasser.

Am Nebentisch schnitt ein Bärtiger ein Stück von seinem Steak ab. »Sie sind fast durchsichtig. Sie heften sich an ihre Beute und sondern Verdauungssäfte ab«, erklärte er seinem bebrillten Gegenüber. »Die Beute löst sich komplett auf. Brei einsaugen, fertig.« Er schob die Gabel in den Mund.

Die Ermittler wechselten einen angewiderten Blick. Julian klappte die Speisekarte zu.

Der Bebrillte grinste. »Wie groß sind die Viecher?«

»Bis zu fünfzehn Zentimeter.«

Sein Gegenüber wackelte mit dem Kopf. »Denen will ich nicht begegnen.«

Der Bärtige fuchtelte abwehrend mit der Gabel. »Die sind nur aus anderen Gewässern bekannt. Sie kommen im kalten Süß- und Salzwasser vor und leben in Tiefen von 200 bis 400 Metern. Aber schwimmen echt langsam. Sogar du hättest eine Chance.« Er spießte ein Fleischstück auf. »Wie läuft's mit deiner Doktorarbeit?« Die beiden steckten die Köpfe zusammen.

»Jedes Jahr werden überall dieselben Warnungen runtergeleiert«, nahm Julian den Faden wieder auf. »Und wen kümmert's?« Er zuckte die Schulter. »Kaum wird es Sommer, baden die Leute ohne Rücksicht auf Verluste.«

Leonie sah skeptisch drein. »Schon. Aber das Lachen und das Planschen passen nicht zum, wie du es ausdrückst, normalen Badeunfall.«

»Aber hallo. Jeder Ertrinkende zappelt. Und zwar reichlich. Ob die Zeugen wirklich die Opfer gehört haben, bezweifle ich. Nach eigenen Angaben waren sie alle ein Stück entfernt.« Er machte eine wegwerfende Geste und trank aus.

»Bloß tauchen Ertrunkene wieder auf«, konterte Leonie.

»Von wegen. Man vermutet, dass in den letzten vierzig Jahren über 60 Personen im See verschwunden sind.«

Die Melodie von »Warum ist es am Rhein so schön« erklang. Leonie holte ihr Smartphone aus der Tasche und nahm das Gespräch an. Sie hörte mit ernster Miene zu. »Wir kommen.« Sie legte einige Münzen auf den Tisch und steckte das Telefon ein. »Los. Wir müssen nach Wallhausen. Die Kollegen vom Wasserschutz sind schon unterwegs.«

* * *

»Oh nein«, stöhnte Julian, als sie durch den Laubwald zum Ufer hinuntergingen. »Der EBE-Experte.«

Ein Uniformierter versuchte Reinhard Müller zu beruhigen, doch er trippelte hin und her, gestikulierte mit seinem Fernglas, deutete auf den Teufelstisch. Diese Felsnadel lag runde zwanzig Meter vom Ufer entfernt und je nach Wasserstand mindestens eineinhalb Meter unter Wasser. Da es seit längerem nicht geregnet hatte, konnte man den Teufelstisch gut erkennen. Über neunzig Meter fiel die Felsnadel senkrecht ab. Eisige Wasserschichten und Dunkelheit durch Schwebstoffe machten das Gebiet zu einem Tauchrevier, das mehrere Todesopfer gefordert hatte. Seit Jahrzehnten bestand hier striktes Tauchverbot. Sondergenehmigungen vergab die Behörde selten und nur an besonders ausgebildete und ausgerüstete Personen. Eine solche Erlaubnis besaßen die Polizeitaucher, die gerade vom Schlauchboot aus ins Wasser plumpsten. Ein Stück entfernt lagen weitere Polizeiboote, aus allen Richtungen näherten sich Boote mit Schaulustigen.

Sobald Reinhard Müller die Ermittler entdeckte, eilte er zu ihnen. »Es ist schon wieder passiert«, sprudelte er heraus. Er fuhr sich mit zitternden Händen über den Zinnhelm. »Der SuP ist dicht am Ufer …«

Julian Humboldt unterbrach ihn. »Was ist ein SuP?«

»Ein Stand up Paddler. Er war allein. Und ziemlich schnell. Beim Teufelstisch ist er langsamer gefahren, hat immer ins Wasser geguckt. Auf einmal hat er gewackelt und ist hineingefallen.« Herr Müllers Stimme überschlug sich. »Er hat nach seinem Brett gelangt, und dann, dann …«

»Beruhigen Sie sich«, sagte Leonie.

Müller atmete durch. »Er hat gestrampelt und gelacht. Dann war er auf einmal von was Weichem, beinahe Durchsichtigem überzogen. Unter Wasser hat er sich aufgelöst. In viele trübe Flecken. Alle unterschiedlich groß.«

Die Ermittler bemühten sich um gleichmütige Mienen.

»So war es«, beteuerte er. »Die Flecken sind in Gruppen in verschiedene Richtungen verschwunden.« Er präsentierte sein Fernglas. »Ich hab's genau gesehen.«

»Warum waren Sie hier?«, erkundigte sich Julian.

»Ich gehe oft hier spazieren. Besonders bei der Hitze. Ich wohne ganz am Ende von Wallhausen, das blau gestrichene Haus mit den roten Läden.«

»Haben Sie den Notruf abgesetzt?«

»Ja.« Er ließ den Kopf hängen. »Als es vorbei war. Es ging alles so schnell.«

»Kannten Sie den Vermissten?«

»Nein.« Schlotternd sah er sich um. »Und wenn sie immer noch hier sind?«

»Wer?«

»Die EBE.«

»Herr Müller, bitte. Aliens treiben sich nicht unter Wasser herum.« In Gedanken setzte Julian hinzu: »Sollen die im Aquarium auf der Erde gelandet sein?«

Leonie winkte das eintreffende Notarzt-Team heran. »Er braucht etwas für seine Nerven.«

Sie und Julian gesellten sich zu den anderen Polizisten. Leise berichteten sie von Herrn Müllers Auftritt auf der Dienststelle und wie sie seine Glaubwürdigkeit einordneten. Derweil beendeten die Taucher die Suche. Keiner hatte eine Spur des Vermissten entdeckt.

»Und jetzt?«, fragte Leonie Julian.

»Auf die Rheinterrassen. Wallerfilets essen.«

Sie klatschten sich die Hände ab.

* * *

Satt und matt rutschten Abyssia und ihre Familie von Walcyprus' Rücken. Der Wels wackelte zum Abschied mit den Flossen und schwamm majestätisch durch die Dunkelheit davon.

»Puh! Endlich wieder daheim«, sagte Sawassi.

Abyssia verzog das Gesicht. Daheim, dachte sie. Wir ziehen so schnell wie möglich weg. Das Astgewirr ist viel zu gefährlich für Kinder. Die Baumkrone war schon morsch, bevor sie ins Wasser gestürzt ist. Aber als Einwanderer muss man alles nehmen.

Sawassi fläzte sich in seine Hängematte aus Algen. »Leg dich zu mir, Schatz.« Er streckte einen Tentakel nach Abyssia aus. Sie kuschelte sich an ihn.

»Geschafft für dieses Jahr«, freute er sich. »Keine Fernreisen mehr zur buckligen Verwandtschaft.«

»Dein Clan ist auch nicht besser.«

»Habe ich nie behauptet. Aber ohne runde Geburtstage müssen wir nicht hin.« Er drückte Abyssia fest an sich.

»Vorsicht, mein Bauch. Ich bin so vollgefressen.« Sie strich sich über den Leib und seufzte behaglich. »Das Menschenfleisch war richtig lecker.«

Wie an einem Reck turnte Fredefort an einem Ast über der Hängematte. Sein Bruder haschte nach seinen Tentakeln. Beide quietschten vor Vergnügen.

»Finde ich nicht«, mischte sich Fredefort ein. »Bloß das Ablecken macht Spaß. Dann strampeln sie.« Er lachte aus vollem Hals. »Der heute hat Opa fast abgeschüttelt.«

»Rollabo kann sich nicht mehr so gut festhalten«, begütigte Sawassi. »Bis der Clan die ganze Oberfläche auf dem Menschen abgedeckt hat, ist das okay.«

»Oma hat ein Loch gelassen«, kicherte Fredefort. »Ich habe es genau gesehen. Vom Fleischsaft ist was rausgeflossen. Walcyprus hat es kaum abwarten können.«

Abyssia nickte. »Isalla baut wirklich ab. In Hagnau hat sie es noch geschafft. Aber jetzt – wenn sie so weitermacht, bekommt sie wieder Fisch, den kann sie wenigstens ganz umfließen, ohne dass sie sabbert.«

»Wieso jagen wir keine kleinere Beute?«, erkundigte sich Fredefort.

»An den Kleinen ist nichts dran«, erklärte Abyssia. »Und wir vier sind viel zu klein für die Großen.«

»Eben«, seufzte Sawassi. »Für was richtig Leckeres müssen wir den ganzen Clan und die Welse in Kauf nehmen.«

»Diese Wucherer«, keifte Abyssia.

»Ach, was soll's«, meinte Sawassi. »Sie sind schnell und kennen sich im See gut aus. Satt geworden sind alle.« Er tätschelte Abyssias Bauch. »Futter gibt es genug.«

Wallerfilets

Zutaten (für vier Personen):
700 g Wallerfilet (ohne Haut)
1 Stück Lauch (weißer Teil, ca. 80 g)
3 Champignons
1/2 Zitrone
1 EL Sauerbratengewürz
2 EL Butter
2 EL Mehl
100 ml trockener Weißwein
400 ml Fischfond (aus dem Glas)
200 g Sahne
Salz, schwarzer Pfeffer aus der Mühle, 2 Prisen Zucker, 1 gehäufter EL Butterschmalz, 3 Stängel Dill, je 1 TL scharfer, mittelscharfer und süßer Senf, Papier-Teefilter

Zubereitung:
Das Wallerfilet falls nötig von Gräten befreien, Filet in 80 bis 90 g schwere Stücke schneiden. Lauch putzen, waschen und in kleine Würfel schneiden. Champignons putzen und würfeln. Den Saft der Zitrone auspressen. Das Sauerbratengewürz in den Teefilter geben, gut verschließen.
Die Butter in einem Topf schmelzen. Darin den Lauch etwa zwei Minuten anbraten, Champignons dazugeben und eine weitere Minute anbraten. Beides mit einem EL Mehl bestäuben und eine Minute unter Rühren weiterbraten, dann nach und nach Wein und Fond unterrühren. Gewürzbeutel in die Sauce einlegen, bei geringer Hitze rund fünf Minuten köcheln lassen. Beutel wegwerfen. Sahne in die Sauce gießen und in neun bis zehn Minuten sämig einkochen lassen.
Inzwischen die Wallerstücke mit Salz, Pfeffer, Zucker und Zitronensaft würzen, dann auf beiden Seiten mit dem übrigen Mehl bestäuben. Das Butterschmalz in einer großen Pfanne zerlassen. Darin die Filetstücke drei Minuten bei

starker Hitze anbraten, wenden und dann bei geringer Hitze acht bis zehn Minuten ziehen lassen.

Dill abbrausen und trockenschütteln, die Spitzen abzupfen und fein schneiden. Die drei Senfsorten unter die Sauce rühren, mit Salz und Pfeffer abschmecken und mit einem Pürierstab fein durchmixen. Die Sauce mit dem Dill verfeinern und mit dem Waller auf Tellern anrichten.

Zubereitungszeit: 45 Minuten

Beilage: Blattsalate und Salzkartoffeln

Heike Thissen

Der Frauenpfahl im See

Keiner hörte ihre Schreie. Die Narren nicht, die nach dem Ende der Fasnachtsparty gerade zu Hunderten aus dem Konzilgebäude strömten. Und auch nicht die sturzbetrunkenen Mäschgerle, die sich auf der Suche nach der nächsten Bar in den Stadtgarten verirrt hatten. Keiner hatte in dieser Nacht ein Ohr dafür, was in der stockfinsteren Dunkelheit gleich nebenan auf dem Bodensee geschah. Es war der letzte Abend einer glückseligen Fasnacht und alle waren voll des Bieres und des Weines. Nur einer hörte die markerschütternden Schreie und grinste. Hubert ruderte in aller Seelenruhe aufs Wasser hinaus und blickte triumphierend auf den groben Leinensack zu seinen Füßen, aus dem die Schreie kamen. Gleich würde er mit dem Boot den Holzpfahl im Konstanzer Trichter erreichen, auf dem eine weiße Stahlkugel thronte. Nur noch wenige Ruderschläge, dann wäre er da. Aber Herrgott nochmal, konnte dieses Weib laut brüllen!

»Hubert!«, schrie sie. Und noch einmal: »Hubert!!!« Er schreckte hoch. Seine Frau rüttelte an seinen Schultern. Das T-Shirt klebte schweißnass an seinem Oberkörper, sein Herz schien seine Brust zu sprengen und sein Atem überschlug sich. »Hubert, wenn du jetzt nicht aufstehst, verpasst du das Kuttelnessen!«, raunzte sie. »Das gibt's ja wohl nicht, dass man dich anbrüllen muss, wenn man dich wecken will! Hast du gestern so viel gesoffen?«

Verwirrt setzte er sich auf und blickte sich um. Er war in seinem Bett, der Wecker zeigte 9.52 Uhr. Erst langsam kam er zu sich. Es war Aschermittwoch. Um 11 Uhr wollte er sich zum letzten Kuttelnessen der Fasnacht mit den anderen Narren aus seiner Zunft in der Konstanzer Niederburg treffen. Schließlich liebte er die närrische Zeit auch deswegen, weil er sechs Tage lang sein Leibgericht essen konnte, ohne dafür schief angeschaut zu werden. Kutteln und Konstanzer Fasnacht, das gehörte für ihn einfach zusammen. Und nie schmeckten sie ihm so gut wie nach einer durchzechten Nacht und mit einem ordentlichen Kater in den Gliedern. Doch an diesem Morgen konnte er den Gedanken an saure Kutteln kaum ertragen. Sein Schädel schien bereit zum Bersten, sein Magen rumorte. Dann fiel ihm der gestrige Tag wieder ein: die Diebin am Vormittag, das Besäufnis am Nachmittag, das Kuttelnessen am Abend und sein Rachefeldzug in der Nacht.

So oft waren Einbrecher in den vergangenen Wochen in seinen kleinen Laden in der Altstadt eingestiegen und hatten ihm die Tresore leer geräumt. Und so oft hatte er die Polizisten nur mit den Schultern zucken sehen, wenn er sie gerufen hatte, um den Diebstahl zu melden. »Sie sollten mal über eine neue Alarmanlage nachdenken, Herr Braun. Und wie wäre es mit moderneren Tresoren?«, fragten sie, anstatt sich auf die Suche nach den Tätern zu machen. Was wussten sie denn von seinem Familienunternehmen, das seit Jahren so wenig abwarf, dass es kaum noch reichte! Eine neue Alarmanlage? Neue Tresore? Wer konnte die schon bezahlen? Er jedenfalls nicht. Dass die ständigen Diebstähle längst seine Existenz bedrohten, schien die Beamten nicht zu interessieren.

Die Diebe waren zu erfahren und zu clever, als dass man sie hätte ertappen oder gar überführen können. Vor allem die Banden waren nicht zu kriegen. Doch diese kleine Blonde gestern war dafür zu dumm gewesen. Die hatte sich bei ihm im Geschäft erst die Ohrringe von Swarovski für 89 Euro ausgesucht. Dann, als er den Schmuck im Hinterzimmer polierte, hatte sie die dazugehörige Kette eingesteckt. Denn als sie die Ohrringe bezahlt und den Laden verlassen hatte, fehlte das 399 Euro teure Collier in der Vitrine.

Da war es ja wohl ein Wink des Schicksals, als er diese dreiste junge Frau gestern beim Kuttelnessen in der Niederburg traf. Nach dem Vorfall vom Vormittag hatte er den Laden schon mittags dicht gemacht und sich erst mal ordentlich betrunken. Dann saß er mit den anderen am Stammtisch und wartete nach der fünften Schnapsrunde sehnsüchtig auf seinen Teller mit sauren Kutteln und Bratkartoffeln. Er hätte die Kellnerin, die sie ihm servierte, keines Blickes gewürdigt, wenn ihm nicht schon am Vormittag das Tattoo auf der Innenseite ihres Handgelenks aufgefallen wäre: drei kleine schwarze Sterne in einer Reihe. Als sie ihm den Teller reichte, erkannte er sie sofort. Auch die Ohrringe und die Kette, die sie trug, kamen ihm nur allzu bekannt vor.

»Ho Narro«, rief sie. »Ho Narro«, antworteten alle am Tisch, prosteten sich zu und machten sich über die sauren Kutteln her.

Nur Hubert in seinem Wolfskostüm war der Appetit auf sein Lieblingsgericht vergangen. Er konnte nur einen einzigen Gedanken fassen: »Dir werd ich's zeigen!« Als ihre Schicht zwei Stunden später zu Ende war, zog sie mit Hubert los Richtung Seeufer. Er hatte mit seinen 47 Jahren nicht verlernt, wie man diese jungen Dinger rumkriegt. Erst recht nicht an Fasnacht, wo es viele von ihnen sowieso nicht so genau nehmen, wer sich eigentlich hinter einer Wolfsmaske versteckt und ihnen einen Kurzen nach dem anderen spendiert.

»Kennst du den Holzpfahl da draußen, den mit der weißen Stahlkugel oben drauf?«, fragte Hubert. Sie saßen am Rand des Stadtgartens auf einer Bank am Seeufer und schauten aufs dunkle Wasser. Die Maske hatte er sich inzwischen in den Nacken geschoben. Sie hatte ihn bis jetzt nicht als den Juwelier erkannt, den sie zwölf Stunden zuvor so dreist bestohlen hatte. Dann würde sie ihn in der Dunkelheit und mit ihrem Alkoholpegel, für den er inzwischen gesorgt hatte, erst recht nicht erkennen.

Sie schüttelte den Kopf, kämpfte gegen einen Schluckauf an und fragte: »Was ist damit?«

Hubert liebte diese Momente, in denen er mit seinem Wissen zur Konstanzer Stadtgeschichte prahlen konnte. »Man nennt ihn den Frauenpfahl«, setzte er bedeutungsvoll an. Genau an dieser Stelle, erzählte Hubert, hätten die Konstanzer im späten Mittelalter vor allem Frauen für ihre Verbrechen bestraft. »Sie haben sie in einen Leinensack gepackt, noch ein paar Tiere obendrauf geschmissen und sie da draußen ertränkt.«

Die junge Frau schauderte: »Uahh, wie grausam. Das ist ja schrecklich!« Sie nahm einen großen Schluck aus dem Rotweinglas, das Hubert ihr unter die Nase hielt. Den leicht salzigen Nachgeschmack schob sie auf den billigen Fusel, den er ihr wohl eingeschenkt hatte.

Wie sie denn auf diese Idee gekommen seien, die Konstanzer, wollte sie wissen.

»Ach, die haben sich das nicht ausgedacht«, setzte Hubert weltmännisch an. Das Säcken hatten eigentlich schon die alten Römer erfunden. »Dabei waren die Frauen meist nicht alleine in dem Sack eingeschlossen, sondern zusammen mit einem Affen, einer Schlange oder einem Hahn.« Die junge Frau hing an seinen Lippen, machte große Augen und schüttelte ungläubig den Kopf.

»Ist nicht wahr!«, hauchte sie und nahm einen weiteren Schluck Wein.

Hubert fuhr fort: »Keine Ahnung, was die Tiere bedeuten sollten oder warum man sie mit ertränkte. Schade um die Tiere war es ja schon.«

Sie schauderte: »Nicht nur um die Tiere!«

Ach, meinte Hubert, das sähe er anders. »Die meisten von denen hatten es schon verdient. Das waren schließlich Frauen, die ihre Männer umgebracht hatten. Oder ihre Kinder. Oder die gestohlen hatten«, legte er sich selbst die perfekte Überleitung zurecht. »Für den Frauenpfahl in Konstanz ist sogar die Hinrichtung einer Diebin überliefert. Sie hieß Apollonia und hatte wohl einem Händler Schmuck gestohlen.« Er bemühte sich, möglichst beiläufig zu klingen. Doch der Satz saß.

Seine Begleiterin setzte sich ruckartig auf und griff nach der Kette um ihren Hals. Entsetzt schaute sie ihn von der Seite an, während er versonnen auf den dunklen See blickte. Doch aus dem Augenwinkel konnte er erkennen, dass sich ihre Körperhaltung und ihr Gesichtsausdruck schlagartig verändert hatten. Mit einem Mal fühlte sie sich nicht mehr wohl an seiner Seite. Und das genoss er.

»Das sind ja tolle Geschichten«, räusperte sie sich nervös.

»Ach, ich finde sowas richtig interessant. Und manchmal finde ich, dass damals im Mittelalter doch nicht alles so schlecht war, wie immer alle behaupten«, sagte er und griff mit seiner rechten Hand unter die Parkbank. Der Leinensack, den er ertastete, fühlte sich kratzig und feucht an. »Ich finde zum Beispiel, dass Diebe heute viel zu oft ungestraft davonkommen. Wenn die Polizei die schnappt, kriegen sie eine Geldstrafe oder ein paar Monate auf Bewährung, und bevor die abgelaufen sind, drehen sie schon das nächste krumme Ding.« Sein Lachen klang nicht belustigt, sondern verbittert. Das Weinglas in ihren Händen zitterte. »Übrigens hat Friedrich der Große das Säcken um das Jahr 1740 wieder abgeschafft. Er ließ die Leute lieber köpfen«, schloss er seine Ausführung genau in dem Moment, in dem sie bewusstlos nach vorne von der Bank kippte. Auf diese K.-o.-Tropfen war einfach Verlass! In aller Ruhe schaute Hubert sich um. Niemand war zu sehen. Dann holte er den Leinensack unter der Bank hervor. Ohne Schwierigkeiten stülpte er den Sack über ihren leblosen Körper und schnürte ihn am Fußende zu. Jetzt musste er nur noch warten, bis sie wieder aufwachte. Sonst war es ja nur der halbe Spaß. Sein Boot lag unten im Wasser bereit und es war gerade erst

Mitternacht. Er hatte noch viele Stunden Zeit, bevor die Sonne aufging.

Aber er hatte es mit der Menge der Tropfen wohl etwas zu gut gemeint. Ein paar Mal bewegte sie sich im Sack und stöhnte leise. Aber wach wurde sie nicht. Gegen drei Uhr wurde Hubert nicht nur zunehmend nüchtern, sondern auch nervös. Im Rausch aus Alkohol und Rachelust war ihm sein Plan noch vollkommen sinnvoll erschienen. Doch jetzt, wenige Stunden später, kam er ihm gar nicht mehr so schlüssig vor. Genau genommen fand er ihn umso abstruser und abwegiger, je mehr der Alkohol aus seinem Blut wich. Und schlussendlich stellte er fest, dass er wohl doch nicht so einfach zum blutrünstigen Rächer der Konstanzer Juweliere taugte. Einen Mord begehen, weil jemand eine Kette gestohlen hatte? Hatte er eigentlich noch alle Tassen im Schrank?

Hastig öffnete er den Leinensack, den er vorhin noch so sorgfältig mit einem Knoten verschlossen hatte, und zerrte ihn vom Körper der jungen Frau. Er packte sie unter den Armen und hievte sie auf die Bank, auf der sie vorhin noch zusammen gesessen hatten. Die Weinflasche klemmte er sich unter den Arm, den Sack stopfte er in sein Wolfskostüm, die Maske setzte er wieder auf. Dann sah Hubert Braun zu, dass er nach Hause kam.

Seine Frau schnarchte friedlich, als er am frühen Morgen des Aschermittwochs zu ihr ins Bett kroch. Er fiel sofort in einen unruhigen Schlaf, gequält von einem bizarren Traum.

Im Konstanzer Trichter, dort, wo sich der Bodensee verengt und in den Rhein übergeht, steht ein Pfahl, auf dem eine aus feinen Streben geformte Kugel befestigt ist. Dieser so genannte Frauen- oder Dreifrauenpfahl erinnert an eine Zeit, als Diebstahl noch mit der Todesstrafe geahndet wurde. Er wurde vermutlich um 1445 zusammen mit den Befestigungspfählen im Wasser errichtet. Hier sollen im späten Mittelalter Frauen auf grausamste Weise für Vergehen be-

straft worden sein, indem man sie ertränkte. In seiner geschichtlichen Topografie der Stadt Konstanz hält der Arzt, Archivar und Geschichtsschreiber Johann Nikolaus Fidelis Marmor 1860 eine der wenigen Beschreibungen dieses Denkmals für grausige Methoden fest: »Vor dem Luckenhäuschen stand der s.g. Frauenpfahl, welcher seinen Namen dem Umstand verdankte, daß bei ihm die Missethäterinnen in einen Sack eingenäht, ertränkt wurden, wie z.B. am 9. November 1532 eine Diebin, Namens Apollonia.«

Mit der grausamen Methode des »Säckens« oder der »Poena Cullei« wurden schon im Römischen Reich vor allem Frauen umgebracht. Oft waren die Todgeweihten nicht alleine im Sack eingeschlossen, sondern wurden zusammen mit einem Affen, einer Schlange oder einem Hahn ins Wasser gestoßen. Das erste deutsche Strafgesetzbuch, die »peinliche Halsgerichtsordnung«, setzte fest, dass die Delinquentinnen »mit einem hunde, einem hane, einer slangen und katzen anstadt eines affen in einen sack voreinigt und im wasser ertrencket« werden sollten. Erst Friedrich der Große schaffte die Strafe des Säckens nach 1740 wieder ab – zugunsten des Enthauptens.

Konstanzer Kutteln

Zutaten:
1 kg Kutteln vom Kalb
1 Zwiebel
1 EL Fett
1 EL Mehl
Salz, Pfeffer und Kümmel
Fleischbrühe oder Wasser

Zubereitung:
Die Kutteln werden sauber gewaschen, über Nacht gewässert und in ganz feine Streifen geschnitten. Die gehackte Zwiebel in heißem Fett dünsten, danach die Kutteln beigeben, mit Salz, Pfeffer und Kümmel würzen und das Mehl darüberstreuen. Wasser oder Fleischbrühe zugießen, ungefähr 30 Minuten kochen. Zum Schluss etwas Sauerrahm, Weißwein oder nach Belieben Essig beifügen. Vorzugsweise werden die Kutteln mit Bratkartoffeln serviert.

Thomas Erle

Der letzte Tatort

Ta-daa –

Ta-daa –

Taa – taa – tadaa –

Die Augen. Das Fadenkreuz. Das Gesicht mit den Händen davor.

Doldingers Fanfare. Hektisch laufende Beine.

Julian Andermatt riss die Chipstüte auf und streckte sich in seinem Sessel aus. Bodensee-Tatort. Herrlich.

Die Kamera fuhr von der prächtigen Alpenkulisse nach unten auf die Wasseroberfläche zu einem Segelboot, weit draußen, ein gutes Stück vom Ufer entfernt.

Der schlaksige Mann bückte sich und strich ihr das Haar aus der Stirn. Für einen Moment verweilte sein Blick liebevoll auf dem bleichen Gesicht der Frau, die vor ihm lag. Es kostete ihn sichtlich Mühe, sie über den Bootsrand zu wuchten. Es klatschte laut, als der Körper auf das Wasser aufschlug. Der Sack mit den Steinen folgte kurz darauf, rasch entrollte sich das kräftige Seil.

Schweigend sah der Mann im Boot dem schlanken Körper nach, wie er in einem Kranz von Luftblasen langsam in die Tiefe sank ...

»Auf einen guten Anfang!«

Professor Dr. Mägele hob sein Glas, deutete eine leichte Verneigung an und prostete ihr zu. Seine neue Kollegin war ihm auf Anhieb sympathisch. Die brünetten Locken umrahmten ein schmales Gesicht, aus dem ihm neugierige Augen entgegensahen. Ein kaum wahrnehmbares Grübchen unter der linken Wange unterstrich ihr freundliches Lächeln.

Dr. Angela Beringer erwiderte den Wunsch. »Auf gute Zusammenarbeit!« Sie hatte zuerst gezögert, als sie die Einladung ihres neuen Chefs zu einem formlosen Kennenlernen erhalten hatte. Doch die anfängliche Zurückhaltung hatte sie rasch abgelegt.

Die Gläser klangen.

»Das Amuse-Gueule.« Mit eleganter Bewegung stellte der Ober einen rechteckigen Teller auf den Tisch. Neben einem hellbraunen Saucenstreifen lagen zwei zart gebackene kleine Würfel, gekrönt von einer Dillspitze.

»Fischvariation von Egli und Zander an frisch geriebenem Badischem Meerrettich.« Der Ober verneigte sich leicht, dann schenkte er den Wein ein. »Dazu ein leichter Müller-Thurgau aus Hagnau.« Mit einer erneuten Verbeugung zog er sich dezent zurück.

»Der Gruß aus der Küche.« Mägele wartete, bis Behringer begann und griff dann ebenfalls zu.

Vor dem Panoramafenster senkte sich der Abend über den Gnadensee. Auf der mattgrauen Wasseroberfläche zeigten sich erste goldene Linien. Im nahe gelegenen Jachthafen unterhalb der Münsterkirche in Mittelzell tanzten die Mastspitzen mit feinen Bewegungen im Takt des Windes.

»Ich wünsche mir, dass der heutige Abend noch ein wenig Platz für, sagen wir, nicht-berufliche Dinge findet. Möchten Sie mir nicht gleich zu Beginn ein wenig von Ihren Erfahrungen erzählen? Sie haben angedeutet, dass Sie mit durchaus unkonventionellen Methoden recht erfolgreich waren?«

Beringer fragte sich, was Mägele mit nicht-beruflichen Dingen meinte. Doch der braungebrannte Mann mit den grau melierten Schläfen hatte sich bislang als formvollendeter Kavalier der alten Schule erwiesen. Zudem sah er für sein Alter, das sie auf Mitte fünfzig schätzte, immer noch sehr gut aus. Sie beschloss, den Abend auf sich zukommen zu lassen.

Beringer nahm Mägeles Aufforderung gerne an. »Mein Credo: persönliche Beziehung und Teilhabe am öffentlichen Leben.« Sie wählte zwei Fallbeispiele aus und begann, die Grundzüge ihrer Arbeit darzustellen. Es beruhigte sie, dass er ihr die Gelegenheit gab, das Gespräch auf einer unverfänglichen Ebene zu beginnen.

Mägele hörte interessiert zu und warf nur ab eine Frage ein. Nach etwa zehn Minuten hob der Professor die Hand und unterbrach die Ausführungen seiner künftigen Kollegin. »Das hört sich alles sehr gut an. Wir beide wissen, dass die moderne Psychiatrie anders ist, als die meisten Laien sich dies gemeinhin vorstellen. Hier auf der Reichenau ist Innovation sozusagen Programm. Ich bin gespannt, was Sie zu Ihrem ersten Patienten sagen werden.« Er winkte den beiden Obern, die unbemerkt mit einem Beistellwagen an den Tisch herangetreten waren. »Doch nun wollen wir uns den Gaumenfreuden zuwenden.«

Mit geübten Handgriffen räumten die beiden Kellner die Teller ab und legten den Hauptgang vor. Abschließend wurde aus einer zweiten Flasche erneut Wein eingeschenkt.

Mägele hob sein Glas und betrachtete für einen Moment den goldenen Schimmer. »Ein 2013er Riesling. Ein einzigartiger Tropfen vom südlichsten Weinberg Deutschlands. Auf Ihr Wohl!« Wieder klangen die Gläser. »Ich wünsche einen guten Appetit. Bodenseefelchen. Es gibt nichts Besseres.«

Nach der Teambesprechung am Morgen verteilten sich die Mitarbeiter rasch auf die verschiedenen Stationen. Der Konferenzraum des Psychiatriezentrums leerte sich in kurzer Zeit.

Mägele nahm seine Kollegin zur Seite.

»Auf ein Wort, Frau Dr. Beringer.«

Angela Beringer folgte ihm hinaus in den Garten der großzügigen Anlage. Einige Patienten saßen auf den weißen

Bänken, die den sommerlichen Kontrast zu dem kurzgeschorenen Rasen bildeten. Ein paar mächtige Trauerweiden schlossen das Gelände zur Seeseite hin ab. Im Westen wies die kilometerlange Pappelallee entlang der schmalen Fahrstraße den Weg zur Reichenau.

»Ehe ich Ihnen den Patienten vorstelle, erlauben Sie mir noch einige Worte.«

Beringer war erneut beeindruckt von der ausgesuchten Höflichkeit ihres Gegenübers. Am gestrigen Abend war sie zu keiner Minute in einen Zwiespalt zwischen Bedenken und Begehren gekommen. Mägele hatte die Rolle des perfekten Gastgebers vollendet durchgespielt, bis er sie vor der Tür ihrer neu bezogenen Dreizimmerwohnung in Litzelstetten verabschiedet hatte.

Sie begleitete Mägele ein paar Schritte bis zu einer Stuhlgruppe am Rande der Terrasse. Er wartete, bis sie sich gesetzt hatte, ehe er selbst Platz nahm.

»Ihr erster Patient!« Er räusperte sich kaum vernehmlich und begann. »Julian Andermatt war früher Schauspieler am Schauspielhaus in Zürich. Es heißt, er hatte eine vielversprechende Karriere vor sich. Dann traf es ihn hart in kurzer Zeit. Ein Unfall, dessen Folgen seinen Beruf unmöglich machten, im selben Jahr verlor er seine Frau durch Krankheit. Die Ärzte rieten zu einem völligen Ortswechsel. Seit über vier Jahren ist er bei uns in Dauerbehandlung. Für ihn gehen Schauspielerei und Alltag ineinander über. Er hatte bis vor einem halben Jahr gute Prognosen. Jetzt bin ich wieder deutlich skeptischer.«

Beringer blickte ihn interessiert an. »Was ist passiert? Ein Rückfall?«

»Sagen wir, eine unvorhergesehene Wendung. Sehen Sie, Frau Dr. Beringer, Andermatt ist ein Liebhaber von Fernsehkrimis. Und bei denen insbesondere von der Serie ›Tatort‹.«

Obwohl Mägele seinen sachlichen Ton nicht änderte, spürte Beringer trotzdem, dass sich ihr Chef mit dieser Art von Unterhaltung schwer tat. Seine Welt war wohl eher die der Oper und der gehobenen Literatur.

Mägele fuhr fort: »Andermatt hat sich im Laufe der Zeit vollkommen in die Vorstellung hineingesteigert, einmal bei einem der Bodensee-Tatorte mitzuspielen. Inzwischen wurde jedoch bekannt, dass der Sender die Produktion nicht verlängern wird. Statt Konstanz soll eine andere Stadt in Baden-Württemberg zum Zuge kommen.«

»Und seither?« Beringer hörte gespannt zu.

»Wir konnten die Nachricht nicht vor ihm verbergen. Leider ist seither ein deutlicher Rückfall zu beobachten. Im täglichen Miteinander wirkt er immer noch höflich, fast bescheiden. Aber die zunehmende Angespanntheit blieb uns natürlich nicht verborgen.«

»Ich danke Ihnen. Das hört sich ganz nach einem Fall für meinen neuen therapeutischen Ansatz an. Ich will es gerne mit ihm versuchen.«

Mägele lächelte höflich. »Aus meiner Sicht stehen die Chancen nicht sehr gut. Aber ich will Ihren Methoden nicht vorgreifen.«

Er stand auf und wies mit der Hand den Weg zur Station. »Eines noch. Wundern Sie sich nicht über sein Zimmer.«

»Und hier: Perlmann und Klara Blum bei einem Einsatz auf der Meersburger Fähre. Das Bild entstand während einer Drehpause.« Die beiden Schauspieler saßen sichtlich entspannt auf zwei Stühlen an Deck eines Schiffes und tranken aus Pappbechern. Im Hintergrund waren zwei große Scheinwerfer und eine tragbare Garderobe mit Jacken und Mänteln zu sehen.

»Beckchen im Gespräch mit Perlmann. Ich bin sicher, die beiden haben etwas miteinander.«

Seit einer Viertelstunde erklärte Julian Andermatt seinen Besuchern gestenreich und mit glühenden Worten die Schätze, die er in seinem Zimmer angehäuft hatte.

Während Professor Mägele sich völlig zurückhielt, begleitete Angela Beringer die Ausführungen Andermatts mit großem Interesse. Die Wände des etwa zwölf Quadratmeter großen Raumes waren über und über mit gerahmten Fotos, Bildern und Plakaten behängt. Neben einigen großformatigen Landschaftspanoramen und Aufnahmen aus Konstanz waren auf den meisten übrigen Bildern die immer selben Personen zu erkennen.

»Der Konstanzer Tatort!« Die Wangen des Mannes glühten vor Begeisterung. »Ich habe alle Folgen. Sehen Sie!« Er wies auf ein schmales Regal, das vom Boden bis zur Decke reichte. Es war eng gefüllt mit Ordnern, Büchern und DVDs.

»›Die kleine Seejungfrau‹. ›Im Angesicht der Grenze‹. ›Nasses Grab‹. ›Als die Angst kam‹.«

Andermatt zog nacheinander die Hüllen heraus und präsentierte sie stolz. Auf allen war das bekannte Logo mit Schrift und Fadenkreuz zu erkennen. »Sogar die Neueste habe ich schon. Selbst aufgenommen. Gibt es noch gar nicht zu kaufen. ›Die Tote im Boot‹. Genial.«

»Und das hier?«

Beringer deutete auf ein Foto, das einen besonders edlen Rahmen hatte. Am unteren Rand war mit Filzstift etwas darauf geschrieben.

»Das ist etwas ganz Besonderes. Ein Autogramm von Herrn Bezzel, einem der Hauptdarsteller, mit persönlicher Widmung. Sehen Sie!«

Er deutete auf die kaum leserliche Schrift. »Für Julian Andermatt. Mit besten Wünschen! Er will sich dafür einsetzen, dass ich eine Rolle bekomme.« Andermatts Blick wanderte von dem Foto zu einem imaginären Punkt im Zimmer. »Eines Tages wird es soweit sein. Ich weiß es. Sie werden gar nicht anders können, als mich zu rufen. Und dann werde ich bereit sein.«

***

»Wie geht es Ihnen bei uns, Frau Dr. Beringer? Nach vier Wochen können Sie sich doch gewiss ein erstes Urteil erlauben?«

Angela Beringer setzte die Kaffeetasse auf dem kleinen Tisch ab, der zwischen ihnen stand. Von ihrem Sessel aus hatte sie einen herrlichen Blick über den Garten und den See. Nach Süden hin zeichnete sich im Morgendunst die Bergkette der Schweizer Seealpen ab.

Mägeles Einladung zu einem Reflexionsgespräch, wie er es nannte, hatte sie gerne angenommen. »Ausgezeichnet, danke, dass Sie fragen.« Wie jedes Mal, wenn sie ihn traf, wirkte seine Höflichkeit ansteckend.

»Und die Arbeit? Konnten Sie einige Ihrer Ansätze verwirklichen?«

Beringer nickte. »Ich habe es sehr geschätzt, dass Sie mir von Beginn an ein hohes Maß an Eigenverantwortung übertragen haben. Das ermöglicht mir, eine ungestörte Beziehung zu den Patienten aufzubauen.«

»Ich weiß, dass Ihnen das besonders am Herzen liegt.« Er wandte sich ihr zu. »Aber vergessen Sie bitte nie, dass Sie die Therapeutin sind. Wie geht es Ihnen denn mit Herrn Andermatt?«

Angela Beringer hatte die Frage erwartet. Sie erinnerte sich lebhaft an den ersten Tag, als sie Andermatt auf seinem Zimmer besucht hatten.

»Es geht voran.« Ihre Augen leuchteten. »Es war nicht ganz einfach, ihn aus der Reserve zu locken. Vor allem, weil die Schauspielerei für mich Neuland war. Außerdem hatten mich Fernsehkrimis bis dahin wenig interessiert. Aber man sollte die Menschen dort abholen, wo sie sind. Das ist die Grundlage meiner Arbeit.«

»Heißt das, Andermatt hat Vertrauen zu Ihnen gefasst?«

Beringer nickte. »Ich denke schon. Die Art, wie er spricht, deutet darauf hin. Neulich hat er zum ersten Mal von seiner verstorbenen Frau gesprochen. Ein kleiner Anfang.«

»Seien Sie nicht so bescheiden, Frau Beringer. Das sind gute Nachrichten. Ich würde mich freuen, wenn Sie meine skeptische Einschätzung widerlegen könnten.« Er schenkte aus einer Alessio-Kanne Kaffee nach. »Persönliche Beziehung ist das eine«, fuhr er fort, »Sie wollten ihn aber auch zurück ins öffentliche Leben führen?«

»Nach zwei Wochen konnte ich ihn dazu bewegen, sich dem Patientenausflug in die Stadt anzuschließen. Es war wie ein Türöffner. Gleich am nächsten Tag wollte er wieder gehen. Allerdings mit mir alleine.«

Mägele schaute interessiert. »Das ist ungewöhnlich. Sie wissen, dass wir da überaus vorsichtig vorgehen.«

»Ich weiß. Ich habe die Reduzierung dosiert. Zunächst in der Fünfergruppe bei der Fahrt auf die Mainau, dann zu dritt ins Kino und zum Minigolf. Jetzt will er unbedingt ins Theater.«

»Machen Sie das, Frau Dr. Beringer.« Mägele erhob sich. Das Gespräch war beendet. »Ich denke, Sie sind auf einem guten Weg. Wenn Sie etwas brauchen, kommen Sie jederzeit zu mir.«

Julian Andermatt hob sein Gesicht in die Sonne und schloss die Augen. Er hatte sich lange nicht mehr so gut gefühlt. Der Schmerz war nicht weg. Nein, das war er nicht, und er durfte auch nicht weggehen. Es wäre Verrat gewesen an der Frau, die er über alles geliebt hatte.

Schmerzen ließen sich aushalten. Ohne Hoffnung leben zu müssen, war schlimmer. Bis Dr. Beringer kam, die junge Ärztin. Er durfte Angela zu ihr sagen. Das war fast ein wenig peinlich. Aber es schien ihr wichtig. Und ihm machte es nichts aus, denn sie brachte die Hoffnung zurück.

Die Nachricht von der bevorstehenden Absetzung des Bodensee-Tatorts hatte ihn sehr getroffen. Nie mehr mit Blum und Perlmann über die Höri fahren, nie mehr mit Beckchen an der Konstanzer Uferpromenade entlanggehen, nie mehr grenzübergreifend mit den Schweizer Kollegen von der anderen Seeseite ermitteln. Und war es nicht sein Ziel, einmal dabei zu sein in Deutschlands bekanntester und beliebtester Fernsehsendung? Einmal zu zeigen, was er konnte! Einmal allen beweisen, welch begnadeter Schauspieler er war!

Angela Beringer hatte sich für ihn interessiert. Sie war die Erste und Einzige, die in sein wahres Inneres schauen konnte. Sie hatte ihm die Hand gereicht und ihn zurück ins Leben geführt. In die Stadt! In den Seepark! Zur Fähre! Und am wichtigsten: ins Theater. Er wäre am liebsten auf die Bühne gestürmt und hätte mitgespielt. Doch er wusste sich zu beherrschen. Und er wollte Angela nicht enttäuschen.

Er hatte beschlossen, Schritt für Schritt vorzugehen. Das Wichtigste zuerst. Alles andere würde daraus folgen.

Julian Andermatt betrachtete sie liebevoll. Sie war so anders, so frisch. Sie hatte ihn zum Minigolf mitgenommen, mit ihm eine Stadtrundfahrt gemacht, sie waren im Museum gewesen. Anfangs in einer kleinen Gruppe. Dann mit ihm allein. Dies ging nur mit Patienten, die harmlos waren. Die eine gute Prognose hatten.

Er war harmlos. Er hatte eine gute Prognose. Er würde das tun, was nötig war. Und er musste auf den richtigen Moment warten.

Als sie ihm heute Morgen von der Bootsfahrt erzählte, wusste er, dass es so weit war. Zu schade, dass es sie treffen würde. Aber so war es richtig. Es war perfekt. Alles würde in der Zeitung stehen. Der SWR würde neu entscheiden. Der Tatort würde weitergehen. Sie würden ihn rufen.

Ein letztes Mal strich er Angela Beringer das Haar aus der Stirn, ehe er sie über die niedrige Reling hievte. Er sah dem schlanken Körper nach, wie er in einem Kranz von Luftblasen langsam in die Tiefe sank.

Leise summte er die Doldinger-Fanfare.

Gebratene Felchenfilets
mit Rosmarinkartoffeln, dazu Feldsalat
mit Rote Bete und Walnüssen

Zutaten (für vier Personen):
600-800 g Bodenseefelchen, vorfiletiert
500 g kleine Kartoffeln (Schale verzehrbar, aus biologischem Anbau)
1 Zitrone
2 Rosmarinzweige
etwas Dill
2 EL Olivenöl
Butterschmalz
2 EL Mehl
Salz
Pfeffer

Salat:
250 g frische Rote Bete
250 g Feldsalat (kleine Blätter)
100 g Walnusskerne
Walnussöl
2 EL Rotweinessig
2 EL Weißweinessig
Salz und Pfeffer
1/2 TL Akazienhonig

Zubereitung:
Felchenfilets abwaschen und trocken tupfen. Mit frisch gepresstem Zitronensaft beträufeln. Danach salzen, pfeffern und mit ein wenig Dill würzen. Anschließend mit Mehl bestäuben. In der Pfanne mit Butter und Öl auf beiden Seiten jeweils drei bis vier Minuten bei mittlerer Hitze anbraten.

Kartoffeln gut waschen, halbieren, ggf. vierteln. In einer Schüssel mit Öl und Salz mischen, Rosmarinnadeln abstreifen und daruntergeben. Auf einem Backblech verteilen und im vorgeheizten Ofen ca. 30 Minuten bei 180 Grad backen.

Feldsalat waschen und gut abtropfen lassen. Rote Bete in Salzwasser mit etwas Kümmel gar kochen (je nach Größe bis zu 45 Minuten). Kalt abschrecken, häuten, in möglichst schmale Stifte schneiden. Walnusskerne zerkleinern, in der Pfanne kurz anrösten (ohne Fett). Walnussöl, Essig, Salz, Pfeffer und Akazienhonig anrühren, Dressing mit Salat mischen. Salatportionen mit Walnusssplittern bestreuen.

Susanne Kraft

Seegfrörne

Der Sommer war kalt gewesen und kalt war jetzt auch der Herbst. Im dünnen Nieselregen verschmolzen Himmel und See zu einer konturlosen Einheit. Auch die letzten, wichtigen Tage kurz vor der Ernte der Trauben waren grau gewesen – es würde kein guter Jahrgang werden. Die Touristen waren abgereist. Sie würden im kommenden Jahr nach Antalya fliegen oder an einen anderen der Orte, wo das Wetter die Versprechungen der Kataloge hielt. Am See aber kannte man solche Jahre seit Menschengedenken. Es waren diese Sommer, nach denen – viel später, im Frost des folgenden Spätwinters – der See von Ufer zu Ufer gefrieren konnte. Ein halbes Jahrhundert war es her, dass der See zum letzten Mal vollständig erstarrt gewesen war.

Julian hatte der Sommer, der auch oben in seiner Heimat im Norden kühl gewesen war, nicht im Geringsten gestört. Über seinem Sommer hatte die Sonne geschienen: ein Abitur fast mit Bestnote, eine Freundin, um die ihn alle seine Kumpel beneideten, eine Zusage für den Studienplatz in Konstanz und jetzt genau die Wohnung, die er sich nach den Besichtigungen gewünscht hatte. Alles funktionierte in diesem Sommer.

Es war die wahnsinnig schnelle Zusage für die Wohnung gewesen, die ihn auf die spontane Idee gebracht hatte. Spontan und ein bisschen verrückt wie vieles, was Julian tat. Aber wozu hatte er einen Onkel mit einer Villa am See und noch drei Tage Zeit bis zur Rückfahrt?

Er hatte gelacht, als seine Mutter am Telefon geschwiegen hatte. Er hatte die Bedenken schon in dem Schweigen hören können. Ach was, hatte Julian gesagt, nach fast zwanzig Jahren sei es doch wohl an der Zeit, den seltsamen

Onkel einmal kennenzulernen. Schließlich – der Stiftung für Hochschulzulassung sei Dank – sei ihre alte jetzt bald seine neue Heimat. Und ein Onkel am See, seltsam hin oder her, konnte sich schließlich lohnen. Wer eine Villa hatte, hatte auch ein Boot. Und wer würde einen Neffen wie ihn nicht wie einen verlorenen Sohn ans Herz drücken? So seltsam, hatte Julian gesagt, konnte eigentlich niemand sein.

»Lass das, Julian, das ist keine gute Idee«, hatte seine Mutter gesagt. Mütter hatten immer irgendwelche Bedenken. Argumente hatten sie dagegen selten. Seine Mutter jedenfalls hatte keine gehabt, außer eben »seltsam«. Julian hatte also gelacht und auf seinem Einfall beharrt, dem unbekannten Onkel einen Überraschungsbesuch abzustatten.

Tatsächlich aber hatte Julian im letzten Augenblick, bevor er klingelte, doch noch unbestimmte Bedenken verspürt. Aber da hatte er dem Finger schon den Befehl gegeben. Im nächsten Augenblick läutete eine Glocke und automatisch erschien auf Julians Gesicht das Lächeln, das von seinem Mathelehrer bis zu seiner Freundin alle bewegt hatte, ihm mehr zu geben, als sie gewollt hatten. Dann wurde die Tür geöffnet.

Eine Zehntelsekunde lang meinte Julian, Entsetzen über die Gesichtszüge des Mannes gleiten zu sehen, dann wurde der Ausdruck zu – Hass? Sofort danach jedoch wanderten die dunklen Augenbrauen nach oben und zogen eine Maske höflicher Distanz über das Gesicht. Eine kultivierte Stimme fragte »Ja bitte?« und ließ im Fragezeichen mitklingen, dass, was immer nun kommen würde, unerwünscht war.

Julian aber war es gewohnt, überall erwünscht zu sein. Er hörte die Ablehnung nicht und schenkte dem schnell verschwundenen Gesichtsausdruck keine Aufmerksamkeit. Damit hatte er recht – wie fast immer. Kein vom Besuch eines unbekannten Neffen überrumpelter Onkel hätte ein besserer Gastgeber sein können. Er kochte und holte einen Wein, fragte nach Julians Abitur und seinem Studium und holte einen zweiten Wein. Schließlich lud er Julian für den nächsten Tag zum Angeln ein. Er angle oft Karpfen, sagte der Onkel. Manchmal auch Hechte, aber meistens Karpfen.

»Seltsam« – das Wort störte Julians weinselige Müdigkeit dabei, endlich in Schlaf überzugehen, als er schließlich im Bett lag. Das und das Lächeln seines Onkels. Ein verzerrtes Lächeln, das an Stellen kam, wo Julian keinen Grund zum Lächeln sah. Auf dieselbe Art – seltsam eben – hatte er auch gelächelt, als Julian das Foto betrachtet hatte. Es stand im Bücherregal, man sah es gar nicht sofort, aber Julian hatte sich neugierig umgeschaut, als sein Onkel den zweiten Wein holte. Drei Kinder waren auf dem Bild. Zwei Jungs und ein kleineres Mädchen.

»Deine Mutter«, hatte sein Onkel gesagt, plötzlich von hinten mit dem Wein in der Hand, »und das bin ich.«

Er hatte auf den kleineren Jungen gezeigt. Dann hatten sich seine Lippen zu dem Lächeln verzogen. Ein freudloses Lächeln. Sie hatten auf das Foto geblickt, auf den anderen Jungen. Hätte er nicht Lederhosen und einen ordentlich gekämmten Seitenscheitel gehabt – es hätte Julian in dem Alter sein können. Das Lächeln aber hatte Julians Frage ersterben lassen.

Julian drehte sich noch einmal im Bett um. Endlich kämpfte sich ein abschließender Gedanke durch Müdigkeit und Wein. Okay, dachte Julian, dann war er eben seltsam. Aber das war kein Grund, einen Onkel mit einem Haus am See zu ignorieren. Dafür war noch nicht einmal eine Angeltour ein Grund. Genau deshalb hatte sein strahlendes Lächeln ja auch nichts als Begeisterung gezeigt, als er gesagt hatte: »Angeln, das ist super.«

Hoffentlich wird es nicht zu langweilig, dachte Julian noch. Dann schlief er ein.

* * *

Es war aber nicht Langeweile, was Julian am nächsten Tag zu schaffen machte. Im Gegenteil, das Nichtstun ließ ihn immer angespannter werden. Sein Onkel schwieg und das Schweigen dauerte schon lange. Julian sah ins Wasser. Die trägen Bewegungen trieben in ihm die Erinnerung an diesen ersten Augenblick an der Tür wieder nach oben. Die Sekunde von Entsetzen und Hass. Dann dachte er an das Foto. Er fröstelte. Es begann zu nieseln, oder vielleicht war es auch Nebel, der langsam herabsank.

Seine Mutter hatte nur ganz selten von ihrem Bruder gesprochen. Er hatte nie gefragt, warum. Julian blickte in den See. Das graue Wasser sah so aus, als wäre es gar nicht durchsichtig, stellte er fest. Wie tief es wohl hinabreichte? Die Oberfläche verriet nichts darüber.

Ich hätte den dicken Pullover anziehen sollen, dachte Julian, es ist arschkalt.

»Sind Karpfen nicht Vegetarier?«, fragte er, um das Frösteln loszuwerden und die Stille zu füllen. Er hatte nicht wirklich zugehört am Morgen, als sein Onkel über Angeln und Fische gesprochen hatte. Aber jetzt wären ihm Fische ganz recht.

Sie hatten die Angeln in verschiedene Richtungen ausgeworfen, sodass sie mit dem Rücken zueinander saßen. Julian stellte seine Frage auf den See hinaus, aber seine Stimme fand ihren Weg. Vom Wind getrieben klang die Antwort, als käme sie von irgendwoher.

»Sie fressen vieles, Pflanzen, Larven, Muscheln. Aber nicht alle stehen nah am Ufer, wo die Pflanzen wachsen und die kleinen Tiere leben.«

Die erzählende Stimme über dem Wasser war viel besser als das Schweigen. Julian setzte sich bequemer hin.

»Einige Karpfen, so geht hier die Legende, leben nicht wie die anderen. Sie verlassen das Ufer und schwimmen ins freie Wasser. Sie leben tief im See. Dort fressen sie die Leichen der Ertrunkenen, wenn sie herabsinken. Wenn ein

Karpfen anfängt, die Toten zu fressen, dann wird er alt, so heißt es, denn er bewahrt das Andenken der Verstorbenen. Unten im See sollen Karpfen leben, die über hundert Jahre alt sind.«

»Brr. Na hoffentlich fangen wir keinen davon. Ich würde nicht gerne einen Fisch essen, der schon seit hundert Jahren Leichen frisst.«

Der Witz, den Julian beabsichtigt hatte, fehlte dem Satz irgendwie. Überhaupt passte seine Stimme nicht zur Stimmung auf dem See. Sie störte, wo die andere sich eingewoben hatte. Er schloss den Mund.

»Warum nicht? Irgendjemand muss sich der Toten annehmen. Diejenigen, die der See fordert, die haben kein Grab. Wer ihrer gedenken möchte, der fährt auf den See hinaus. Der See war schon immer gefährlich, und schon immer hat er hinabgezogen, was in sein Wasser geriet. Meine Oma sagte, wenn die Karpfen einen Ermordeten fressen, dann bewahren sie in ihren Mägen etwas von dem Toten auf, einen Ring oder einen Kettenanhänger oder etwas Ähnliches. Und wenn der Mörder auf den See kommt, dann kommen sie aus der Tiefe hoch und schlucken seinen Köder. Holt der Mörder sie heraus und isst sie, dann vergiftet ihn in dieser Nacht seine Tat, und er erlebt den nächsten Morgen nicht. Die Karpfen bewahren das Unrecht mit ihrem Leib und sie opfern sich, damit es gesühnt wird. Das ist der Preis, den sie dafür zahlen müssen, dass die Toten sie genährt haben.«

Julian schaute auf seine Angelschnur, von der er nur ein kurzes Stück sah. Der Rest verschwand im Dunkel des Sees. Er fror wieder. Vom Ufer war nichts zu sehen, und bis auf die Wellen war nichts zu hören. Julian hatte jegliche Orientierung verloren. Er wusste nicht, wie weit draußen sie waren.

Julians Onkel schwieg. Der See wurde unruhig.

Dann störte ein Piepsen die verhangene Stille. Sein Handy. Julian nahm die Rute in die eine Hand und suchte mit der anderen nach dem Handy. Es leuchtete. Aber es war nur eine Info-Meldung zum Roaming, weil sich das Handy in ein ausländisches Netz eingewählt hatte. Sie mussten der Schweizer Grenze nahe gekommen sein. Eine zweite Nachricht mit derselben Meldung kam an und piepste wieder einen unnatürlich elektronischen Ton. Die Feuchte schluckte ihn. Dann kam noch eine dritte. Julian löschte die Meldungen. Dann sah er die Nachricht seiner Mutter. Er runzelte die Stirn. Er hatte sie am Morgen gar nicht bemerkt. Er hatte das Handy – vielleicht wegen der reichlichen Menge Wein – im Wohnzimmer vergessen und morgens, als er es holte, nur kurz draufgeschaut. Aber da hatte er die Nachricht nicht registriert und jetzt sah er auch, warum. Sie war als gelesen markiert. Julian runzelte erneut die Stirn. Er hatte sie nicht gelesen. Von 2.34 Uhr. Was schrieb seine Mutter um diese Zeit Nachrichten? Er öffnete die Nachricht.

Julian, ich habe dir das nie wirklich erzählt. Ich habe immer versucht, es zu vergessen, nachdem ich endlich fort war. Aber ich mache mir Sorgen.

Wir hatten noch einen großen Bruder, dein Onkel und ich. Aber dein Onkel ist eines Tages ohne ihn zurückgekommen. Sie haben ihn nie gefunden. Meine Eltern haben das nicht verwunden und dein Onkel – er war seltsam, danach.

Bitte, fahr nicht mit ihm auf den See.

»Und? Etwas Wichtiges?« Die Stimme klang spöttisch.

Julian fühlte einen kalten Krampf im Magen. Seine Stimme kam ihm hohl vor, als er antwortete.

»Nur die Meldung zu den Roaming-Optionen. Das nervt hier echt, ich hatte das schon ein paarmal. Ich muss mal sehen, wie man das abstellt.«

Sein Onkel entgegnete nichts.

»Mir ist kalt«, sagte Julian und starrte ins Wasser, »wollen wir nicht umkehren?«

Julian hörte die Wellen an das Boot schlagen. Es dauerte, bis eine Antwort kam.

»Ja, es ist kalt dieses Jahr. Vielleicht friert der See in diesem Winter wieder zu. Es muss Frost geben im Winter, damit der See friert. Aber das reicht nicht. Wenn das Wasser vom Sommer her warm ist, dann kann kein Winterfrost etwas ausrichten. Das Wasser muss schon kalt sein, damit der Frost es zum Gefrieren bringen kann. Bei manchen Dingen liegen die Ursachen tief, und so ist es mit der *Seegfrörne*. Es ist nicht der Winter, in dem sie entsteht, es ist der kalte Sommer.«

Seegfrörne – der ungewohnte Klang des seltsamen Wortes hatte etwas in Julians Erinnerung geweckt, aber er bekam es nicht zu greifen.

Er hob den Blick und versuchte, sich den See als erstarrte Eiswüste vorzustellen. Er hatte die Größe des Sees nur vor seinem inneren Auge, denn der Vorhang aus Wassertröpfchen hatte alle Ufer verschleiert. Er schauderte.

»Immer wenn der See friert, gibt es eine große Prozession«, fuhr die Stimme fort. »Von Münsterlingen aus wird die Büste des Heiligen Johannes nach Hagnau gebracht oder umgekehrt. Bei der nächsten *Seegfrörne* kann der Heilige dann wieder von der anderen Seite geholt werden. Seit 1573 gibt es die Eisprozession. Der See hat ein langes Gedächtnis. Der Heilige schützt die Prozession, heißt es. Aber wer einzeln auf das Eis geht, den schützt er nicht. Es sind die Jungen, die am weitesten auf das Eis gehen. Sie testen zu früh und zu weit draußen, ob es hält. Aber der See hat viele dunkle und warme Strömungen und das Eis trägt nie überall. Wer unters Eis gerät, den schluckt die Tiefe. Er wird nur langsam gefressen. Denn die Totenkarpfen unten im See fressen nicht viel in der Kälte. Sie erstarren, wie das Wasser über ihnen.«

Julians Haare hatten sich aufgerichtet. Jetzt erinnerte er sich an das, was seine Mutter erzählt hatte, vor langer Zeit, als er Schlittschuh laufen wollte. Es hatte noch nicht allzu lange gefroren damals, aber seine Kumpel hatten schon gedurft. Er hatte ein Riesentheater gemacht. Aber seine Mutter, die er doch sonst immer als Erste hatte überreden können, hatte nicht nachgegeben.

»Du weißt nicht, was das Eis mit dir machen kann«, hatte sie gesagt, »es nimmt dir alles, was du liebst.«

Dann hatte sie eine Geschichte aus ihrer Kindheit am großen See erzählt. Von zwei Brüdern, die aufs Eis gingen, als der ganze See zufror. *Seegfrörne* hatte sie gesagt und ihre Stimme hatte einen Klang gehabt, den sie sonst nie hatte. Der Klang aber war noch die ganze Erzählung über ein wenig zu hören gewesen.

Die zwei Brüder hätten ihren Eltern nicht gesagt, was sie vorhatten, hatte seine Mutter erzählt, sie hatten nur heimlich Kleidung, Essen und den Fotoapparat der Eltern eingepackt. Sie waren früh aufgebrochen, schon am Morgen waren sie nicht mehr da gewesen und am Mittag waren sie nicht zurückgekommen. Auch am Nachmittag nicht. Erst am Abend, im Dunkeln, war der eine Bruder allein wiedergekommen, der jüngere von den beiden. »Er ist weg«, hatte der kleine Bruder gesagt, und niemand hatte mehr aus ihm herausbekommen. Der Vater hatte seinen Sohn gepackt und geschüttelt, aber er hatte keine Antwort aus ihm herausschütteln können, obwohl der Kleine am Ende fast ohnmächtig war. Weder jetzt noch später bekamen sie eine Antwort. Sie redeten nicht mehr viel in der Familie danach. Aber die Frage, warum der See den großen Bruder verschluckt hatte und der kleine zurückgekehrt war, die blieb immer bei ihnen. Sie zerfraß die Familie. Die kleine Schwester ging weg, sobald sie alt genug war.

Julian hatte nicht verstanden, wer die drei Kinder waren, als seine Mutter es erzählte, er war nur sauer gewesen, dass er nicht zum Schlittschuhlaufen durfte, und er hatte seine Mutter angeschrien. Aber er verstand es jetzt.

Julian atmete tief die feuchte Luft ein. Unwillkürlich versuchte er, kein Geräusch dabei zu machen. Er konnte die

Gänsehaut unter der Kleidung spüren. Sie ging nicht weg, egal wie ruhig er atmete.

Dann zuckte seine Angelrute. Sie zuckte mit solcher Kraft und so überraschend, dass sie ihm fast aus der Hand gerissen worden wäre. Sein Onkel drehte sich um – schnell nach der langen Reglosigkeit. Er kam auf Julian zu, das Boot reagierte auf die Bewegungen und schwankte. Julian erstarrte. Sein Onkel erreichte ihn, griff nach der Rute und hielt sie mit ihm gemeinsam. Dann nahm er sie ihm aus der Hand und zog die Leine ein. Ein Fisch wurde zuckend sichtbar und verschwand wieder. Julian starrte auf den See und auf den Faden, an dessen Ende das Tier näher kam.

Es war sein Onkel, der den Fisch allein ins Boot holte. Julian hätte es niemals geschafft, obwohl sich das Tier seltsam wenig wehrte. Das Zucken wurde langsamer, und nach einem letzten Schwanzschlag lag der silbrige Leib erst einmal still.

Es war ein großer Fisch. Sein Maul war offen. Julian starrte in die Mundhöhle und auf den Leib.

»Wie alt ist er?«, fragte er. Er hatte nicht geflüstert, aber seine Stimme hatte trotzdem keinen Klang.

»Das ist ein großer«, sagte sein Onkel, »der hat seine Zeit im See gehabt. Willst du ihn mitnehmen, oder soll er zurück in den See?«

Julian starrte auf den Bauch des Fisches und ihm wurde übel, bei dem Gedanken, das Tier aufzuschneiden.

»Kann man ihn denn zurückwerfen?«, fragte er.

»Natürlich, kann man. Wenn man ihn gar nicht will, dann kann man ihn dem See zurückgeben. Karpfen nehme ich nie mit. Was ist? Willst du den hier haben?«

Julian sah auf das Tier, fremde, unheimliche Augen. Was mochten sie gesehen haben, unten im See? Warum war er heraufgekommen aus der Tiefe?

»Wir behalten ihn«, sagte er schließlich. Er hatte ein übles Gefühl im Magen.

Sein Onkel zog die Augenbrauen hoch.

»Gut«, sagte er. Dann erschlug er den Fisch.

»Das gibt aber eine ganze Menge Hechtklöße«, sagte er, »ich muss nach dem Rezept suchen. Heute Abend müssen wir etwas länger kochen, das war irgendwas mit Eischnee und Stehen im Kühlschrank.«

Julian starrte ihn an.

»Wieso Hecht?«, fragte er.

»Das ist ein Hecht, was hast du denn gedacht? Der Köder, den wir verwendet haben, ist für Hechte, das habe ich doch erklärt. Und das hier ist einer.«

»Ich dachte …«, begann Julian, aber er machte nicht weiter. Es war lächerlich, was er hatte sagen wollen, was er gedacht hatte, lächerlich jetzt, nach Eischnee in Hechtklößen. Es blieb auch lächerlich, wann immer Julian später daran dachte. Auf dem See aber, als er auf den Fisch gestarrt hatte, da war es nicht lächerlich gewesen.

Sie fuhren mit dem Hecht nach Hause.

* * *

Sein Onkel filetierte anscheinend nicht den ersten Hecht. Julian dagegen war schon froh, dass ihm der Eischnee gelang.

»Du hast wissen wollen, ob im Magen des Fisches der Kettenanhänger eines toten Bruders ist, nicht wahr?«, fragte sein Onkel, während er den Fisch bearbeitete. Er schwieg einen Augenblick. Dann fuhr er fort. »Willst du es immer noch wissen? Ich kann dir die Geschichte erzählen, dann kannst du es selbst beurteilen.«

Julian lief ein Schauer den Rücken hinab, obwohl es diesmal warm war. Er nickte. Sein Onkel zog die Augenbrauen hoch wie zuvor, als er auf die Frage, ob er den Fisch wolle, gesagt hatte, ja. Aber Julian wusste nicht, ob das Respekt war oder Belustigung oder etwas ganz anderes.

»Meine Eltern hatten drei Kinder, zwei Söhne und eine jüngere Tochter. Der ältere Sohn war ein strahlender, einer von denen, denen alles gelingt und die alle lieben. Vielleicht kennst du solche Menschen?« Sein Onkel sah ihn an und lächelte sein verzerrtes Lächeln. Aber diesmal wusste Julian, warum er lächelte.

»Ja«, sagte Julian, »ich kenne solche. Sie sind nicht unbedingt immer so glücklich, wie sie scheinen.« Er hielt dem Bick seines Onkels stand.

»Dann nimm dir mal die Kartoffeln, du kannst schälen, während ich erzähle und den restlichen Fisch verarbeite. Du wirst es vielleicht schwer haben, die Geschichte zu verstehen, denn sie ist die des dunklen Bruders. Desjenigen, dem nie etwas gelang, was nicht der andere schon Jahre vor ihm und viel besser gemacht hatte. Im Windschatten eines strahlenden Großen aufzuwachsen, ist eine kalte Angelegenheit für einen kleinen Jungen, für einen, der für alles viel Mühe aufwenden muss, damit es überhaupt gelingt. Der Kleine liebte seinen strahlenden Bruder nicht, den, der alles bekam, wenn er sein Lächeln lächelte. Der Kleine war noch jung und konnte nicht verbergen, was er fühlte. Man konnte seine Gefühle sehen. Es waren abstoßende Gefühle, die ihm keine Liebe einbrachten. Aber auch der strahlende Bruder war noch jung. So viel Liebenswürdigkeit und gute Laune wurde von ihm erwartet, dass er seine dunklen Seiten unterdrückte. Aber er hatte sie, natürlich, jeder von uns hat sie. Er lebte sie dann an dem aus, der kein Strahlen von ihm erwartete, an dem kleinen Bruder. Und so erschien der Große immer strahlender und der Kleine immer dunkler. Aber obwohl sie sich nicht liebten, hingen sie aneinander fest, in ihrer Jugend am See. Der Kleine folgte dem Großen, wenn er gerufen wurde, wie der Schatten, den der andere warf.

Als der große Bruder vierzehn war und der jüngere zwölf, trat ein Jahrhundertereignis ein. Der Sommer war kalt gewesen und auch der Herbst. Im November gab es bereits tiefen Frost und im Januar war dann fast sicher, dass der See ganz zufrieren würde. Mit jedem klaren Frosttag rückte die *Seegfrörne* näher. Zum ersten Mal seit über 80 Jahren.

Die alten Menschen am See sagten abwarten, der See sei groß und tückisch. Die Jugendlichen aber sagten, das Eis sei durch nach dem ganzen Frost, bestimmt sei es durch. Aber sie trauten sich noch nicht mehr zu tun, als groß zu reden und am Ufer zu bleiben. Der jüngere Bruder hörte zu, wenn gesagt wurde, dass es gefährlich sei, und er sah, dass der ältere nach dem Abenteuer und dem Ruhm gierte.

›Der Erste‹, sagte er zum großen Bruder, ›der den See überquert, über den berichten bestimmt alle, die Zeitungen und so. Aber wir sind noch zu jung, leider, um es zu versuchen, vierzehn und zwölf, das ist zu wenig, es ist gefährlich. Schade.‹

Am Morgen schlichen die beiden weg, mit Proviant und Zusatzkleidung. Der kleine Bruder hatte die Kamera der Eltern, denn er sollte die Heldentat des Großen fotografieren. Er fotografierte auch. Bis – weit weg vom Ufer – das Eis unter seinen Füßen kreischte. Dann weigerte er sich weiterzugehen. Das Letzte, was sein Bruder zu ihm sagte, war: ›Feigling, gib mir die Kamera.‹ Er sagte es mit der Verachtung, die der Kleine seit dem Sandkasten kannte.

Dann ging der Große weiter auf den See. Das Knacken des Eises war unheimlich. Das Eis konnte durch den ganzen See reißen unter Zug und Druck. Es knackt auch, wenn es nicht gefährlich war, viele, die den See überquert hatten, erzählen davon. Aber der See hat unerwartete Strömungen und wo das Wasser aus der Tiefe hochkommt, ist das Eis plötzlich dünn.

Als er gerade noch in Hörweite war, blieb der große Bruder stehen. Das Eis hatte ein Krachen von sich gegeben, als würde der See versuchen, sein Gefängnis aufzubrechen.

Der Kleine machte voller Angst den Mund auf, um den großen zurückzurufen, aber da hörte er es noch einmal: ›Feigling‹, mit Verachtung in der Stimme.

Er holte Luft und schrie mit aller Kraft: ›Feigling!‹ über den See. Er wusste nicht, ob sein Bruder es gehört hatte, und er erfuhr es nie. Denn der Große ging weiter.

Über den See konnte man weit sehen und so sah der kleine Bruder den großen noch lange. Er sah auch, wie er mit dem ausgestreckten Arm ein Foto machte von sich und dem See. Zum Beweis.

Dann ging er weiter.

Und dann war er weg.

Das Eis hatte nicht gekreischt und nicht gekracht, es hatte keinen Schrei gegeben, es war eiskalt, sonnig und still. Und auf dem See war nur noch der kleine Bruder.

Er hätte wahrscheinlich nichts tun können. Wo das Eis dünn ist, gibt es Strömungen und wer unter das Eis gerät, der ist zu einem kalten Tod verdammt. Er ist nicht zu retten. Und der kleine Bruder war weit weg. Aber er lief gar nicht hin. Er tat gar nichts. Er saß auf dem Eis in der Kälte und sah dorthin, wo sein Bruder gewesen war. Dann, als es schon Abend wurde, stand er auf und ging nach Hause.«

»Und?«, fragte Julians Onkel und der Bruch von der Märchenerzählerstimme zu seiner normalen kam so plötzlich, dass Julian sich fast geschnitten hätte, »was ist im Magen des Karpfens, der die Leiche gefressen hat? Was meinst du?«

Er sah Julian an.

Julian blickte zurück.

»Woher soll ich das wissen?«, sagte er dann. »Ich weiß nicht alles, nicht über die Strahlenden und schon gar nicht über die Dunklen.« Er schwieg eine Weile, dann sprach er weiter.

»Der See muss es wissen, oder? Wenn du es wissen möchtest, dann nehmen wir morgen einen Köder für Karpfen. Und dann werfen wir ihn nicht zurück, sondern nehmen ihn mit. Du wirst ja irgendein Rezept für Karpfen haben. Dann essen wir ihn zusammen und trinken einen Wein dazu.

Wenn du am Morgen danach noch lebst, dann hat der See geurteilt. Ich jedenfalls würde nicht daran zweifeln.« Julian lächelte. Aber nicht sein übliches Lächeln, ein anderes, vorsichtigeres.

Sein Onkel lächelte das verzerrte Lächeln.

»Vielleicht beißt keiner, man fängt nicht immer etwas.«

»Dann versuchen wir es übermorgen nochmal. Oder danach. Meine Rückfahrt kann ich auch verschieben.«

»Gut«, sagte Julians Onkel, »vielleicht hast du recht. Irgendwann muss man wohl eine Antwort glauben.«

Er schwieg. Als er fortfuhr, klang seine Stimme leichter.

»Ich habe tatsächlich ein Rezept, ein altes aus dem Kochbuch meiner Großmutter. Sie hat immer den Safran weggelassen, weil sie sagte, das hätte man sich nur in der guten alten Zeit leisten können. Aber wir machen ihn mit Safran.«

»Aber«, setzte er dann noch hinzu, »schreib es deiner Mutter nicht, nicht jetzt. Sie würde sich sonst wieder Sorgen machen.«

Julian versuchte ein Grinsen. »Auf keinen Fall«, sagte er, »ich werde eine Erklärung finden.«

»Das ist gut«, sagte sein Onkel und tat fast etwas wie zurückgrinsen, »dann hol jetzt mal die Hechtmasse, ich denke, sie war lange genug im Kalten.«

Der See gefror nicht in diesem Jahr. Der Winter war viel zu warm. Die *Seegfrörne* von 1963 ist daher nach wie vor die letzte am großen See.

Gedämpfter Karpfen mit Safran

Zutaten:

ein ganzer Karpfen, ausgenommen
2 EL fein geschnittene Zwiebeln
etwas Mehl, Zitronenschale und der Saft einer halben Zitrone
1 Gläschen Wein (rot oder weiß)
2 Schöpflöffel Fleischbrühe
Butter, Salz und Pfeffer, Petersilie, Nelken, Muskatnuss, 1/2 Messerspitze Safran

Zubereitung:

Wenn der Karpfen geschuppt, ausgenommen und ausgewaschen ist, ihn in Stücke schneiden und diese mit Salz und Pfeffer bestreuen. Dann wird in einer Pfanne ein Stück Butter zerlassen und der Fisch nebst zwei Esslöffeln fein geschnittener Zwiebeln hineingelegt, zugedeckt und im Ofen oder auf dem Herd ein wenig angebraten. Nun wird er mit einem Kochlöffel Mehl eingestäubt und mit Zitronenschale, Petersilie, Nelken, dem Saft einer halben Zitrone, einem Gläschen altem Wein, einer halben Messerspitze Safran, zwei Schöpflöffeln Fleischbrühe und ein wenig Muskatnuss langsam weich gedämpft. Während dieser Zeit wird er einige Male mit seiner Sauce übergossen, dann mit einem Fischschäufelchen auf die Platte herausgehoben und die Sauce durchs Sieb darübergegossen.

Das Rezept stammt aus dem Lindauer Kochbuch der Gastwirtin Christine Charlotte Riedl. Ihre Sammlung mit 1.600 Rezepten für die bürgerliche und feinere Küche des süddeutschen Familientischs erschien zuerst 1858 und wurde anschließend noch sehr oft neu aufgelegt. Das hier zitierte Rezept stammt aus der 16. Auflage von 1948. In dieser gekürzten Auflage hatte der Verlag Lindauer Hausfrauen gebeten, aus der ursprünglichen Sammlung für die Notzeit geeignete Rezepte auszuwählen. Viele der üppigsten Gerichte wie Crèmes und Feingebäck sind in dieser Auflage daher nicht enthalten. Der Verlag legt es darüber hinaus in die Hände der Köchin, bei für die damaligen Verhältnisse zu üppig erscheinenden Zutaten das Rezept den Gegebenheiten anzupassen.

URSULA SCHMID-SPREER

Ein ehrenwertes Haus

Wer möchte nicht im Paradies wohnen? Die alte Haefele betonte es immer wieder. Egal, ob man es hören oder nicht hören wollte. Als echte Paradieserin bestand sie darauf, dass sie im Paradies geboren worden war – auch wenn es nur ein Stadtteil von Konstanz war. So trauerte sie immer noch der Buslinie Nummer 10 und der Beschriftung *Friedhof – Paradies* nach. Schließlich besuchte sie ihren Alois zweimal in der Woche.

In Konstanz in der Nähe vom Obermarkt wurde eifrig gebaut. Auf einmal ein wütender Schrei, gurgelnde Geräusche. Die Bauarbeiter hatten das Rohr einer Wasserleitung angebohrt. Sämtliche Häuser waren ohne fließendes Wasser.

Die alte Haefele aus der Parterrewohnung schimpfte leise vor sich hin. Sie wusste alles, was so vor sich ging, nichts blieb ihr verborgen. Immerhin lebte sie ja auch schon über 50 Jahre in dem Haus. Sie hatte Leute ein- und ausziehen sehen, Scheidungen miterlebt, Kinder heranwachsen gesehen. Nein, so leicht machte man der Haefele auch nichts vor. Selbst der Hausbesitzer ließ sie in Ruhe, denn es war wirklich nicht gut Kirschen mit ihr essen, besonders wenn sie das Rheuma mal wieder plagte.

Seitdem ihr Alois gestorben war, interessierte sie das Leben im Haus und in ihrer Straße noch mehr. Täglich saß sie mit einem *Pfulge,* einem Kopfkissen, am Fenster und beobachtete das geschäftige Treiben. Mit dem einen oder anderen hielt sie ein Schwätzchen über Wichtiges oder Unwichtiges. Oder die Nachbarn mussten ihre Moschtcreme probieren.

Dazu hatte sie extra kleine Waffeltütchen erstanden, um die Creme hineinfüllen zu können.

»Wisset Se, nur mit de besondere Äpfel ohne Butza vom Bodensee schmeckt die Creme besonders gut. Probieret Se!«

Das passte ihr jetzt gar nicht, dass die Bauarbeiter das Rohr angebohrt hatten und das ganze Haus ohne Wasser war. Der neue Mieter, ein Student, erst vor vier Wochen eingezogen, war nämlich mit der Kehrwoche dran. Sie legte großen Wert darauf, dass die Treppe immer ordentlich geputzt, gewienert und gewachst war. Wehe, es lag ein Staubkörnchen herum. Sie benutzte extra die ausrangierten Zahnbürsten, um die Ecken der Treppe besonders sauber zu bekommen.

Höchstpersönlich hatte sie den Auftrag vom Hauseigentümer bekommen, darauf zu achten, dass das Haus sauber blieb. Sie fasste es als persönliche Beleidigung auf, wenn die Treppe nicht blitzblank war und rein nach Kernseife duftete.

»Ausgerechnet jetzt muss das Wasser ausbleiben, da drückt sich der Herr Student doch wieder um die Kehrwoch«, meckerte Luise Haefele. »Und überhaupt jeden Tag eine andere Freundin, die könnten ruhig auch beim Putzen helfen«, grantelte sie vor sich hin.

Im Badischen um neunzehnhundert herum gab es nur ganz wenige Wohnungen, die eine fließende Wasserstelle hatten. So waren in den Hausfluren Lavabos, Waschbecken, installiert, die fließendes Wasser gaben. Man traf sich im Hausflur, um Wasser zu holen. Diese Stelle war ein großer Ratsch- und Klatschplatz.

Da man sich sehr vornehm gab, wurde statt des badischen *Bassei* das französische Wort Lavoir verwendet und *Waschlafor* ausgesprochen. In alten Häusern gab es diese Becken noch sehr oft, liebevoll erhalten, gepflegt und teilweise auch noch in Betrieb.

Plötzlich fiel es Luise ein, dass das alte *Waschlafor* im ersten Stock noch intakt war. Er wurde von einem Brunnen gespeist und war somit nicht an das örtliche Wassernetz gebunden. Mit einem Eimer und einem Putzlumpen begab sich die Haefele in den ersten Stock. Sie trug eine Kittelschürze, echt Nylon, Schmutz abweisend, und ein buntes Kopftuch, das ihre mittlerweile schütter gewordenen weißen Haare verdeckte. Am Zielort fand sie bereits zwei Mietparteien vor, eifrig im Gespräch, das allerdings verstummte, als sie herantrat.

Frau Moser und die hochnäsige Frau Bix, die angeblich auf blaues Blut zurückblickte, standen vor dem Waschbecken mit gefüllten Eimern und plauschten angeregt.

»Meinen Sie nicht auch, Frau Haefele,« sagte die Blaublütige süffisant, »dass der Herr Student einen wahren Damenverschleiß hat? Eben habe ich ihn mit einer Rothaarigen gesehen, gestern hatte er eine Schwarzhaarige und letzte Woche eine Blonde dabei. Aber rausgehen sehen habe ich die Damen nicht. Ob der die wohl um die Ecke bringt? Vielleicht ist er gar ein Mörder?« Frau Bix schlug sich erschrocken auf den Mund. Ihr Mund formte ein O.

»Ob der überhaupt studiert?«, sinnierte Frau Haefele. »Man hört ja so viel, dass die Studenten Stipendien beziehen, sich ein fröhliches Leben machen und sich ansonsten mit den Mädels herumtreiben.«

»Zu unserer Zeit ...«, setzte die Haefele an, um dann fortzufahren, dass er mit der Kehrwoche dran sei. »Da achte ich schon drauf, dass das ordentlich gemacht wird, Schlamperei dulde ich nicht in meinem Haus!«, schloss sie scharf.

Die Damen unterhielten sich noch eine ganze Weile über die verrohte und verderbte Jugend im Allgemeinen und über den Herrn Student mit seinen vielen Damen im Besonderen. Frau Bix schlug sich leicht mit der Hand auf den Mund, wobei sie den kleinen Finger abspreizte: »Jetzt muss ich aber los. Mein Mann hat sich für heute Moschtcreme gewünscht.«

»Die hat mein Alois, Gott hab ihn selig, auch immer so gerne gegessen«, warf Frau Haefele ein. »Nehmen Sie auch nur die echten Bodenseeäpfel? Und Calvados zum Verfeinern?« Sie blinzelte affektiert, indem sie einen Mundwinkel nach oben zog.

Ein lang anhaltender Klingelton unterbrach den Redeschwall der Frauen.

»Wasserleitung repariert! Sie haben wieder Wasser, alles in Ordnung!«

»Gut, dann werde ich jetzt sofort bei dem Herrn Studenten klingeln und ihn auffordern, die Treppe zu wischen. Bei der Gelegenheit frage ich ihn gleich, ob er sich nicht schämt, immer so viele Weiber anzuschleppen. Wir sind schließlich ein anständiges Haus«, ereiferte sich die Haefele.

Gesagt, getan. Begleitet von den beiden neugierigen Frauen klingelte Luise Haefele an der Tür des Studenten.

»Wenn der etz ned uffmacht, dann ...« Nach einer kurzen Pause fuhr sie fort: »... bekommt er eine auf die Gosch!«

Wie unlogisch diese Drohung war, fiel ihr in ihrer Aufregung nicht auf.

Sie klingelte lange und ausdauernd, bis sie endlich leichte Füße hörte, die den Flur entlang trippelten.

Die Türe wurde einen Spaltbreit geöffnet, man sah einen nackten Zeh, dann ein nacktes Knie und dann das Gesicht einer schwarzhaarigen Frau.

»Aber, aber«, stammelte Frau Moser, »wie viele Frauen hat der denn in der Wohnung? Eben habe ich doch eine Rothaarige hinaufgehen sehen. Sie waren doch eben noch rot.«

Frau Haefele, Frau Bix und Frau Moser sahen die junge Dame neugierig an.

»Der Herr Student ist ein Mörder. Wo hat er die anderen Mädels versteckt? Nein, er hat sie umgebracht!«, kreischte Frau Bix hysterisch.

»Rot? Mörder, was sagen Sie denn da?« Verständnislos betrachtete die junge Frau die drei Damen, die mit dem Putzeimer vor der Tür standen.

»Das ist mir jetzt zu blöd«, meinte sie und warf die Tür zu. Die Damen hörten noch, wie sie durch die geschlossene Tür sagte: »Diese alten Weiber, die sollen lieber vor ihrer eigenen Tür kehren.«

Frau Haefele verstand die Welt nicht mehr. War es ihr tatsächlich entgangen, dass ein Hausbewohner oder ein Besucher das Haus verließ, ohne dass sie es bemerkt hatte? Sicher nicht!

»Der hat die Frauen umgebracht und die Rothaarige ist seine Komplizin. Aber wo hat er die Leichen versteckt?«, sprach Frau Haefele laut. Oder tummelten sich jetzt gleich mehrere Frauen in der Wohnung? Wurden sie etwa gefangen gehalten? Die Rothaarige mit den langen Haaren war sicher seine Komplizin, da sie mit dem Herrn Studenten heimgekommen war. Kopfschüttelnd ging Frau Haefele in die Küche. Jetzt konnte ihr nur noch die Moschtcreme helfen – mit einem Extraschuss Calvados.

»Diese verderbte Jugend. Diese Aki…, Aka…, naja, die Studierten halt. Na wart nur, du … du …«

Die alte Dame wälzte sich von links nach rechts. Konnte nicht einschlafen.

»Man muss was tun! Ich muss was tun! Gleich morgen in der Früh.« Um sieben Uhr morgens hörte sie, wie jemand die Treppen hinunterging. Beim Blick durch das Schlüsselloch sah sie den jungen Studenten mit der Rothaarigen, wie sie bemüht leise die Stufen nahmen.

»Sie ist seine Komplizin.« Das Herz von Luise Haefele setzte einen Moment aus. »Ein Gaunerpärchen – und das in meinem Haus!«

Die Polizei versprach, nach dem Rechten zu sehen. Ein sehr freundlicher Herr beruhigte sie. Er bat sie, die Augen offen zu halten. »Darauf können Sie Gift nehmen«, sagte Luise. »Ich pass auf wie ein Luchs. So ein Schlitzohr.«

Auch an diesem Tag lehnte Luise Haefele auf ihrem *Pfulge* am Fensterbrett. Sie hörte gar nicht richtig zu, als ihr der Bäcker von gegenüber erzählte, dass er am Wochenende vorhatte, mit seiner Frau das Konstanzer Seenachtfest zu besuchen.

»Wisset Se, Frau Haefele, es isch halt das größte Volksfest hier an unserem schönen Bodensee. Und dann müssen wir natürlich am Samstag das große Seefeuerwerk anschaue. Kommet Se auch?«

Luise nickte. Sie war so in das Betrachten der Vorbeilaufenden vertieft, dass sie ihre Moschtcreme ein paar Mal neben den Mund löffelte.

»Da. Er kam nach Hause. Ha, diesmal hat er eine Blondine bei sich.« Sie war verärgert. »Wagt es dieser Kerl. Dem werd ich Beine machen.«

Sie sah sich nach einer Waffe um. Der Schrubber stand noch im Eck. Vorsichtshalber läutete sie bei ihrer Nachbarin, Frau Bix, die sich ebenfalls mit einem Schrubber bewaffnete. So schnell es die Beine der alten Damen zuließen, eilten sie die Treppen hoch.

»Nur ned hudla, Frau Haefele. A alde Fraa is ka ICE, gell!«

Jetzt würden sie dieses Mörderpärchen zur Strecke bringen. Frau Haefele läutete ausgiebig.

»Sie schon wieder. Was möchten Sie?«

»Sie warnen. Der Herr Student bringt Frauen mit und dann bringt er sie um.«

»Es ist ihm völlig egal – ob blond, ob braun, er liebt alle Frauen«, zwitscherte Frau Bix dazwischen.

»Kommen Sie schnell mit, bevor ein Unglück passiert.«

»Mein Bruder tut mir doch nichts.«

Frau Haefele begriff nicht gleich, dass das junge Mädchen »Bruder« gesagt hatte.

»Sagten Sie Bruder?«, brachte sie dann ziemlich entgeistert heraus. »Und die anderen?«

»Welche anderen denn?«

»Na, die Rothaarige und die Schwarze.«

»Ach so, die«, das junge Mädchen lachte glucksend los.

»Meinen Sie vielleicht diese?« Der Herr Student und Bruder der jungen Frau war aus einem Zimmer getreten.

»Mach doch mal die Tür komplett auf, Schwesterlein«, meinte er amüsiert.

Diese öffnete die Tür ganz, lächelte und zeigte auf eine Galerie von Köpfen, die alle Perücken trugen.

»Wissen Sie, ich bin Friseuse, und mein Bruder«, sie deutete auf ihn, »hat mir erlaubt, die Mittagspause bei ihm zu verbringen, denn meine Wohnung liegt ziemlich weit draußen.«

»Ich esse hier und kämme meine Perücken, die ich für meine Gesellenprüfung vorbereite.«

Das junge Mädchen gab nun den Blick ganz in den Flur frei.

»Möchten Sie nicht auf eine Moschtcreme hereinkommen, meine Damen?«

»Wo haben Sie das Rezept her?« Luise Haefeles Mund stand weit offen. Frau Bix hatte die Gesichtsfarbe ein paar Mal gewechselt. Die Neugierde stand beiden ins Gesicht geschrieben.

»Das Rezept? Das habe ich aus einem Krimi! Kommen Sie!«

Mostcreme

Zutaten:
1 l Apfelsaft
120 g Zucker
2 Eier
50 g Maisstärke
2 dl Rahm
evtl. Calvados

Zubereitung:
Zucker und Eier in einer Schüssel cremig rühren.
Die Maisstärke in einer großen Pfanne mit ca. 1 dl des Apfelsafts auflösen. Den restlichen Apfelsaft und die Ei-Zucker-Masse dazugeben und unter ständigem Rühren kurz aufkochen. Danach vollständig erkalten lassen (dies kann bis zu zwei Tage im Voraus zubereitet werden).

Vor dem Servieren Sahne steif schlagen und vorsichtig unter die kalte Creme ziehen.

Mit gedörrten (oder auch frischen) Apfelringen dekorieren und servieren.

Wer mag, kann einen Schuss Calvados darübergeben.

RENATE KLÖPPEL

Saure Leberle oder Ein perfekter Mord

Der Mann mit den weißen, vollen Haaren war von großer Statur und sehr sorgfältig gekleidet; die Krawatte war zum Hemd und Anzug genau abgestimmt. Eben noch eine elegante Erscheinung, lag er nun reglos vor dem Waschbecken der Herrentoilette des noblen Steigenberger Inselhotels. Während der bedauernswerte, in Konstanz nicht unbekannte Schönheitschirurg Herr Dr. von Ribbeck vor dem in rotem Granit gefassten Becken zwischen Leben und Tod schwebte, saßen die Doktores Schlotterjahn, Strohmeyer und Müller mit ihren Gattinnen sowie Frau Dr. von Ribbeck in einer Atmosphäre angeregter Geselligkeit am weiß gedeckten Tisch auf der Seeterrasse, die vom Management des Hotels ohne Skrupel als die unbestritten schönste Terrasse am Bodensee bezeichnet wurde.

In der Tat war der Ausblick paradiesisch schön. Mit der Abenddämmerung verschmolzen im Osten Wasser und Himmel in einem zarten Graublau, nur ganz fern, wo an klaren Frühlingstagen die schneebedeckten Gipfel der österreichischen Alpen glitzerten, türmten sich rosa angehauchte Gewitterwolken. Während die Herrschaften schon am zweiten Aperitif nippten – die Herren hatten wie immer Campari gewählt, zwei der Damen Prosecco, die anderen beiden Aperol – kräuselte ein laues Lüftchen das Wasser und trieb ein paar weiße Segelboote in gemütlicher Fahrt auf den Hafen zu. Dort kreiselte die vollbusige Imperia langsam um ihre Achse, auf ihren Händen Kaiser und Papst als jämmerliche Gestalten, der eine ebenso nackt und verschrumpelt wie der andere.

Es dauerte nicht lange, bis ein spitzer Schrei verriet, dass sich jemand nun ebenfalls zur Herrentoilette begeben hatte, und zwar der Stimme nach eine Person weiblichen Geschlechts. Den Schreckenslaut, der auf der Terrasse nicht zu hören war, hatte die Putzfrau ausgestoßen, die an dem stillen Örtchen nach dem Rechten sehen wollte. Frau Dr. von Ribbeck, die genau wie Frau Dr. Müller, Frau Dr. Strohmeyer und Frau Dr. Schlotterjahn niemals ein Studium absolviert hatte, war zu diesem Zeitpunkt in keiner Weise über das Ausbleiben ihres Gatten beunruhigt. Sie war es gewohnt, dass der ihr vor mehr als vierzig Jahren Angetraute erst nach geraumer Zeit von der Toilette zurückkam. Zu dieser abendlichen Stunde pflegte allerdings nicht seine chronische Verstopfung eine rasche Rückkehr in den Kreis seiner Lieben zu verzögern. Eher ging die Verspätung auf das Konto seiner mittlerweile auf enorme Größe und damit zu einem beträchtlichen Abflusshindernis herangewachsenen Prostata. Er begegnete diesem Problem mit Geduld und pflegte auf der Klobrille sitzend abzuwarten, bis Tröpfchen für Tröpfchen den Weg ans Tageslicht gefunden hatte. Längst waren die Stimmen derer, die zu einer Operation rieten, zu einem Chor angeschwollen. Dr. von Ribbecks Zweifel an der Kunst seiner Kollegen und eine ungewöhnlich heftige Furcht vor einem plötzlichen Tod hatten den zweifellos sinnvollen Eingriff jedoch bis zum heutigen Tag verhindert. Augenblicke nach dem Schrei näherte sich der Ober, ein schöner Mann mit vollen dunklen Haaren und einer markanten Adlernase, schreckensbleich dem Tisch mit der eben noch gemütlich sitzenden Runde. Ohne auf die an diesem Ort üblichen Höflichkeitsfloskeln zu verzichten, teilte er mit, wen man soeben in Besorgnis erregender Weise in der Herrentoilette am Boden liegend entdeckt hatte. Er nannte auch den Namen des Verunglückten, dessen Kenntnis für einen gut geschulten Ober eine Selbstverständlichkeit war, handelte es sich bei diesem Spross des deutschen Uradels doch um einen Stammgast des Etablissements.

Elske von Ribbeck sprang als Erste auf und eilte, ohne auch nur eine Sekunde zu zögern – und zwar im Zickzack wegen der Palmenkübel – quer über die weiträumige Terrasse. Auch die drei Doktores standen auf, blickten in Richtung der offenen Tür, durch die die bestürzte Ehefrau soeben im Gebäude verschwand, sahen sich an, offensichtlich im Zweifel darüber, wem bei einem solchen Notfall der Vortritt zu gewähren sei, dem Psychiater, dem Laborarzt oder dem Inhaber einer mit modernster Technik ausgerüsteten Röntgenpraxis. Schließlich machten sie sich in verhaltenem Tempo gemeinsam auf den Weg. Augenblicke später hörte man Sirengeheul von der Rheinbrücke her, es kam näher und nahm ein bedrohliches Ausmaß an, bis es mit einem Schlag verstummte.

Während die drei Damen trotz ihrer Besorgnis in schwer zu ertragender Diskretion auf der Terrasse zurückblieben, eilten zwei Sanitäter mit allerlei Gerät den verglasten Kreuzgang des ehemaligen Klosters entlang und bogen, von der Empfangsdame eingewiesen, zur Herrentoilette ab. Ihnen folgte, ebenfalls in flottem Tempo, eine zierliche und noch sehr junge Frau, bei der es sich, wie sich herausstellte, um die Notärztin handelte.

Nach geraumer Wartezeit, in der die drei Damen lustlos ein paar Bissen der bestellten Speisen zu sich genommen hatten und schließlich in ungewöhnlicher Selbstständigkeit die Rechnung mit dem von ihren Männern üppig zugeteilten Taschengeld beglichen hatten, hielt es auch sie nicht länger am Tisch. Mit dem Hinweis, Angehörige zu sein, überwanden sie den Widerstand zweier Hotelangestellter, die Schaulustigen den Zugang zu dem armen Mann verwehrten. Sie kamen gerade recht, um noch einen Blick auf die ramponierte Erscheinung des Schönheitschirurgen zu werfen. Krawatte und Jackett hatte er eingebüßt. Sein fliederfarbenes Hemd war mit brachialer Gewalt aufgerissen und über dem faltigen Bauch aus der Hose gezogen worden, welche, wie auch der Gürtel aus edlem Leder, geöffnet war. So lag er mit nackter Brust inmitten diverser Utensilien, mit denen das Rettungsteam ihn vergeblich bearbeitet hatte. Kaum hatten die Damen den Toten mit lautem Wehklagen zur Kenntnis genommen, breitete einer der Sanitäter ein Tuch über ihn.

Da die Verbindung der von Ribbecks eine Liebesheirat gewesen war, was alle wussten, wurde nun der Witwe größtes und aus tiefstem Herzen kommendes Mitgefühl zuteil. Dr. Müller, der als Psychiater für das Gefühlsleben in besonderer Weise zuständig war, legte seinen Arm um die in Trauer gebeugten Schultern, der Laborarzt tätschelte etwas hilflos die tränennassen Wangen und Dr. Schlotterjahn, tatkräftig, wie er es von seiner florierenden Röntgenpraxis gewohnt war, lotste die Witwe alsbald zu ihrem Wagen, um sie darin nach Hause zu fahren. So schien alles in geordneten Bahnen zu laufen, sofern das in einem solchen Fall überhaupt möglich war. Aber halt. War das nicht ein feines oder sogar schadenfrohes Lächeln, das den Mund des Psychiaters umspielte?

* * *

Vier Wochen nach dem grässlichen Vorfall, der wie eine Strafe des Himmels in das wohlgeordnete Leben der Frau Dr. Elske von Ribbeck hineingefahren war, traf man sich nun zu siebt beim Inselhotel wieder. Stürmische Böen peitschten das Wasser des Sees und setzten den Wellen weiße Schaumkämme auf, tief hängende Wolken jagten über den Himmel und der Regen strömte und prasselte gegen die Scheiben des Kreuzgangs. Die Seeterrasse war verwaist, und man einigte sich rasch darauf, des Verstorbenen in der von ihm hochgeschätzten Dominikanerstube des Hotels bei einem guten Essen zu gedenken.

Elske von Ribbeck bestellte saures Leberle vom Kalb mit Zwiebeln, Äpfeln und Kartoffelstampf, wie es die Gewohnheit des Verblichenen an diesem Ort gewesen war. In der Tiefe ihres Herzens verachtete sie das Gericht, hielt sie die Leber doch für einen minderwertigen Teil des Kalbes, der noch dazu mit Hormonen und anderen unappetitlichen Dingen belastet war. Aber wie hätte sie ihre Liebe zu dem Dahingeschiedenen deutlicher zeigen können als durch die Wahl dieses Gerichts!

Der Ober, rein zufällig derselbe, der vor vier Wochen die schlimme Nachricht überbracht hatte, nickte verständnisvoll. »Wie der verstorbene Herr Gemahl«, sagte er, und Elske von Ribbeck fühlte, dass eine wohltuende Trauer ihr Tränen in die Augen trieb.

Das Essen wurde alsbald serviert, und während sich die anderen auf ihre Gerichte stürzten, als hätten sie seit Tagen nichts zu essen bekommen, stocherte die Hinterbliebene lustlos auf ihrem Teller herum, probierte die dunkle Sauce, sortierte ein paar Apfelstückchen aus, die sie zu Unrecht für Zwiebeln hielt, piekste das eine und andere Schnittlauchröllchen vom Kartoffelstampf, um wenigstens diese zu verzehren, kostete schließlich sogar die Leber selbst. Sie war erstaunlich zart, das Gespräch hingegen zäh, was in dieser Runde höchst ungewöhnlich war. Mag sein, dass so mancher Gedanken hegte, die in Gegenwart der trauernden Witwe nicht statthaft waren und somit nicht geäußert werden durften. So störte es niemanden, dass sich Elske von Ribbeck früh verabschiedete, geplagt von einer plötzlichen Übelkeit, die von dem ungewohnten sauren Leberle herrühren mochte.

Nun, wo man unter sich war, erhitzte die Frage die Gemüter, welche Umstände zum Tod des bekannten Chirurgen geführt haben mochten. Die Obduktion, die wie üblich bei einem nicht natürlichen Tod durchgeführt worden war – und ein solcher war auf dem Totenschein vermerkt –, hatte keine überzeugende Todesursache zutage gefördert. Ein bisschen Koronarsklerose hatte der Pathologe gefunden, so

hatte die Witwe schluchzend der Frau Dr. Strohmeyer am
Telefon berichtet, auch die Gefäße im Gehirn waren nicht
frei von gewissen Abnutzungserscheinungen, aber nichts
hatte den jähen Tod erklären können, auch nicht die Tatsache, dass der Arme mit der Stirn auf den roten Granit des
Waschbeckens aufgeschlagen war. Insbesondere hatte der
Unglückliche keinen Herzinfarkt erlitten, wie die zutiefst
erschütterten Kollegen des Verstorbenen zunächst vermutet
hatten. Endlich lagen auch die Ergebnisse der Blutunter-
suchungen vor: Der Alkoholspiegel hatte mit 1,5 Promille
einen Pegel erreicht, bei dem der passionierte Weintrinker
keineswegs betrunken gewirkt hatte. Ansonsten waren nur
unverdächtige Medikamente festgestellt worden, die für einen Herrn seines Alters nicht ungewöhnlich waren.

Dr. Müller, der mit seinem runden und verschwitzten Gesicht, der geröteten Glatze und den wässrig blauen Augen
so gar nicht wie ein Doktor aussah – aber welcher Doktor
tat das inzwischen noch – unkte hinter vorgehaltener Hand,
ob vielleicht doch jemand beim plötzlichen Tod die Hand
im Spiel gehabt haben könnte. Er jedenfalls wisse – obwohl
er seit einem Jahrzehnt nur noch einen kleinen Kreis aus-
erwählter Privatpatientinnen betreue – gleich von mehreren Damen, die nach wenig erfolgreichen Operationen gar
nicht gut auf den sonst hochgelobten Schönheitschirurgen
zu sprechen seien. Eine von ihnen, die wegen eines hängen-
den Augenlides unter schwer beherrschbaren Rachegefüh-
len litt, lasse er die Wut an einem eigens dafür angeschafften
Punchingball abreagieren.

Frau Dr. Schlotterjahn, die sich als eifrige Krimileserin
mit Mord und Totschlag auskannte, gab daraufhin zu bedenken, dass ihr ein perfekter Mord noch nie untergekommen sei, aber um einen solchen müsse es sich in diesem
Fall zweifellos handeln, wenn ihr geschätzter Freund tatsächlich einem heimtückischen Anschlag zum Opfer gefallen sei.

Dr. Strohmeyer, der regelmäßig einschritt, wenn eine der anwesenden Damen eine eigene Meinung äußerte, lenkte sofort von dem Thema ab und erklärte in seiner wie üblich ausschweifenden Weise, dass der Verstorbene wenige Wochen vor seinem Tod von dem Plan gesprochen habe, eine Lebensversicherung in stattlicher Höhe abzuschließen. Dies sei doch ein sicheres Zeichen dafür, dass er von Grund auf ein verantwortungsvoller und fürsorglicher Mensch gewesen sei, denn das Geld hätte schließlich seiner Witwe zugutekommen sollen. Vor übler Nachrede sei jedoch selbst der beste Mensch nicht sicher und ein Schönheitschirurg, der es naturgemäß mit grundsätzlich unzufriedenen Menschen zu tun habe, schon gar nicht.

Die zweifellos unfreiwillige Vorlage nutzte die soeben rücksichtslos in ihren Ausführungen unterbrochene Dame, um ihre kriminologischen Kenntnisse erneut zum Besten zu geben. Eine hohe Lebensversicherung sei doch ein übliches Mordmotiv, stellte sie fest und verdächtigte auf diese Weise ohne jede Hemmung ihre Freundin, eine Gattenmörderin zu sein.

»Thema beendet«, warf nun Dr. Schlotterjahn ärgerlich ein. Schließlich habe die Polizei nach kurzer Prüfung des Todesfalles auf weitere Ermittlungen verzichtet. Es gebe folglich keinen Anlass für derartige Spekulationen.

Natürlich war das Thema trotzdem noch lange nicht beendet, dazu war es zu spannend.

Frau Dr. Müller, die sich wegen ihres Allerweltsnamens besonders gern mit dem unverdienten Doktortitels anreden ließ, genoss als Frau des Psychiaters besonderes Vertrauen ihrer Freundinnen. Sie wusste zu berichten, dass ihr die Witwe wenige Wochen vor dem Tod ihres lieben Gatten unter Tränen und unter dem Siegel tiefster Verschwiegenheit die Existenz einer Nebenbuhlerin gestanden habe. Diese – eine blutjunge Französin, die sich im vergangenen Jahr bei den von Ribbecks als Au-pair-Mädchen verdingt hatte – logierte nun in einer sündhaft teuren Wohnung im alten Pariser Künstlerviertel Saint-Germain-des-Près, und ihre Schwäche für die französische Haute Couture gleichermaßen wie für die Haute Cuisine habe den nun leider Verstorbenen ein Vermögen gekostet. Auch sei die betrogene Ehefrau rein zufällig auf die Papiere eines jüngst erworbenen Lamborghini gestoßen, den sie selbst niemals zu Gesicht bekommen habe. Der Gedanke an ein intimes Verhältnis habe der Bemitleidenswerten keine großen Sorgen gemacht, da ihr Gatte seit einigen Jahren impotent sei. Dies jedenfalls habe Frau Müller durch geschickte Fragen in Erfahrung gebracht. Was der Armen hingegen den Angstschweiß auf die Stirn treibe, sei das rapide Verschwinden des Geldes. Ja, sie habe bereits gefürchtet, eines Tages auf Stütze, wie sie sich ausdrückte, angewiesen zu sein. Von einer Lebensversicherung, die das Unglück hätte abwenden können, sei nicht die Rede gewesen.

Anders als es zu erwarten gewesen war, führten diese Ausführungen nicht zu den üblichen Schreckenslauten, hingegen herrschte plötzlich eisiges Schweigen. Lediglich Frau Dr. Strohmeyer, die sich sonst nie in Gegenwart ihres Mannes zu einer Äußerung hinreißen ließ, seufzte vernehmlich. Lag das Schweigen der Runde an der verwerflichen Indiskretion, die sich die Frau des Psychiaters hatte zuschulden kommen lassen? Oder war es der plötzlich naheliegende Gedanke, die sonst so liebevolle Elske von Ribbeck könnte das Leben ihres Gatten mit einem bislang unbekannten Kunstgriff und somit doch mit einem perfekten Mord beendet haben?

Als sei das Schweigen sein Kommando, trat nun der Ober, der sich zuvor mit diesem und jenem in ihrer Nähe beschäftigt hatte, an ihren Tisch, um – begleitet von den üblichen Floskeln, ob es denn geschmeckt hätte – das Geschirr abzuräumen. Seine geschmeidigen Bewegungen ließen einmal mehr die Augen der anwesenden Damen verstohlen leuchten. Der schöne Mann war Tangotänzer, wie er ihnen einmal verraten hatte.

»Er hört mit«, flüsterte nun Frau Müller, als er sich entfernte. »Er achtet auf jedes Wort, das wir sagen.« Dieser Bemerkung widersprach niemand, war das besondere Interesse des Obers an den delikaten Einzelheiten doch offensichtlich, wenn auch wohl jede der Damen insgeheim gehofft hatte, ihr gelte die besondere Aufmerksamkeit des begehrenswerten Mannes.

Schon beim Thema Geld war Dr. Schlotterjahn, der sich bis auf seinen kurzen Einwurf nicht an dem Gespräch beteiligt hatte, sichtlich unangenehm berührt auf der harten Holzbank herumgerückt, die sein Stammplatz war. Als nun solche Intimitäten über den Verstorbenen ans Licht der Öffentlichkeit gezerrt worden waren, rief er abermals und dieses Mal heftiger »Thema beendet«, womit er die volle Aufmerksamkeit der Anwesenden auf sich zog, was ihm gar nicht gelegen kam. Herrn Dr. Schlotterjahn war nämlich die Geschichte von der jungen Schönen in Paris keinesfalls neu, allerdings fragte er sich nun im Stillen, ob die von seinem Kollegen geschilderten heißen Liebesnächte auf Tatsachen beruhten oder der blühenden Fantasie eines alternden Mannes entsprungen waren. In sein eigenes Leben drohte die Dame im fernen Paris hingegen in höchst verderblicher Weise einzudringen. Zweifellos verdiente er mit seinen drei Kernspintomografen und etlichen anderen teuren Geräten mehr Geld als jeder seiner Kollegen. Die Ausstattung seiner Praxis zu der modernsten und lukrativsten in der ganzen Region hatte jedoch, was niemanden überraschen wird, ein Vermögen gekostet, weswegen er eine Schuldenlast von mehreren Millionen mit sich herumschleppte. Einen sechsstelligen Betrag hatte der nun Verstorbene beigesteuert.

Herr Dr. Schlotterjahn, der sich mit seinen Zahlungen vorerst auf die Verbindlichkeiten bei der Bank beschränken wollte, hatte die üppige Beihilfe des Kollegen ohnehin als zinslose Dauerleihgabe betrachtet. Schließlich war das Geld nicht aus reiner Freundschaft geflossen, sondern war, ohne dass dies näher hätte erörtert werden müssen, von beiden Seiten als Lohn für einen Freundschaftsdienst und Schweigegeld zugleich betrachtet worden. Aber jetzt hatte der ehemals Verbündete wegen der kostspieligen Dame völlig unerwartet auf baldige Rückzahlung des Geldes gedrängt. Deren Ansprüche hatten offenbar schwerer gewogen als die Angst vor der Enthüllung einer Tat, die nun, zehn Jahre später, ohnehin verjährt war.

Niemanden wird es deswegen wundern, dass ihm die Aufmerksamkeit, die ihm sein wiederholter Aufruf, »Thema beendet« eingebracht hatte, äußerst ungelegen kam. Auch konnte er nicht verhindern, dass ihm große Schweißperlen auf die Stirn traten, die er nicht abzuwischen wagte, um seinen misslichen Zustand nicht noch offensichtlicher werden zu lassen. So schwitzte er schweigend vor sich hin und hoffte, dass sich die Runde bald wieder anderen Themen zuwenden möge. Das tat sie nicht, denn nun forderte seine eigene Frau eine Erklärung.

Sie war die Letzte, der er die Wahrheit offenbaren wollte. Dabei war er es nicht selbst gewesen, der sich mit einer anderen jungen Dame eingelassen und sie geschwängert hatte, sondern Herr Dr. von Ribbeck, der sich offenbar damals noch seiner Manneskraft erfreute. Weil sich die Dame, eine überaus ansehnliche Auszubildende aus der Praxis des adligen Arztes, nicht ohne Weiteres von ihrer Leibesfrucht trennen wollte, griffen die Herren tief in die Trickkiste. Während der Erzeuger des Kindes der Schwangeren vorgaukelte, dass statistisch gesehen jedes zweite seiner Kinder an einem schon im zartesten Alter tödlichen Erbleiden erkranken würde – weswegen er auf Kinder verzichtet habe – kam auf Herrn Dr. Schlotterjahn die Aufgabe zu, die angeblich nur für den Spezialisten schon im Mutterleib sichtbaren Krankheitszeichen des Ungeborenen zu diagnostizieren. Er steckte deswegen die werdende Mutter in seinen damals einzigen Kernspintomografen und bescheinigte aufgrund dieser Untersuchung wunschgemäß eine äußerst seltene Erkrankung des Kindes, die zu dessen frühem Tod führen werde. Um die weiteren Maßnahmen kümmerte sich Herr Dr. von Ribbeck mit dem durchaus erwünschten Ergebnis, dass er weiterhin kinderlos blieb. Da die verhinderte Mutter ihrem Liebhaber danach den Rücken kehrte, war die Sache bis auf das Geld, das in Herrn Dr. Schlotterjahns Kernspintomografen Nummer zwei geflossen war, vorerst erledigt gewesen.

Während nun den Röntgenarzt der Gedanke überfiel, seine Gattin könnte ihn mit ihrer blühenden kriminalistischen Fantasie gar des Mordes an dem Kollegen verdächtigen, beruhigte ihn im nächsten Augenblick die Erkenntnis, dass sie ja gar nichts von dem geliehenen Geld und somit nichts von einem möglichen Mordmotiv wusste. Zudem kam nun der Ober mit dem Dessert, was ihm vorerst eine Antwort auf die Frage seiner Angetrauten ersparte.

Nie und nimmer wäre allerdings der hoch Verschuldete auf die Idee gekommen, dass sein Kollege tatsächlich wegen dieser alten Geschichte einem Mord zum Opfer gefallen war, denn er ahnte nichts von einer Begegnung, die sich wenige Wochen vor dessen Tod ereignet hatte. Der Dahingeschiedene war nämlich in der Praxis seines Hausarztes auf die nun nicht mehr so junge verhinderte Mutter von damals gestoßen, die dort als Arzthelferin bestens über seine diversen Leiden informiert war. Es verwundert nicht, dass er umgehend den Hausarzt wechselte, um weiteren Begegnungen aus dem Weg zu gehen. So erfuhr er nicht, dass die Betrogene wegen einer durch die Abtreibung ausgelösten Entzündung des Unterleibs keine Kinder mehr bekommen konnte und folglich auf Rache sann, umso mehr, als sie dank Google der Lüge auf die Spur gekommen war, die zum Ende ihrer Schwangerschaft geführt hatte. Die in der Tat äußerst seltene und alsbald tödliche Erkrankung, an der das Ungeborene angeblich gelitten hatte, konnte nämlich keineswegs vom Vater allein übertragen werden. Auch sie als Mutter hätte ein krankes Gen beisteuern müssen. Herr Dr. Schlotterjahn wusste auch nichts von der Herzkrankheit, über die sein Kollege – vielleicht aus Eitelkeit – niemals gesprochen hatte, und die dazu führte, dass sein Herz schon seit einiger Zeit nicht ordentlich im Takt schlug. Zweifellos hätte der Schönheitschirurg damit noch etliche Jahre leben können, wenn nicht der Zufall dafür gesorgt hätte, dass die Liebe dieser Frau ausgerechnet auf den begnadeten Tangotänzer fiel, der als Ober im Steigenberger Inselhotel sein Geld verdiente. So war es eine Kleinigkeit, ein durchaus gebräuchliches und für sich gesehen gänzlich unverdächtiges Medikament in den ohnehin bitteren Campari des Herrn Dr. von Ribbeck zu mischen, was dessen angeschlagenes Herz vollends aus dem Takt und zum endgültigen Stillstand gebracht hatte.

Herr Dr. Schlotterjahn jedoch, kaum dass er allein mit seiner Frau in seinem Daimler saß, sah sich mit einem ganz anderen Vorwurf konfrontiert, nämlich ebenfalls mit der jungen Dame aus Paris ein Verhältnis gehabt zu haben, wobei seine bessere Hälfte mit ihren Vermutungen wiederum daneben lag. Das Leben war nun einmal ganz anders, als es in den Büchern steht, und den perfekten Mord gab es eben doch.

Saure Leberle mit Zwiebeln, Äpfeln und Kartoffelstampf

Zutaten (für vier Personen):
400-800 g Leber, möglichst vom Kalb
Mehl zum Wenden
Butterschmalz zum Braten
Salz, Pfeffer
eine fein geschnittene Zwiebel
ein fein geschnittener Apfel
1/2 Tasse Weißwein
Zitronensaft
100 ml Rahm

Zubereitung:
Leber waschen, abtupfen, von Haut und festem Gewebe befreien, in feine Streifen schneiden und in Mehl wenden. Das Bratfett in einer großen Pfanne recht heiß werden lassen. Leber hineingeben und bei großer Hitze unter ständigem Wenden schnell hellbraun werden lassen. Zwiebeln und Apfel hinzufügen und ebenfalls anbraten. Jetzt mit Pfeffer und Salz würzen.
Bratensatz mit Weißwein loskochen, mit Rahm andicken und falls nötig mit etwas Zitronensaft abschmecken. Nochmals mit Pfeffer und Salz abschmecken und mit Kartoffelbrei servieren.

Kartoffelstampf
Zutaten (für vier Personen):
1 kg Kartoffeln
50 g Butter
50 ml Sahne
150 ml Milch
Muskat, Salz
Schnittlauch

Zubereitung:

Kartoffeln schälen, waschen und vierteln. In wenig kochendem Salzwasser weich kochen. Dann das Kochwasser abgießen, die Kartoffeln sehr gut ausdämpfen lassen und sofort durch eine Kartoffelpresse in den noch heißen Topf drücken.

Während die Kartoffeln kochen, Milch, Schlagsahne und 50 Gramm Butter in zwei bis drei Minuten einkochen lassen. Mit Salz und Muskat würzen. Die eingekochte Milch nach und nach unter das Püree rühren. Immer erst Flüssigkeit nachgießen, wenn die andere völlig aufgenommen ist. Der fertige Kartoffelbrei darf nicht mehr kochen.

Schnittlauch klein schneiden und darüberstreuen.

Bettina Hellwig

R(h)einfall mit Biss

Es ist kein Zufall, dass ich Ihnen an diesem Freitag hier auf dem Ausflugsschiff auf dem Weg von Konstanz nach Schaffhausen gegenübersitze. Für die anderen Passagiere ist es Urlaub. Sie wollen das malerische Stein am Rhein besichtigen oder in Schaffhausen mit dem Bus weiterfahren, um den berühmten Rheinfall zu besuchen. Bei mir ist es Tarnung, denn für mich ist das hier ein Job. Kein schlechter Job, denn ich bin in der – so behaupten die hiesigen Tourismusbüros jedenfalls – schönsten Flusslandschaft Europas unterwegs. Wenn ich einen Kopf dafür hätte, könnte ich sogar genießen, wie der Untersee vom Abfluss des Bodensees bis kurz vor den Rheinfall durch die idyllische Hügellandschaft mäandert.

Unser Ausflugsschiff, heute ist es die MS Arenenberg, fährt von Kreuzlingen bis Schaffhausen und sammelt dabei die Touristen ein, immer abwechselnd an den Anlegestellen auf der Schweizer und auf der deutschen Seite – Mannenbach, Berlingen, Gaienhofen, Steckborn, Hemmenhofen. Von meinem Fensterplatz kann ich beobachten, wie die Menschen aus den kleinen Ortschaften mit ihren romantischen Fachwerkhäusern auf das Schiff strömen. Manchmal gehe ich an Deck und lasse für ein paar Minuten Sonne an mein Gesicht und genieße die Blumendüfte in der Frühlingsluft, bevor ich rasch wieder an meinen Platz zurückkehre.

Sie haben mich vielleicht noch nicht bemerkt, aber ich war schon vorgestern hier und auch die drei Tage in der Woche davor, immer dann, wenn Sie auch auf diesem Kurs unterwegs waren. Das ist meine Stärke – unauffällig bleiben, freundlich sein und keine Spuren hinterlassen. Vielleicht bin ich Ihnen schon einmal aufgefallen. Neulich haben Sie mich sogar gegrüßt, erinnern Sie sich? Und letzten Mittwoch habe ich Ihnen geholfen, Ihren Rucksack zu schultern.

Montag, Mittwoch, Freitag – ich weiß genau, wann Sie das Schiff betreten und wo. Sie machen das sehr geschickt – Sie steigen nicht immer an derselben Landestelle ein und auch nicht immer an derselben Stelle aus. Ich vermute, dass Sie oft ein Stück wandern und dann erst wieder mit dem nächsten Schiff weiterfahren. Manchmal nehmen Sie auch ein Fahrrad mit und legen damit einen Teil der Strecke zurück. Stromab, auf angenehmen Wegen, immer am Wasser entlang. So fällt niemandem auf, wie regelmäßig Ihre Ausflüge stattfinden, außer uns natürlich.

Ich habe mich Ihrem Rhythmus angepasst. Um Sie nicht zu verpassen, sitze ich seit der Abfahrt in Kreuzlingen an einem der gedeckten Tische am Fenster. Dann genieße ich den Duft meines Kaffee Schümli, während ich die grünen Ufer, hinter denen weit entfernt im dunstigen Blau die Schweizer Berge aufragen, an mir vorbeiziehen lasse und auf Sie warte.

Gegen Mittag, wenn wir die Reichenau hinter uns gelassen haben, bestelle ich mir etwas zu essen, immer G'hackets mit Hörnli, dazu einen Saft vom Fass aus der Mosterei Möhl aus Arbon, natürlich alkoholfrei, ich brauche ja einen klaren Kopf. Oft kommen Sie in Mannenbach an Bord, so wie heute, und steigen dann in Gaienhofen oder Steckborn wieder aus, manchmal aber auch erst in Mammern oder Öhningen, kurz vor Stein am Rhein. Meist setzen Sie sich in meine Nähe und bestellen dasselbe wie ich. Das ist natürlich kein Zufall. Gemeinsamkeiten schaffen, ein erster Schritt. Heute haben Sie sich sogar an meinen Tisch gesetzt und mir freundlich zugenickt, bevor Sie Ihr Essen bestellt haben. Das ist gut, Sie kennen mich bereits. Vertrautheit schafft Vertrauen.

Zielpersonen kultivieren – so nannte man das bei dem Laden, für den ich früher gearbeitet habe, und fragen Sie jetzt nicht, welcher das war. Eigentlich habe ich nun keinen anderen Job, nur besser bezahlt. Nach zehn Jahren im Dienst der Republik zur Bekämpfung der organisierten Kriminalität habe ich die Seiten gewechselt. Hat sich gelohnt: Haus am See, Porsche-Cabrio und immer eine schicke junge Frau im Arm.

Sie brauchen mir nichts über sich zu erzählen – ich kenne auch so einige Ihrer schmutzigen kleinen Geheimnisse. Ich weiß, welche Internetseiten Sie besuchen – erzählte ich Ihnen davon, würden Sie rot werden, aber das bleibt natürlich unter uns –, und ich weiß, was Sie am liebsten einkaufen. Ja, wir informieren uns über unsere Zielpersonen. Und bekommen fast alles raus. Ich bin Spezialist, bei mir reden sie alle. Nein, nicht was Sie jetzt denken, nicht mit Gewalt. Das ist nicht mein Stil. Ich arbeite mit Vertrauen, denn nur so entwickeln sich langfristige Geschäftsbeziehungen.

Der erste Schritt scheint gelungen. Gemeinsam schaufeln wir schweigend mit klapperndem Besteck das Essen in uns rein, was mir Zeit gibt, Sie zu beobachten. Darin bin ich gut. Beobachten und meine Schlüsse ziehen. Sie essen langsam und bedächtig, und auch der alkoholfreie Apfelwein spricht für eine gesundheitsbewusste Lebensweise, also typisch für einen Apotheker wie Sie. Sie sind 60 Jahre alt, seit zwei Jahren Privatier und leben allein. Sie tragen einen Witwenring. Wenn Sie wieder eine Frau hätten, wäre Ihr Hemd gebügelt und Sie würden keine grünen Socken zur beigefarbenen praktisch-bequemen Cargohose tragen. Wahrscheinlich würden Sie eine so unkleidsame Hose ohnehin nicht anziehen. Auch Ihre Weste und der Fleecepullover sind beige und praktisch. Ihre schwarzen Trekkingschuhe sind neu, was unschwer an den modischen Schuhbändeln in Neongrün zu erkennen ist.

Eine weitere farbliche Extravaganz leisten Sie sich beim Rucksack. Der ist orange, vielleicht ein Geschenk Ihrer Kinder. Ihr Geld tragen Sie am Körper. So können Sie Ihren Rucksack stehen lassen, wenn Sie zur Toilette gehen. Bevor

Sie sich vom Tisch erheben, nicken Sie mir freundlich zu und deuten fragend darauf. Ich nicke, zum Zeichen, dass ich auf ihn aufpassen werde. Und ich weiß, dass ich jetzt bereits gewonnen habe. Sie vertrauen mir.

Ich stelle meine Falle, gut platziert in Ihrem Rucksack, zwischen den Tupperdosen mit Wegzehrung. Erstaunlich, wie viele Dosen Sie für einen Tagesausflug eingepackt haben. Nachkriegsgeneration, die haben immer Angst, nicht satt zu werden, ich kenne das noch von meinen Großeltern. Schnell und unbemerkt taste ich mich durch die Plastikdosen und stecke mein Päckchen dazwischen. Dann ziehe ich den Reißverschluss wieder zu. Leider klemme ich mir dabei den Finger ein und steche mich an irgendetwas, aber egal, ich habe mein Ziel fast erreicht. Der Inhalt wird Sie überzeugen. Er überzeugt fast immer. Wir versuchen es zunächst im Guten. Erst wenn das nicht reicht, haben wir auch noch andere Mittel.

Sie sind wieder zurück, wir können zum Thema kommen. Ich spreche Sie an: Ich möchte, dass Sie für uns arbeiten. Was das für eine Arbeit ist, wollen Sie wissen? Dazu kommen wir später. Warum ausgerechnet Sie, fragen Sie mich? Weil Sie sich hier gut auskennen. Und weil Sie unauffällig sind. Ein Rentner zu Fuß wird normalerweise an der Grenze nicht kontrolliert. Beim Transport mit dem Auto riecht jeder Zollbeamte den Braten meilenweit gegen den Wind. Die kennen auch den Hohlraum unter dem Reservereifen. Und die Hunde sowieso, die spüren jedes Versteck auf.

Ich weiß, dass Sie bereits in dem Metier tätig sind, und das sage ich Ihnen auch. Sie werden nervös, sehen sich nach dem Kellner um und schielen zu Ihrem Rucksack hinüber. Sie dachten wohl, der sei weniger auffällig als ein Aktenkoffer. Sie schmuggeln etwas, aber ich habe bisher tatsächlich noch nicht herausbekommen, was das eigentlich ist. Das verrate ich Ihnen natürlich nicht. Es muss relativ klein sein, sonst würde es nicht in den Rucksack passen. Rauschgift und Drogen können es nicht sein, das wüssten wir – vielleicht illegale Arzneimittel?

Verdammt, warum juckt meine Hand jetzt auf einmal? So ein Mist, ruhig bleiben, alles unter Kontrolle halten.

Lassen Sie mich kurz erklären: Ihr Job ist ganz einfach. Sie nehmen von unseren Kurieren ein Päckchen in Deutschland entgegen und bringen es in die Schweiz, dreimal in der Woche, immer Montag, Mittwoch und Freitag. Das würde Ihnen doch passen? Sie fragen, was für Sie dabei herausspringt? Sie können Ihre Pension aufbessern, schließlich sind Sie mit Ihrer Apotheke vor zwei Jahren in Konkurs gegangen. Ich weiß, dass Sie das Geld gut brauchen können, denn ich kenne auch Ihren Kontostand, was ich Ihnen aber nicht sage. Sie wollen wissen, was in den Päckchen ist? Das ist unterschiedlich und braucht Sie nicht zu interessieren. Sagen wir es einmal so: Im weiteren Sinne unterscheidet sich unser Kerngeschäft inhaltlich nur unwesentlich von dem Betrieb einer Apotheke – pharmakologisch wirksame Substanzen gegen Cash.

Von meiner rechten Hand zieht es jetzt wie Feuer den Arm hinauf, aber ich muss weitermachen. Schließlich habe ich einen Job zu erledigen und bin so gut wie am Ziel.

Sie haben Zweifel? Damit haben wir gerechnet. Natürlich haben wir – vielmehr ich – neben dem Geld weitere unschlagbare Argumente. Nein, keine Gewalt, wie schon erwähnt arbeiten wir nachhaltig, und da ist Vertrauen eine wichtige Grundlage. Wir benötigen dauerhaft motivierte Mitarbeiter. Sie sind nicht interessiert? Dafür werden sich dann Zoll und Grenzpolizei sicherlich für das Päckchen interessieren, das ich Ihnen in Ihren Rucksack praktiziert habe, vorhin, als Sie kurz auf die Toilette gegangen sind. Sie erinnern sich? Sie haben mich sogar gebeten, darauf aufzupassen. Der Geldbetrag soll Ihre Entscheidung erleichtern. Sie können alles behalten, wenn Sie kooperieren. Wenn nicht, wird er zusammen mit dem Päckchen Kokain auf jeden Fall ausreichen, dass sich die Behörden gründlich mit Ihnen beschäftigen.

Ich muss mich räuspern, denn irgendetwas schnürt mir die Kehle zu. Ich hole tief Luft und trinke einen Schluck, dann wische ich mir den Schweiß von der Stirn. In meiner rechten Hand puckert das Blut. War das Glas vorhin auch schon so schwer? Ich stelle es hastig wieder ab.

Wenn Sie nicht mitmachen, fragen Sie? Ein Anruf genügt, und an der nächsten Anlegestelle wartet die Polizei auf Sie – und niemand wird glauben, dass das Zeug Ihnen nicht gehört. Nein, Sie können nicht einfach weggehen und das Päckchen womöglich über Bord werfen. Da gibt es ja noch Ihr Geheimnis, Ihr größtes schmutziges kleines Geheimnis. Es ist auf dem Konto Ihrer Schweizer Bank nicht so gut aufgehoben, wie Sie dachten. Und wer weiß, was sonst noch so alles ans Licht kommt. Ich sehe, Sie verstehen, auf Ihrer Stirn bilden sich Schweißperlen. Sie wissen nicht, wovon ich rede? Netter Versuch.

Meine Hand wird immer heißer und dicker. Sie haben es auch bemerkt und starren gebannt auf die blaurote Schwellung zwischen Daumen und Zeigefinger, aus der jetzt Blutstropfen austreten. Eine Allergie? Damit kennen Sie sich als Apotheker natürlich aus. Sellerie oder Nüsse, das kommt häufig vor? Ob meine Zunge sich schon pelzig anfühlt? Ich taste mit der Zungenspitze in der Mundhöhle herum. Nein, pelzig ist der falsche Ausdruck, sie ist eher … geschwollen und drückt mir die Luft ab.

Was ziehen Sie denn da aus Ihrem Rucksack? Eine offene Tupperdose, völlig leer? Und warum blicken Sie auf einmal so panisch um sich? Ich versuche einen Blick auf die Aufschrift zu erhaschen – »Latrodectus« – was soll das sein?

Verdammt, jetzt schwillt mein Hals völlig zu, ich kann nur noch krächzen. Hilfe, ich muss um Hilfe rufen. Ich taste nach dem Handy in meiner Gesäßtasche, kann es jedoch mit meinen schmerzenden Fingern nicht festhalten. Es entgleitet mir und fällt polternd zu Boden. Ich bücke mich danach, doch Sie kicken es grinsend mit Ihren lächerlich modischen Trekkingschuhen aus meiner Reichweite. Mühsam richte ich mich wieder auf.

Was sagen Sie da? Spinnen? Eine Spezialbestellung, die Schwarze Witwe? Das lohnt sich, weil Liebhaber viel Geld für besondere Exemplare bezahlen, ohne sich um so lästige Dinge wie den Artenschutz kümmern zu müssen? Besonders giftig ist gefragt, das gibt den Kunden den richtigen Kick? Und was passiert, wenn eine solche Spinne zubeißt, frage ich Sie. Sie zucken bedauernd mit den Schultern. Tödlich innerhalb weniger Minuten, es gibt kein Gegengift? Schwellungen und Lähmungen an der Bissstelle, die sich im gesamten Körper ausbreiten? Von meiner Stirn rinnen Bäche aus Schweiß auf die Tischdecke. Ich kann mich nicht mehr aufrecht halten, kippe vom Stuhl in die Dunkelheit, direkt vor Ihre Füße. Das Letzte, was ich zu sehen bekomme, ist eine ziemlich kleine schwarze Spinne, die vor meinen Augen über neongrüne Schnürsenkel huscht und nach oben strebt …

G'hackets mit Hörnli und Apfelmus
(ein Schweizer Klassiker)

Zutaten (für vier Personen):
500 g mageres Rinderhack
Butterfett oder Öl zum Anbraten
1 Karotte, gewürfelt
100 g Sellerie, gewürfelt
1 Zwiebel, fein gehackt
1 Knoblauchzehe
1 EL Tomatenmark, 1 TL Paprikamark
Salz, Pfeffer, 1 Lorbeerblatt, 1 Gewürznelke
Thymian, Majoran oder Petersilie (frisch, zum Verfeinern)
1 dl Bouillon
0,4 dl Rotwein
160 g geriebener Käse (z. B. Emmentaler, Greyerzer)
300 g Hörnli (Hörnchennudeln) oder andere Nudeln

Zubereitung:
Bratfett in einer Pfanne erhitzen. Hackfleisch mit Zwiebel, Karotten und Sellerie kurz anbraten. Tomatenmark, gepressten Knoblauch, Lorbeerblatt und Nelke zugeben, mit Bouillon und Wein ablöschen und zugedeckt etwa 10 Minuten köcheln lassen. Mit Salz und Pfeffer abschmecken, mit frischem Thymian, Majoran oder Petersilie garnieren.
Nudeln in leicht gesalzenem Wasser al dente kochen, abtropfen lassen und mit dem Fleisch und dem geriebenen Käse servieren.
In der Schweiz isst man dazu traditionell Apfelmus, außerdem passt ein grüner Salat.

Jutta Motz

Ein kühles Grab

Als ich meinen Polo starten wollte, um an die Stelle zu fahren, wo gerade eine Wasserleiche geborgen wurde, zitterten meine Knie und Hände so stark, dass ich den Schlüssel nicht umdrehen konnte. Der Fundort war ungefähr eine Seemeile vom Ufer entfernt. So lautete die Neuigkeit. Ich konnte an nichts anderes denken als an meine vor drei Jahren verschwundene Schwiegermutter Ursula, genannt Ursi.

Am Tag nach ihrem Verschwinden war ihr Motorboot von der Seepolizei leer auf dem Untersee treibend geborgen worden. Keiner konnte sich auf die nächtliche Tour der über Siebzigjährigen einen Reim machen. Zwar war sie in Ermatingen als eigensinnig, stur und streitsüchtig bekannt und hatte die Zeit seit dem Tode ihres Mannes genutzt, sich mit einer nicht unbeträchtlichen Anzahl von Mitbürgern zu überwerfen, doch was konnte der Grund für eine nächtliche Seefahrt sein?

Als ich ihren einzigen Sohn Ruedi heiratete, geriet ich in ihr Visier. Ein Zusammenleben mit ihr war unmöglich. Natürlich waren Treffen, ein normaler familiärer Umgang, unausweichlich. Wann immer sich eine Schwierigkeit auftat, eine Differenz abzeichnete, wies sie mich mit einem Spruch zurecht, der im Nachbardorf außen unter dem Giebel an einem Haus stand:

Stürmt es dusse,
brauchts Geduld
stürmt es dinne
bisch sälbe tschuld.

Schuld war natürlich immer ich. Schließlich hatte ich ihren Sohn Ruedi geheiratet und ihr damit den Fehdehandschuh hingeworfen. So sah sie es.

Mir wurde ganz mulmig, Übelkeit befiel mich, befürchtete ich doch, dass die Tote sich drei Jahre nach ihrem Ableben durch ihr plötzliches Auftauchen wieder in unsere Ehe drängeln würde. So wie früher. Sie wollte einfach keine Ruhe geben. Zwar konnte sie mich nicht mehr jeden Tag belehren, doch als Leiche bot sich ihr ebenfalls die Möglichkeit, mir eine Menge Ärger zu bereiten. Typisch für sie war es, unangemeldet aufzutauchen. Wie hinterhältig war das denn?

Drei glückliche Jahre hatte ich mit meiner Familie verbracht, mit meinem Mann Ruedi, unserem kleinen Sohn Bernie, zweieinhalb Jahre alt, und mit Amelie, unserer Großen. Die ging bereits in den Kindergarten. Und jetzt?

Ich fuhr auf den kleinen Hafen am Horn von Ermatingen zu, wo unser schönes, hölzernes Familienmotorboot vertäut war. Während der Wagen die letzten Meter auf der Schotterstraße zum Parkplatz rollte, versuchte ich, zur Ruhe zu kommen. Ich wollte auf den See, wollte selbst sehen ... Was eigentlich?

Bootsunfall hatte damals das offizielle Untersuchungsergebnis gelautet, über Bord gegangen! Und heute? Wieder aufgetaucht? Panik stieg unvermittelt in mir hoch. Musste diese über alle Maßen missgünstige Frau aus den Tiefen des Bodensees auferstehen? Würde sie wieder zum Albtraum unserer Familie werden? Ich versuchte, mir diese eitle Frau als von Fischen zerfressen, vom Wasser aufgedunsen, vom Schlick verschmiert und von Algen umwickelt vorzustellen.

Meinen gutmütigen Mann Ruedi hatte sie vollkommen unter ihrer Fuchtel, zumindest bis wir heirateten. Ich war für sie nur die Fremde – ich kam aus Bregenz, war also Österreicherin – aber doch immerhin vom See. So eine Fremde bringe nicht einmal einen Stammhalter zustande, lautete ihr Credo.

Wir zogen in eine der Neubauwohnungen am Rande von Ermatingen, drei Zimmer, hell und ruhig, weitab vom Dorfkern und vom See. Ich weiß nicht, wie sie es schaffte, einen Hausschlüssel zu ergattern, Ruedi behauptete, ihr nie einen gegeben zu haben. Mit unschöner Regelmäßigkeit stand sie vormittags hinter mir, wenn ich kochte, sah in die Töpfe. Ratschläge, so nannte sie es, Meckereien, so empfand ich es – mein beinahe täglich Brot. Ich war kein dummes Huscheli, das die Familie mit Fast Food und vorgefertigtem Fraß aus der Tiefkühltruhe ernährte. Auch wenn sie das befürchtete, mein Kind und mein Mann bekamen nicht dreimal die Woche Teigwaren mit einer Tomatensauce aus dem Glas.

Bis zu meiner ersten Schwangerschaft hatte ich im besten Gasthof am Ort in der Küche gearbeitet, und erst, als mir von den Essensgerüchen schlecht wurde, wechselte ich in den Service. Dort bediente ich bis eine Woche vor der Geburt und es machte mir Spaß. Bei mir zuhause gab es keine Plastiktischdecken und keine Papierservietten. Nie wurde in der Küche gegessen. Der Tisch im Esszimmer war mit Sets und Servietten aus Stoff gedeckt. Nur Bernie hatte noch zusätzlich ein Lätzchen, weil er in seinem Hochstuhl zu gerne mit dem Essen spielte.

Trotzdem: Ursi hatte immer was zu meckern. Natürlich nur, wenn Ruedi nicht da war. Zwischen uns konnte sie keinen Keil treiben, das hatte sie an dem Tag begriffen, als Ruedi ihr mitteilte, dass wir aus dem schönen, großen Bauernhaus der Familie aus- und in eine Neubauwohnung einziehen wollten, gleich zu Beginn unserer Ehe.

Unser Samstagmorgen heute hatte ganz unspektakulär begonnen. Wolken zogen von Westen her über den Untersee. Windböen peitschten das Wasser auf. Ich saß noch am

Frühstückstisch, die dritte Tasse Kaffee vor mir, als das Telefon bimmelte. Amelie, die Fünfjährige, vermutete wohl eine weitere Kindergartenverabredung, rannte hin und nahm den Hörer ab. Amelie ging an ihrem freien Samstag zu ihrer Freundin zum Spielen, während Bernie mit seinem Vater gerade das Haus verlassen hatte, um den Wochenendeinkauf zu tätigen und in Konstanz in ein Spielwarenfachgeschäft zu fahren. Die Märklin-Eisenbahn des Vaters bedurfte einer Gleiserweiterung und Bernie war ein eigener Zug, ein Güterzug, versprochen worden. Ich wollte die Zeit nutzen, um zum Coiffeur zu gehen, Maniküre stand auch auf dem Programm. Dann könnte ich vielleicht nach Konstanz fahren und mir ein paar Modegeschäfte ansehen. Eventuell sogar etwas kaufen.

»Is für dich, Mami.«

Ich nahm ihr den Hörer ab.

»Lisbeth, hast du schon gehört?« Heidi, meine beste Freundin, schrie aufgeregt ins Telefon.

»Waaas?«

»Sie sind gerade dabei, eine Leiche aus dem See zu bergen. Wasserschutz und Seenotrettung, oder wie die heißen.«

»Wo?« Die Frage war mehr gehaucht.

»In der Fahrtrinne vor Ermatingen, Richtung Reichenau. Das Kursschiff musste anhalten. Von hier oben sehe ich alles ganz ausgezeichnet.«

Hier oben: Damit meinte Heidi den Park des Schlosses Arenenberg, in dem das Schlösschen von Hortense Beauharnais stand, ein beliebter Ausflugsort in unserer Gegend. Heidi war eine der Aufsichtspersonen, die darauf zu achten hatten, dass Touristen nichts von dem fein gedeckten Tisch nahmen oder Kleinigkeiten, die dort ausgestellt waren, in ihren Taschen verschwinden ließen.

»Da kannst du doch drüber berichten. Bring deine neue Kamera mit. Von hier hast du einen guten Blick.« Heidi wusste, dass ich manchmal in unserem Anzeiger kleine Artikel veröffentlichte, Berichte über eine Laienspielgruppe, eine Geschäftseröffnung oder eine Schließung. Ich bekundete mein Interesse und legte auf.

Amelie packte ihren kleinen Rucksack und machte sich auf den Weg zu ihrer Freundin. Noch ein Abschiedskuss, dann fiel die Haustür ins Schloss. Ich saß wie erstarrt. Heute war, wie jeden zweiten Samstag, mein freier Tag. Nun konnte ich Coiffeur und den Bummel durch Geschäfte vergessen.

Vor drei Jahren war meine Schwiegermutter verschwunden. Und nun? Wieso kam die Leiche an die Oberfläche? Ich war der Meinung, Ursi für alle Zeiten in ihrem kühlen Grab versenkt zu haben. Voller innerer Unruhe beschloss ich, mit meinem Polo nach Horn zu fahren. Gegen ein möglicherweise heraufziehendes schlechtes Wetter wappnete ich mich mit gelber Öljacke und Gummistiefeln. Gegen das Unwetter, das die wiederaufgetauchte Ursi auslösen könnte, war ich machtlos. Als ich um das rote Bootshaus bog, sah ich schon das rot-weiße Flatterband mit der Aufschrift POLIZEIABSPERRUNG. Ich kam nicht weiter, ja ich durfte nicht mal zum Steg, und mit unserem Motorboot konnte ich nicht rausfahren.

Ein junger Polizist kam auf mich zu. »Alle privaten Häfen in der Umgebung sind gesperrt. Sonst haben wir ein Tohuwabohu in der Fahrtrinne, weil all die Neugierigen die Arbeit der Seepolizei erschweren.«

Ich sah ihn verständnislos an.

»Sie sehen ja, junge Frau, selbst das Kursschiff kommt nur sehr langsam weiter. In der Mitte des Untersees wird eine Wasserleiche geborgen. Da können wir keine Zuschauer gebrauchen.«

»Ist es ein Mann oder eine Frau?« Ich musste mich dumm stellen. »Ich frag nur, weil ich einen kleinen Artikel …«

»Glauben Sie mir, am Nachmittag gibt es eine Pressemitteilung. Dann erfahren Sie Näheres.«

Ich nickte resigniert.

»Ich verstehe Sie ja, Sie als Pressefrau. Aber wie leicht kann sich für Schaulustige eine gefährliche Situation auf dem Wasser ergeben. Bei dem Seegang.«

Ich stimmte ihm zu, bedankte mich und ging zu meinem Auto zurück. Das Kursschiff nach Konstanz fuhr ganz langsam südlich an dem Geschehen auf dem See vorbei und versperrte mir jede Sicht. Also hoch zum Arenenberg, in den Park.

Ich raste mit meinem Polo den Berg hoch, nicht um der Familie Bonaparte und dem Napoleon-Museum einen Besuch abzustatten, sondern um von dem erhöhten Ausblick, den die Gärten boten, einen Überblick über die Bergungsarbeiten zu bekommen. Der mittelalterliche Patriziergarten, der eine Entwicklung von der Renaissance über Barock bis zum Landschaftspark im 19. Jahrhundert durchlebt hatte, interessierte mich einen feuchten Moder. Nachdem ich den Wagen auf dem Parkplatz abgestellt hatte, lief ich in leichtem Trab zum nordöstlichen Teil des Parkes, vorbei an der viergeschossigen Villa, in der die Familie des späteren Napoleon III. ihr Exil verlebt hatte, vor zu dem Aussichtspunkt, der mit einer Bank zum Verweilen einlud. Ich ließ mich ermattet von der Aufregung und dem leichten Galopp nieder.

Seenotrettung und Wasserschutzpolizei waren noch immer in der Mitte der Fahrrinne, zum Teil aneinander vertäut.

Himmel hilf, Ursi, du Ungeheuer, warum musst du auftauchen? Kannst du nicht Ruhe geben und in deinem nassen Grab verweilen? Bis in alle Ewigkeit!

Eigentlich war es ein Unfall gewesen. So redete ich es mir seit drei Jahren mehrmals in der Woche ein. Nach der Geburt von Amelie wurden Ursis Sticheleien unerträglich. Nur ein Mädchen! Um Amelie kümmerte sie sich kaum. Ich glaube, sie hat sie selbst zur Taufe, als die ganze Verwandtschaft zusah, nicht einmal im Arm gehalten. Nur ein Mädchen!

Ursi legte immer Wert auf die Feststellung, dass ihre Familie, also eigentlich die ihres Mannes, länger hier ansässig war als die Bonapartes. Die waren schließlich Flüchtlinge, unerwünschte Personen, sie mussten Frankreich nach Waterloo verlassen. Zwar erwarb Hortense Beauharnais das Schlösschen Arenenberg bereits 1817, doch da die für sie spitzelnden Geheimdienste glaubten, es sei zu unsicher für die Familie und Arenenberg zu schwer zu überwachen, zog die Familie bis 1824 zuerst nach Augsburg. Danach ließ sich Hortense mit Louis, ihrem jüngsten Sohn, dem späteren Napoleon III., in Arenenberg nieder.

Die Familie meines Schwiegervaters konnte ihren Stammbaum bis ins 17. Jahrhundert anhand der Kirchenbücher zurückverfolgen. Kein Wunder, dass es Ursi nach einem männlichen Nachkommen verlangte.

Auf dem See entstand Bewegung. Zwei Boote, die ein blaues, rotierendes Licht auf dem Kajütendach trugen, fuhren in Richtung Reichenau. Die sicher nicht mehr sehr gestylte Leiche lag in einem unscheinbaren, weiss-grauen Sack auf dem Deck des Schweizer Rettungsbootes. Aber immer noch waren Taucher im Wasser, sodass die Abfahrt verzögert wurde.

Himmel hilf, was suchen die denn noch? Mir wurde ganz blümerant.

Heidi kam vom Restaurant her und brachte mir eine Schale, eine Tasse Milchkaffee.

»Tolle Sicht von hier oben, nicht wahr?«

Ich nickte und nahm einen Schluck. Zum Glück eilte Heidi von dannen, die Güter der Bonapartes zu bewachen. Unter keinen Umständen hätte ich mit ihr reden können.

Es war an einem Montagabend vor über drei Jahren gewesen, es dämmerte bereits, ich hatte bei meiner Schwiegermutter ihre Steuererklärung abgeliefert, an der Ruedi bis in die Nacht gesessen hatte. Ursi hat mich gleich eingespannt: In ihrem alten Garten hinter dem Haus sollte ich helfen, Tomaten zu setzen. Die Arbeit war für mich gedacht, dabeistehen und meckern war Ursis Anteil. Ruedi war zu einer Tagung in Genf. Das hatte Ursi ausgenutzt, denn er hätte nie erlaubt, dass ich körperlich arbeitete. So saß ich auf einer Plastikkiste, ruhte mich kurz aus, der Rücken tat mir weh, denn ich war im vierten Monat meiner zweiten Schwangerschaft. Ursi kam ganz leise von hinten.

»Deine Arbeit besteht nur aus Pausen«, tönte es hinter mir.

Ich blieb ruhig sitzen. Rührte mich nicht.

»Du musst dich gar nicht so viel schonen. Es wird ja doch wieder nur ein Mädchen und die sind zäher als Buben.«

21, 22, 23, 24, 25. Ich darf nicht die Nerven verlieren.

»Wenn du hier mit deiner Pause fertig bist, kannst du noch an den anderen Beeten im Vorgarten Unkraut jäten.«

21, 22, 23 …, zählte ich wieder, drehte mich nicht zu ihr um, sagte nichts.

»Danach kannst du noch …«

Weiter kam sie nicht. Ich sagte nur ganz ruhig: »Ich bin nicht dein Dienstmeitli.«

»Da hast du Recht. Nicht einmal dazu taugst du.«

Ich streckte den Rücken, holte tief Luft.

»Wenn du es heute nicht schaffst, kannst du morgen wieder kommen. Ruedi ist zwei Tage in Genf, das Mädchen bei der österreichischen Oma.«

»Nein!« Ich röchelte fast.

»Du hast doch sonst nichts zu tun. Als Mutter deines Mannes kann ich das erwarten …«

»Ich kann nicht …« Wie sollte ich ihr erklären, dass ich eigene Pläne für den kommenden Tag hatte.

»Du kannst keinen männlichen Erben zur Welt bringen, du taugst zu gar nichts.«

Ich stand von meiner Kiste auf, drehte mich rasch um, auf den kurzen Spaten vom Tomatensetzen stützte ich mich beim Aufstehen.

Vielleicht wollte ich ihr nur eine runterhauen, um damit unsere unselige Beziehung zu beenden, für immer. In der Drehbewegung – die dreckige Schaufel in der Rechten nahm ich irgendwie nicht wahr – erwischte ich sie am Hals. Statt einer Ohrfeige, die gereicht hätte, um uns für immer zu scheiden, erhielt sie mit der scharfen Seite der Schaufelkante einen Schlag an den Hals, so unglücklich, dass wohl die Halsschlagader durchtrennt wurde. Oder hatte ich ihr das Genick gebrochen? Die Wunde blutete stark.

Ursi sackte zu Boden, gab einen gurgelnden Laut von sich und verschied. Zumindest sagte sie nichts mehr. Ich beugte mich über sie. Ich vermutete, sie starb an dem Schock, zum ersten Mal in ihrem Leben jemandem begegnet zu sein, der sich gegen sie zur Wehr setzte.

Langsam richtete ich mich auf, stand da wie erstarrt, die Schaufel mit der blutigen Kante in der Hand. Die gebrochenen Augen starrten an mir vorbei in eine von ihr erwartete Unendlichkeit. Das Gesicht verzerrt. Richtig gruselig.

Notarzt – sie war tot.

Polizei – ich hatte sie ermordet.

Alternative: Leiche verschwinden lassen.

Keine Ahnung, wie lange ich im halbdunklen Garten stand. Bewegungslos. Erstarrt.

Niemand hatte einen Einblick in den von Hecken und alten Bäumen umgebenen Garten hinter dem Haus.

Im Keller fand ich eine dicke Plastikplane, die die Maler bei der Renovierung ihres Schlafzimmers zum Schutz der Möbel verwendet hatten. Ursi hatte sie hinterher gesäubert, zusammengelegt und sie mit den Worten »man weiß nie, wozu sie noch zu gebrauchen ist« in den Keller getragen.

Da sie sofort tot war, hatte sie nicht so viel Blut verloren, wie eine durchtrennte Halsschlagader befürchten ließ. Auch eine alte Wäscheleine, zusammengerollt, konnte von Nutzen sein. Und natürlich alle Lumpen. Zum Aufsaugen des Blutes.

Hosenbeine hochgekrempelt, ihre Gummistiefel angezogen. Ich schnappte mir die Utensilien und ging in den Garten, legte die Plane neben ihrem leblosen Körper aus. Ursi wurde darin eingerollt und mit dickem, schwarzem Tape großzügig verklebt.

Und nun? Die Wäscheleine! So verklebt konnte ich das Plastikpaket nicht bewegen. Ein Plastikpaket – das war sie für mich von dem Augenblick an, wo sie verpackt und zugeklebt war. Ich begann die Wäscheleine um ihre Füße zu schlingen, rollte ihren Körper und führte dabei die Leine von den Füßen bis hoch zum Hals. Immer wieder verknotete ich die Leine vorne, um zu verhindern, dass sie sich lockerte. So arbeitete ich mich von den Beinen hoch, indem ich das Paket mehrmals nach links und rechts drehte, bis ich mit dem Ende der Leine an Hals und Kopf angekommen war.

Auf dem Untersee gab es noch immer viel zu sehen. Das Schweizer Boot mit dem Leichensack fuhr Richtung Hafen Ermatingen – zum Landesteg. Ein Polizeitaucherboot mit rotierendem Blaulicht blieb am Ort der Leichenbergung. Ich verließ meinen Beobachtungsposten auf der Aussichtsbank und ging zur Rosskastanie, um die eine runde Bank gebaut war, auf der ich mich mit zittrigen Knien niederließ. Der Blick zur Slipanlage war frei. Ein schwarzes Auto, der Leichenwagen, fuhr rückwärts an den Landesteg.

Was hatte ich mit der Leiche machen sollen? Ich war ratlos gewesen. Meine Gedanken hatten sich überschlagen. Wohin mit dem Paket? Zuerst hatte ich Ruedis Mercedes geholt, denn der besaß eine Ladefläche. Ich fuhr so nahe wie irgend möglich neben dem Haus rückwärts in den hinteren Teil des Gartens. Es war nur ein Meter bis zu dem mit der Wäscheleine umwickelten, unförmigen Paket. Kein Mensch ahnte, wie schwer eine kleine, zierliche, verpackte Frau war! Vermutlich wog ihre böse Zunge allein 20 Kilo. Ich brauchte unendlich lange, bis ich das Paket auf die nicht sehr hohe Ladefläche des Mercedes gehievt, geschoben, gestemmt hatte. Zweimal rutschte sie mir wieder herunter, bis ich auf die Idee kam, das Fußende mit dem Seil an der Genickstütze der Vordersitze festzuzurren. Danach konnte ich den schweren Oberkörper auf die Ladefläche stemmen. Die leeren Kisten, in denen sich die Tomatenpflanzen befunden hatten, und die leeren Säcke, die mit Erde gefüllt waren, warf ich auf sie drauf, auch die Schaufel. Mit dem Rechen ebnete ich den Gartenboden, kein Blut durfte zu sehen sein. Dann setzte ich mich, immer noch mit ihren Gummistiefeln und den Gartenhandschuhen ausgestattet, in den Mercedes und fuhr zur Slipanlage Horn, wo das schöne alte Boesch-Boot der Familie vertäut war. Ich fuhr das letzte Stück ohne Scheinwerfer. Mit dem Wagen so nah an den See wie möglich, das war kein Problem. Der Schlüssel zum Boot lag wie üblich im Handschuhfach unseres Autos.

In der Zwischenzeit war es ganz dunkel geworden. Neumond. In der stockdunklen Nacht war es kalt, also kein Wetter für eine abendliche Vergnügungsfahrt. Ende April gingen keine Liebespaare auf den See. Ich war allein. Ich musste darauf hoffen, dass kein Mensch mich von den Häusern in der Ferne beobachtete.

Das Polizeiboot legte am Landesteg an, die Rollbahre vom Leichenauto wurde auf den Steg gerollt, der Leichensack vom Deck des Bootes gehoben und auf die Bahre gelegt, die zwei Beamte zum Leichenwagen schoben.

So einfach hatte ich es vor drei Jahren nicht gehabt. Ich hatte lange am Steg gesessen und mir alles genau überlegt. Es war bereits nach Mitternacht. Mehrere Beseitigungspläne wurden verworfen, bis mir endlich die rettende Idee kam. Ich fuhr unser Boot rückwärts so weit auf die Slipanlage, wie es sich mit einem Motorboot machen ließ, ohne es zu beschädigen, vertäute es an der Seite am Steg und warf zur Vorsicht den rostigen Anker auf der anderen Seite aus. Das hätte mir gerade noch gefehlt: Das Boot meines verstorbenen Schwiegervaters triebe leer auf den See hinaus und ich säße hier am Steg – mit der Leiche seiner Frau.

Fragen über Fragen galt es zu klären. *Wie bekomme ich die Leiche dauerhaft unter Wasser? Leichen tauchen auf, wenn sich durch die Verwesung Gase bilden.*

Hinten im Mercedes lag noch vom letzten Jahr ein Seesack voll mit Amelies Steinen – ihre Sammlung von den vielen Wanderungen, die wir an Wochenenden im Appenzell unternahmen. Ich schleppte den alten Seesack an Bord. Dann zerrte ich die Leiche von der Ladefläche und schleifte sie zum Boot. Aufs Boot würde ich sie nicht hieven können. Unendliche Mengen an Schnüren fand ich in der Bordkiste. Damit begann ich die Leiche – bei den Füßen angefangen –, an den Klampen an der Seite des Bootes außen festzuschnüren. Zwar war die Tatsache, dass die Leiche jetzt im Wasser war, eine enorme Hilfe, denn sie war nicht mehr so schwer, war besser manövrierbar, doch sie drohte unterzugehen. Auch könnte es während der Fahrt an der Seite des Bootes Probleme mit dem Gewicht geben. In einer der Kisten an Bord fand ich Amelies Schwimmflügel und die ihrer Freundin. Ich befestigte sie an Kopf und Rumpf. Das Ergebnis: Nicht zufriedenstellend, aber besser. Unsere Schwimmwesten – zusammengezurrt zu Paketen – schlang ich mit dem Gurt durch die Wäscheleine an der Oberseite. Nun sah es aus, als zöge ich leere Schwimmwesten an der einen Bootsseite über den See. Weit würde ich mit diesem Konstrukt nicht kommen. Als ich gerade alles so festgezurrt hatte, wie es meine Kraft erlaubte, hörte ich ein Motorengeräusch. Müde von der Anstrengung, starr vor Schreck und mit aufsteigender Panik kämpfend, wartete ich, bis nichts mehr zu hören war.

Den Mercedes ließ ich mit offener Heckklappe stehen, patschte mit den nassen Gummistiefeln zum Boot, zog die Stiefel aus, stellte sie am Steg ab, stieg in Strümpfen über den Einstiegsteg, den wir für die badenden Kinder, Amelie und Freundinnen, hatten montieren lassen, von hinten aufs Boot, indem ich mich gleichzeitig abstieß. Nachdem ich ein paar Meter getrieben war, den Anker gelichtet hatte und die Leine vom Steg eingeholt war, startete ich den Motor und fuhr im Schutze der großen Wolken ganz langsam Richtung Reichenau. Die Fahrrinne der Linienschiffe ist eine der tiefsten Stellen am Untersee. Ich stellte den Motor ab, griff das scharfe Teppichmesser, das Ruedi immer an Bord verwahrte für den Fall, dass sich etwas in der Schiffsschraube verfing, und durchschnitt die Leinen, mit denen ich die Leiche seitlich befestigt hatte.

Nachdem die Flügeli der Kinder aufgeschlitzt, der Steinsack an den Füßen und an der Leine, die ich um die Taille gezurrt hatte, festgeknotet war und unsere Schwimmwesten von dem Paket gelöst waren, durchschnitt ich eine der ersten Leinen, die mich noch mit Ursi verbanden. Die alte rostige Ankerkette hatte ich vom Boot abgeschraubt und um ihren Hals geschlungen, den Anker selbst unter die Schnüre an der Oberseite des Paketes geschoben. Dann durchtrennte ich die allerletzte Leine. Erschöpft sank ich auf den Plastiksessel des Kapitäns. Langsam, aber stetig begann der unförmige Sack zu sinken. In die Plastikplane hatte ich mit dem Teppichmesser ein paar Schnitte gemacht, dort, wo sich Luftblasen zu bilden begannen, die das Versinken des Paketes erschwert hätten. Mit dem rostigen Anker am Hals und Amelies Steinsammlung an den Füßen verschwand die Leiche in den Tiefen des Untersees. Die blutige Schaufel schickte ich hinterher.

Wie lange ich sinnend über Ursis kühlem Grab verharrte, weiß ich nicht. Irgendwann fuhr ich langsam zum Horn zurück, sprang aus dem Boot und stellte es Richtung See. Es war nicht mehr viel Benzin im Tank, ich fixierte das Steuer mit einer der Leinen, dann ließ ich den Motor an, und das leere Boot fuhr Richtung Norden davon, langsam, leise, stetig.

Ich stand bis zur Hüfte im Wasser und sah ihm nach. *Ade, Ursi, du Karikatur einer bösen Schwiegermutter.*

Dann zog ich meine nassen Klamotten aus, legte mir eine der Wolldecken aus dem Auto um. Die Gummistiefel ließ ich neben unserem Anlageplatz stehen.

Endlich konnte ich nach Hause fahren. Von der Tiefgarage aus ging ich in den Keller, wo die Waschmaschine stand, stopfte all meine Sachen hinein und ließ den 40-Grad-Waschgang laufen. Die Gartenhandschuhe schmiss ich in den Müllsack. Meine verschwitzten Hände wusch ich lange, bevor ich in unsere Wohnung ging. Da Amelie für drei Tage zu Besuch bei meiner Mutter in Bregenz war, saß ich allein in unserer Wohnung und fürchtete mich vor dem nächsten Tag.

Der Wagen mit der Leiche fuhr vom Schiffssteg in Ermatingen ab – Richtung Romanshorn oder St. Gallen? Wo war die nächste Gerichtsmedizin? Keine Ahnung! Wurde die Leiche nach Konstanz, zu den Deutschen, gebracht? Gerne hätte ich gewusst, welches zusätzlich ausgeschüttete Hormon mich während meiner Schwangerschaft unterstützt hatte, solch einen Kraftakt zu vollbringen.

Am Morgen nach meiner nächtlichen Seefahrt war ich sehr früh aufgestanden, meine Wäsche, die ich in der letzten Nacht getragen hatte, hing noch auf der Leine in der Waschküche. Ich nahm sie ab, legte sie zusammen und verstaute sie in meinem Schrank. Der Müllsack wanderte in die Tonne. Dann holte ich Ruedi vom Zug in Schaffhausen ab.

Der Mittagstisch war gedeckt, Ruedi saß am Tisch und las die Neue Zürcher Zeitung, der Kaffeeautomat produzierte zischend und fauchend einen doppelten Espresso, als zwei Kantonspolizisten bei uns klingelten. Ruedi bat sie herein.

»Ihre Frau?« Der Ältere sah mich fragend an.

»Ja.« Ich nickte freundlich und verbarg meine zittrigen Knie und Hände unter dem Tisch.

»Das ist gut.« Erleichterung in der Stimme des Beamten. »Wir haben ein Unglück vermutet.«

»Ein Unglück?« Ruedis Stimme war eher neugierig als beunruhigt.

»Auf Sie ist ein Boesch-Motorboot zugelassen, mit der Kennung …«, der jüngere Polizist zog einen Zettel aus der Tasche und las die Daten vor.

»Das ist unser Boot«, bestätigte Ruedi.

»Wir haben, also die deutsche Seepolizei hat ihr Boot führerlos in der Nähe der Insel Reichenau vor sich hindümpelnd gefunden. Beziehungsweise in Schlepp genommen und sichergestellt. Es war kein Benzin im Tank, der Schlüssel steckte.«

»Ich war auf Geschäftsreise, bin grad heute heimgekommen und meine Frau ist schwanger, die wird kaum bei der Kälte auf den See gegangen sein.«

Die Polizisten lächelten freundlich und verständnisvoll. Mir fiel es nicht schwer, leidend auszusehen. *Der Motorbootschlüssel! Es ist unser Schlüssel, der im Boot steckt. Der zweite Schlüssel müsste in Ursis Küche am Bord hängen. Verdammt noch mal, daran hab ich nicht gedacht.*

Ruedi hatte im Flur den Telefonhörer in der Hand, wählte einige Male, drehte sich um, stammelte: »Meine Mutter … Ich kann sie nicht erreichen, auch nicht auf ihrem Mobil…«

»Aber ich habe sie gestern Nachmittag gesehen. Sie wollte, dass ich ihr in ihrem Garten junge Tomaten setze. Das habe ich getan. Als ich fast fertig war, kam sie und fing einen Streit an.«

»Worüber haben Sie gestritten?« Der ältere Polizist wurde hellhörig.

»Darüber, dass ich zu blöd bin, einen Jungen auf die Welt zu bringen. Da habe ich die Tomaten Tomaten sein lassen und bin einfach gegangen. Pottsauer war ich.«

Die beiden Kantonspolizisten grinsten und Ruedi legte liebevoll den Arm um mich.

Die Sache mit dem Bootsschlüssel interessierte nicht. Ruedi fuhr mit den Polizisten zum Haus seiner Eltern. Acht noch nicht gesetzte Tomaten in ihrem Garten bestätigten meine Aussage. Ich hatte die Wahrheit gesagt. Von Ursi fehlte jede Spur.

Tage später erfuhren wir Neues: die Polizei besuchte Ursis Hausarzt, reine Routine. Dort erfuhr die Polizei, dass Ursi an Nierenkrebs erkrankt war. Da keine Lebensversicherung auszuzahlen war, interessierte die Frage Selbstmord oder Unfall nicht weiter. Die Akte wurde geschlossen. Vorerst! Es gab keine Leiche.

Wir zogen nach Monaten der Renovation in Ruedis schönes altes Vaterhaus. Kurze Zeit später wurde keine Beate, sondern ein Bernhard geboren. Was für eine glückliche Zeit!

Die Schifflände wurde wieder von Touristen bevölkert, die auf das Linienschiff nach Konstanz warteten, die Polizei war abgefahren. Lediglich eine Boje nahe der Fahrrinne markierte die Fundstelle. *Lag die Fundstelle in Deutschland oder noch in der Schweiz?* Ich hatte keine Ahnung.

Mein wunderschönes Leben drohte zu zerbrechen. Ich war glücklich verheiratet, liebte meinen Mann, unsere Tochter Amelie war ein Sonnenschein, Bernie ein kleiner, frecher Lausbub. Mein Mann hatte Erfolg im Beruf, wir hatten keine Krankheiten, keine Schulden …

Wessen hatte ich mich schuldig gemacht?

Erstens: Totschlag?

§113 Strafgesetzbuch: ein bis zehn Jahre – bedingte Strafe bei entschuldbarer, heftiger Gemütserregung. Aber: Schwangerschaft ist keine Krankheit.

Zweitens: Beseitigung der Leiche.

Kam strafverstärkend hinzu.

Drittens: Irreführung der Polizei?

Sicher gab es auch dafür Paragrafen.

Viertens: Verstoß gegen die Totenruhe?

Vernachlässigbar in diesem Fall.

Was erwartete mich? Fünf bis zehn Jahre? Bei guter Führung würde ich aus der Haft entlassen, wenn Bernie in die Schule kam und Amelie die Schule wechselte. Oder vielleicht eher?

Ich saß noch immer unter der Rosskastanie, zitterte vor Angst, vor Aufregung und in der Gewissheit, alles, was mir lieb war, nach einer polizeilichen Untersuchung zu verlieren. Die Rechtsmedizin würde die Todesursache, einen Schlag gegen den Hals und die Durchtrennung der Schlagader, vermutlich sofort feststellen. Konnte man die scharfkantige Wunde rechts am Hals nach drei Jahren im Wasser noch sehen? Wenn ja, würde ein Rattenschwanz an Untersuchungen folgen. In deren Mittelpunkt konnte nur ich stehen, die Elisabeth aus Bregenz, die ungeliebte Österreicherin, die in der Schweiz zur Lisbeth, zum Lisbethli, mutiert war.

Heidi kam, legte den Arm um mich und führte mich ins Restaurant von Arenenburg.

»Das Ganze regt dich ja furchtbar auf, du Ärmste.«

Ich bekam Tee und eine warme Tomatensuppe. Mir war übel. Ich hatte, davon war ich überzeugt, als Einzige ein Motiv.

Es dämmerte bereits, als ich mit meinem Polo vor dem Haus auf meinen Parkplatz fuhr. Aus dem Garten hinter dem Haus schallte Kindergeschrei und Lachen. *Wie viele Jahre würde ich meine Kinder nicht mehr sehen dürfen? Fünf, zehn, fünfzehn?*

Ich ging durchs Haus in den Wintergarten, sah die Mädchen Ball spielen, Bernie fuhr auf einem funkelnagelneuen Dreirad von Puck den gepflasterten Weg im Garten entlang.

Ruedi gab durch das Küchenfenster Anweisungen: »Setz ein Stück zurück, dann kannst du drehen.«

Als er mich sah, winkte er mir zu. In der Küche nahm er mich in den Arm, küsste mich: »Die elektrische Eisenbahn haben wir zugunsten des Dreirades aufgegeben. Er ist noch zu klein.« Ruedi lachte mich an. »Die Kinder haben Hunger, da hab ich mit einem Brandteig begonnen.«

Brandteig war der einzige, den Ruedi auswendig zusammenrühren konnte. Ich vermutete, sein Interesse daran hing mit einer Kindheitserinnerung zusammen. Der Ofen war bereits auf 220 Grad vorgeheizt. Mit dem gefüllten Spritzbeutel begann er mehrere lange, leicht gebogene Würste auf das Blech zu spritzen.

»Du machst für die Kinder den Schwan vom Bodensee?« Sein Lieblingsdessert.

»Und für uns auch …«

Die Sahne war bereits geschlagen, ich stellte sie in den Kühlschrank. Der Schwan würde auf einem See aus gezuckerten Blaubeeren schwimmen dürfen.

Plötzlich wurde er ernst. »Weißt du schon das Neueste?«

Mir wurde schwindelig. Ich nickte.

»Eine Leiche!«

Ich lehnte mich an ihn. Ruedi spritzte unbeirrt den Leib der Schwäne auf das Backpapier auf dem Blech. »Sie haben im See die Leiche der jungen Frau gefunden. Es ist die, die letzten Sommer an der Regatta, als das Gewitter losbrach, im Sturm über Bord gegangen und ertrunken ist. Kam im Radio.«

Ich wurde abwechselnd blass und rot.

Ruedi musterte mich erstaunt. »Ich sage ja immer: nie ohne Schwimmweste auf den See.« Er zeigte auf eine große Schachtel mit Schwimmwesten für Kinder in Bernies und Amelies Größe, die er gekauft hatte, da wir im Sommer oft mit mehreren Kindern aufs Wasser gingen. Ruedi hatte für die kommende Saison vorgesorgt.

Ich nickte nur. Erleichtert? Das wäre der falsche Ausdruck. Vielleicht blieb mir nur eine Gnadenfrist. Heute durfte ich kurz durchatmen.

»Ich decke mal den Tisch für den z'Nacht.«

Der Schwan vom Bodensee

Zutaten für den Brandteig:
250 ml Wasser
1 Prise Salz
50 g Butter
150 g Mehl
4 Eier

Zubereitung:
1. Die Flüssigkeit mit dem Salz und dem Fett in einem Topf erhitzen. Sobald es kocht, Mehl dazugeben und mit einem Kochlöffel rühren, bis sich ein gleichmäßiger Kloß formt (und sich ein weißer Belag am Topfboden bildet).
2. Vom Herd nehmen und abkühlen lassen. Ein Ei nach dem anderen mit dem Handrührgerät unterschlagen.
Den Windbeutel zu einem runden Körper formen, Hals und Kopf dabei separat backen, bei 220 Grad Unter- und Ober- hitze für ca. 20 Minuten. Ofen während des Backens nicht öffnen. Körper auskühlen lassen.
Nach dem Abkühlen den Körper des Schwans aufschneiden und mit Sahne füllen. Den Hals mit einem Zahnstocher am Körper befestigen, den Schwan auf einem Spiegel aus Obst anrichten, je nach Jahreszeit: Erdbeeren, Beeren, Orangen oder anderes. Den Schwan mit Puderzucker bestäuben.

Frank G. Gerigk

Höri-Bülle

Die Sicherungstür der Verwahreinheit – im Volksmund Aus-
nüchterungszelle genannt – wurde vom Diensthabenden
Meier geöffnet, einem mittelgroßen, drahtigen Polizisten
mit kurzgeschnittenem grauem Haar, dem die schwarze
Uniform recht gut stand. Der Raum befremdete durch seine abwaschbaren Flächen und das Fehlen jeglicher Gemütlichkeit. Das Licht flackerte kurz, bevor es grell und rücksichtslos einen zerknitterten jungen Mann Ende zwanzig
offenbarte, der die Nacht hier geschlafen hatte. Das übliche Häuflein Elend, das sich aufrichtete, wenn diese Art
Tür aufging. Ein Schwall verbrauchter Luft, die säuerlich
nach altem Schweiß und Erbrochenem roch, drang nach
draußen. Es war sieben Uhr vierundzwanzig in der neuen
Polizeidienststelle Radolfzell am Bodensee in der Güttinger
Straße.

Der junge Geiges blinzelte verschlafen, als er den Kopf
hob, um den Mann in Zivilkleidung zu betrachten, den der
Beamte da gerade hereinließ.

»Guten Morgen, Michael.«

»Morg'n. Wer sind Sie?«

»Jetzt setz dich mal auf und werd wach, und dann unterhalten wir uns. Dein Papa hat mich geschickt, wir kennen uns; ich soll dir helfen. Wir beide sind uns auch schon
mal begegnet, da warst du noch ein Dreikäsehoch. Kannst
dich wohl nicht mehr erinnern? Auf dem Hohentwielfest?
Christian Schützinger. Ich bin Kriminalbeamter und wegen
dir extra aus Singen gekommen.« Er blickte auf seine Armbanduhr. »Wir haben vermutlich noch vierzig Minuten,
bevor die Kollegen aus Konstanz kommen und dich in die
Mangel nehmen.«

»In die Mangel? Weswegen denn?«

»Hausfriedensbruch, Einbruch, Diebstahl, Vandalismus … – Die Wohnung deiner Ex wurde verwüstet.«

»Ich war es nicht, ich habe ein Alibi.«

»Ja, genau. Deswegen bin ich ja da. Und damit du dich nicht ins Unglück stürzt. – Wollen wir in das Büro gehen? Hier ist es etwas ungemütlich.«

»Können wir machen.«

Schützinger und Geiges gingen in einen nahen Raum; Meier schloss die Tür hinter ihnen wieder zu.

»Warum hat der auf uns gewartet?«

»Weil er nett ist, Michael. Und weil er auf dich aufgepasst hat. Du hättest ja ausrasten können. Meier ist Kampfsportausbilder und hat eine ganze Reihe schwarzer Gürtel. Es ist immer vernünftig, sich nicht mit ihm anzulegen.«

»Ach du Scheiße …!«

Schützinger setzte sich nicht hinter den Schreibtisch, sondern nahm einen der Stühle, die an einem der kleinen Tische standen, und deutete Michael an, auf dem anderen Platz zu nehmen. Auf dem Tisch stand eine Papiertüte mit einem Polizei-Asservatenaufkleber, daneben glimmte ein Tablet. Das Büro war sachdienlich und nüchtern eingerichtet, jedoch schien es niemandem zu gehören; nirgendwo gab es persönliche Gegenstände; die Wände waren mit geschlossenen Aktenschränken zugestellt. Vor dem vergitterten Fenster lag ein kleiner Platz, auf dem blaue Polizeifahrzeuge standen. Schützinger ließ sich erklären, was Michael am Vorabend gemacht hatte, wobei er den jungen Mann dann und wann unterbrechen und nachfragen musste, wenn dessen Erzählung in unwichtige Kleinigkeiten abglitt oder konfus wurde. Gelegentlich schrieb er sich eine Uhrzeit mit einer Ortsangabe auf.

»Ich darf also zusammenfassen: Am gestrigen Nachmittag bist du auf das Büllefescht nach Moos gegangen, trafst ein paar Bekannte, hast drei Suser getrunken, und später hat dich ein Freund nach Böhringen gefahren, wo ihr auf einem Privatgelände weitergefeiert habt. Gegen ein Uhr nachts kam es zu einer Schlägerei, bei der du beteiligt warst. Die Polizei wurde gerufen, und du hast die Beamten nicht nur angepöbelt, du wärest sogar fast handgreiflich geworden, als die deine Personalien überprüfen wollten, und dann bist du gestolpert. Die Beamten haben dich zum Ausnüchtern mitgenommen.«

»Ja«, gab Michael kleinlaut zu.

»Gut, und nun das Gegenmodell: Deine Exfreundin behauptet, ihr hättet euch auf dem Büllefest kurz getroffen, habt Wurstsalat gegessen, danach seiest du verschwunden. Als sie nach Hause kam, sie wohnt in Schienen, so gegen zweiundzwanzig Uhr, habe sie ihre Parterrewohnung verwüstet angetroffen. Daraufhin rief sie die Beamten. Ein Elektrogerät …«, Schützinger sah in seiner Liste nach, »ein mehrere Jahre alter CD-Player, sei gestohlen worden. Sie meinte, dass du ihr den mal geschenkt hättest.«

»Nur ausgeliehen. Dumme Nuss.«

»Du hast noch den Schlüssel zu ihrer Wohnung?«

»Nein. Irgendwann weggeworfen.«

»Es gab keine eindeutigen Einbruchsspuren. Du verstehst, dass du nun natürlich verdächtig bist?«

»Ich war auf dem Fest in Böhringen.«

»Richtig. Man kann nicht an zwei Orten gleichzeitig sein.«

»Ja.«

»Allerdings nacheinander. Du hast da was gegessen, in Böhringen?«

»Kartoffelsalat.«

»Die Kollegen aus Konstanz könnten natürlich nun alle deine Freunde fragen, wie spät es war, als du auf dem Fest aufgetaucht bist.«

»Hm.«

»Oder sie lesen einfach in deinen Telefondaten nach. Dein Handy sendet Signale aus, die die Telefonmasten in der Umgebung empfangen. So kann man grob herausfinden, wann und wo du gewesen bist. Das ist nur eine Formalität. Vermutlich haben sie die Liste bereits.«

Michael schien noch blasser zu werden.

»Dein Handy hast du noch?«

Michael suchte fahrig in seinen Taschen, fand es aber nicht.

»Entweder liegt es noch in Böhringen, oder die Kollegen haben es dir gestern abgenommen, so wie Schlüssel und sonstige Gegenstände. Aber das ist letztlich egal.«

Schützinger griff nach der Asservatentüte, öffnete sie und hielt sie so, dass Michael riechen konnte, was darin ist.

»Was ist das?«

»Urgh. Keine Ahnung. Riecht wie Kotze.«

»Das ist ein Beweismittel. Richtig, es ist Erbrochenes. Das du gestern verloren hast, hier in der Zelle. Erinnerst du dich? Der Beamte hat deine Zelle saubergemacht.«

»Hmh.«

»Es ist natürlich getrocknet, mit sterilen Zelltüchern. Was würde ein Test ergeben, wenn man es nach Ravensburg ins Labor zur Analyse schickte? Kartoffelsalat? Oder ein Wurstsalat aus Moos? Mit echter Bülle? Du weißt vielleicht, dass die Bülle ausschließlich auf der Höri wächst, in der Umgebung von Moos und Iznang und diese Richtung. Sie ist was Besonderes, besonders mild und geschmackvoll, weshalb sie ideal für den Wurstsalat geeignet ist, in den man sie roh hineinschneidet. Man kann sie auch genetisch gut von anderen Zwiebeln unterscheiden. Deine Freunde sind alle zusammen nach Böhringen aufgebrochen. Wenn du dich tatsächlich so spät noch mit deiner Exfreundin unterhalten – und den Wurstsalat gegessen – hast, dann warst du nicht gleichzeitig in Böhringen, sondern bist in einem anderen Wagen – womöglich deinem eigenen – hinterher gefahren.«

Michael blinzelte mit den Augen. Schützinger verstaute die Tüte wieder.

»Du musst mir nichts sagen, Michael. Ich bin nicht der ermittelnde Beamte. Ich bin ein Freund von deinem Papa. Aber sieh, wenn ich mich nur einige wenige Minuten mit deinem Fall beschäftige und so Überlegungen anstelle …, dann wäre es möglich, dass dein Alibi nicht mehr so ganz sicher ist, jedenfalls zur Tatzeit. Und die Kollegen aus Konstanz werden deinen Fall sicherlich noch genauer unter die Lupe legen als ich. Minute für Minute, und dabei jede einzelne Aussage per Navi kontrollieren; das ist heutzutage Standard. Und sich noch mehr Gedanken machen. Beispielsweise über Fahrten unter Alkoholeinfluss, Führerscheinentzug und so weiter …«

Michael wirkte noch elender als zuvor.

Vor dem Fenster klappten zwei Autotüren.

»Bülle oder nicht?« Schützinger raschelte noch einmal mit der Tüte. »Geständnisse sind so gut wie immer strafmildernd – vor allem wenn sie aus echter Reue geschehen und den Richter überzeugen, wenn sie also früh gegeben werden. – Ich lass dich nun allein.« Er stand auf, legte aber noch seine Visitenkarte neben Michael auf den Tisch. »Die Kollegen sind da, ich habe sie gerade gehört.«

Es klopfte an der Tür.

Schützinger griff nach der Asservatentüte und ging hinaus. Zwei Beamte gingen grüßend an ihm vorbei in das Büro hinein. Die Tür ging zu.

Meier blickte mit vorwurfsvollem Blick auf die Tüte. »Wieder der Trick mit dem frischen Parmesan?«

»Frisch vom Markt. Lecker.« Schützinger zog die Asservatentüte ab; darunter kam eine herkömmliche Plastiktüte zum Vorschein, die mit gelblichen Flocken gefüllt war. »Frisch riecht er nicht besonders gut, zugegeben, und der Geruchssinn spielt einem damit einen Streich – aber meine Frau kann tolle Sachen damit machen!«

Die Männer lachten.

Badischer Wurstsalat

unterscheidet sich vom schwäbischen hauptsächlich darin, dass Allgäuer Bergkäse anstatt Emmentaler verwendet wird. Idealerweise enthält badischer Wurstsalat auch nicht die gemeine Zwiebel (oder bestenfalls Schalotten), sondern die **Höri-Bülle.** *Diese ist eine rote, flachbauchige Zwiebel, die traditionell seit dem 8. Jahrhundert auf der Halbinsel Höri angepflanzt wird. Sie hat ein zartes Aroma und eine milde, nicht aufdringliche Schärfe. Dadurch eignet sie sich hervorragend zum rohen Verzehr und ist eine fast unverzichtbare Zutat für Salate und hier insbesondere für den in der Region so beliebten Wurstsalat.*

Zutaten (für zwei Personen):
350 g Kalbslyoner
150 g Allgäuer Bergkäse
1 große Höri-Bülle
2 kleine Gewürzgurken
1 EL Senf
30 ml milder Obstessig
100 ml Sonnenblumenöl
Salz und weißer Pfeffer aus der Mühle

Zubereitung:
Die Kalbslyoner und den Käse in feine Streifen schneiden. Die Gewürzgurke würfeln und die Höri-Bülle in feine Ringe schneiden. Aus den restlichen Zutaten eine Vinaigrette herstellen, Bülle und Gurke zufügen. Die Vinaigrette mit den Wurststreifen und dem Käse vermischen und mindestens 30 Minuten ziehen lassen.
Dazu passt hervorragend frisches Bauernbrot.

Michael Wanner

Ein Herz für Tiere

»Carina, Carina! Ich habe altes Brot mitgebracht! Darf ich Jonathan damit füttern?«

Der fünfjährige Tim war kaum noch zu halten. Seit er zusammen mit seinen Eltern Urlaub auf der Höri machte, hatte er so lange gequengelt, bis seine Eltern mit ihm zu dem Streichelbauernhof in der Nähe von Moos fuhren, den Carina Kaiser und Elvira Vogt seit zwei Jahren betrieben. Jetzt wollte er unbedingt dem stattlichen Eber Jonathan die extra klein geschnittenen Brotreste vorwerfen und ihm dabei zusehen, wie er sich gierig darüber hermachte.

»Nein, Tim. Das geht nicht. Die Tiere werden morgens gefüttert. Und abends, wenn alle Besucher weg sind. Du möchtest doch bestimmt auch nicht, dass dir jede Menge Leute beim Essen zugucken und nebenher noch einen Riesenspektakel veranstalten.«

Tims Enttäuschung, Jonathan das Brot nicht geben zu dürfen, war nur von kurzer Dauer. Er erspähte nämlich den heimlichen Star des Hofes, den alten Wolf Blaubart. Elvira hatte ihn halb verhungert im Wald gefunden. Der Förster meinte, dass Blaubart sich von Ungarn oder Tschechien her bis an den Bodensee durchgeschlagen haben musste. Der Wolf besaß nur noch drei Beine. Wie ihm das vierte abhanden gekommen war, wusste niemand. Jetzt erhielt er auf dem Streichelhof sein Gnadenbrot. Das eigens für ihn eingezäunte Areal reichte für den verbliebenen Rest seines Bewegungsdranges vollständig aus.

»Und Blaubart?«, ließ Tim nicht locker, »wann bekommt der sein Fressen?«

»Auch heute Abend. Wenn du in eurem Hotel beim Abendessen sitzt«, antwortete Elvira, die sich zu den beiden gesellt hatte.

Der Streichelhof war Elviras Idee gewesen. Carina und sie hatten sich an der Universität Konstanz kennengelernt. Sehr schnell gestanden sie sich gegenseitig, wie unzufrieden sie mit ihrem Soziologiestudium waren. Beide kamen aus ländlichen Gemeinden, und beide wollten am Abend viel lieber sehen, was sie mit ihren Händen gearbeitet hatten, als den ganzen Tag lang nur über Büchern zu brüten. Trotzdem führten sie das Studium fort, weil sie keine realistische Alternative sahen.

Das änderte sich, als Elvira bei einem Besuch ihrer Eltern auf der Höri erfuhr, dass die Bruggers, eine alteingesessene Bauernfamilie, aufgegeben hatten und ihren Hof verpachten wollten. Leider fand sich niemand, der Interesse gehabt hätte. Der Hof war auf Tierhaltung ausgelegt. Und Tierhaltung rechnete sich nicht mehr, seit keine zwei Kilometer entfernt ein Mastbetrieb mit über 100 Schweinen aus dem Boden gestampft worden war. Er war in der Lage, Schweinefleisch zu einem Bruchteil des Preises zu liefern, der für die kleineren Hofeigentümer kaum das Überleben sichern konnte. Die Kehrseite der Medaille war, dass die Tiere unter katastrophalen Bedingungen gehalten wurden. An einen freien Auslauf war nicht zu denken. Stattdessen waren sie in Boxen gepfercht, die es den Tieren kaum gestatteten, sich um die eigene Achse zu drehen. Um Krankheiten zu vermeiden, wurden die Schweine mit Antibiotika vollgepumpt, und das Futter war so üppig bemessen, dass ihnen ständig die Beine wegknickten, weil sie das eigene Körpergewicht nicht mehr tragen konnten.

An eine Nutzung des Hofes wie bisher war also nicht mehr zu denken. Aber was, so fragte sich Elvira, wenn man die Tiere nicht zum Abschlachten, sondern als Touristenattraktion hielte? Am Bodensee machten jede Menge Familien aus den Großstädten Urlaub, deren Kinder noch nie eine Kuh, ein Schwein oder ein Schaf aus der Nähe gesehen, geschweige denn angefasst hatten. Die logische Konsequenz war, den Hof für die Kinder zu öffnen und ihnen direkten Kontakt mit allen Tieren zu ermöglichen, die sich in früherer Zeit auf einem Bauernhof herumgetrieben hatten.

Endlich hatten Eltern eine Antwort auf die täglich wiederkehrende Frage ihres Nachwuchses: »Was machen wir heute?« Deshalb wurde das Angebot sehr gut angenommen. Für das nächste Jahr hatten Carina und Elvira vor, die leerstehenden Schuppen zu Familienunterkünften umzubauen, wahlweise mit Halb- oder Vollpension. Aber schon jetzt waren die beiden Frauen längst erfolgreiche Kleinunternehmerinnen geworden, die mit sich und vor allem mit ihrem bisher erzielten Reingewinn mehr als zufrieden sein konnten.

* * *

Als sie am Nachmittag die Tür hinter den letzten Besuchern geschlossen hatte, seufzte Elvira erleichtert auf. Auch wenn ihr die Arbeit sehr viel Spaß machte, waren die Kinder und oft nicht minder deren Eltern doch gelegentlich recht anstrengend.

»Trinken wir am Abend noch ein Glas Wein zusammen?«, erkundigte sich Elvira bei ihrer Freundin.

»Heute nicht«, antwortete Carina. Mit einem leicht ins Frivole spielende Lächeln ergänzte sie: »Ich habe ein Date!«

»In Radolfzell?«

»Nein. Wir treffen uns in Konstanz. Er hat angeblich eine schnieke Wohnung dort. Mit Blick über den See, über Weinberge und zum Säntis.«

»Ich möchte wirklich mal wissen, wie du das machst! Ich kann mich aufbrezeln, dass Madonna vor Neid erblassen würde, und lächeln wie Mona Lisa persönlich. Es passiert rein gar nichts. Du klimperst einmal mit den Augen. Resultat: Die Jungs liegen flach!«

»Nur kein Neid! Überhaupt: Wer hat denn den letzten Typ angeschleppt? Den mit dem Nadelstreifenanzug und den Designerschuhen? Den Herrn Controller eines mittleren Unternehmens, wie er meine Frage nach seinem Beruf beantwortete? Das war doch wohl keine andere als unser angebliches Mauerblümchen Elvira!«

Elvira ging nicht auf Carinas Spöttelei ein. Stattdessen erkundigte sie sich in einem sachlichen Tonfall: »Ich nehme an, du übernachtest heute nicht hier auf dem Hof?«

»Doch. Ich mache auf *nicht gleich am ersten Abend*. Das steigert sowohl Interesse als auch Begierde.«

»Das ist wohl wahr! Männer brauchen das.«

Carina nickte ebenso wissend wie zustimmend, sagte aber nichts.

»Wie auch immer. Bevor du nach Konstanz reinkommst, fährst du ja direkt an der Reichenau vorbei. Kannst du dann kurz einen Abstecher auf die Insel machen? Wir haben kaum noch frisches Gemüse. In den nächsten Tagen bringst du deine neue Eroberung ja vielleicht mit hierher. Dann muss er doch unbedingt unsere legendäre Reichenauer Gemüsesuppe kennenlernen!«

Carina nickte und fragte: »Was brauchen wir?«

»Karotten. Zwiebeln. Auf jeden Fall Lauch. Brokkoli wäre auch nicht schlecht. Sellerie. Mangold. Guter Heinrich. Schau dir einfach an, was sie da haben. Und was richtig frisch und knackig aussieht, bringst du mit.«

* * *

»Was meinen Sie? Soll ich ein Artischockengratin oder eine bunte Gemüsepaella nehmen?«, fragte Carina ihren Begleiter Martin Hoffmann. Nicht, dass sie an seiner Meinung aufrichtig interessiert gewesen wäre. Aber ihrer Erfahrung nach fühlten sich Männer immer wieder geschmeichelt, wenn frau so tat, als ob ihre Entschlüsse von den männlichen Ratschlägen abhingen.

»Ich habe keines von beiden je gegessen. Und ich werde es aller Wahrscheinlichkeit nach auch in Zukunft nicht tun«, erklärte Martin großspurig. »Wenn Sie mich fragen, rate ich Ihnen zu einem ordentlichen Stück Fleisch, Spätzle und viel Sauce.«

»Ein anderes Mal vielleicht«, sagte Carina leichthin, während sie dachte: »Nie im Leben!« Sie lächelte Martin an. »Ich denke, ich nehme die Castelluccio-Linsen mit Tomaten und Gorgonzola«, flötete sie nach weiteren zwei Minuten, in denen sie erneut aufmerksam in die Speisekarte gesehen hatte. Martin hatte seine Wahl schon längst und nach einem lediglich flüchtigen Blick in die Karte getroffen. Er orderte einen Rostbraten mit gerösteten Zwiebeln und Spätzle.

Als die Bedienung den Tisch verlassen hatte, machte Carina keinerlei Anstalten, ein Gespräch zu beginnen. Sie schien vollauf damit beschäftigt zu sein, die Eiswürfel in ihrer Johannisbeerschorle mit dem Strohhalm in Bewegung zu halten. Martin nahm einen kräftigen Schluck von seinem Weizenbier. Ihm war klar, dass er sich jetzt möglichst umgehend eine Gesprächseröffnung einfallen lassen musste.

»Sie mögen wohl kein Fleisch«, war alles, was ihm auf die Schnelle einfiel.

»Das haben Sie fein beobachtet«, lobte Carina. »Meine letzte Scheibe Wurst habe ich gegessen, als ich fünfzehn war.«

»Und warum? Wenn Sie mir die Frage gestatten.«

»Zum einen ist es für mich wesentlich gesünder, wenn ich mich vegetarisch ernähre. Die Hormone, die ich selbst produziere, reichen mir völlig aus. Und ich bin auch nicht scharf darauf, Antibiotika in rauen Mengen zu mir zu nehmen.«

Martin zuckte innerlich zusammen. Das konnte ja heiter werden.

»Wenn alle so dächten wie Sie, wäre ich ab sofort arbeitslos!«

»Warum das denn?«, fragte Carina, obwohl sie genau wusste, dass Martin erst vor einem Monat als neuer

Assistent der Geschäftsführung bei der Schweinemästerei in ihrer unmittelbaren Nachbarschaft angefangen hatte. Schließlich war er ihr sofort aufgefallen, als sie mit ihrem Fahrrad an der Mastfabrik vorbeigefahren war. Sich beim Pförtner nach dem Namen des attraktiven jungen Mannes sowie nach seinem Auto zu erkundigen und dann einen klitzekleinen Verkehrsunfall Fahrrad gegen Auto zu provozieren, war eine der leichteren Übungen für Carina gewesen.

»Ich arbeite in der … Nahrungsmittelbranche«, blieb Martin unbestimmt.

»Keine Bange!«, beruhigte Carina ihren Gesprächspartner. »Die paar Vegetarier, Veganer, Fructarier und Rohkostler werden Ihnen oder Ihrer Firma ganz bestimmt nicht schaden.«

Obwohl Martin nicht die leiseste Ahnung hatte, was bei Fructariern und Rohkostlern auf den Teller kam, nickte er zustimmend und suchte händeringend nach einem unverfänglicheren Gesprächsthema.

So schleppte sich der Abend etwas zäh seinem Ende entgegen. Schließlich brachte Martin Carina formvollendet zu ihrem Hof. Er versuchte nicht, sie zu küssen. Obwohl er nichts lieber als das getan hätte. Aber irgendwie meldete sich eine Stimme aus seinem Inneren, die ihn warnte. Carina, so sagte die Stimme, war nicht die Fau, die sich gleich am ersten Abend küssen ließ. Stattdessen versuchte er soviel Schmelz wie irgend möglich in seine Stimme zu legen.

»Carina, ich möchte Sie sehr, sehr gerne wiedersehen!«

»Ja, das möchte ich auch.«

Martin fiel ein Felsblock vom Herzen.

»Was halten Sie davon«, fuhr Carina fort, bevor Martin einen anderen Vorschlag unterbreiten konnte, »wenn Sie meine Freundin und mich auf unserem Hof besuchen? Sie ist allerdings ebenfalls überzeugte Vegetarierin. Fleisch werden Sie also nicht serviert bekommen. Aber unsere Reichenauer Gemüsesuppe ist Legende.«

Martin vermochte sich zwar nur äußerst schwer vorzustellen, seine abendliche Hauptmahlzeit ausschließlich mit einer Reichenauer Gemüsesuppe zu bestreiten. Aber er konnte ja vorher schon zuhause ein ordentliches Stück Fleisch mit Bratkartoffeln zu sich nehmen. Dann würde er mit einer Höflichkeitsportion Suppe über die Runden kommen.

»Ja! Sehr gerne! Wann ist es Ihnen recht?«

Carina tat, als überlege sie einen Moment. »Übermorgen. Was halten Sie von übermorgen?«

»Übermorgen ist großartig! Wann soll ich da sein?«

»So gegen acht. Dann haben Elvira und ich alles vorbereitet.«

* * *

Martin stieg mit großer Vorfreude aus seinem Porsche Cayenne. Für die Strecken, die er üblicherweise zurücklegte, war ein Geländewagen zwar nicht erforderlich. Aber Martin meinte es sich und seiner neuen Position schuldig zu sein, einen Off-Roader zu fahren.

Elvira sah, hinter der Gardine stehend, Martin kommen und schlug die Hände über dem Kopf zusammen. Was so ein Auto Benzin vergeudete! Und dann auch noch in Metallic-Rot! Elvira war sich sicher, dass Carina und Martin keine allzu lange gemeinsame Zukunft bevorstand.

Die Begrüßung dauerte ihre Zeit. Blumen mussten überreicht, Nettigkeiten ausgetauscht werden. Aber schließlich saß Martin am festlich gedeckten Tisch, der das Zentrum der riesigen Wohnküche darstellte. In ihm keimte Hoffnung auf. Sein diskret verborgenes Schnuppern hatte keinerlei Gemüsegerüche ausfindig machen können.

»Was ist denn jetzt mit Ihrer legendären Gemüsesuppe?«, fragte er aufgeräumt und hing der Fantasie nach, dass Carina extra für ihn einen Schweinebraten zubereitet hätte.

Als Überraschung und Zeichen ihres offensichtlichen Interesses an ihm.

»Sie haben Hunger? Das freut mich! Entschuldigen Sie mich nur einen kleinen Augenblick. Ich bin sofort zurück. Mit Suppe selbstverständlich«, erwiderte Elvira freundlich und verließ die Küche.

Als Carina ihre Freundin zurückkommen hörte, beugte sie sich über den Tisch, nahm beide Hände von Martin in die ihren und blickte ihm, so tief es ihr möglich war, in seine wässrigen Augen. Martin war davon so fasziniert, dass er nichts außer Carinas Augen realisierte. Auf diese Weise entging ihm, dass Elvira einen dicken Beutel mit tiefgefrorener Reichenauer Gemüsesuppe in der rechten Hand hielt, sich hinter ihn stellte, ausholte und die Suppe mit aller Kraft auf seinen Kopf krachen ließ. Ein zweiter Schlag war nicht nötig. Martin war mausetot.

»So«, sagte Carina. »Jetzt müssen wir ihn nur noch in mundgerechte Portionen teilen und einfrieren. Das Futter für Blaubart und die Hunde geht langsam zur Neige. Das mit deinem Nadelstreifen-Controller von der Schweinemästerei ist einfach schon zu lange her.«

»Du hast recht, Carina. Blaubart braucht Fleisch. Und die Hunde auch. Aber dafür ein Tier zu schlachten? Nein, das bringen wir beide nun wirklich nicht übers Herz!«

Reichenauer Gemüsesuppe

Zutaten:

3 große Möhren
2-3 große Kartoffeln
2 Zucchini (ca. 400 g)
2 große Zwiebeln
9 Knoblauchzehen
2-3 kleine Zweige Rosmarin
8 EL Olivenöl
30 g getrocknete Tomaten
2 EL Gemüsebrühe
2 Seelen
1/2 l Tomatensaft
Pfeffer
Salz

Zubereitung:

Möhren und Kartoffeln schälen. Zucchini putzen, alles waschen und grob würfeln. Zwiebeln schälen und grob würfeln. Eine Knoblauchzehe schälen. Rosmarin waschen, trockenschütteln.

Gemüse und geschälte Knoblauchzehe in eine große Schüssel geben. Einen gehäuften Teelöffel Salz, etwas Pfeffer und vier Esslöffel Öl zufügen. Alles gut mischen. Gemüse auf einer Fettpfanne des Backofens verteilen. Rosmarin zufügen und die ungeschälten Knoblauchzehen in eine Ecke der Fettpfanne geben. Im vorgeheizten Backofen (E-Herd: 200 Grad / Umluft: 175 Grad / Gas: Stufe 3) 45 bis 60 Minuten rösten. Gemüse zwischendurch einmal wenden.

Getrocknete Tomaten in Würfel schneiden. Ein Liter Wasser und getrocknete Tomaten kurz aufkochen. Brühe zufügen und darin auflösen. Die Seelen der Länge nach in dünne Scheiben schneiden und auf ein mit Backpapier ausgelegtes

Backblech legen. Scheiben mit ca. vier Esslöffel Öl beträufeln und nach Belieben mit Salz bestreuen.

Wenn das Röstgemüse weich ist, ungeschälte Knoblauchzehen und Rosmarin entfernen und beiseitelegen. Gemüse bis auf ein bis zwei Zucchinistücke in einen großen Topf geben. Aus der Brühe einen Esslöffel Tomatenstücke herausnehmen. Übrige Brühe und Tomatensaft zum Gemüse gießen und aufkochen.

Backblech mit Seelenscheiben in den heißen Backofen schieben und bei gleicher Temperatur acht bis zehn Minuten knusprig braun rösten.

Heiße Suppe pürieren und mit Salz und Pfeffer abschmecken. Weiche Knoblauchzehen aus der Schale drücken und die gerösteten Seelenscheiben damit bestreichen. Suppe in einem großen Krug anrichten und mit Zucchini und Tomatenwürfeln bestreuen. Dazu Seelenscheiben reichen.

BETTINA HELLWIG UND KARL F. FRITZ

Seenotrettung

Die Ortsangabe »irgendwo zwischen Überlingen und Konstanz« bei einem Seenotrettungsruf wäre auch dann nicht zielführend, wenn mein Handy Empfang hätte. Der Akku ist voll, darauf achte ich immer, bevor ich zu einem Segeltörn aufbreche, aber jetzt verweigern sich auf dem Display die Balken des Sendemast-Symbols. Dass ausgerechnet mir so etwas passieren muss!

Im Gegensatz zu den Schönwetter-Seglern aus Stuttgart habe ich mein Bodensee-Schifferpatent nicht im Schnellkurs abgelegt. Ich bin mit meiner elf Meter langen *Damiana*, benannt nach dem Schutzheiligen der Apotheker, bei jedem Wetter unterwegs. Von dem heranziehenden Nebel war um sechs Uhr, als wir in der Abenddämmerung vom Konstanzer Hafen aus losgesegelt sind, nichts zu ahnen. Es war angenehm mild, leichter Föhn bauschte die Segel. Zwar ist die Jacht mit ihrem Baujahr 1950 zwanzig Jahre älter als ich, aber ich habe sie in jahrelanger Kleinarbeit auf Vordermann gebracht. Jetzt ist alles hochmodern und komfortabel zu bedienen, sodass Lilly nicht einmal die Winschkurbel drehen und ihre lackierten Fingernägel in Gefahr bringen musste. Dafür blieb ihr genügend Zeit, ihren reizenden Hintern auf dem Kissen der Mahagoni-Sitzbank zu platzieren, den Rücken durchzudrücken, sich zurückzulehnen und genießerisch die Augen zu schließen. Ohne das Ruder loszulassen, rutsche ich näher an sie heran und lege den Arm um sie, als kleinen Vorgeschmack auf die Nacht sozusagen.

Leider scheint diese unter keinem guten Stern zu stehen. Nebel ist Ende April nicht so häufig wie im Herbst, und wenn sich doch einmal in den frühen Morgenstunden Dunst über dem Wasser bildet, hat die Sonne meist genügend Kraft, um ihn rasch aufzulösen. Die trübe Suppe, in der wir jetzt festsitzen, ist völlig untypisch mitten in der Nacht bei leicht bedecktem Himmel aufgekommen und hat sich in wenigen Minuten wie eine kühle Decke aus Watte über das Wasser gelegt. Gnadenlos verschluckt sie den warmen Schein der Straßenlaternen und Autoscheinwerfer an Land. Nicht einmal Geräusche dringen hindurch. Nur die Wellen glucksen gegen die Bordwand und ich rieche nichts als den sauberen Geruch kühlen Wassers. Ich kann unmöglich abschätzen, wie weit uns der Wind bereits in Richtung Obersee getrieben hat. Jetzt ist er völlig weg, Groß- und Genua-Segel hängen schlaff herunter. Meine Körperhaare stellen sich trotz der dicken Daunenjacke und des Seglerpullovers auf. Ich ziehe die Schultern hoch und rolle den Rand meiner Mütze über die Ohren. Gut, dass Lilly schon seit über einer Stunde in der warmen Koje schläft und nichts mitbekommt.

Die erste Meinungsverschiedenheit hatten wir vor der Abfahrt im Konstanzer Hafen, als die alte Frau plötzlich wie ein Geist in der Abenddämmerung auftauchte und uns den Weg zur Mole versperrte. Sie musste weit über neunzig sein. Mir ist immer noch ein Rätsel, wie sie es mit dem Gehwägelchen von der mehr als zwei Kilometer entfernten Rosenau, dem Seniorenstift, bis zum Seeufer geschafft hat. Obwohl alte Menschen zu meinem Kerngeschäft in der Apotheke gehören, jagte mir diese Frau einen gehörigen Schrecken ein, und auch Lilly starrte sie völlig perplex an. Dann begann die Alte auch noch zu faseln. Sie wollte uns nicht weglassen und krächzte etwas wie »Geht nicht!«. Ich kam mir vor wie in einem Horrorfilm und wollte Lilly hastig wegziehen, aber die blieb stehen und wollte der buckeligen Alten unbedingt helfen. Ich befürchtete hingegen, dass uns jemand erkannte – schließlich bin ich verheiratet, und Lilly und ich haben niemandem von unserem kleinen gemeinsamen Ausflug erzählt. Lilly war aber völlig aus dem Häuschen und redete ständig davon, dass sie die Frau kennt. Das kann natürlich sein, vielleicht eine Kundin aus der Apotheke, für mich aber erst recht ein Grund, schnell zu verschwinden. Nur war Lilly kaum von der Alten wegzubringen, sie hat so eine soziale Ader – die jungen Mädchen halt.

»Komm mit, es wird sich schon jemand um sie kümmern. So einsam ist es am Konstanzer Hafen ja selbst um diese Jahreszeit nicht«, sagte ich und riss die arthritisch verkrümmten Finger der Alten weg, mit denen sie sich in den Ärmel von Lillys blauer Daunenjacke krallte. Die Alte quittierte das mit wildem Gefuchtel, griff nach der Kette an Lillys Hals und murmelte wieder etwas. Diesmal klang es wie Verwünschungen. Alte Weiber eben, und abergläubisch noch dazu. Lilly stand mit offenem Mund daneben und starrte die Alte an. Wenn ich ganz ehrlich bin, war sie sogar mir ein bisschen unheimlich. Jedenfalls atmete ich erleichtert auf, als es mir schließlich gelungen war, die widerstrebende Lilly auf die *Damiana* zu lotsen und zu beruhigen. Das ging immerhin ein paar Stunden lang gut.

Nachdem wir aus der Konstanzer Bucht gekreuzt waren, kuschelte sich Lilly wärmesuchend an mich, und wir ließen uns vom gleichmäßigen Halbwind etwa eine Stunde lang nach Überlingen treiben. Dort vertäuten wir die Jacht am Gästesteg vor der Seepromenade und bummelten zum alten Zeughaus, einem historischen Gebäude mit Staffelgiebel, in dem sich heute ein modernes Fischrestaurant befindet. Ein Schild außen am Haus informiert darüber, dass es aus dem frühen 17. Jahrhundert stammt und früher direkt an der Stadtmauer stand.

Es fiel mir nicht leicht, mich auf mein Lieblingsgericht zu konzentrieren, Bodensee-Felchen mit Mandelbutter, während Lilly sich ihrem Sushi widmete. Nachspeisen ließen wir ausfallen, Lilly, weil sie sich um ihre Figur sorgte, und ich, weil ich das eigentliche Ziel des Abends in der beheizten Schiffskabine nicht weiter hinauszögern wollte. Diese liegt bei der *Damiana* weiter oben als bei vielen modernen Jachten, wodurch man weit über das Wasser sehen kann. Romantik pur – wir beide allein, mit Blick auf die funkelnden Lichter am Ufer. Mit meinen fast fünfzig Jahren muss man sich schon etwas einfallen lassen, wenn man eine deutlich jüngere Frau beeindrucken möchte. Gelegentlich unterstütze ich meine Wünsche auch mit einem außergewöhnlichen Schmuckstück. Für Lilly habe ich bei einem Antiquitätenhändler einen Jugendstil-Anhänger mit einem Brillanten erstanden, den sie seit ein paar Wochen stolz am Hals trägt.

Aber diesmal ging mein Plan leider gründlich schief, und das war auch noch meine eigene Schuld. Die Quittung meiner Schweizer Bank hätte Lilly niemals einfach so vor die Füße flattern dürfen. Weiß der Teufel, wie die vom Tisch in die Ritze des Polsters gekommen ist. Jedenfalls ist sie beim Umklappen des Mahagonitischs mit dem Intarsien-Kompass und der beiden Sitzbänke zum Vorschein gekommen. Und dann folgte Krach statt Kuscheln in der gepolsterten Doppelkoje.

Die Steuerhinterziehung bereue ich nicht – schließlich habe ich genug dafür geschuftet, um die Imperia-Apotheke von einer heruntergekommenen Klitsche zu einem modernen umsatzstarken Geschäft zu machen, das unter anderem auch Lillys Assistentinnen-Gehalt sichert. Hier in Grenznähe habe ich gute Möglichkeiten, mein sauer erarbeitetes Vermögen zu behüten, indem ich meiner Bank in Arbon bei meinen Segeltouren gelegentlich einen Besuch abstatte. Ich ärgere mich vielmehr darüber, dass ich die Quittung nicht sorgfältiger aufbewahrt habe.

Mein anderer Fehler war die Fehleinschätzung von Lillys Charakter. Dummerweise war die Summe auf der Quittung hoch genug, um bei Lilly einen Sturm an moralischer Entrüstung auszulösen. Das Ganze wuchs sich zu unserem ersten echten Streit aus. »Das ist Betrug«, zeterte sie und wollte sofort wieder nach Konstanz an Land gebracht werden. Als sie dann auch noch von mir verlangte »die Angelegenheit in Ordnung zu bringen«, war mir klar, dass ich handeln musste. Immerhin hatte die Sache das Potenzial, eine Einschränkung meiner bürgerlichen Rechte möglich erscheinen zu lassen. Um Lilly zu beruhigen, setzte ich die Segel. Allerdings kann man ja auch einen ungünstigen Wind erwischen, und statt nach Konstanz trieb es uns weiter auf den Obersee hinaus in Richtung Bregenz.

Ich verlasse meinen Platz auf der Holzbank am Ruder und klettere in den beheizten Salon, wo Lilly immer noch ruhig in der gepolsterten Doppelkoje schlummert. Dafür sorgen die Tropfen mit dem Diphenhydramin, die ich ihr in den Rotwein geträufelt habe. Ich habe sie sicherheitshalber gegen Seekrankheit dabei, falls ich sie mal brauchen sollte. Allerdings macht das Zeug ziemlich müde, was mir in diesem Fall entgegenkommt.

Ich werfe einen Blick auf den Laptop mit seinem Touchscreen. Die Vistanaut-Software, die mir eigentlich aus dem Mahagoni entgegenblinken sollte, produziert jetzt nur ein diffuses weißes Flimmern. Ich prüfe, ob sich ein Kabel gelöst hat, und klopfe sogar energischer als nötig auf den Bildschirm, auch wenn ich ja eigentlich weiß, dass das bei der modernen Elektronik vergeblich ist. Es scheint, als hätte der Nebel nicht nur Licht und Geräusche, sondern auch sämtliche elektromagnetischen Wellen verschluckt. Ich bekomme nicht einmal einen Radiosender rein. Bis auf Lillys ruhige Atemzüge ist es totenstill. Trotz der Heizung breitet sich meine Gänsehaut weiter über Schultern und Rücken aus. Ich klettere wieder an Deck und setze mich ans Ruder, wobei mich der Anlasserknopf meines Vierzylinders fragend anstarrt. Ich überlege, was wohl passiert, wenn ich den betätige. Bei meinem Glück heute vielleicht gar nichts. Zwar ist der 38-PS-Motor neu. Ich habe ihn erst vor einem Jahr überholt, und der Tank ist auch voll, aber die Sache mit dem schlechten Stern scheint sich durch den Abend zu ziehen.

Jetzt sitzen wir also hier in diesem dämlichen Nebel fest. Lilly schlummert, und ich habe Zeit zum Nachdenken. Ich werfe einen prüfenden Blick zum Baum hinauf und mache mir Sorgen, weil nicht einmal das Positionslicht an der Mastspitze leuchtet. Es würde aber ohnehin vom Nebel verschluckt. So kann ich nur hoffen, dass uns kein anderes Boot rammt. Meine Chancen stehen gut: Es geht langsam auf Mitternacht zu und Fischerboote sind erst am frühen Morgen unterwegs. Kursschiffe sind auch nicht zu erwarten, die Saison hat ja noch nicht begonnen, deshalb gibt es nur vereinzelt Sonderfahrten, und außerdem haben die Schiffe natürlich Radar. Das gilt auch für den Katamaran, der zwischen Friedrichshafen und Konstanz pendelt und erst morgen früh wieder ausläuft.

Ich blicke auf die kalten Wellen des nächtlichen Bodensees. Lilly ist zierlich und wiegt knapp über 50 Kilogramm. Im Nebel kann uns niemand sehen. Heute ist Freitag, ihre Kolleginnen werden sie frühestens Montag vermissen. Sie lebt allein, also wird auch sonst niemand nach ihr suchen. Soll ich sie einfach über Bord werfen? Schließlich werden viele Menschen, die im Bodensee ertrinken, nie gefunden. Aber was, wenn doch? Wenn die Leiche angeschwemmt wird und alles herauskommt? Dann wäre die Sache mit der Steuerhinterziehung ein Klacks im Vergleich zu einer Anklage wegen Mordes. Aber wo sind wir eigentlich? Zu nahe am Ufer kann ich das nicht riskieren. Nicht einmal das Navi auf meinem Handy zeigt etwas an – was zum Teufel ist hier los?

Wind ist bei dem Nebel nicht zu erwarten. Daher löse ich die Fallen, hole die Segel nieder und berge sie. Dann fasse ich mir ein Herz und drücke probehalber auf den Anlasser – keine Reaktion, irgendwie wusste ich das ja schon vorher. Mir bleibt also vorerst nichts anderes übrig als zu warten. Wenn die Heizung durchhält und wir nirgends ans Ufer prallen oder in Richtung der Konstanzer Rheinbrücke treiben und dort mit dem Mast hängen bleiben, kann dem Schiff eigentlich nichts passieren. Und wegen der Sache mit Lilly bleibt mir ja noch etwas Zeit.

* * *

Als ich wieder aufwache, friere ich tierisch. Es scheint schon wieder hell zu werden, jedenfalls werden die Nebelschwaden durchscheinend. Ich werfe einen Blick auf die Digitalanzeige meiner Armbanduhr. Sie funktioniert jedoch genauso wenig wie die anderen technischen Geräte. Der Anzeige zufolge ist sie um Mitternacht stehen geblieben. Plötzlich höre ich ein lautes Tuten, blicke auf einen Radkasten, den ein Wappenschild aus Bronze mit Hirsch und Löwe auf rotem Grund ziert, und höre, wie sich ein Rad direkt neben meiner Jacht rauschend durchs Wasser schaufelt. Und jetzt offensichtlich den Rückwärtsgang einlegt, denn das Schiff verlangsamt seine Fahrt und bleibt nur wenige Meter entfernt von mir stehen. Nach dem Abzug aller anderen Optionen – Fischer, Kursschiff, Katamaran – kann das nur die *Hohentwiel* sein, der historische Schaufelraddampfer der Königlich Württembergischen Bodenseeflotte aus dem Jahr 1913, der immer wieder gerne für Sonderfahrten gechartert wird. Der Dampfer hat eine Menge erlebt. Schon Graf Zeppelin feierte hier seinen Geburtstag und Wilhelm II. von Württemberg vergnügte sich mit dem König von Sachsen bei Ausflugsfahrten. Offensichtlich kann man sich heute hier auch noch mitten in der Nacht amüsieren.

»Brauchen Sie Hilfe?« Die freundliche Stimme eines jungen Mannes dringt gedämpft durch den Nebel. Noch bevor ich nachdenken kann, öffnet sich mein Mund und ich nehme dankend an. Neben der weißen Bordwand klatscht ein Tau aufs Wasser und landet knapp einen Meter von der Jacht entfernt. Ich angle mit dem Bootshaken danach, ziehe das nasse Seil heraus und befestige es mit klammen Fingern an den Klampen am Bug. Der Matrose vertäut das Seil am Heck der *Hohentwiel*, sodass die Jacht jetzt am Heck des Schaufelraddampfers dümpelt wie ein Hündchen an der Leine.

Mittlerweile ist auch Lilly aufgewacht, fröstelnd an Deck gekommen und wirft mir einen Blick zu, den ich nicht so recht deuten kann, freundlich ist er aber auf keinen Fall. Ich kann sie nicht daran hindern, noch vor mir über die Strickleiter an Bord der *Hohentwiel* zu klettern. Sie macht das sehr geschickt. Als ich ihr folge, habe ich wesentlich mehr Mühe mit dem schwankenden Teil. Kaum sind wir an Deck, hören wir das Kommando des Kapitäns: »Langsam voraus!« Mit drehenden Schaufelrädern nimmt der Dampfer wieder Fahrt auf. Dichte graue Qualmwolken wälzen sich aus dem Schornstein, mischen sich mit dem Nebel, der von innen zu leuchten scheint, und legen sich hinter dem Schiff über das Wasser. In der Luft liegt der schwefelige Geruch von verbrannter Kohle.

Das Deck bebt unter meinen Füßen von den Kolbenstößen der Maschinen. Wir folgen in dem unwirklichen Dämmerlicht dem Matrosen, der uns das Tau zugeworfen hat und eine schmucke historische Uniform in Dunkelblau mit weißen Streifen trägt, vorbei an einem weiteren Uniformierten, der mit einem Putzlappen eifrig das messingglänzende Maschinengeländer poliert. Die scheinen hier sehr früh anzufangen mit dem Dienst. Man führt uns in die Bordküche im hinteren Teil des Steuerbord-Radkastens, wo es nach frisch aufgebrühtem Kaffee duftet. Hier werkelt eine gemütlich aussehende Frau in einer weißen Küchenschürze. Sie heißt Frau Hölzle und erinnert mich an meine Großmutter.

»Wärmen Sie sich erst einmal auf«, meint Frau Hölzle fürsorglich, nötigt uns auf eine Sitzbank und stellt zwei Tassen Kaffee vor uns hin. Dann dreht sie sich um und rührt in einem riesigen dampfenden Suppentopf, der auf einem historischen Gasofen steht und mit seinen geschwungenen

Handgriffen aus Messing ebenso historisch aussieht. Geschichtsbewusstsein hin oder her, aber ich hätte mir doch ein modernes Kochgerät gewünscht, schon der Hygiene wegen.

»Hier koche ich für die Mannschaft. Die müssen immerhin rund 14 Stunden Dienst leisten«, lacht sie, während ich mich frage, welche Ausflüge wohl so lange dauern und was wohl die Gewerkschaft zu solchen Arbeitsbedingungen sagt. »Auch für die Fahrgäste gibt es Kartoffelsuppe oder ein Paar Saitenwürstle.« Wir nicken folgsam, was Frau Hölzle zum Anlass nimmt, zwei offensichtlich originalgetreue blaugeränderte Porzellanteller aus dem Topf zu füllen. Meine Bedenken wegen der Hygiene lösen sich im köstlichen Duft rasch auf. Während wir unsere Suppe löffeln, die überraschend lecker schmeckt, verschwindet Frau Hölzle mit zwei ebenfalls blau geränderten Porzellantassen dampfenden Kaffees über die Treppe zur Bugkajüte. Ab und zu sehe ich Lilly an, die aber jeden Blickkontakt vermeidet. Das fällt nicht auf, denn wir hocken nebeneinander auf der hölzernen Sitzbank. Während ich mich durch die Suppe schaufele, kommt langsam der Grund des Tellers zum Vorschein, auf dem in blauer Schrift das Wort »Friedrichshafen« erscheint. Natürlich weiß ich, dass die *Friedrichshafen* das Schwesterschiff der *Hohentwiel* war und im April 1944 bei der Bombardierung von Friedrichshafen durch englische Flieger versenkt wurde. Offensichtlich ist aber noch etwas von dem originalen Porzellan übrig geblieben. Vielleicht ist es aber auch eine Spezialanfertigung, denn es sieht ziemlich neu aus.

Nach dem Essen verlässt Lilly hastig die Bordküche, bevor ich sie aufhalten kann, als könnte sie es nicht ertragen, mit mir im selben Raum zu sein. Mir wird klar, dass unser gemeinsamer Ausflug noch Ärger nach sich ziehen wird. Ich folge ihr, um sie zur Rede zu stellen, kann sie aber nirgends finden. Auch der Matrose von vorhin lässt sich nicht blicken, sodass mich niemand aufhält, als ich einen Blick in den brüllend lauten und heißen Maschinenraum werfe, wo Antriebskurbeln im Gegenrhythmus auf- und niederschwingen und kreisende Exzenterscheiben in Schwung versetzen. Zwei Heizer schaufeln Lage um Lage Kohlen durch die weit aufgerissenen Feuertüren in die Flammrohre, um die stampfenden Maschinen anzutreiben. So wie die sich ins Zeug legen, haben sie sich Frau Hölzles Kartoffelsuppe auf jeden Fall verdient. Ich verlasse die Hölle aus Feuer und Metall, gehe weiter zum Hecksalon und bewundere die Nebenräume mit den noblen dunkelrot-samtigen Plüschpolstern, wo jetzt allerdings gähnende Leere herrscht. Von der Party-Gesellschaft ist niemand zu sehen. Es scheint, als wären Lilly und ich neben der Mannschaft die Einzigen an Bord. Dann entdecke ich doch noch einen Passagier. In der Vorschiffs-Rotunde sitzt ein älterer Herr mit ergrautem Bart, der mit vorgeschobener Brille in seine Zeitung vertieft ist. Neugierig trete ich näher und kann einen Blick auf die Schlagzeilen der Zeitung erhaschen. »Bodensee-Rundschau« steht dort in altmodischer Frakturschrift. Auf der Titelseite wird über die Uraufführung der »Feuerzangenbowle« mit Heinz Rühmann berichtet. Auf einer Messingplakette an der Salonkabine entdecke ich schließlich den Namen des Schiffs *Friedrichshafen* und das Jahr der Indienststellung – 1909.

Was ist hier los? Das ist definitiv nicht die *Hohentwiel*, aber alles sieht so echt aus. Das Schiff, die Mannschaft, die Zeitung … Aber die *Friedrichshafen* gibt es nicht mehr. Sie brannte am 28. April 1944 vollständig aus; das war in den frühen Morgenstunden. Ich blicke durchs Fenster zum dunstverhangenen Himmel. Dämmert es nicht bereits? Und heute ist der 28. April. Ich denke an das glänzende Mahagoni meiner *Damiana* und bin mir sicher, dass nicht nur sie eine unsterbliche Seele hat. Plötzlich steigt eisige Kälte in mir auf, gegen die nicht einmal das Kohlenfeuer aus dem Maschinenraum eine Chance hätte. Verdammt! Die Kartoffelsuppe war zwar lecker, aber ich möchte sie nicht mein Leben lang löffeln müssen, zusammen mit dem Kapitän und Frau Hölzle. Nichts wie weg!

Leise bewege ich mich auf den rückwärtigen Teil des Dampfers zu, am Radkasten vorbei, bis ich durch die Glasscheibe in die hell erleuchtete und warm beheizte Küche blicken kann, wo Lilly jetzt mit rot glänzenden Wangen mit Frau Hölzle scherzt. Das ist meine Chance! Niemand in Sicht, der mich aufhalten könnte. Ich schleiche mich zum Heck, wo ich unbemerkt auf meine Jacht klettern kann. Ich löse das Tau und lasse mich wegtreiben. Als der Dampfer aus meinem Gesichtsfeld verschwindet, während ich durch die leuchtende Nebelwand dringe, verspüre ich einen kleinen Ruck.

Der Nebel ist genauso plötzlich verschwunden, wie er gekommen ist.

* * *

Zwei Stunden später kündigt ein heller Streifen im Osten zaghaft den neuen Tag an. Wie ein überdimensionaler Scherenschnitt schälen sich die Zacken der Allgäuer und Vorarlberger Alpenkette aus der Morgendämmerung. Hoch über dem westlichen Teil des Sees steht noch der verblassende Mond. Hinter den Vorarlberger Berggipfeln steigt die Morgensonne als blutrote Scheibe auf. Erst nur schemenhaft, dann zunehmend klarer öffnet sich eine überwältigende Fernsicht, die von der Alpsteingruppe bis zu den Glarner Alpen reicht.

Jetzt kommt auch wieder etwas Wind auf, also hisse ich die Segel und lasse mich nach Konstanz treiben. Als ich die Signalplattform am Hörnle umrunde und in den Konstanzer Trichter einbiege, breitet sich in den Strahlen der Morgensonne die vertraute Silhouette der alten Bischofsstadt mit ihren aufragenden Türmen vor mir aus. Alles sieht aus wie immer, und ich bin mir ziemlich sicher, dass Lilly mir keine Schwierigkeiten mehr machen wird.

Am Nachmittag gehe ich in das Seniorenstift Rosenau, um Medikamente auszuliefern, samstags ist das Chefsache. Im Hausflur ist ein mit Kerzen geschmückter Bereich für die kürzlich Verstorbenen reserviert. Ich gehe hin – schließlich leben hier einige meiner Stammkunden – und erstarre, als ich auf dem Bild mit dem silbernen Rahmen und der schwarzen Schleife die alte Frau vom Freitagabend erblicke. Das Diadem, das sie um den Hals trägt, ist dasselbe, das ich vor Kurzem Lilly geschenkt habe. Elisabeth »Lilly« Nüssle ist Freitagabend gestorben.

Die SD Hohentwiel ist ein historischer Schaufelraddampfer der Königlich Württembergischen Bodenseeflotte, der im Jahr 1913 in Dienst gestellt wurde. Etwas älter ist sein Schwesterschiff, die SD Friedrichshafen; es wurde 1909 in Dienst gestellt. Im Zweiten Weltkrieg wurde die Friedrichshafen in den Morgenstunden des 28. April 1944 auf dem Werftgelände von Friedrichshafen während der Luftangriffe der Alliierten komplett zerstört. Zwischen 2.09 Uhr und 2.50 Uhr legten über 300 viermotorige Lancaster-Bomber der britischen Royal Air Force das Stadtzentrum von Friedrichshafen in Schutt und Asche und trafen auch das Werftgelände. Die Zerstörungen der Friedrichshafen waren so groß, dass keine andere Möglichkeit mehr blieb, als das Wrack nach dem Ausbau aller verwertbaren Teile mit Beton auszugießen und im Schweb vor der Argenmündung zu versenken.

Die Hohentwiel entging der Zerstörung, weil sie wegen des Fliegeralarms den um 20.45 Uhr von Konstanz abgehenden Spätkurs 125 nicht mehr fuhr und im Konstanzer Hafen blieb. Heute gehört sie dem Verein Internationales Bodenseeschifffahrtsmuseum. Sie wurde renoviert und in das Aussehen von 1913 zurückversetzt. Sie wird für Rund- und Charterfahrten genutzt. Damit ist die SD Hohentwiel das letzte noch erhaltene Dampfschiff auf dem Bodensee.

Schwäbische Kartoffelsuppe
mit Saitenwürschtle

Zutaten (für vier Personen):
500 g Kartoffeln
3 große gelbe Rüben (für Nichtschwaben: Karotten)
1 Petersilienwurzel, 1 Stange Lauch, 1 große Zwiebel
1 Bund Petersilie
30 g Schmalz, Butter, Margarine oder Pflanzenöl
2 EL Mehl
Fleisch- oder Gemüsebrühe, granuliert oder als Würfel
Salz, Pfeffer, Majoran und / oder Thymian, nach Geschmack
auch Knoblauch und Cayennepfeffer

2 Scheiben Toastbrot, etwas Fett zum Anrösten
2 Paar Saitenwürschtle, 2 Rote Würste oder 250 g Hack-
fleisch

Zubereitung:
Die rohen Kartoffeln, Karotten und die Petersilienwurzel
schälen und würfeln, den Lauch in Scheiben schneiden. In
dem zerlassenen Fett die fein geschnittene Zwiebel, die ge-
hackte Petersilie, die Kartoffeln, die Karotten, die Petersili-
enwurzel und den Lauch dämpfen. Das Mehl überstäuben
und kurz weiterdämpfen. Danach mit zwei Liter Wasser ab-
löschen und vierzig Minuten durchkochen lassen.
Nun wird die Suppe durch ein Sieb passiert oder mit einem
Pürierstab zerkleinert und noch einmal heiß gemacht, da-
bei Brühwürfel, Salz, Pfeffer, Majoran und / oder Thymian
zugegeben und abgeschmeckt. Die Toastscheiben werden in
kleine Würfel geschnitten und in Fett geröstet.
Die Suppe anrichten. Die in Stücke geschnittenen Saiten-
würschtle zugeben und Petersilie sowie einen Hauch Ca-
yennepfeffer darüberstreuen. Man kann die Suppe auch mit
gewürfeltem Schinken oder Hackfleisch zubereiten.

Petra Naundorf

Nur ein Anruf

Die letzten Tage hatte der Nebel wie ausgegossenes Blei auf dem See und dem ganzen Landstrich gelegen. Heute jedoch strahlte die Sonne von einem fast makellosen Himmel. Durch die große Fensterfront des umgebauten Bauernhauses wanderte ihr Blick über die weite, tiefblaue Wasseroberfläche. Sie sah bis zur Kirche von Dingelsdorf, die in zartem Dunst auf der anderen Uferseite lag. Auf dem Rasen vor dem Haus glitzerte Raureif. Heute war es perfekt.

Aus dem Radio dudelten Songs der aktuellen Charts, Werbung, Nachrichten (es gab schon wieder ein Selbstmordattentat irgendwo in Afrika), Verkehrsmeldungen.

»… Stau auf der A 8 bei …, stockender Verkehr auf der A 3 im Verkehrskreuz …, möchten wir auf vereiste Teilabschnitte … und besonders auf Brücken … Fahren Sie vorsichtig und kommen Sie gut an …«

Sie nickte zufrieden und wandte ihre Aufmerksamkeit wieder der Milch in ihrer Hand zu, schraubte den Deckel ab, trank direkt aus der Flasche. Genüsslich leckte sie den Milchbart ab und grinste. Jan hätte getobt. Sie stellte die Milch offen zurück in das Türfach des Kühlschranks, warf den Deckel ohne hinzuschauen hinter sich auf die Arbeitsplatte und stöberte in den Fächern auf der Suche nach etwas Essbarem, das das Kribbeln ihres Magens beruhigen konnte, obwohl sie wusste, dass es kein Hunger war.

Sie ignorierte das hohe Pfeifen, das inzwischen den Temperaturanstieg signalisierte, und fand eine mit Frischhaltefolie abgedeckte Schüssel. Jan hatte am Vorabend den übrig gebliebenen Teig ordentlich ins untere Kühlfach gestellt. Behutsam nahm sie den Behälter heraus. Eigentlich waren badische Scherben ein Fasnachtsgebäck, aber Jan und sie liebten diese Knusperecken, seit sie beim Überlinger Narrenmarsch vor zehn Jahren zum ersten Mal davon gekostet hatten. Es war ihr allererstes Date gewesen und sehr romantisch, wie er die Scherben mit ihr geteilt hatte. Inzwischen servierte er das Gebäck gerne zum Sonntagnachmittagskaffee oder als kleinen Nachtisch mit einer Kugel Vanilleeis.

Der Kühlschrank stand noch immer offen und pfiff durchdringend. Sie angelte nach dem Bratfett. In der einen Hand die Schüssel, in der anderen den Fettblock, schloss sie mit einem leichten Schubs der Hüfte die mannshohe Kühlschranktür. Augenblicklich verstummte der Alarm.

Die fünf Induktions- und drei Gaskochfelder schüchterten sie ein, aber sie hatte nun einmal beschlossen, Scherben zu essen, also blieb ihr keine Wahl. Gestern hatte sie Jan beobachtet und wusste, dass sie den Teig ausrollen, zuschneiden und frittieren musste. Die Kurzanleitung für das Kochfeld hatte sie in der obersten Schublade gefunden und glaubte, das Wesentliche verstanden zu haben.

»Du schaffst das!«, sprach sie sich Mut zu.

Jan hielt sie für eine Kochlegasthenikerin, dabei war sie früher eine ganz passable Köchin gewesen. Aber wie konnte sie ihm das beweisen, wenn er sie erst gar nicht an den Herd ließ? Ab und zu backte sie einen Kuchen, den sie dann alleine aß. Jan litt an einer ausgewachsenen Paranoia. Seine Angst vor allen möglichen Giften im Essen war so groß, dass er nur aß, was er selbst zubereitet hatte – selbst im Büro. Unzählige Bücher über Lebensmittelunverträglichkeiten und Allergien, vieles davon medizinische Fachliteratur, standen direkt neben seinen fünfzig Kochbüchern im Regal.

»Milch auf niedrigem Niveau, Butter auf niedrigem Niveau, Orangensaft auf niedrigem Niveau, bitte auffüllen.« Zeitgleich zur melodischen Frauenstimme erschien der Text auch auf dem dezent blau beleuchteten Display der Fronttür.

»Ja, ja«, sagte sie, »alles klar.«

»Soll ich eine Einkaufsnotiz an ihr Smartphone schicken?«, flötete die Stimme.

Seufzend stellte sie die Schüssel auf dem ausladenden Küchenblock ab. Ein Stückchen weiter lag ihr Smartphone. Es hob sich hell vom schwarzen Granit der Arbeitsfläche ab. Ein Kabel führte wie eine dünne Nabelschnur zu ihrem aufgeklappten Laptop. Auf dem Display bewegte sich ein blinkender Punkt vorwärts. Mit einem Blick aus zusammengekniffenen Augen kontrollierte sie den Standort. Jan passierte gerade Villingen-Schwenningen, er fuhr mit seiner üblichen Reisegeschwindigkeit, 210 km/h. Es sah so aus, als traute sich niemand ihn aufzuhalten.

»Soll ich eine Einkaufsnotiz an ihr Smartphone schicken?«, meldete sich erneut die Stimme des Kühlschranks.

»Nein«, fauchte sie zurück.

In diesem Haus piepste, blinkte und redete es ständig. Jans Technikfimmel. Ingenieursleiden. Berufskrankheit. Sie hasste es. Die Heizung sollte sie auf dem Rückweg von Stuttgart schon vor Singen anstellen, damit sie hier am See in einem wohlig-warmen Zuhause ankam. Ständig wurde sie vom Kühlschrank angequatscht und die Tiefkühltruhe schickte Menü-Vorschläge nebst passenden Einkaufslisten aus dem Keller. Ohne das Eintippen eines entsprechenden Codes in ihr Handy kam sie noch nicht einmal durch ihre eigene Haustür. Für das achtstellige Passwort waren zwei Gläser Wein allerdings schon zu viel, das hatte sie im letzten Winter am eigenen Leib erfahren müssen. Einmal zwei Stunden bibbernd bei Schneesturm vor der verschlossenen Tür auf Jan zu warten, war wahrhaftig genug. Seitdem trug sie die Zahlenkombination auf der Rückseite ihres Smartphones auf einem Aufkleber notiert mit sich herum. Allerdings hatte dieses technikverseuchte Haus auch ab und zu sein Gutes, das musste sie zugeben. Vergangenen Sommer hatte sie die Fenster und Jalousien selbst noch von Mallorca aus schließen können, nachdem sie vor lauter Hektik am Abreisetag vergessen hatte, das Haus zu verriegeln. Aber das war ein Einzelfall gewesen. Na ja, fast. Sie lächelte schief.

Viel schlimmer aber war Jans Kontrollzwang. Erst vor drei Monaten hatte er eine Alarmanlage mit Kameras rund ums Haus installiert, die ihn per SMS benachrichtigte, wenn sich jemand dem Haus näherte. Damit waren auch die Zeiten vorbei, in denen sie ihre heimlichen Einkäufe einfach so ins Haus tragen konnte. Vielmehr fuhr sie die großen Papiertragetaschen mit den einschlägigen Schriftzügen von Prada, Gucci und Co. tagelang unter einer alten Hundedecke in ihrem kleinen Renault spazieren und schmuggelte sie stückchenweise in den Plastiktüten der Lebensmitteleinkäufe ins Haus. Natürlich musste sie auch aufpassen, was sie in den Müll warf. Neulich hatte er mit einem Schuhkarton von Louis Vuitton vor ihrer Nase gewedelt und die Rechnung verlangt.

Im Haus hatte sie Kameras bisher erfolgreich verhindern können und im Keller gab es sogar einen nahezu technikfreien Raum. In ihrem Arbeitszimmer hatte sie Jan unter Androhung von Sexentzug verboten, irgendetwas extern Steuerbares einzubauen. Es gab einen normalen Kippschalter für das Licht, acht Steckdosen und eine entsprechende Buchse in der Wand für ein stinknormales LAN-Kabel. Der Raum konnte von außen ausschließlich mit einem einzigen Schlüssel geöffnet werden, den sie immer in ihrer Geldbörse bei sich trug. Nur innen gab es eine Klinke. In diesem Refugium schrieb sie ihre Krimis, erdachte Gaunereien, Intrigen und Morde in völliger Stille, komplett isoliert. Handyempfang – Fehlanzeige. Herrlich! Nur ein schmaler Lichtschacht verband sie mit der Welt draußen.

Das Smartphone dudelte kurz und das Display wurde hell. Sie atmete tief durch, nur eine Info-SMS ihres Providers, und kontrollierte erneut den Standort des Punktes auf dem Laptop. Bald war es soweit. Das Kribbeln im Bauch wurde stärker.

Sie sah sich in der großen, offenen Küche um. Weiße Hochglanzschränke und filigrane Stahlregale fügten sich perfekt in die Nischen und an die dunklen Holzbalken des alten Hauses. Designer-Backofen, Dampfgarer, Mikrowelle, selbst der Geschirrspüler auf Brusthöhe, alles ergonomisch perfekt geplant – man wurde ja nicht jünger, hatte Jan gesagt – Schranktüren und Schubladen, die man selbst im schlimmsten Streit nicht knallen konnte, weil der Softeinzug alles absorbierte. Fast alles.

Sie kramte in den Schubladen und fand einen Teigroller aus Edelstahl. Aus dem Messerblock zog sie eines von Jans superscharfen japanischen Messern, von dem sie wusste, dass es über zweitausend Euro gekostet hatte. Jan sprach gerne ausführlich über seine Messer, während er seine Geschäftspartner bekochte. Sie konnte sich die Namen nicht merken, wusste nur, dass eines Haiku hieß wie die Gedichte, aber zum Ausschneiden von Dreiecken aus dem Teig würde es allemal reichen.

In den ausladenden Fächern des Küchenblocks fand sie eine Pfanne. Die Induktionsplatte erkannte das Gefäß und bot ein Kochprogramm an. Sie stellte den ganzen Fettblock hinein, startete die Automatik und sah einen Moment dem schmelzenden Fett zu, bevor sie sich dem Ausrollen des Teigs widmete. Die Teigecken wurden unförmig und viel zu dick, weil der Teig ständig am Ausroller hängen blieb. Irgendwann gab sie auf, es würde auch so schmecken.

Der Entschluss, Jan umzubringen, war gefallen, als sie ihn im vergangenen Sommer mit diesem blonden Gift zusammen in ihrer Eisdiele in Überlingen gesehen hatte. Mitten auf der Seepromenade. Am helllichten Tag. Händchenhaltend. Ganz ungeniert. Dieser Scheißkerl Jan wollte sie tatsächlich durch eine Jüngere ersetzen. Dabei war sie doch schon das jüngere Modell! Seine erste Frau mochte jetzt um die sechzig sein, fast so alt so wie er. Sie war dagegen erst 46. Zugegeben, auch nicht mehr ganz taufrisch, aber doch noch gut in Form. Dieses blonde Luder war höchstens 25! Ganz klar, die hatte es auf sein Geld abgesehen. Was sonst reizte eine so junge Frau an einem alten Mann? Wohl kaum sein faltiger Arsch.

Das geschmolzene Fett stand kurz unter dem Pfannenrand und begann leicht zu qualmen. Sie warf zwei dicke Teigwürste gleichzeitig hinein. Im selben Moment knallte es und spritzte heiß aus der Pfanne auf ihre Bluse, sprenkelte die Holzbalken und die mit feinen Silberfäden durchzogene Schmucktapete an der seitlichen Wand zum Flur. Sie schrie erschrocken auf. Hastig stellte sie den Herd ab, auf dem es noch immer aus der Pfanne zischte, fingerte fluchend nach der Haushaltsrolle im Halter an der Wand, riss am Papier, wickelte die halbe Rolle ab, fluchte lauter und schaffte es schließlich, drei Blätter abzureißen. Missmutig rieb sie auf dem hellen Blusenstoff herum, hoffnungslos, das Designerstück war ruiniert. Genauso wie die teure Tapete. Die badischen Scherben trieben inzwischen dunkelbraun im Fettbad. Seufzend wischte sie die Holzdielen.

Zuerst hatte sie noch nicht gewusst, wie sie Jan beseitigen sollte, aber dann kaufte er sich dieses Auto. Ein Elektroauto – aber was für eines! Es war kein Mini-Flitzer für Einkäufe in der Stadt wie ihn jeder haben konnte, es war ein Bolide, ein richtiges Rennauto! Und trotzdem absolut emissionsfrei. Die Presse überschlug sich mit Lobeshymnen. 750 PS, 310 km/h Spitze, 500 km Reichweite, mit allem Schnickschnack für eine halbe Million. Der Hunter 500 SX, ein Elektroauto mit Kultstatus – very sexy.

Einige Tage nach dem Kauf meldete die Alarmanlage drei Monteure vor ihrer Tür, die die Ladestation in der Garage installieren wollten. Einer von ihnen erzählte etwas von »der Wagen muss auch noch vernetzt werden«. Jan war gerade joggen, sein Smartphone hatte er dagelassen. Der Techniker war Anfang vierzig und sah ziemlich gut aus. Und er trug keinen Ring. Sie flirtete hemmungslos mit ihm. Ganz offensichtlich gefiel ihm das. Als sie ihm auch ihr Smartphone hinhielt, stutzte er nur kurz.

In den folgenden Wochen blieb der Porsche immer häufiger in der Garage. Jan nutzte ihn nur noch für seine geschäftlichen Fahrten, schließlich war der Autobauer aus Stuttgart sein größter Kunde. Ansonsten war der Hunter sein neues Lieblingsspielzeug. Hatte er früher vom satten Sound des Porsche-Motors geschwärmt, gefiel ihm jetzt die »katzenhafte Eleganz der Lautlosigkeit« des elektrischen Antriebs. Er schwadronierte über »... die leichte Bedienbarkeit ... die irren Möglichkeiten durch digitale Vernetzung ...« und träumte vom baldigen autonomen Fahren.

Sie hingegen traf sich regelmäßig mit Mike, dem Techniker. Er entpuppte sich als passabler Liebhaber und erklärte ihr bereitwillig die Steuerung des Kühlschranks, der Heizung und eben auch die des Hunter 500 SX. Wann immer sich die Gelegenheit dazu bot, unternahmen sie Spritztouren mit dem Elektroflitzer. So konnte sie endlich die auf dem Affenberg Salem lebenden Berberaffen mit Popcorn füttern, in der Wallfahrtskirche in Birnau eine Kerze für ihren vor zwei Jahren verstorbenen Hund anzünden und in den zahlreichen kleinen Weingütern rund um den See alle möglichen Weinproben besuchen, ohne dass Jan neben ihr genervt mit den Augen rollte. Besonders romantisch war der Besuch des Nachtkonzerts zum Erntedank im Konstanzer Münster gewesen, zu dem sie mit der Autofähre von Meersburg aus übergesetzt hatten. Mike war zwar während des Konzerts eingeschlafen, aber er hatte immerhin ihre besinnliche Stimmung nicht ins Lächerliche gezogen, wie Jan es gerne tat. Nach ihren Ausflügen korrigierte Mike einfach den Kilometerstand des Wagens und referierte dabei gerne über die Schwachstellen der totalen Vernetzung im Allgemeinen und denen des Hunters im Besonderen. Es setzte ihm zu, dass ihm die Ingenieure in der Firma nicht so richtig zuhörten.

Sie dagegen hörte Mike sehr genau zu, fragte viel und angelte sich den letzten Rest aus dem Netz. Eigentlich war alles ganz einfach, wenn man nur wusste, wonach man suchen musste. Sie nutzte eine der Schwachstellen des Bordcomputers, aber die eigentliche Manipulation nahm sie an Jans Handy vor. Das war überraschend einfach. Sie hatte die kleine, kostenlose App auf der Website des Computer-Clubs von Ramatuelle gefunden, einer Vereinigung von fünf Nerds des beschaulichen, mittelalterlichen Örtchens in der Nähe der Côte d'Azur. Dieses kleine Programm verschaffte ihr den Zugang zu Jans Handy und indirekt auch auf die Steuerung des Hunters. Das war viel eleganter als der direkte Zugriff. Ein hübsches Gadget war zudem, dass sich die App nach der Benutzung selbst zerstören würde. Nur jemand, der wusste, wonach er suchen musste, würde jemals auf die Idee kommen, in Jans Handy nach den Resten einer App zu suchen. Im Hunter würde sowieso niemand etwas finden. Niemand außer Mike.

Als sie merkte, dass Mike misstrauisch wurde, musste sie handeln. Zum Verhängnis wurde ihm seine Sucht nach Kuchen. Sie stahl ihrer Mutter einen vollen Blister ihrer Schilddrüsentabletten, zermahlte alles fein in einem Mörser und buk den leckersten, saftigsten Zitronenkuchen ihres Lebens. Mike aß gierig fast den ganzen Kuchen auf einmal. Einige Tage später las sie den Nachruf in der Zeitung. Ihr Blick blieb an der Formulierung »plötzlich und völlig unerwartet« hängen. Anfang vierzig war eine gefährliche Zeit für einen Herzinfarkt. Armer Mike.

Das Piepen des Alarms riss sie aus ihren Gedanken. Sie eilte zu ihrem Smartphone, das auf der Arbeitsplatte vibrierte. Das Display war hell erleuchtet. Der Punkt auf dem Bildschirm des Laptops blinkte in der Nähe von Horb am Neckar.

»Ja, ja, die Neckartalbrücke ...« Sie nahm das Handy auf und stellte den Alarm ab. Das Kribbeln war jetzt fast unerträglich. Sie wählte Jans Telefonnummer mit wenigen Fingertipps. Als sie den ersten Klingelton hörte, schloss sie die Augen.

Vielleicht hatte er gerade bemerkt, dass die Fahrbahn vereist war, und den Fuß vom Gas genommen. Aber er würde es nicht schaffen, die 210 km/h ausreichend zu drosseln, wenn mit dem ersten Klingeln der Airbag auslöste. Sie sah vor ihrem geistigen Auge den Wagen augenblicklich aus der Spur ausbrechen, quer über die Fahrbahnen schleudern und die Leitplanke durchschlagen. »Highway to Hell« von AC/DC schallte aus dem Soundsystem, während der Hunter 500 SX die 127 Meter in die Tiefe stürzte ...

Sie öffnete die Augen.

»Das war etwas Hardrock für die unter euch, die kein Softeis mögen ...« hörte sie den Radiomoderator scherzen.

Sie zog das Kabel vom Rechner und dem Handy ab, wählte erneut. Ihrer Mutter erzählte sie ganz beiläufig, dass sie Jan jetzt vor ihrer Abreise ins Tessin telefonisch nicht erreicht hatte. Nach dem Gespräch steckte sie das Smartphone in die Gesäßtasche ihrer Jeans. Sie wollte nichts mehr essen. Ihr war das Geschehen doch ein bisschen auf den Magen geschlagen, und die Scherben rochen nicht gerade einladend. Sie schnupperte an ihrer Bluse, die nach Frittierfett stank wie die ganze Küche und der gesamte Wohnbereich. Kurz lüften, die angekohlten Scherben wegwerfen, die Bluse wechseln, das fertige Gepäck in ihren alten Renault packen. Dann nichts wie weg. Sie wollte in Jans Chalet im Tessin, offiziell, um ihren neuesten Krimi fertigzuschreiben, das war der Plan. Ihr Verleger wusste über den Schreiburlaub Bescheid. Es sollte so unauffällig, so normal wie möglich wirken. Mit der flachen Hand schlug sie sich vor die Stirn – fast hätte sie vergessen, das Manuskript einzupacken. Sie hastete in den Keller.

Als die schwere Brandschutztür vernehmbar hinter ihr ins Schloss fiel, zuckte sie kurz zusammen. Sie eilte zum Schreibtisch, schnappte das Manuskript, ging zurück, griff nach der Türklinke, fasste ins Leere. Ungläubig starrte sie auf den Beschlag. Dort, wo die Klinke hätte sein sollen, befand sich nur ein kleiner runder Knauf und darunter ein Schloss ohne Schlüssel.

Schlagartig wurde ihr bewusst: Sie hatte die Tür von außen geöffnet – mit der Klinke. Zwar war sie kurz irritiert gewesen, aber zu abgelenkt, um zu realisieren, wieso. Der Schlüssel musste noch in ihrer Börse in der Handtasche sein. Jan, dieser Schweinehund, hatte die Beschläge vertauscht. Er wollte sie einsperren! Er hatte sie eingesperrt. War das ein schlechter Scherz?

Sie drehte und rüttelte am Türknauf – vergeblich. Sie nestelte das Handy aus der Hosentasche, starrte auf das Display – kein Empfang. Sie sah sich suchend nach ihrem Laptop um, doch der stand noch auf der Küchentheke und dort lag auch das LAN-Kabel. Hektisch blickte sie sich um, starrte auf die massive Brandschutztür. Dicke Perlen kalten Schweißes rannen ihr von der Stirn, sie wischte sie mit dem Handrücken weg. Bloß nicht in Panik geraten, das blockierte das Denkvermögen. Sie versuchte ruhig zu atmen. Ein Plan, sie brauchte einen Plan. Werkzeug! Sie rannte durch den Raum, riss Ordner und Schachteln aus den Regalen, vielleicht fand sie irgendetwas Brauchbares. Doch sie fand nichts, ging zurück zur Tür, schrie gegen die Dämmung an. Tränen rannen über ihre Wangen.

Sie saß fest. Fieberhaft spielte sie ihre Möglichkeiten durch. Sie hatte nur eine angefangene Flasche Sprudel, die neben ihrem Arbeitsplatz auf dem Schreibtisch stand. Und nichts zu essen. Allerdings hatte sie heute schon ziemlich viel getrunken und eine Kleinigkeit gegessen, sodass sie eventuell erst einmal nichts brauchte. Dennoch war ihr Mund trocken und das Bedürfnis zu trinken drängte in ihr Bewusstsein. Sie würde das Wasser extrem rationieren müssen. Aber wie lange würde sie durchhalten? Frau Schröter, die Putzfrau, kam erst am Donnerstag wieder, das waren noch drei Tage. Sicher würde sie irritiert sein über die Essensreste in der Küche. Aber würde sie irgendwelche Schlüsse ziehen? Würde sie nach ihr suchen? Und würde sie hier unten im Keller überhaupt mitbekommen, wenn Frau Schröter kam?

Der Lichtschacht! Sie schob eilig den Schreibtisch an das kleine Fenster, kletterte ächzend hinauf, riss die Flügel auf und versuchte, sich im Schacht hochzuzwängen. Als sie mit den Armen an den Körper gepresst aufrecht dastand, saß sie fest wie die Wurst in der Pelle. Sie kroch zurück und wiederholte die Aktion mit ausgestreckten Armen, konnte sich aber nicht ausreichend bewegen, um nach oben zu klettern. Beim dritten Versuch hielt sie das Handy in den hochgereckten Händen, aber sie hatte immer noch keinen Empfang. Mühsam kletterte sie zurück in den Raum. Sie fror und schloss das Fenster.

Der Handyakku schwächelte bereits, wie sie mit besorgtem Blick auf das Display feststellte, aber selbst wenn jetzt die Uhr ausfiel, konnte sie hier unten zumindest ungefähr die Tageszeit abschätzen, so hoffte sie zumindest. Der Postbote fiel ihr ein. Er war heute noch nicht hier gewesen. Über die schrägen Töne seiner inbrünstig gepfiffenen Schlager hatte sie sich sonst immer aufgeregt. Heute wäre es Himmelsmusik. Vielleicht kam ja die Polizei, um sie über Jans Unfall in Kenntnis zu setzen. Aber würde sie den Motor des Streifenwagens überhaupt hören? Und andersrum, würde jemand sie hören, wenn sie aus dem Fenster im Schacht um Hilfe rief? Sie knabberte an ihren Nägeln. Ihre Mutter würde sie die ersten Wochen jedenfalls nicht vermissen, sie rechnete nicht mit ihrem Anruf aus einem Schreiburlaub.

Sie schlug mit den Fäusten auf das Metall der Tür, trommelte dagegen, bis ihre Handkanten schmerzten, rüttelte abermals am Knauf, schrie, wusste, dass niemand sie hör-

te. Erschöpft lehnte sie den Rücken an die glatte Oberfläche, ließ sich langsam sinken, rutschte hinab, bis sie an das
kalte Metall gelehnt auf dem Boden saß. Sie weinte nicht
mehr. Nie in den letzten zehn Jahren hatte sie inständiger
gewünscht, er käme nach Hause.

Badische Scherben

Zutaten für ca. 30 Stück:
1 Ei, 2 Eigelb
1 EL Zucker
1 Päckchen Bourbon-Vanille-Zucker
1 Prise Salz
2 EL Schmand oder Sauerrahm
250 g Mehl
1 gute Prise Zimt (in den Teig oder für die Zucker-Zimt-Mischung; nach Geschmack, muss nicht)
ca. 2 l Pflanzenöl oder entsprechende Menge gehärtetes Pflanzenfett (z. B. Palmin, Biskin)
ca. 4 EL Puderzucker oder Zucker-Zimt-Mischung

Zubereitung:
Teigzutaten in einer Schüssel mit dem Rührgerät auf unterer Stufe verrühren, bis ein glatter Teig entstanden ist. Den Teig zu einer großen Kugel formen und in einer Schüssel / auf einem Teller mit Folie abgedeckt etwa 30 Minuten kalt stellen.

Den Teig in kleineren Portionen auf einer bemehlten Arbeitsfläche dünn ausrollen und mit einem gezackten Backrädchen Rauten oder Dreiecke ausrädeln – größere, kleinere, schmale, breite. Alternativ Formen ausstechen (wie zu Weihnachten) oder den Teig zu einer langen Rolle formen, walnussgroße Stücke abschneiden und sehr dünn ausrollen. Hochwandige, hitzebeständige Pfanne oder Topf verwenden. Fett schmelzen (es darf sieden, aber nicht qualmen). Stücke nacheinander mit einer Schaumkelle ins heiße Fett geben und knusprig frittieren, dabei einmal wenden. Nicht zu dunkel werden lassen. Auf Küchenpapier abtropfen lassen, mit Puderzucker bestäuben oder mit Zimt und Zucker bestreuen.

Schmeckt auch toll als Nachtisch mit einer Kugel Vanilleeis.

GITTA EDELMANN

Ein fast perfektes Dinner

Wissen Sie, ich glaub, das wär alles nicht passiert, wenn er nicht diese furchtbaren Zigarren geraucht hätt.

Dann wär Günter noch am Leben und ich säß nicht hier.

Tabak. Ich hab das Teufelszeug nie angerührt.

Eine meiner frühsten Erinnerungen ist mein Vater, der mir Zigarettenrauch ins Gesicht blies und lachte, weil ich panisch nach Luft schnappte. Wenn er mich Jahre später zum Automaten schickte, um Zigaretten zu holen, kam ich meist unverrichteter Dinge heim und behauptete, der Automat wär leer oder hätte die Münzen nicht angenommen.

Dann war da natürlich Onkel Karl. Der Onkel Karl war eigentlich gar nicht mein Onkel, aber damals hätt kein Kind gewagt, einen Erwachsenen einfach nur mit Vornamen anzureden.

Die Frau vom Onkel Karl war die Tante Brigitte. Einmal schenkte sie mir ein Puppenservice aus echtem Porzellan. Das kleine Zuckerdöschen hab ich noch heut. Sie war viel jünger als der Onkel Karl, hübsch und schlank. Aber ich glaub, besonders glücklich war sie nicht.

Der Onkel Karl war alt, dick und ein bekannter Unternehmer hier am Bodensee. Was er so unternahm, wusste ich nicht. Auf jeden Fall munkelten die Erwachsenen, dass er unter seinem Stand geheiratet hätte. Und dass die beiden keine Kinder hatten, wär schade, aber in so einem Fall nicht anders zu erwarten.

Vielleicht versuchte der Onkel Karl deshalb, sich bei mir und meiner Schwester einzuschmeicheln. Er brachte uns Schokolade mit und Gummibärchen. Allerdings mochte ich nicht, dass er uns Süßigkeiten schenkte. Er guckte dabei immer so komisch.

Dann war da die Sache mit den Höschen. Unsere Kleidchen und Röckchen waren sehr kurz, so wie es damals Mode war. Wir trugen darunter farbige Höschen aus Frottee oder »für gut« weiße mit Rüschen am Po. War ich stolz auf mein Rüschenhöschen! Bis Onkel Karl es sah. Er war so begeistert. Irgendwie war das nicht richtig.

Ich mocht es auch gar nicht, wenn ich bei ihm auf dem Schoß sitzen sollte. Er hatte immer irgendwas Hartes in der Hosentasche, das mich drückte. Dazu tätschelte er dauernd meinen Oberschenkel. Das Schlimmste aber war sein Atem, der nach Zigarrenrauch stank.

Meine Schwester wich ihm geschickter aus als ich. Vielleicht weil sie ein bisschen älter war. Oder weil sie eine Brille trug und eine Zahnspange. Ich dagegen hatte Pausbacken und blonde Kringellocken.

Mit Mama oder Papa über meine Abneigung zu reden, hatte keinen Zweck. Sie hielten enorm viel vom Onkel Karl, und Papa hatte auch beruflich irgendwas mit ihm zu tun. Da mussten wir Kinder ihn mögen.

Warum ich Ihnen das alles erzähl? Weil ich immer dran denken muss, wenn ich Zigarren riech. Und dann würgt's mich und ich muss mich übergeben.

Meine Liebe zum Kochen entdeckte ich spät, aber heftig. Erst als der Theo weg und ich aus Konstanz nach Meersburg gezogen war. Mein erster Mann war ein leidenschaftlicher Lepidopterologe. Das ist ein Schmetterlingskundler, aber das wissen Sie ja vielleicht. Nur viele Leute denken ... Naja, egal.

Also, der Theo, der hat damals auf der Mainau eine entscheidende Rolle gespielt, als das Schmetterlingshaus gebaut wurde. In seinem Arbeitszimmer unterm Dach hausten neben irgendwelchen präparierten Exemplaren immer noch ein paar Raupen, Puppen oder frisch geschlüpfte Falter. Ich konnt das Zimmer nicht betreten. Es stank.

Der Theo roch nichts. Er roch auch nichts, wenn's in unserer Wohnung nach Lavendel duftete. Und er roch nichts, wenn das herzhafte Aroma von gebratenem Speck und Zwiebeln durchs Haus zog.

Der Theo war sehr anspruchslos, was Essen betraf. Ihm schmeckte alles, denn ihm schmeckte in Wirklichkeit nichts. Sein Geruchs- und Geschmackssinn war im Laufe der Jahre durch die Chemikalien, die er zum Präparieren benutzte, völlig kaputt. Naja, aber wir sprechen hier ja eigentlich nicht vom Theo, der irgendwann verduftet ist. Verduftet, haha, verstehen Sie den Witz?

Also, wie gesagt, der Theo war weg und ich saß allein in Konstanz. In der Firma lief's auch nicht gerade gut, also hab ich mir einen neuen Job und eine neue Wohnung gesucht und kam nach Meersburg. Das Städtchen hat mir immer schon gefallen und die Horden von Touristen, die im Sommer durch die Unter- und Oberstadt strömen, stören mich nicht. Ich mag die alten Bräuche wie den Hemmedglonker-Umzug zu Fasnacht und das Seenachtsfest und das Weinfest auf dem Schlossplatz ... Sie sollten unbedingt mal nach Meersburg kommen und den Wein probieren.

Wo war ich stehn geblieben? Ja, also, ich bin dann nach Meersburg gezogen und zuerst war ich dort schon ein wenig einsam.

Bis ich den Rudi kennenlernte. Der Rudi war ein wunderbarer Mann. Leider war er Kettenraucher und hatte eine fürchterliche Kondition. Wenn wir zusammen mit dem Fahrrad unterwegs waren – der Bodensee-Radweg ist ja praktisch direkt vor meiner Haustür – mussten wir alle halbe Stunde Pause machen. In geschlossenen Räumen konnt ich mich mit ihm nicht aufhalten. Der Nikotingestank der Zigaretten, der durch seine Poren drang, war unerträglich.

Der Rudi liebte mich und hörte auf zu rauchen. 's war hart für ihn, aber ich unterstützte ihn, wo ich nur konnte. Ich besorgte Nikotinpflaster, tat einen Heilpraktiker mit Akupunkturkenntnissen auf und begann richtig zu kochen. Dankbar nahm er meine Fürsorge an.

Wir hatten einige leckere Jahre, in denen ich mich kochend entwickelte. Leider auch ein bisschen in die Breite, doch der Rudi mochte meine Vollweib-Statur ganz gerne.

Dass er dennoch dem Hungerhaken von Kollegin verfiel, lag wahrscheinlich an ihrer Nikotin-Ausdünstung, der er sich auf Dauer nicht entziehen konnte. Sucht bleibt Sucht.

Als der Rudi weg war, gründete ich mit ein paar Gleichgesinnten einen Kochclub. Schließlich macht es wenig Spaß, nur für sich selbst zu kochen. Ich nahm an Wettbewerben teil und erkochte mir den *Goldenen Löffel des Bodensees*. Ich hab auch mal im Fernsehen bei einer Runde des Perfekten Dinners mitgekocht. Sehr erfolgreich, möcht ich erwähnen!

Auf meinem kleinen Balkon entstand ein Paradies für Küchenkräuter. Das Leben war lebenswert wie nie zuvor.

Und dann kam der Günter.

Der Günter sah aus wie mein Traummann: volles, blondes, an den Schläfen gräulich meliertes Haar und strahlend blaue Augen wie dereinst Terence Hill. Ich war ihm auf den ersten Blick verfallen. Eigentlich gehörte er ja meiner Freundin Doris. Aber die Doris musste eine dreiwöchige Dienstreise in die USA antreten und so blieb der Günter sozusagen verwaist zurück. Schon am ersten Abend, als die Doris weg war, rief ich ihn an. Ich würde Doris' Handynummer nicht finden und wolle ihr dringend eine Nachricht schicken. Ob er vielleicht ...?

Natürlich bekam ich die Handynummer und natürlich simste ich die Doris nicht an. Stattdessen ging ich am nächsten Tag zum Friseur, ließ meine blonden Locken auffrischen und passte den Günter vor Doris' Haustür ab, wo er die allabendliche Fütterung ihrer Zwergbuntbarsche übernommen hatte.

»Was für ein netter Zufall«, säuselte er und sah mir ins Dekolleté.

Ein paar Sätze später lud er mich bereits zum Essen ein. Ausgerechnet zu Spargel! Ja, ich weiß, es war grad die Zeit dafür und der Bodensee-Spargel ist auch weithin bekannt. Aber kennen Sie das, wenn man nach einer Spargelmahlzeit auf die Toilette geht? Der Geruch? Soll ja nicht bei allen so sein, aber bei mir – ich kann das nicht ertragen. Folglich lehnte ich lächelnd ab. Es ist sowieso immer besser, die Männer ein kleines bisschen zappeln zu lassen.

Natürlich nicht zu lange, also rief ich Günter am nächsten Tag an und lud ihn für Samstag zum Dinner ein. Bei mir zuhause. Ich würde selbst für ihn kochen. Sie wissen ja, Liebe geht durch den Magen und so konnt ich ihm meine Gefühle zusammen mit exquisiten Speisen auf dem Silbertablett servieren.

Zur Vorspeise einen Fischsalat mit Höri-Bülle, das sind diese roten Speisezwiebeln, die nicht nur schmecken, sondern auch noch gut aussehen, und eine Terrine vom Heggelbacher Frischkäse – nur einen Hauch Knoblauch, von wegen weiterer Verlauf des Abends. Dazu selbst gebackenes Emmer-Dinkelbrot. Dann ein schlichter gemischter Blattsalat mit zweierlei Dressing als Übergang zum schwäbisch-hällischen Spanferkel mit Rosmarinkartoffeln.

Und zum Dessert?

Das Dessert bereitete mir Kopfzerbrechen. Walnuss-Mousse? Doch hatte Günter nicht erwähnt, er sei gegen Nüsse allergisch? Beschwipste Früchte? Oder lieber meine hochgelobte Champagner-Limetten-Crème? Aber es gab noch keine frischen Himbeeren dazu. Nein, es musste etwas sein, das ihn umhaute. Da kam eigentlich nur eines in Frage: Crème brulée! Er würde mir zu Füßen liegen.

Schon am Freitagabend schabte ich die Vanille sanft aus ihrer Schote und vermischte das Mark innig mit dem Zucker. Ich rührte die Eiersahne mit viel Liebe an und ließ sie im Kühlschrank ruhen. Garen würde ich sie am nächsten Morgen, dann musste sie am Abend nur noch mit dem braunen Rohrzucker bestreut und mit meinem kleinen Bunsenbrenner karamellisiert werden.

Ich liebe Crème brulée!

Das Schöne daran ist, dass eigentlich nichts schief gehn kann, weil das Geheimnis nicht im Rezept liegt. Ein Ei mehr oder weniger? Kein Problem. Nein, eine gute Crème brulée gelingt einfach nur in den entsprechenden Förmchen. Sind die Gefäße zu tief oder zu groß, stockt die Crème nicht gleichmäßig oder braucht Ewigkeiten. Muss man wissen.

Ja, ja. Ich komm gleich zurück zu Günter.

Also: Ich hatte alles perfekt hergerichtet, den Tisch gedeckt und künstlerisch dekoriert, Kerzen angezündet und, weil es glücklicherweise gegen Abend recht kühl wurde, im Kamin ein kleines Feuer gemacht. Günter klingelte pünktlich um acht mit einem großen Strauß roter – Nelken!

Ich hasse Nelken. Sie stinken.

Naja, das konnte Günter nicht wissen und so biss ich die Zähne zusammen, stellte die Nelken in einer Vase auf die Fensterbank und kippte das Fenster.

Dann goss ich uns jedem ein Glas Secco vom Staatsweingut ein und servierte die Vorspeisen.

»Hm«, machte Günter, als er von der Frischkäse-Terrine kostete. Mehr sagte er nicht. Ob er wohl ein bisschen schüchtern war?

»Ich hoffe, es schmeckt dir.« Ich lächelte ihn auffordernd an.

»Hm, jo«, antwortete er. »Aber hättest du vielleicht ein Bier?«

Gut, dass ich saß, sonst hätt's mich umgehauen. Ich hasse Bier. Allein der Geruch!

»Oh, das tut mir aber leid«, log ich und schüttelte den Kopf.

»Na, geht schon«, sagte Günter und spülte seinen letzten Bissen Frischkäse auf Emmer-Dinkelbrot mit dem Secco runter.

»Eigenartiger Geschmack«, kommentierte er kurz darauf meinen Fischsalat.

»Das sind die Kräuter«, erklärte ich. »Eine besondere Mischung. Schmeckt's dir nicht?«

»Doch, doch«, sagte er, stocherte jedoch nur noch in seiner Portion herum und trank stattdessen ein zweites Glas Secco.

Ich setzte meine Hoffnung auf den gemischten Blattsalat mit zweierlei Dressing. Mit besagtem schlichten Zwischengang ernte ich stets begeisterte Kommentare. Diesem Genuss konnte sich der Günter doch sicher nicht verschließen?

Er konnte.

»Ich bin nicht so für Grünfutter«, scherzte er und legte nach dem ersten Bissen die Gabel nieder.

Einen Augenblick flackerte etwas wie Verzweiflung in mir auf, doch ein Blick in die strahlend blauen Augen vom Günter versöhnte mich wieder. Solange er mich so begehrlich ansah, würde der Abend trotzdem ein Erfolg werden. Vielleicht war er einfach eher ein Fleischesser. Dann wäre das schwäbisch-hällische Spanferkel sicher das Richtige für ihn.

Wissen Sie, durch den angebratenen Speck ...

Ja, okay, ein andermal.

Ich schürte einmal kurz das Kaminfeuer und legte ein neues Scheit Birkenholz auf. Die Blicke vom Günter spürte ich förmlich auf meinem Hintern ruhen. Hüftenschwingend ging ich hinüber in die Küche, um den Hauptgang anzurichten.

Dieses Mal aß der Günter mit viel Appetit. Leider hatte er seine Schwierigkeiten mit den Rosmarin-Kartöffelchen, die ihm ein paar Mal von der Gabel rutschten und sowohl sein Kinn als auch meine nagelneue, blütenweiße Tischdecke mit der Rotwein-Sauce bekleckerten.

»Das war nicht schlecht«, kommentierte er und leerte sein Glas Spätburgunder in einem Zug. »Obwohl ich ja sonst mehr für ein großes Schnitzel bin.«

Ich musste tief durchatmen. Der Günter konnte doch unmöglich so ignorant sein! Wahrscheinlich hatte er einfach eine seltsame Art von Humor. Ich zwang mich also zu einem Lächeln und konzentrierte mich auf meine Atmung.

»Gibt's noch Nachtisch?«, fragte er und legte seine Hand auf meine.

Ich nickte und sprang auf. Meine Crème brulée – die würde den Abend retten!

Ich streute den Rohrzucker gleichmäßig auf die Crème und karamellisierte ihn mit dem Bunsenbrenner. Günter sah mir und dem Dessert freudig entgegen. Vielleicht war er ja ein Süßmäulchen? Es knackte, als unsere Löffel die Zuckerschicht durchstießen.

Schweigend genossen wir die Crème brulée.

»So ein Vanillepudding ist doch immer wieder nett«, sagte der Günter. »Obwohl ich Schokopudding lieber mag.«

»Das ..., das ist kein Vanillepudding«, entfuhr es mir.

»Ach, nein?«, fragte er überrascht. »Was dann?«

»Das ist eine Crème brulée!«, keuchte ich.

»Crème brulée!« Er begann zu lachen. »Das ist ja witzig! Crème brulée. Brüllcreme! Brüllcreme! Das ist ja zum Brüllen!«

Er schlug sich mit den Händen auf die Oberschenkel.

In diesem Moment wusste ich, das der Günter nicht der Richtige für mich war. Die Enttäuschung trieb mir Tränen in die Augen. Wie hatte ich mich in diesem Mann nur so irren können? Ich war sogar bereit gewesen, meine Freundschaft mit der Doris für ihn zu opfern! Wie nur konnt ich jetzt aus dieser vertrackten Situation wieder rauskommen?

Um mich zu sammeln, drehte ich mich zum Kamin und schürte noch einmal das Feuer. Ich atmete bewusst, tief und gleichmäßig und merkte, wie ich mich langsam beruhigte.

Dann hörte ich ein Streichholz aufflammen und fuhr herum.

Zigarrenrauch schlug mir entgegen.

»Nach so einem Essen geht doch nichts über eine Cohiba!«, sagte der Günter genüsslich. »Komm zu mir, Süße.«

Mit der linken Hand klopfte er auf seinen Schoß, mit der rechten hob er die Zigarre zum Mund.

Am Rand meines Blickfelds begann es zu flimmern. Es würgte mich. Der Günter lachte.

»Na komm schon!«, säuselte er und sah mich auffordernd an. »Komm zu Onkel Günter!«

Ich kriegte keine Luft mehr. Der Schürhaken in meiner Hand holte aus und ich schlug zu.

Einmal, zweimal, dreimal, glaub ich.

Der Günter sank vom Stuhl. Die Zigarre fiel neben ihn auf den Teppich und stank weiter vor sich hin, bis ich sie mit dem Rotwein löschen konnte. Ich rannte ins Bad, um mich endlich zu übergeben.

Dann rief ich die Polizei. Ich konnte den Günter ja nicht einfach liegen lassen. Ich weiß doch, dass Leichen ziemlich bald anfangen zu stinken.

Ja, Herr Doktor, so war das.

Sie haben hier übrigens einen sehr schönen Briefbeschwerer. Darf ich mal? Oh, der ist ja richtig schwer!

Und jetzt würd ich an Ihrer Stelle schnellstens die Zigarre wieder weglegen, an der Sie die ganze Zeit schon unter Ihrem Tisch rumfingern!

Crème brulée

Zutaten:
400 ml Sahne
200 ml Milch
90 g Zucker
4 Eigelb
1 Vanilleschote
brauner Rohrzucker zum Bestreuen

Zubereitung:
Das Mark der Vanilleschote mit etwas Zucker vermischen.
Sahne, Milch, Vanillezucker und den restlichen Zucker mit-
einander vermischen und den Zucker auflösen. Die Eigelb
dazugeben und kurz mit dem Stabmixer durchmixen.
Die Mischung einige Stunden (oder über Nacht) stehen lassen.
Die Eiersahne nochmals gut durchmischen, damit sich die
Vanille gut verteilt. Die Flüssigkeit soll jedoch nicht schäu-
men. Die Eiersahne in kleine Förmchen gießen und diese in
die Saftpfanne des Backofens setzen.
Die Förmchen sollten nicht höher als zweieinhalb bis drei
und nicht größer als zwölf Zentimeter im Durchmesser sein
und am besten aus hitzebeständigem Porzellan bestehen.
Die Förmchen in den auf ca. 150 Grad (Umluft) vorgeheiz-
ten Backofen schieben, in die Saftpfanne kochend heißes
Wasser gießen, sodass sie gut zur Hälfte im Wasser stehen.
Wenn die Crème Blasen wirft, Temperatur ggf. etwas her-
unterschalten. Nach ca. 40 bis 45 Minuten sollte die Crème
fest sein (in der Mitte ist sie dann gerade nicht mehr flüssig).
Die Crème erkalten lassen. Kurz vor dem Servieren dünn
mit dem braunen Rohrzucker überstreuen und unter
dem sehr heißen Grill karamellisieren lassen. Noch bes-
ser geht das Karamellisieren mit einem Bunsenbrenner.

Dunkle Botschaft

Ein Herz aus Kieselsteinen.

Mein Herz wummert. Nicht schnell und erregt, sondern dumpf, mein gesamter Brustkorb vibriert. Eine Mischung aus Angst und Übermut.

Ja, Übermut hat mich dazu gebracht, das Dünnele auf den Gartentisch zu stellen, vielleicht auch eine unbewusste Beschwichtigungsgeste. Glasperlen für den Eingeborenen. Ich bin nicht sicher, ob der Unbekannte ein Verehrer ist, ein reiner Voyeur oder ein potenzieller Vergewaltiger. Gegen das Letzte spricht, dass es keinen Versuch gab, in meine Wohnung einzudringen, was einfach genug wäre, würde er es darauf anlegen.

Seit dem ersten Abend, als ich allein in meinen eigenen vier Wänden zurückblieb, habe ich nicht mehr als einen vagen Umriss von ihm gesehen. Hinter verriegelten Türen versteckte ich mich im Dunkeln, doch ich hielt es nicht länger als zwei Tage so aus. Ich musste hinausgehen, mir wird der Hals eng, sobald ich mich eingeschlossen fühle.

Als Dank für das Essen erhielt ich das Herz, ausgelegt mit Steinen auf dem Tisch, der am weitesten vom Haus entfernt steht, direkt vor den Hecken am Waldrand. Hierher scheint am späten Nachmittag noch ein wenig Sonne, während der Rest des Gartens den ganzen Tag über in Schatten getaucht ist. Ich genieße die Wärme an diesen morgens bereits nebligen Tagen Anfang Oktober – ein willkommener Gegensatz zu meiner kühlen Souterrainwohnung. Sie ist ein riesiges Zimmer mit Kochnische, zwar mit durchgängigen Fenstern versehen, um möglichst viel Licht hereinzulassen, aber, weil sie nach Norden ausgerichtet sind, ohne Sonneneinfall.

Stattdessen darf ich alleine ein kleines Stück des Gartens benutzen, eine Wildnis direkt am Waldrand. Die Vermieter über mir halten sich nur in dem gepflegten, nach Süden zeigenden, größeren Teil auf und überlassen ihren Mietern gerne dieses düstere Stück, das sich von einer schmalen Terrasse bis zu von Efeu überwucherten Hecken erstreckt.

Als Studentin, die nur ein sehr übersichtliches BAföG erhält, kann ich die Miete für eine Wohnung in Konstanz nicht aufbringen, und meine Mutter kann es sich nicht leisten, mir mehr als gute Ratschläge zuzustecken. Dafür hat sie mich alle Rezepte gelehrt, darunter die Zubereitung von Dünnele, den knusprigen Hefeteigfladen mit einem Belag aus Sauerrahm, Zwiebeln und Speck.

Einen solchen hatte ich ihm, dem Unsichtbaren, überlassen, noch warm aus dem Ofen. Den letzten, den ich nicht mehr schaffte, weil ich dann in keine Hose mehr passe. Ich liebe diese Fladen; der herzhafte Speck- und der scharfe Zwiebelgeschmack in der samtigen Creme bilden eine perfekte Einheit mit dem knackigen, dünnen Boden, dessen splitternde Krümel sich sogar in den Ausschnitt meiner Bluse verirrten.

Aber nach dem dritten war ich satt, da half selbst der milde Konstanzer Müller-Thurgau nicht, das Einstandsgeschenk meiner Mutter zum Einzug. »Du darfst jetzt trinken, tanzen, Nächte durchmachen. Ich wünsche dir viele Freundschaften, Partys und eine fröhliche und wilde Studentenzeit!« Dabei hatte sie mir zugezwinkert, ehe sie in ihrem Fiat 500 nach Bodolz zurückbrauste.

Die Sonne war schon weg, die kühle Abendluft brachte Feuchte, die selbst der Wald nicht aufsaugen konnte, als ich mich zurückzog. Die Wohnung war noch unbeheizt, der Vermieter bestand darauf, dass die Heizsaison erst Mitte Oktober beginnt. Argumente, die ich von Zuhause kenne.

Das Dünnele ließ ich mitsamt Teller auf dem Gartentisch stehen und ging hinein. Danach machte ich alle Lampen an, sogar im Bad. Vordergründig, weil ich, selbst in Licht gebadet, nicht nach draußen sehen konnte, aber auch aus instinktiver Angst vor dem Dunkeln, verstärkt von der Ahnung, dass ein Fremder ums Haus schlich.

Ich wäre lieber bei meiner Mutter geblieben, dort wäre ich zwar genauso einsam, aber zumindest in vertrauter Umgebung. Unser Zuhause liegt nur knapp eineinhalb Autostunden entfernt in der Nähe von Lindau. Zu nah, um zu behaupten, ich sei in die Welt hinausgezogen, zu weit für die tägliche Autofahrt zur Hochschule in Konstanz, wo ich einen der begehrten Plätze des Studiengangs Kommunikationsdesign ergattern konnte.

In Mühlhofen, ein Stückchen oberhalb von Meersburg, fand ich für 200 Euro diese Souterrainwohnung. Von hier aus fahre ich mit dem Rad bis zur Fähre, setze über und voilà! – innerhalb weniger Minuten bin ich mit dem Bus am Ziel.

Nun hocke ich in einem Dorf fernab von allem Studentenleben, backe gegen das Heimweh an und bin schon nach einer Woche so weit, dass ich mit einem Unbekannten kommuniziere anstatt mit Kommilitonen.

Mit siebzehn hatte ich meinen ersten und letzten Freund, der mich entjungferte und hauptsächlich zum Abladen seiner Gelüste benutzte. Ich brauchte vier Monate, um es zu merken. Seine Worte klingen mir immer noch in den Ohren: »Ich könnte genauso gut ein Brot ficken.«

Zwei Jahre ist das her und mir wird immer noch schlecht, wenn ich darüber nachdenke. Seitdem laufe ich mit gesenktem Kopf durch die Gegend, die Haare sind jetzt lang genug, damit sie mein Gesicht möglichst gut verstecken. Das Braun ist eine gute Tarnung und der Vorhang der Haare ein leicht verständliches Zeichen.

Ich muss spätestens nach dem zweiten Semester ein Projekt abgeben, für das wir gleich zu Anfang eine Vorgabe erhielten. Es geht um Beschilderungen, die von dementen Menschen verstanden werden können. Wenn ich an der Ausarbeitung der Piktogramme und Symbole arbeite, kann ich mich so richtig vertiefen. Ich finde Symbole faszinierend.

Meine Wohnung ist zugestellt mit alten Kleiderständern, an denen gefühlt tausend Zettel hängen. Um zu entscheiden, ob sie den Maßgaben entsprechen, lasse ich die Zeichen auf mich einwirken. Später werde ich sie an Bewohnern einer Klinik testen.

Ich weiß, es ist noch viel zu früh, außer mir hat sicher noch niemand damit begonnen. Das genau ist der Punkt, der mir einen Vorsprung verschaffen wird. Ich träume davon, auf dem Podium zu stehen und den Preis für die beste Arbeit entgegenzunehmen. Vielleicht würde ich dann wahrgenommen, zumindest für einen Moment würde ich im Licht stehen.

Der Voyeur fällt mir ein. Seit dem Abend mit dem Dünnele und dem Kieselherz habe ich nichts mehr von ihm gesehen. Ist er verschwunden? Gut so, nach anfänglicher Befangenheit bewege ich mich inzwischen wieder frei. Ich weiß, dass er durch die vorhanglosen Fenster hereinschauen könnte. Das Wissen verleiht dem Alleinsein eine Würze, einen Hauch Gefahr.

Zugleich gibt mir der Gedanke an einen Verehrer einen enormen Schub an Selbstbewusstsein.

Ich arbeite, bis mir gegen zwölf die Augen zufallen.

Erst dann schleppe ich meine müden Knochen ins Bad und von dort aus in Richtung Bett. Wohn- und Schlafecke sind nur durch ein Regal voneinander getrennt, dessen Fächer ich wechselweise von beiden Seiten nutze. Die Klamotten landen auf dem Boden.

Ein Blick in den Spiegel über der Kommode. Morgen muss ich Haare waschen.

Im Spiegelbild bewegt sich etwas. Ich drehe mich blitzschnell um. Hinter dem Fenster, auf der Terrasse, ist ein Gesicht! Ein Mann, bärtig, dunkle Strähnen in der Stirn, starrt mich an. Mein Herz setzt aus, die Nackenhaare stellen sich auf. Als ich blinzle, ist er mit dem Dunkel verschmolzen.

Der Verehrer! Mein Voyeur! Ich schlinge instinktiv die Arme um die nackten Brüste, vergesse dabei aber, dass noch ganz andere Teile meiner Anatomie sichtbar sind. Erst jetzt reagiert das Hirn. Mit einem Hechtsprung tauche ich unter dem Schreibtisch ab. Oh Gott! Er hat mich splitterfasernackt gesehen! So hell, wie die Wohnung ausgeleuchtet ist, konnte er wahrscheinlich jedes Härchen entdecken, das mir beim Epilieren durchging.

Mein Herz pocht heftig. Ausgerechnet ich, die Prüde, die nicht einmal einen Bikini trägt, sondern sich nur in einem hochgeschlossenen Badeanzug zeigt! Ständig denke ich darüber nach, wie ich aussehe, und komme zu keinem positiven Ergebnis. Von allem etwas zu viel, nicht fett, aber auch nicht schlank. Die Oberschenkel zu dick, die Brüste zu groß, der Hintern zu rund. Symbole für Fruchtbarkeit und Sinnlichkeit. Die mag ich nicht herzeigen.

Im Krebsgang gelange ich erst zu meinem Schlafshirt, dann zu den Lichtschaltern und seufze auf, als Dunkelheit mich umarmt. Danach schließe ich Wohnungs- und Terrassentür doppelt ab.

Noch immer ist mein Puls auf 180, die Haut fühlt sich klamm an. Ich verstecke mich unter der Decke, von den Zehen bis zur Nasenspitze. Dabei wage ich jedoch nicht, die Augen zu bedecken, aus Angst, ich würde nicht mitkriegen, wenn er wiederkäme.

Der Versuch, mir sein Gesicht in Erinnerung zu bringen, misslingt. Es war so schwach ausgeleuchtet und verschwand so schnell, ich könnte ihn niemals beschreiben. Will ich das überhaupt? Zur Polizei gehen und Anzeige erstatten? Man würde mich fragen, ob ich schon früher etwas bemerkt hätte. Erzählte ich, dass ich ihm Essen geschenkt habe, erklärten die mich für verrückt.

Ich kann ihm seine Neugier nicht vorwerfen, schaue ich doch selbst gerne in erleuchtete Fenster. Wer tut das nicht? Dass ich mich nackt in der Wohnung bewege, könnte man als mutwillige Verführung interpretieren. Wobei ich das nur tat, weil ich mich sicher fühlte, oder?

Bei dem Gedanken an Verführung muss ich grinsen. Klar, dass mir das nur dann passiert, wenn ich es gar nicht beabsichtige.

Natürlich gehe ich am anderen Tag bei Tageslicht wieder raus. Aus meinem Garten will ich mich nicht vertreiben lassen. Außerdem sehe ich, dass ein Gegenstand auf dem Tisch steht. Eine Flasche Sekt mit einem Herz aus Holz daran gebunden. Na, das ist ein explizites Symbol. Ihm hat wohl gefallen, was er gesehen hat.

Ich gebe zu, ich fühle mich geschmeichelt.

Am Abend lösche ich alle Lampen und taste mich im Finstern durch die Wohnung. Im unbeleuchteten Bad kleckere ich prompt Zahnpasta auf mein T-Shirt. Ohne Licht brauche ich ewig, bis nach meiner Umziehaktion unter der Bettdecke das Schlafshirt richtig sitzt. Heute wünsche ich mir Rollläden an die Fenster, die ich bisher nicht vermisst habe. Mir wird unwohl, wenn alles verrammelt ist. Zuhause hatte ich ein Dachfenster über meinem Bett, durch das ich den Himmel betrachten konnte, ein tröstlicher Anblick selbst in den finstersten, einsamsten Teenagerstunden.

Welche Alternativen gibt es? Ich könnte immer zuerst das Licht löschen, dann im Dunkeln ins Bad gehen und genauso wieder zurück ins Bett kriechen. Da ich dafür an meinem Arbeitstisch vorbei muss, neben dem diverse Ständer für mein Projekt stehen, würde ich mit etwas Glück mit ein paar Beulen und Kratzern davonkommen, möglicherweise aber auch alles umrennen, was im Weg steht. Auch die Idee, mich nur noch im Bad an- und auszuziehen, gefällt mir nicht. Ich könnte blickdichte Vorhänge anbringen und sie jeden Abend zuziehen. Allein die Vorstellung lässt mir den Hals eng werden. Ein Gefängnis mit Stoffbahnen statt Eisengittern.

Ließe ich das Licht an, könnte ich so tun, als wäre niemand da. Nein, das traue ich mich nicht. Ich bin mir sicher, dass er da draußen ist. Nachdem er mich einmal nackt sah, ist er womöglich auf den Geschmack gekommen.

Und wenn er mich schon hundertmal gesehen hat?

Ärger kommt in mir auf. Wieso sollte ich mich eigentlich verbergen? Ich tue ja nichts Unrechtes! Das ist meine Wohnung, für die ich Miete bezahle! Es ist mein Recht, mich in meinen vier Wänden so zu bewegen, wie ich mag. Und genau das werde ich tun.

Ab heute verstecke ich mich nicht mehr, präsentiere mich aber auch nicht. Zunächst fällt es mir schwer, das muss ich zugeben. Was wird er sehen? Wie findet er mich? Gefalle ich ihm? Bin ich krank, dass ich so denke?

Ich gewöhne mir an, mich mit dem Rücken zu den Fenstern auszuziehen, dabei streife ich den BH schnell ab und schlüpfe in das T-Shirt, ehe ich die Hose herunterlasse.

Offensichtlich gefällt ihm, was er sieht, wie die Gaben beweisen, die er mir hinterlässt. Häufiger ein Herz, mal aus Treibholzstücken, Korken oder Blüten. Dafür lasse ich ihm wieder etwas zu essen draußen stehen, es erscheint mir unfair, ihm nichts zurückzugeben.

Dann eine braune Papiertüte, darin ein winziger G-String, weiß mit zarten umlaufenden Rüschen.

Da ist das Herzklopfen wieder. Eine neue Dimension, dieser Slip. Was will er mir damit sagen? Möchte er mich darin sehen? Genügt ihm der Gedanke, dass ich ihn trage, geilt es ihn auf zu wissen, dass ich sein Geschenk auf der Haut habe, noch dazu an dieser intimsten aller Stellen?

Mir wird mulmig, zugleich kann ich meine Freude nicht einmal vor mir selbst verstecken. Aber nein, mein Verstand entscheidet richtig, denn ich habe schließlich eine Wahl.

Die Tüte bleibt draußen und ist am nächsten Morgen verschwunden.

Zugegeben, je mehr ich mich öffne, je mehr ich mich zeige, desto aufwändiger werden die Geschenke. Essen stelle ich nur noch selten raus. Der Kerl bekommt genug für sein Geld. Jeden Abend eine kostenlose Stripshow.

Ein kleiner Teil meines Verstandes sagt mir, dass ich verrückt bin. So etwas tut man nicht. Man darf einen Voyeur nicht anstacheln. Aber der größere Teil sonnt sich in der Bewunderung, in der Beachtung.

Meine Aktionen werden immer dreister. Das Schlafshirt ist erst an der Reihe, wenn ich ganz ausgezogen bin. Er schenkt mir eine Kerze in Form einer Rose. Nach einer weiteren Woche stehe ich schon seitwärts zu der Fensterfront. Da die Heizung jetzt läuft, muss ich mich nicht mehr so beeilen, meine Blöße zu bedecken.

Ein Herz aus Glas liegt auf dem Tisch.

Beim Googeln finde ich Lieder, die dazu passen. Erst Blondie, dann ein deutsches Herz-Schmerz-Lied, zuletzt lande ich bei Linkin Park. Das bringt mich auf eine Idee, für die ich Platz schaffen muss. Die Zettelhalter wandern in eine Ecke.

Ich tanze nackt zur Musik.

Danach finde ich ein Armband mit einem Notenschlüssel daran. Auch wenn ich keine Ahnung habe, ob es einen Wert hat, fühle ich mich doch geschmeichelt. Beim Überlegen, ob es eher ein Symbol für meinen Musikgeschmack oder meine Vorführung sein soll, grinse ich vor mich hin.

Wir sind auf besondere Weise verbunden. Ich weiß, dass er mir zuschaut, wie es scheint, jeden Abend. Das anfängliche Gefühl von Bedrohung ist verschwunden, da wir eine Art Kommunikation aufgebaut haben, wenn auch nonverbal. Ein Geben und Nehmen. Natürlich drängt mein Verstand mich zur Vorsicht, doch der Bauch – oder ist es mein Ego? – drängt mich zu immer gewagteren Aktionen.

Der Adrenalinausstoß gehört dazu, er macht mich süchtig. Das Blut fließt schneller durch meine Adern, nicht zäh wie Honig, sondern geschmeidig wie warme Sahne. So wie die Zwiebeln den Belag der Dünnele würzen, gibt diese heimliche Verbindung meinem Leben Würze und Geschmack.

Heute fühle ich mich besonders freizügig. Ich weiß, dass der Status quo mir nicht mehr ausreicht. Wäre ich eine selbstbewusstere Frau, würde ich losziehen und einen Mann aufreißen. Doch das schaffe ich nicht, mir fallen keine Anmachsprüche ein, ich würde mich nicht einmal allein in eine Kneipe trauen. Hier, hinter vermeintlich verschlossener Tür, werde ich wagemutiger, als ich es jemals dort draußen sein werde.

Das Profil den Fenstern zugewandt, setze ich mich nackt aufs Bett. Als ich an mir herabsehe, erregt mich der Anblick meiner Brüste, die sich bei dem beschleunigten Atem heben und senken. Ganz langsam, zögernd, lege ich meine Hand auf eine Brust. Will ich sie vor seinen Augen verbergen? Nein, nicht heute. Die Finger gleiten um die Rundungen, zupfen sogar am Nippel. Mein Blick will abschweifen, aber ich zwinge mich, nicht zum Fenster zu blicken. Ich will ihn nicht sehen.

Er soll mich anschauen.

Die Gänsehaut kommt heute nicht von der kühlen Umgebung. Die trotzig aufgestellten Nippel sind allein Folge meiner Erregung. Noch einmal Zupfen. Urplötzlich überfällt mich der Fluchtinstinkt und innerhalb von Sekunden bin ich unter der Decke verschwunden, und das Licht ist gelöscht. Er darf nicht merken, dass ich masturbiere.

Mein Unbekannter schenkt mir einen Ring aus Silber mit einem winzigen roten Stein darin. Er passt genau über meinen kleinen Finger. Immer wieder streife ich ihn über und ab. Es dauert eine Weile, bis ich mich entschieden habe. Mit beinahe blutig gekauter Unterlippe lasse ich ihn stecken und gehe wieder hinein.

Für ein paar Tage überwiegen die Zweifel und die Vernunft.

Hör auf! Was tust du da? Ist er womöglich ein fetter, alter, potthässlicher Mann, ungepflegt, ein Sexualstraftäter?

Er trug einen Bart, ja, aber einen kurzen, gepflegten. Und das Gesicht war normal proportioniert, nicht rund.

Du redest ihn dir schön!

Na und? Solange ich ihn nicht zu Gesicht bekomme, kann ich ihn mir ausmalen, wie ich will.

Die Sucht lässt mich nicht los. Ich setze mich aufs Bett, nackt. Mit dem Rücken zur Wand, die Füße zu den Fenstern. Was soll ich tun? Wieder die Brüste anfassen? Nein, ich will mehr tun. Vielleicht kann ich ihn provozieren. Er muss sich irgendwann offenbaren, und ich muss mich entscheiden, wie weit ich das Spiel gehen lasse. Die Steigerung wird offensichtlich, als ich mir vor Augen halte, dass er ein Voyeur ist. Er will etwas sehen.

Ich ziehe die Beine an, bis meine Knie in Augenhöhe sind, die Füße eng zusammen. Es kostet mich all meinen Mut, dann tue ich, was ich mir vorgenommen habe. Mit einem Puls von 180 und inzwischen hochrotem Kopf lasse ich meine Beine für ungefähr zehn Sekunden auseinanderfallen.

Er hinterlässt mir einen Vibrator.

Das Ding liegt auf meinem Esstisch wie eine halb verfaulte Kröte, die man aus Versehen mit den Schuhen hereingeschleppt hat. Etwas, das man nicht anrühren will, es aber tun muss, will man es loswerden.

Mein erstes Toy, bisher reichten meine Finger für meine Bedürfnisse aus.

Viel mehr beschäftigt mich die Implikation, die Symbolik.

Will er, dass ich ihn benutze? So, dass er es sieht? Eine Peepshow für einen Zuschauer. Mir wird heiß und kalt. Ich kann mich nicht entscheiden.

Das geht zu weit.

Es ist die logische Folge.

So kannst du nicht weitermachen.

Warum nicht, als eine erwachsene Frau? Frauen spielen mit Vibratoren, ich lebe doch nicht im Mittelalter!

Wer weiß, was als Nächstes kommt? Wirst du die Tür für ihn offenlassen? Oder wird er sich eigenhändig Zutritt verschaffen?

Das hätte er schon früher tun können, dazu muss er nicht warten, bis ich einen Vibrator benutze.

Noch auf der Fähre über den Bodensee und in der Linie 1, die mich direkt zum Campus bringt, geht die Diskussion in meinem Kopf weiter. Ich renne blind durch die Gegend, remple an eine Tür, stoße mir den Zeh an einem Pflasterstein. Dass ich es überhaupt lebend auf den Campus schaffe, ist reines Glück.

Völlig in Gedanken versunken pralle ich gegen ein Hindernis, das sich als die Brust eines Mannes herausstellt.

»Hallo! Das fühlt sich aber gut an!« Arme umschließen mich kurz, ein wenig intimer, als ich es von einem Fremden erwarten darf. Mein verwirrter Blick fällt auf einen blondgelockten, breitschultrigen Typen, der mich angrinst und nur langsam seine Hände in einer Geste der Unschuld hochhebt.

»Entschuldigung!« Ich bin schließlich in ihn gelaufen. Mist, ich bin mal wieder knallrot geworden, aber diesmal nicht aus Verlegenheit, sondern weil ich Angst habe, dass er mir meine Gedanken ansieht. An einen Vibrator und einen Voyeur, der zusehen könnte. Die Hitze verstärkt sich weiter.

»Schon okay. Ich halte gerne schöne Frauen im Arm. Mein Name ist Julian, und deiner?«

»Amelie«, stammle ich. Er ist mir so nah, dass ich ihn gar nicht betrachten kann, selbst wenn ich mir die Haare hinter die Ohren klemme. Nach nur einem Schritt rückwärts stolpere ich über meine eigenen Füße. Schon fängt er mich wieder auf.

»Hoho, langsam, Amelie.« Die Umarmung gefällt mir. Stark. Halt gebend. Es dauert einen Moment, bis ich merke, dass meine Hände sich an seine Oberarme klammern. Sie wollen gar nicht loslassen, so gut fühlt sich das an. Es geht doch nichts über einen Mann aus Fleisch und Blut.

»Ich gehe zu meiner Vorlesung.« Am liebsten hätte ich mich sofort nach diesem Satz geohrfeigt. Da hält mich mein Traummann im Arm und ich haue ab?

»Ja, ich auch. Hör mal, Amelie, treffen wir uns nachher auf einen Kaffee?«

Oh, ja, bitte! In meinem Kopf geht es rund, ich sehe uns an einem kleinen Tisch in einem der Cafés am See, uns verliebt in die Augen starrend. Danach ein Spaziergang und dann ...

»Amelie?« Seine Stimme klingt unsicher.

»Ja, klar!« Wenn ich so weitermache, hält er mich für debil. Aber er lächelt. »Heißt das, wir sehen uns? Wann hast du Zeit?«

Leider passt unser Stundenplan überhaupt nicht zusammen und am Abend hat Julian schon etwas vor.

»Wie wär's mit morgen Abend? Wir könnten was zusammen essen. Wohnst du in Konstanz?«

»Mühlhofen.«

Damit kann er nichts anfangen, er ist auch erst seit Anfang des Semesters hier und kennt sich kein bisschen aus.

»Mit der Fähre nach Meersburg, dann noch ein paar Kilometer mit dem Fahrrad oder Bus.«

»Dann treffen wir uns in Meersburg. Ich möchte nicht, dass du nachts noch die Fähre nehmen musst. Ich werde um acht dort sein. Wie finden wir uns?«

»Da ist ein Café direkt am Hafen, ich warte davor.«

»Gut. Wir suchen uns eine Kneipe in Meersburg. Sorry, aber ich muss los.«

Verträumt schaue ich ihm hinterher und komme hoffnungslos zu spät zur Vorlesung. Egal, ich bin sowieso nicht mit den Gedanken hier. Immerhin denke ich nicht mehr an einen Plastikphallus. Stattdessen an einen muskelbepackten Körper mit gebräunter Haut, mittelblonden Locken und blitzenden blauen Augen. Oh, und den Mund kann ich auch nicht vergessen, die Oberlippe geschwungen mit ausgeprägtem Amorbogen, die Unterlippe voll, mit einer kleinen Delle seitlich, die die Perfektion durch den vermeintlichen Fehler nur unterstreicht. Vermutlich habe ich ihm die ganze Zeit auf den Mund gestarrt, während wir miteinander sprachen.

Zu Hause denke ich nur an ihn. Julian. Im Flurspiegel kann ich sehen, dass ich über beide Ohren grinse und meine Augen verdächtig glänzen.

Warum nur haben wir keine Telefonnummern ausgetauscht? Leider weiß ich nur seinen Vornamen. Zu gerne hätte ich ihm eine Nachricht geschickt, nur ein Smiley, ein Symbol dafür, dass ich an ihn denke.

Ich schiebe es auf meine Verwirrung. Bei klarem Verstand wäre mir das nicht passiert.

Die Erinnerung an das Geschenk holt mich wieder ein. Den Stein des Anstoßes verstecke ich ganz hinten in meinem Kleiderschrank. Und so, wie der Dildo aus meinem Blick verschwindet, löst sich auch der Gedanke an den Voyeur in die Schatten auf, aus denen er steigt.

Ein neues Bild ist in meine Retina eingebrannt, von einem echten Menschen. Einem Mann. Julian ist kein Junge, sein Körperbau ist männlich.

Wieder tanze ich durch die Wohnung, aber nicht nackt. Julian schwebt vor meinen Augen, die harte Brust, die muskulösen Arme. Ich liebe starke Arme, sie sind das Sinnbild für Kraft, Energie, aber auch für Körperbewusstsein. Alles, was ich bei einem Mann suche. Amelie, die glücklichste Frau der Welt.

Die Zeichnung von ihm gelingt mir recht gut. Er sieht stark darauf aus und jung und viril. Erst hänge ich sie übers

Bett und hocke mich anbetend davor, aber dann verstecke ich sie lieber unter anderen Papieren für den Fall, dass der Abend hier enden sollte.

Sogar der Anblick eines Messers, das ich am nächsten Morgen auf dem Gartentisch entdecke, kann mich nicht aus meiner Euphorie reißen. Es ist zwar ein seltsames Geschenk, weshalb ich es auch zurückweise, indem ich es liegen lasse, aber ich ignoriere es. Soll er doch hinlegen, was er mag. Ich habe jetzt einen Mann kennengelernt, der sich mit mir treffen will. Mit mir!

Wir reden. Wir trinken. Wir reden. Wir essen. Wir reden. Wir fahren zu mir.

Julians Vorschlag lautet, dass ich mich auf den Lenker setze und er in die Pedale tritt. Die Strecke entlang des Sees bis Unteruhldingen ist flach, also geht es. Wir laufen dann ein Stück, besonders in Oberuhldingen, wo es bergauf geht. Aber auch das macht Spaß, weil wir uns die ganze Zeit unterhalten. Ich bin nicht sicher, ob wir eine ganze Stunde brauchen oder weniger, da die Zeit verfliegt, solange wir zusammen sind.

Die Erregung simmert in mir, sie wärmt den Unterleib. Wie ein Stückchen glühende Kohle kann sie jederzeit auflodern und Flammen schlagen.

Wir betreten meine Wohnung, in der das Bett schon vom Eingang zu sehen ist. Ich hatte seit zwei Jahren keinen Sex! Ich biete ihm keinen Kaffee an. Warum sollte ich ihn warten lassen, warum ihn vertrösten? Wenn er mich will, bin ich bereit.

Und er will mich. Oh ja. Die Tür ist noch nicht richtig ins Schloss gefallen, da küsst er mich schon, schiebt mich mit dem Rücken an das Türblatt, drückt seinen Körper gegen meinen. Mich schaudert heftig, ich habe dieses Gefühl so sehr vermisst. Haut an Haut. Lippen auf Lippen. Hände überall, seine Zunge in meinem Mund, seine Finger auf meiner Brust. Noch über der Kleidung, aber warm und fest und voll Verlangen.

Er hebt den Kopf. »Was war das?«

»Was?« Ist mir egal. Soll doch die Welt untergehen, solange er mich so anfasst, verblasst alles andere.

»Da war ein Geräusch. Wohnt hier noch jemand?« Julian schaut erst in den Spiegel, dann über seine Schulter.

Ich will nicht, dass er wegschaut. Ich will nicht, dass er sich um jemand anderen kümmert.

»Nein, nein, da ist niemand.«

»Katzen vielleicht?«

»Ja, vielleicht. Vergiss es!«

Meine Arme schlingen sich wieder um seinen Rücken, ich spüre seine angespannten Muskeln unter dem Hemd.

Er löst sich von mir. Julians gesamte Aufmerksamkeit gilt der Finsternis hinter dem Glas.

Da ist er. Ich kann sein Gesicht sehen. Julian auch. Immer noch schemenhaft, aber eindeutig ein bärtiger Mann. Julian stürzt zur Terrassentür, schließt sie auf und schreit. »Verschwinden Sie! Sofort!«

Geräusche, der Tisch fällt krachend um. Ein Grunzen. Julian macht ein paar Schritte in Richtung des Krachs. »Hau ab oder zeig dich, du perverses Schwein! Geil dich an anderen auf oder komm her, und ich geb dir was auf die Fresse. Ich werde dir zeigen, wie ich mit einem Arsch wie dir umgehe!«

Ein Trampeln und knickende Äste. Julian stürmt los.

»Julian! Nein, lass ihn!«

Es wäre nicht fair, ihn zu verprügeln. Es ist meine Schuld, ich hatte den Kerl ermutigt, sonst wäre er nach dem ersten Mal verschwunden.

Vor allem aber will ich, dass Julian da weitermacht, wo er aufgehört hat.

Der Vibrator fällt mir ein. Ich werde das Ding wegschmeißen, ich brauche es nicht mehr.

Knackendes Holz und dumpfes Trampeln verklingen langsam im Wald. Julians blaues Hemd ist schon längst mit den Schatten der Bäume verschmolzen.

»Julian!« Keine Antwort.

»Julian!«

Ich wette, der Voyeur kennt sich hier viel besser aus. Wahrscheinlich hat er sich direkt hinter einem Busch versteckt und lacht sich jetzt ins Fäustchen, weil Julian wie ein wundes Wildschwein durch den Wald jagt.

Julians Beschützerinstinkt macht mich nur noch mehr an, ich will, dass er wiederkommt und mich in den Arm nimmt.

»Julian! Komm zurück!«

Stille macht sich breit.

Am Morgen ist es nasskalt, der Herbst ist mit voller Wucht über uns hereingebrochen. Leichter Nebel steigt über dem Wald auf. Keine Spur von Julian.

Auf dem Tisch auf der Terrasse liegt etwas. Eine Blüte.

Ein Symbol. Für was?

Resigniert trage ich sie nach drinnen und mache mir Kaffee. Die Sprache der Blumen ist nicht Thema unserer Kurse, aber ich kann sie vielleicht im Internet finden.

Die Blume trocknet langsam. Erst jetzt erkenne ich, dass sie aus Stoff gefertigt wurde, dessen Farbe mir vage bekannt vorkommt. Blau wie Julians Hemd.

Ich höre nie wieder etwas von Julian. An der Hochschule gehen Gerüchte von einem vermissten Studenten um. Soll ich mich melden? Aber was kann ich sagen? Dass eine Blüte aus Stoff unter meinem Kissen liegt? Dass er gut küssen konnte? Dass er in den Wald gelaufen ist?

Die Zeichen sind einfach zu lesen. Das Messer liegt öfter dort, zum Beispiel, wenn ich mit einem Unbekannten telefoniere. Ein Schlüssel mit Schloss und Kette, sobald ich zu lange wegbleibe. Ein Streichholzpäckchen, als ich nach einer neuen Wohnung suche.

Die Dünnele schmecken ihm am besten, davon verlangt er meist noch mehr, indem er den Teller direkt an die Tür stellt.

Benutze ich den Vibrator, bekomme ich Schmuck. Liege ich weinend auf dem Bett, schenkt er mir ein Stück blaues Tuch, zu einer Blume gebunden.

In der Unibibliothek bin ich auf der Suche nach einem Gift, das man aus einer Sauce aus Sauerrahm, Zwiebeln und Speck nicht herausschmeckt.

Dünnele

Zutaten (für etwa zehn Stück):
Teig:
1 kg Weizenmehl (Type 550 und 1050 gemischt) oder Dinkelmehl
1 Würfel Hefe oder die entsprechende Menge Trockenhefe
30 g Salz
0,6 bis 0,7 l Wasser

Belag:
150 g Mehl
350 g saure Sahne
2 große oder 3 kleine Eier
2 TL Salz
Pfeffer
3 große Zwiebeln
etwas Butter
200 g geräucherter Speck, gewürfelt
Kümmel

Zubereitung:
Einen Hefeteig herstellen und etwa eine Stunde ruhen lassen. In zehn Portionen teilen (für etwa pizzagroße Dünnele; wer sie lieber handlicher mag, macht die Portionen kleiner). Während der Hefeteig geht, bereitet man die Sauce zu. Hierfür die Zwiebeln in feine Ringe schneiden und langsam in Butter dünsten, bis sie weich, aber nicht gebräunt sind.
In einer Schüssel wird die saure Sahne mit Ei und Gewürzen verschlagen, dann das Mehl untergehoben. Wer es mag, kann mit Kümmel würzen. In diese Sauce werden die gedünsteten Zwiebeln nach dem Abkühlen untergehoben.
Den Ofen auf größtmögliche Hitze aufheizen. Wer einen Pizzaofen besitzt, sollte diesen benutzen, aber ein normaler Backofen auf Maximaltemperatur bringt auch gute Ergebnisse.

Jetzt den Teig portionsweise dünn ausrollen, auf das Backblech legen und mit der Sauce bestreichen. Den Speck locker darüberstreuen.

Im Ofen zwischen acht und zehn Minuten backen.

Möglichst heiß verspeisen, deshalb die Portionen zwischen den Gästen aufteilen und die Fladen nacheinander backen.

Es gibt unzählige Variationen des klassischen Dünnele-Rezepts. Man darf gerne Käse oder (vorgegarte) Kartoffelscheiben auf den Teig legen, Vegetarier verwenden auch Gemüse. Man kann die Zwiebeln durch Lauch ersetzen.

Dünnele, Dinnele, Dinnete, Dinne oder Dünne sind eine Spezialität der schwäbisch-alemannischen Küche, die dem Elsässer Flammkuchen ähneln. Sie bestehen aus ausgewalztem Brotteig für Bauernbrot, einem Hefeteig. Dünnele gibt es in verschiedenen Größen, meist mit einem breiten Rand und unterschiedlichen Belägen, beispielsweise Zwiebeln, Speck, Kartoffeln, Käse und Sauerrahm, aber auch süß mit Äpfeln.

INGRID WERNER

Honigsüß

Lena, es war FANTASTISCH!!! Miami Beach ist ein Traum. In zwei Wochen fahre ich wieder. Willst du mit? Melde Dich!

Thomas Lehner starrte auf sein Smartphone. Er zog die Augenbrauen in die Höhe. Lena? Miami Beach? Die Nummer kannte er nicht. Hm, verwählt.

Diskret steckte er das Handy in die Innentasche seiner Anzugjacke zurück und versuchte, sich wieder auf die Abteilungsleitersitzung zu konzentrieren. Hatte der Alte etwas mitbekommen? Nein, sah nicht so aus. Er schwadronierte immer noch über die Produktionszahlen der Passauer Tochterfirma. Die Statistik kannte Thomas in- und auswendig. Schließlich hatte er sie dem Chef in mundgerechte Stücke aufbereitet.

Vor ihm auf dem Besprechungstisch lag ein Block. Thomas gab vor, sich Notizen zu machen. Dabei kritzelte er nur. Aus der Entfernung konnte der Alte sicher keinen Unterschied erkennen, und ihn selbst beruhigte es. Striche, Zacken und Haken, die sich zu Buchstaben formten. Die Buchstaben zu Worten. *Miami Beach.* Um Thomas' Lippen spielte ein Lächeln. Erinnerungen tauchten vor seinem inneren Auge auf. Türkisblauer Atlantik, farbenfrohe Art-déco-Häuser, fröhliche Menschen. Und Joanna. Wie von selbst glitt seine Hand in das Jackett und fischte das Telefon wieder heraus. Unter dem Tisch rief er noch einmal diese rätselhafte SMS auf. Bestimmt hatte sie eine Frau geschrieben. Eine Frau mit einer Freundin, die Lena hieß. Also jung. Beide. Viel jünger als er. Vermutlich Mitte zwanzig, Anfang dreißig. Attraktiv. Erfolgreich. Durchaus seine Kragenweite. Er strich sich über den kurz getrimmten, dunklen Bart, der so vorteilhaft mit seinen grauen Schläfen kontrastierte.

»Herr Lehner.« Der Chef und alle anderen sahen ihn an.

Einen Augenblick musste sich Thomas orientieren. Ach, die Weiterentwicklung des Plug-in-Hybrids. Er stand auf, ließ mit einer geschmeidigen Bewegung das Handy verschwinden, ging nach vorn und spulte seine PowerPoint-Präsentation ab.

Nach der Arbeit aß er im *Yacht-Club*. Das hörte sich spektakulärer an, als es war. Schließlich ging es um Friedrichshafen und nicht um Hamburg. Allerdings war das Restaurant des Württembergischen Yacht-Club e.V. bekannt für seine gute Hausmannskost. Immer wenn Thomas im Friedrichshafener Hauptsitz der Firma arbeitete und nicht in Passau von seiner Ehefrau bekocht wurde, fehlte ihm spätestens am zweiten Tag das Bodenständige. Seine Frau fehlte ihm weniger. Sie war mit den Jahren schon sehr zum Hausmütterchen mutiert. Samt der passenden Figur. Kümmerte sich nur um die drei Kinder und hatte keine anderen Interessen. Vor allem keine sexuellen. Gähnend langweilig.

Da war es im *Yacht-Club* schon interessanter. Hier hatte er einen wunderbaren Ausblick auf den See, die weißen Boote und auf Lisa. Die Zuckerschnecke bediente abends und ihr knackiger Po war eine der Spezialitäten, die nicht auf der Speisekarte standen.

Im Gegensatz zum Schwabenteller, seinem Lieblingsgericht, das Lisa gerade vor ihn hinstellte. Schweinefilet-Medaillons mit Champignon-Rahmsauce, Maultasche, Käsespätzle und geschmälzten Zwiebeln. Wunderbar. Er schüttelte die Serviette auf, legte sie auf den Schoß und griff nach dem Besteck. Heute war viel los im Clubrestaurant, da hatte Lisa keine Zeit, mit ihm zu flirten. So konnte er sich seinen Charme sparen und sich ganz dem Genuss der schwäbischen Köstlichkeiten hingeben. Für die Röstzwiebeln schwärmte er besonders!

Zufrieden spülte Thomas den letzten Bissen mit einem Schluck Schimmele hinunter, als ein Vibrieren in seinem Sakko den Eingang einer SMS meldete. Die tägliche Nachfrage seiner Frau Sabine. Er wollte sie schnell beantworten, um sich dann Angenehmerem zuzuwenden. Das Restaurant leerte sich und Lisa hatte ihm schon zugezwinkert. Da ging heute noch was.

Lena? Miami Beach? Ich sag dir, du verpasst was!!!

Das war eindeutig nicht Sabine.

Wie ein pawlowscher Reflex legte sich bei dem Namen *Miami Beach* ein Lächeln auf seine Lippen. Seine Daumen schwebten über dem Display, bereit, eine Antwort zu tippen. Aber – vielleicht wäre es reizvoller, mit dieser unternehmungslustigen jungen Dame zu sprechen? Kaum flog der Gedanke durch seinen Kopf, schon drückte Thomas auf das Anruf-Symbol.

»Lena?« Die Stimme am anderen Ende der Leitung klang temperamentvoll und hatte das rauchige Timbre einer Soulsängerin.

Thomas' Lächeln verstärkte sich. »Da muss ich Sie enttäuschen. Ich bin nicht Lena. Leider. Aber erzählen Sie mir doch trotzdem ein wenig von Miami Beach.«

Die Frau lachte auf. »Ich kenne Sie doch gar nicht.«

»Ist der Sonnenuntergang immer noch so spektakulär wie vor zwanzig Jahren?«

»Keine Ahnung. Vor zwanzig Jahren war ich sieben und brav in Deutschland.« Sie machte eine Pause. Thomas wusste, jetzt fiel die Entscheidung. Für oder gegen ihn. Da sprach sie weiter. »Aber beschreiben Sie mir doch den Sonnenuntergang von damals, dann kann ich vergleichen.«

Er hatte gewonnen.

An diesem Abend hatten sie sich noch lange unterhalten. Lisa hatte ihm ein weiteres Bier serviert und war beleidigt abgerauscht, als er ihr nur zugenickt hatte. Aber er wollte sein Gespräch mit Michelle nicht unterbrechen. Ihren wunderschönen Namen hatte sie ihm nach einer Weile verraten, und in seinen Gedanken begann sofort das alte Beatles-Lied zu spielen. »Michelle, ma belle.« Er war bekennender Beatles-Fan und die besten Momente seines Lebens hatte er mit ihrer Musik im Hintergrund genossen. Außerdem bestand für ihn kein Zweifel, auch die reale Michelle war schön.

In den nächsten Tagen flogen SMS hin und her. Thomas verrichtete seine Arbeit, ging seinen Geschäften nach, dachte aber immer öfter an Michelle. Abends rief er sie an und ihre Gespräche versüßten ihm die nächtlichen Stunden. Zufälligerweise wohnte Michelle auch am Bodensee. Wo, wollte sie ihm nicht verraten. Aber wenigstens schickte sie ihm nach langem Bitten seinerseits ein Foto von sich am Strand von Miami Beach. Dann war es endgültig um ihn geschehen. Eine junge Göttin mit langen braunen Haaren, blitzenden Augen und einer frappanten Ähnlichkeit zu Joanna, seiner Jugendliebe.

Thomas verstärkte sein Werben. Er sprühte vor Charme und überschlug sich fast mit Vorschlägen für die gemeinsame Freizeitgestaltung: ein Kabarettabend im Atrium, ein Dokumentarfilm im Studio 17, eine Theaterproduktion im Kiesel oder gar eine Fahrt in der fliegenden Zigarre, dem Zeppelin NT.

Aber Michelle wehrte nur lachend ab. Sie sei ja keine Touristin, habe außerdem wenig Zeit und sei oft auf Geschäftsreise.

Welch atemberaubende Frau!

Dann musste Thomas für einige Wochen in die Tochterfirma nach Passau zurück, Michelle war in Miami Beach. Die Fotos, die sie ihm von ihrer Reise schickte, machten ihn ganz zappelig. Er musste sein Geschäft hier zu Ende bringen, seine finanziellen Angelegenheiten regeln und endlich den Absprung schaffen. In Miami Beach sah er seine Zukunft. Zusammen mit Michelle.

Er küsste seine Frau zum Abschied auf die Stirn, nahm seinen mit den frisch gebügelten Hemden gepackten Koffer und fuhr wieder nach Friedrichshafen.

Die Auszeit hatte ihrer beider Sehnsucht beflügelt. Nach der Rückkehr sträubte Michelle sich nicht länger gegen ein Treffen. Thomas konnte sein Glück kaum fassen. Obwohl er in Sachen Seitensprung bereits auf einige Erfahrung zurückblicken konnte, war er aufgeregt. Würde Michelle so schön sein wie auf den Fotos? Wie lange würde sie ihn hinhalten, bevor sie mit ihm in einem Hotelzimmer verschwand? Er konnte seine Ungeduld nur schwer zügeln.

Als es endlich so weit war und er am vereinbarten Treffpunkt auf der Seepromenade mit einer roten Rose in der Hand wartete, hatte er schwitzende Hände wie ein Jungspund.

Dann kam sie.

Er erkannte sie schon von Weitem. Die langen dunklen Haare umflossen ihre schlanke Figur wie ein Schleier, der sacht im Wind wehte. Das pastellfarbene Sommerkleid schmeichelte ihrem milchkaffeebraunen Teint und brachte ihre blauen Augen zum Strahlen. Lächelnd schwebte sie auf ihn zu und ließ sich von ihm zur Begrüßung auf die Wangen küssen. Die Haut ihrer Oberarme, die er unter seinen Händen spürte, fühlte sich pfirsichglatt an.

Der Sommerabend war lau und so spazierten sie gemeinsam die Promenade entlang, spielten eine Runde Minigolf und speisten im *'s Wirtshaus am See*. Er begann an Seelenverwandtschaft zu glauben, als Michelle einen Schwabenteller bestellte.

Später nahmen sie einen Champagner-Cocktail im *Goldenen Rad*. Thomas hätte in diesem Hotel gern ein Zimmer mit Blick auf das im Vollmond glitzernde Wasser gebucht und wäre am liebsten mit ihr im Bett gelandet.

Aber er musste sich noch gedulden. Michelle hatte ihm freundlich, jedoch unmissverständlich klar gemacht, dass sie ihn vorher ein wenig besser kennen lernen wolle.

So saß sie ihm gegenüber und lauschte seinen Ausführungen. Hin und wieder stellte sie Fragen. Kluge Fragen.

»Wo möchtest du in zwei Jahren sein?«, war zum Beispiel eine davon.

Da nahm er ihre Hand in seine. »Mit dir am Strand von Miami Beach.«

»Das wäre schön«, sagte sie mit einem sanften Seufzen und erwiderte seinen Blick. »Aber leider nur ein Wunschtraum. Außerdem würde dir der Schwabenteller fehlen«, fügte sie mit einem Augenzwinkern hinzu.

Thomas lachte. »Das könnte ich verschmerzen.« Dann wurde er ernst. Er sah auf ihre Hand hinab und fuhr über die zierlichen Finger. »Aber wer weiß. Vielleicht geht dieser Traum schneller in Erfüllung, als du denkst.«

»Wie das?«

Er senkte seine Stimme. »Ich habe Vorkehrungen getroffen. Wenn alles so klappt wie geplant, dann werde ich ab nächster Woche privatisieren.«

»Ab nächster Woche schon?«, rief sie aus, hielt sich aber sogleich die Hand vor den Mund. Leiser fragte sie: »Hast du als Abteilungsleiter so viel verdient, dass du dich schon zur Ruhe setzen kannst?«

Thomas lehnte sich zurück und wiegte bedächtig den Kopf. Schweigend. Er beobachtete lächelnd, wie es hinter ihrer bezaubernden Stirn arbeitete. Anscheinend konnte sie sich keinen Reim auf seine Worte machen, denn sie beugte sich weit über den Tisch und sagte: »Erzähl.«

Er hatte es geschafft. Der Koffer war gepackt. Das Flugticket hatte er in der Tasche. Seinen letzten Arbeitstag genoss er, vor allem da nur er allein wusste, dass es sein letzter war. Er nahm sich Zeit, mit den Sekretärinnen einen Kaffee zu trinken und sich ihre übliche Tirade über die Marotten des Chefs anzuhören. Gerade wollte er seine Kaffeetasse abstellen und in sein Büro zurückkehren, um die letzten Dinge zu erledigen, da kam der Anruf. Der Chef wolle ihn sehen.

Thomas spielte mit dem Gedanken, ihn einfach zu versetzen, in ein Taxi zu steigen und zum Flughafen zu fahren.

Aber irgendetwas hielt ihn davon ab. Vielleicht war es Neugierde. Oder auch der Wunsch nach dem stillen Triumph.

Jedenfalls schlenderte er in die Vorstandsetage, nickte der Vorzimmerdame zu und betrat das Zimmer des Chefs.

Einen Moment stutzte er, als er die drei fremden Männer sah. Hatte er ein Meeting vergessen?

Der Chef bat ihn herein und schloss die Tür. »Setzen Sie sich doch, Herr Lehner«, sagte er und zeigte auf den freien Stuhl am Besprechungstisch.

»Darf ich vorstellen? Das ist Herr Lehner, unser fähigster Mann in der Entwicklungsabteilung. Herr Lehner, dies sind die Herren Fischer und Quast. Und Herr Brandtner von der Detektei Observatio. Herr Brandtner hat interessante Neuigkeiten für uns und wir wollen sie Ihnen nicht vorenthalten.«

Stumm blickte Thomas von einem zum anderen. Sein Verstand wehrte sich dagegen, zu verstehen, was hier vor sich ging.

Herr Brandtner schlug eine Mappe auf, die vor ihm auf dem Tisch lag. Obenauf ein Porträt-Foto.

»Michelle«, murmelte Thomas.

»Nun, das ist der Name, mit dem sie sich bei Ihnen vorgestellt hat«, begann Brandtner und sah sehr zufrieden aus. »Ich fand es passend für einen so großen Beatles-Liebhaber, wie Sie einer sind.«

Thomas runzelte die Stirn.

»Wir haben *Michelle*«, fuhr Brandtner fort, und man konnte hören, dass er den Namen gedanklich in Anführungszeichen setzte, »ausgesucht, weil sie auf den ersten Blick durchaus eine gewisse Ähnlichkeit mit Joanna Huntigton aus Pennsylvenia hatte, die Sie 1994 in Miami Beach kennen lernten.«

»Woher wissen Sie das?«, rief Thomas.

Brandtner beantwortete diese Frage nicht. Stattdessen nahm er das nächste Blatt aus seiner Mappe und legte es vor Thomas. »Sie erzählten *Michelle*, dass Sie ab nächster Woche privatisieren würden. Da mussten wir uns beeilen. Aber, nun ja, wir haben es geschafft. Interessant war diese E-Mail an den größten Konkurrenten Ihrer Firma.« Er tippte mit den Fingerspitzen auf den Ausdruck.

Lehner stieß sich mit beiden Händen von der Tischkante ab und sprang auf. »Sie haben mir hinterherspioniert!«, schrie er. »Das verstößt gegen jeden arbeitsrechtlichen Grundsatz. Ich werde Sie verklagen!« Sein Gesicht brannte.

Die vier Männer sahen ruhig zu ihm auf.

»Herr Lehner, setzen Sie sich«, sagte der Chef und deutete auf seinen Platz. »Lassen Sie uns zuerst zu Ende berichten, dann können Sie immer noch entscheiden, ob Sie mich verklagen möchten.« Er nickte Brandtner zu.

Der Detektiv legte in schneller Abfolge mehrere Blätter auf den Tisch. »Die eidesstattliche Aussage von *Michelle* über den Modus Operandi Ihrer Aktion, eine gute Aufnahme von Ihnen mit Herrn Schmidt von der Konkurrenz, ein Foto von der Geldübergabe in der Schweiz, die Daten Ihres Flugtickets nach Rio, Ihres Weiterflugs nach Miami. Sie haben sich ja keine große Mühe gemacht zu verschleiern, wohin Sie wollten.« Herr Brandtner sah ihn grinsend an.

»Das ist ... Das ist eine Lüge.«

Herr Fischer ergriff das Wort. »Ich möchte Sie darauf aufmerksam machen, dass alles, was Sie sagen, gegen Sie verwendet werden darf. Sollten Sie einen Anwalt ...«

»Wer sind denn Sie?«, blaffte Thomas den Mann an.

»Fischer, Kriminalpolizei. Das ist mein Kollege Quast. Zu Ihrer Information: Ihr Geschäftspartner Schmidt hat schon ausgesagt. Wir setzen unser Gespräch am besten im Polizeipräsidium fort. Kommen Sie.« Mit diesen Worten standen die beiden Polizisten auf, traten neben Lehner und nahmen ihn am Arm.

Der Chef erhob sich ebenfalls. Mit steinerner Miene sagte er: »Bis auf Weiteres werden Sie auf Schwabenteller verzichten müssen, Herr Lehner.«

Käsespätzle mit geschmälzten Zwiebeln

Zutaten:
400 g Mehl
180 ml Wasser
3 Eier
1 Prise Salz
250 g Käse (Emmentaler oder Gouda)
3 Zwiebeln
20 g Butter

Zubereitung:
Zuerst den Käse reiben und die geschälten Zwiebeln in dünne Ringe schneiden. Die Zwiebelringe in einer Pfanne mit Butter goldbraun anbraten und warm halten.
Das Mehl in eine Schüssel geben. Eier, Salz und Wasser dazugeben und alles gut mit einem Holzkochlöffel so lange verrühren, bis der Teig Blasen wirft. Einen großen Topf Salzwasser zum Kochen bringen. Den Teig portionsweise ins heiße Wasser geben – entweder mit einem Spätzlehobel oder indem man den Teig mit einem Messer von einem Holzbrett schabt und ins Wasser streift. Die Spätzle sind fertig, wenn sie an der Wasseroberfläche schwimmen. Mit einem Schaumlöffel herausheben und abtropfen lassen. In einer vorgewärmten Schüssel möglichst heiß mit dem Käse vermengen. Die Zwiebeln über die Käsespätzle geben und servieren.

ANNE GRIESSER

Der Club der stolzen Silberhäupter

1

»Ich krieg dich, du Schwein!«

Mit atemberaubendem Tempo schiebt die Schmuckver-
käuferin ihre 300 Pfund durch die Straßen von Friedrichshafen. Ich mag gar nicht hinsehen. Gleich wird ihr Herz
versagen und sie tot umfallen. Wozu das Ganze? Der Laden
wird doch wohl versichert sein!

»Wenn ich dich habe, kannst du was erleben!«

Warum kann die so schnell laufen? Treibt sie Sport? Ku-
gelstoßen oder Diskuswerfen? Da bringen sie ja auch ein
paar Kilo auf die Waage.

»Ich mach Hackfleisch aus dir!«

Ehrlich gesagt, ich will es nicht darauf ankommen lassen.
Langsam glaube ich ihr nämlich. Und das alles wegen der
paar Kröten, die ich geklaut habe! Vierzehntausend Euro!
Das reicht ja nicht mal ein halbes Jahr.

»Oder Sushi, du hässliches Fischmaul!«

Bislang habe ich noch alle mit meiner täuschend echten Plastik-Beretta 92 FS in Angst und Schrecken versetzt.
Warum muss ausgerechnet diese Schwabbelbacke aus dem
Juwelierladen wegen der paar Mäuse so einen Aufstand
veranstalten? Mir hinterherlaufen! Die hat sie doch nicht
alle!

»Machst du etwa schon schlapp, du Lahmarsch?«

Die hat gut reden! Schließlich hat sie keine Strumpfmas-
ke über dem Kopf. Kann ich ja schlecht abnehmen, solange
sie mich verfolgt.

»Ich schwör dir, Alter, diesen Tag wirst du noch verflu-
chen!«

Tu ich ja schon. Meter um Meter holt dieses Weib auf. Ich muss mir jetzt wirklich was einfallen lassen, und zwar schnell.

»Ich bin übrigens Bezirksmeisterin im Sumo-Ringen!«

Mein Atem geht stoßweise. Fitness fühlt sich anders an. Jetzt kommt auch noch die Panik hinzu.

Mittlerweile bin ich beim Seehotel angekommen, vor mir liegt der Parkplatz. Nicht sonderlich viel los heute. Es ist Ende Oktober und saukalt. Aber direkt vor mir steht ein großer Reisebus mit laufendem Motor und offenen Türen. Der könnte meine Rettung sein! Ich muss nur den Fahrer mit Hilfe meiner Beretta überreden, sofort loszufahren.

Schwer keuchend springe ich in den Bus und reiße mir dabei den Strumpf vom Kopf, damit ich wieder Luft bekomme. Ich drehe mich nicht zu der Dicken um, zeige ihr aber hinter meinem Rücken den Mittelfinger. Dann taste ich in der Jackentasche nach dem Waffenimitat, fühle schon das Plastik, da schließt der Busfahrer ganz ohne mein Zutun die Türen und tritt aufs Gaspedal.

»Na endlich«, sagt er. »Wir warten schon seit einer Ewigkeit auf Sie.«

2

Erschöpft sinke ich auf den Sitz gleich vorne neben der Eingangstür. Ich umklammere die Papiertüte mit der Kohle und atme tief durch. Geschafft, denke ich. Die dicke Profiringerin bin ich los. Allerdings irritieren mich die rätselhaften Worte des Busfahrers. Jetzt schaut er schon wieder zu mir rüber, statt sich auf den Verkehr zu konzentrieren. Er wirkt ein wenig ärgerlich.

»Worauf warten Sie noch?«, fragt er. »Legen Sie los!«

Was will er nur von mir? Ich werfe einen Blick in den Spiegel auf die Fahrgäste. Der Bus ist voll besetzt – mit lauter alten Schachteln, so 70 aufwärts, würde ich sagen.

Ein paar Männer sind auch darunter, aber nicht viele. Alles Spätlese. Sieht ganz danach aus, als wäre ich bei einer Kaffeefahrt gelandet! Klar, der Bodensee ist ein beliebtes Ausflugsziel.

»Also, *ich* werde die Ansprache nicht übernehmen. Das ist *Ihr* Job!« Der Fahrer klingt verstimmt.

Und endlich begreife ich: Der hält mich für den Reiseleiter! Ein zweiter Blick in den Spiegel verrät mir, dass er damit nicht alleine dasteht. Etwa vierzig wässrige Augenpaare, einige vom grauen Star getrübt, starren mich erwartungsvoll an.

Na super. Und jetzt?

»Ähm«, sage ich ratlos.

»Mann. Nehmen Sie doch das Mikro. Sie machen das ja wohl nicht zum ersten Mal!«

Wenn der wüsste!

Das Mikro pfeift und schenkt mir ein paar kostbare Sekunden zum Nachdenken. Ruhig bleiben, sage ich mir. Alles ist in Ordnung. Du spielst jetzt mit und machst gute Miene zum bösen Spiel. Ist ja nicht die schlechteste Tarnung.

»Hallo!«, versuche ich mich in einem flotten Tonfall. »Schön, dass ihr da seid, Leutchen. Ich bin der Marco.«

Mist. Ganz schwerer Ausnahmefehler! Wie bescheuert kann man eigentlich sein, den Leuten seinen echten Namen zu nennen?

»Ja, also ... Wenn jemand pinkeln muss, soll er sich bei mir melden. Klaro?«

Ich habe keine Ahnung, was man in so einer Situation erzählt. Aber müssen alte Leute nicht ständig aufs Klo? Jetzt runzeln sie aber die Stirn, sie haben offensichtlich etwas anderes erwartet. Hilfesuchend schaue ich den Fahrer an, der deutet auf die Ablage vor mir. Da liegt ein Zettel mit Uhrzeiten, unser Tagesprogramm. Ich schicke ein Dankgebet zum heiligen Nikolaus, dem Schutzpatron aller Diebe.

»Also«, versuche ich es mit neuem Mut. »Wir fahren jetzt nach Lindau, dort gibt es Kaffee und Apfelstrudel und eine kleine Präsentation der Firma Deff-Elektro. Danach eine Stadtrundfahrt mit Stopps an Leuchtturm und Löwenstatue, am Rathaus und am Münster. Rückfahrt um 17 Uhr.«

Schweigen im Bus. Was habe ich jetzt schon wieder falsch gemacht?

»Wie viel Zeit haben wir denn für die Besichtigungen?«, fragt eine Dame aus der vierten Reihe. Sie trägt ihr schneeweißes Haar dauergewellt, ist schick gekleidet und dezent geschminkt.

Ich schaue auf das Programm. »Fünfzehn Minuten«, lese ich ab.

»Ist das nicht ein bisschen wenig?«

Himmel, als hätte ich keine anderen Sorgen! Bis dahin bin ich sowieso über alle Berge. Bei der erstbesten Rast werde ich mich verdrücken.

»Dann kürzen wir eben die Firmenpräsentation«, tröste ich die Dame dennoch. »Dreieinhalb Stunden scheinen mir dafür sowieso ein bisschen lang.«

3

Die Leutchen tuscheln leise. Irgendwie herrscht eine merkwürdige Stimmung im Bus. Mein Blick wandert immer wieder zum Rückspiegel. Ich traue dem Frieden nicht. Die Dicke hat sich sicher das Kennzeichen gemerkt und mir die Bullen auf den Hals gehetzt. Ich muss hier so schnell wie möglich raus. Aber Pinkelpausen sind offenbar gar nicht vorgesehen.

»Drehen Sie doch mal die Heizung höher!«, herrsche ich den Busfahrer an. »Hier drinnen friert man sich ja den Arsch ab.« Weiß er denn nicht, dass alten Leuten schneller kalt wird?

»Sie müssen noch einiges lernen, wie mir scheint«, sagt der Fahrer kopfschüttelnd. »Wir haben keine Heizung. Nur eine Klimaanlage, die auf 5° C eingestellt ist. Anweisung von ganz oben.«

Entgeistert starre ich ihn an. Die machen das mit Absicht? Wie fies ist das denn! Und dann heißt es immer, unsereiner sei kriminell.

Ich muss an meine Oma denken, die ich sehr gemocht habe, und stelle sie mir hier im Bus vor. Das würde ihr gar nicht gefallen. Für kurze Zeit vergesse ich meine eigenen Probleme, lege die Tüte mit der Kohle auf die Ablage und beschließe, mal durch den Bus zu laufen. Vielleicht finde ich irgendwo Decken.

»Wollen Sie meine Jacke?«, frage ich eine Frau in der dritten Reihe, die heftig zittert. Ich muss das Teil ja sowieso loswerden, man könnte mich daran erkennen. Die Alte wirft mir einen überraschten Blick zu und schaut sich kurz hilfesuchend zu der schicken Dame eine Reihe weiter hinten um.

»Nein, danke«, sagt sie unsicher. »Ich zittere immer. Die Nerven, wissen Sie.«

Oh ja. Das kenne ich gut.

Die Schicke runzelt die Stirn. »Das ist nett von Ihnen«, sagt sie. Allerdings mit einem leicht spöttischen Unterton. »Sie müssen sich aber keine Gedanken um uns machen. Sehen Sie, wir haben alle elektrische Heizdecken dabei. Von Ihrer Firma. Und die meisten funktionieren auch.«

Meiner Firma? Ach ja. Fast hätte ich vergessen, dass ich jetzt Deff-Elektro repräsentiere.

»Na prima«, sage ich und gehe zurück zu meinem Platz. Hinter uns, im Rückspiegel gut erkennbar, fährt ein pinkfarbener Smart. Ein rollendes Himbeerbonbon. Und darin sitzt – den gesamten Innenraum ausfüllend – mit verkniffenem Gesichtsausdruck niemand anderes als die Sumo-Ringerin.

4

»Ich muss mal austreten«, sagt der Busfahrer.

»Nein!«, brülle ich mit Nachdruck. »Nicht jetzt! Ich meine ... wir sind doch fast da, oder? Können Sie nicht einfach ein bisschen Gas geben?«

Zum Glück ist der Typ es offenbar gewohnt, den Anweisungen des Reiseleiters zu folgen. Sein miesepetriger Gesichtsausdruck verdunkelt sich um eine weitere Nuance, aber er tut, was ich sage. Und ich sehe erleichtert, wie das pinkfarbene Hustenbonbon kurz vor dem Ortseingang an einer Ampel hängenbleibt. Ich zittere wie Götterspeise.

Wir lassen die Insel mit der Altstadt und den ganzen Sehenswürdigkeiten achtlos rechts liegen und vom See sieht man auch nichts, weil wir stattdessen durch ein Industriegebiet tuckern. Schade für die alten Leutchen, aber gut für mich. Hier wird uns der schwergewichtige Racheengel wohl kaum suchen! Und dass der nicht aufgibt, ist mir mittlerweile klar.

Gemächlich steuert unser Fahrer eine große, fensterlose Lagerhalle an. Weit außerhalb des Ortskerns. Der Bus fährt direkt vor das Eingangstor, wo uns eine Dame im Businesskostüm in Empfang nimmt. Die Alten verstauen ihre Heizdecken, strecken sich, packen ihre Hand- und etliche riesige Einkaufstaschen und folgen der energischen Frau wie eine Herde Schafe. Unser Fahrer pinkelt vor aller Augen an die Hauswand.

Ich will mich natürlich verdrücken, aber die Businessdame hält mich fest: »Hier geht's lang, junger Mann. Zur Gästecafeteria. Sie sind wohl neu bei uns, was?«

Tja. Kann man so sagen.

Sie führt uns in einen Raum, der nur schwach beleuchtet ist. Tageslicht gibt es gar keines. Auf den Tischen stehen Platten mit Apfelkuchen und Thermoskannen voller Kaffee. Es duftet verführerisch und mein Magen knurrt. Ist schon eine ganze Weile her, dass ich was zwischen die Zähne bekommen habe.

Die Deff-Elektro-Frau deutet mit dem Kopf auf eine Ecke des Raumes, wo sich ungefähr vierzig Kartons auftürmen. Kaffeeautomaten, wie ich an der Aufschrift erkenne. »Die müssen alle raus«, sagt die Businesslady. »Viel Glück!« Dann rauscht sie von dannen und lässt mich mit den Leutchen und dem Busfahrer alleine.

»Moment mal!«, rufe ich und laufe ihr hinterher, doch als ich die Tür der Cafeteria öffnen will, bewegt sie sich keinen Millimeter. Sieht so aus, als wären wir alle hier drin gefangen.

In der Ferne höre ich Martinshörner.

5

Während mein Arsch auf Grundeis geht, haben die Alten die Ruhe weg.

»Mhm«, piepst die Zittrige von vorhin. »Ich habe vielleicht Kohldampf!« Sie kichert und blinzelt mir zu. Zu meiner Verwunderung lassen die Leutchen den Kuchen auf den Tischen unangetastet und öffnen stattdessen mehrere mitgebrachte Tortenboxen.

»Ich hatte früher eine Konditorei«, erklärt mir die Schicke, als sie meinen fragenden Blick sieht. »Deshalb habe ich für alle selbstgemachten Apfelstrudel mitgebracht. Aus frischen Bodenseeäpfeln und ganz ohne Zusätze. Nehmen Sie uns das nicht übel. Viele von uns vertragen diese Konservierungsstoffe einfach nicht.«

Mir ist das völlig schnuppe, ich will nur endlich hier raus. Die Martinshörner kommen näher.

»Leutchen«, sage ich eindringlich. »Ich weiß nicht, ob euch das klar ist – aber wir sind hier drin eingesperrt! Die lassen uns erst wieder raus, wenn alle Kaffeemaschinen verkauft sind!« Meine Stimme klingt ein wenig panisch.

»Aber natürlich«, zwitschert die Zittrige. »Das ist doch immer so! Deshalb haben wir ja den Strudel dabei. Damit wir nicht verhungern, wenn es länger dauert.«

Die Schicke wirft ihr einen eindringlichen Blick zu, den ich mir nicht erklären kann. Irgendetwas stimmt hier nicht.

»Das wird Konsequenzen für Sie haben!«, zischt mir der Fahrer bösartig zu. Ein widerlicher Typ. Ich nehme mir ein Stück von dem Kuchen auf den Tischen, obwohl der Strudel der Schicken wesentlich besser aussieht. Aber sie hat mir ja keinen angeboten.

»Wir wissen Ihre Ehrlichkeit zu schätzen, Marco«, sagt sie jetzt. Sie ist wohl so eine Art Anführerin der Gruppe. Mir wird ein wenig schwammig im Kopf, fast als hätte ich Drogen genommen. Was ich allerdings nie tue, wenn ich arbeite. Vielleicht fühle ich mich auch nur von ihren Worten geschmeichelt. Meine Ehrlichkeit ist nämlich nicht gerade das, was am häufigsten an mir gerühmt wird.

»Möglicherweise«, fährt die Schicke fort, »kaufen wir Ihnen später aus Dank für Ihre Offenheit sogar ein paar Maschinen ab. Falls wir uns über den Preis einigen können. Aber zuvor haben auch wir etwas mitgebracht. Und das muss zuerst weg!«

Wie auf Kommando packen die Alten ihre großen Einkaufstaschen aus. Zum Vorschein kommen quietschbunte Häkeldeckchen, selbstgebastelte Herbstkränze, Halsketten aus Knöpfen und getrockneten Bohnen, grob geformte Salzteigfiguren, bestickte Kissen sowie einige hässliche Bilder mit Berghütten und röhrenden Hirschen darauf.

Die Martinshörner sind jetzt sehr laut geworden.

6

Ich fühle mich seltsam leicht, wie auf Watte, und kichere sogar ein bisschen. Will nach einem weiteren Kuchenstück greifen – doch da schlägt mir der Busfahrer auf die Hand und zeigt mir den Vogel. »Schluss jetzt«, blafft er mich an. »Sie brauchen einen klaren Kopf! Wie blöd sind Sie eigentlich? Wissen Sie denn nicht, dass wir immer gemütsaufhellende Mittel in den Kuchen einbacken? Damit die Alten kaufwilliger werden?«

Ach so. Das erklärt die Watte.

»Was soll der ganze Plunder denn kosten?«, frage ich die Schicke und lächle ihr sogar zu. Ich habe schon immer stark auf Drogen reagiert.

»Dreizehntausendneunhundertsechzig Euro«, sagt sie freundlich.

»Ups«, staune ich. »Das ist aber teuer.«

Die Martinshörner verstummen. Die Stille ist sogar noch unheimlicher.

»Es entspricht dem Wert von vierzig Heizdecken à 249 Euro, die wir Ihrer Firma abkaufen mussten, obwohl wir sie ausschließlich in Ihren kalten Bussen brauchen können. Plus 100 Euro Entschädigung pro Person für die ausgefallenen Besichtigungen.«

Mir ist, als fiele draußen die schwere Eingangstür zur Lagerhalle ins Schloss.

»Okay!«, beeile ich mich. »Das klingt fair.« Ich ignoriere die Watte und überreiche der Schicken feierlich meine Papiertüte mit der Kohle. »Stimmt so.« Im Kopfrechnen war ich schon immer gut. Das sind dann jeweils 13,50 Euro Trinkgeld für die Leutchen.

»Danke«, sagt die Schicke verblüfft und macht sich umgehend daran, das Geld an alle zu verteilen. Wahrscheinlich hat sie Angst, dass ich es mir wieder anders überlege.

Ich zucke resigniert die Achseln. Was soll's. Wenn sie mich sowieso gleich schnappen, ist es immer noch besser, die Alten bekommen das Geld, um ihre schmalen Renten aufzupeppen.

Die Tür zur Cafeteria fliegt auf, zwei bewaffnete Bullen stürmen den Raum.

Dahinter, siegessicher, die Sumo-Ringerin.

7

»Das muss ein Irrtum sein.«

Die Schicke hat sich mit dem Namen Charlotte Hausmann vorgestellt und führt jetzt das Gespräch mit der Polizei. »Unser Marco ist schon den ganzen Tag mit uns unterwegs. Der kann es nicht gewesen sein.« Sie zwinkert mir zu.

Durchsucht haben sie mich schon. Aber die Plastik-Beretta liegt im Bus und Geld habe ich keines bei mir.

»Allerdings ...«, fährt Charlotte fort, »ist in Friedrichshafen ein neuer Busfahrer eingestiegen. Das fanden wir alle reichlich merkwürdig ...«

Die Ringerin mustert ihn abschätzend, checkt seine Figur. Wir tragen beide Jeans und graue Sweatshirts. »Ja«, sagt sie, fies grinsend. »Das haut hin.«

»Ähm ...«, setze ich an, als sie weg sind. Den Busfahrer haben sie trotz seines lautstarken Protests in Handschellen abgeführt. Charlotte tätschelt meine Hand. »Schon gut«, meint sie. »Essen Sie erst mal ein Stück von meinem Apfelstrudel.« Dann erzählt sie mir vom *Club der stolzen Silberhäupter*. Eine Selbsthilfegruppe, die es sich zum Ziel gesetzt hat, Firmen wie Deff-Elektro zu entlarven, die sich an hilflosen Senioren bereichern wollen.

»Aber nicht mit uns!«, verkündet sie mit Nachdruck. »Ich bin ja so froh, Marco, dass Sie nicht zu diesem betrügerischen Haufen gehören! Das hab ich mir gleich gedacht, Sie sind einfach zu nett für so etwas. Jetzt gehen Sie mal schön nach Hause, mein Junge. Und suchen Sie sich für die Zukunft einen ordentlichen Beruf.«

Keine schlechte Idee, eigentlich.

Vielleicht versuche ich es mal als Reiseleiter.

Apfelstrudel

Zutaten:
Teig:
250 g Mehl
1 Prise Salz
1 Ei
2 EL Pflanzenöl
100 ml lauwarmes Wasser
Mehl, Öl und etwas Butter für das weitere Bearbeiten

Füllung:
1,5 kg säuerliche Äpfel (z.B. Elstar oder Boskop)
120 g Zucker
50 g Butter
100 g Semmelbrösel
1 TL Zimt
150 ml Schlagsahne
2 EL Zitronensaft
150 g Rosinen
Puderzucker zum Bestäuben

Zubereitung:
Teig:
Die Zutaten mischen und mindestens fünf Minuten zu einem weichen Teig verkneten. Er muss sich am Ende gut von den Händen und vom Tisch lösen. Zu einer Kugel formen, mit Öl bestreichen und 30 Minuten im Warmen ruhen lassen.
Danach wird der Teig in Mehl gewendet und auf einem bemehlten Küchentuch so dünn wie möglich ausgerollt. Wenn mit dem Nudelholz nichts mehr zu erreichen ist, wird er über die Handrücken weiter ausgezogen, bis er hauchdünn ist.
Butter zerlassen und den Teig damit einpinseln.

Füllung:

Die Äpfel schälen, achteln und in schmale Spalten schneiden. Mit Zitronensaft vermischen.

Die Butter in einer Pfanne erhitzen, Semmelbrösel beimengen und goldbraun rösten. Zimt und Zucker miteinander mischen. Dann werden Äpfel, Butterbrösel, Zimtzucker, Rosinen und Sahne gut miteinander vermengt. Den Teig mit der Füllmasse bestreuen, aber nicht ganz bis zum Rand. Dicke Teigränder werden nun weggeschnitten. Den Strudel mithilfe des Tuches vorsichtig einrollen und auf das mit Butter eingestrichene Backblech gleiten lassen. Wer es gern saftiger mag, kann den Strudel auch in eine große, gebutterte Auflaufform legen.

Bei 180 Grad backen, bis er goldbraun ist. Das dauert etwa 50 bis 60 Minuten. Danach sofort mit heißer Butter bestreichen, 30 Minuten auskühlen lassen, mit Puderzucker bestäuben.

Der Strudel schmeckt warm, lauwarm und kalt – mit oder ohne Eis und Vanillesauce.

GUDRUN WEITBRECHT

Tiefe Wasser

Ich bin wieder am Bodensee. In Friedrichshafen. Nichts als
wabernder Nebel umgibt mich. Heute ist die Promenade
menschenleer, nicht so wie im Sommer, wenn sich hier Aus-
flügler, Segler, Jachtbesitzer und Einheimische tummeln. Es
riecht nach feuchtem Holz, grün und moosig. Der Geruch
verbindet sich mit dem Mief von modrigem Fisch und ver-
branntem Kaminholz zu einer herben Melange.

Im Hafen dümpeln die Jollen vor sich hin. Das leise,
rhythmische Plätschern der Wellen an Schiffswänden unter-
bricht die Stille.

Ich recke meinen Kopf in die Höhe, die Nebelnässe bleibt
an den Wimpern hängen. Mein Blick trübt sich. Wie ein
Weichzeichner vor der Fotolinse. Manchmal ist es ganz gut,
wenn ich nicht alles so lupenrein sehe.

Gerade senkt sich der Nebel, die Sonne drängt sich hervor. Ein leichter Wind kommt auf. Fahnenmasten schlagen.
Tack, tack. Ich starre auf das Wasser, versuche den Grund
zu sehen. Wird der See endlich sein Geheimnis preisgeben?

Diesen Sommer habe ich tauchen gelernt. Seitdem bin ich
oft hier und fahre mit meinem Motorboot hinaus. Dann
ziehe ich meinen Neopren-Anzug an und schnalle die Sau-
erstoffflaschen um, und obwohl es nicht den Sicherheitsvor-
schriften entspricht, ganz allein zu tauchen, lasse ich mich
hinabgleiten. Um nachzuforschen, ob es eine Spur, irgendetwas da unten gibt. Aber ich kann an der Stelle nur eine zwei
Meter hohe, fast kreisrunde Erhebung entdecken. Ich habe
sie geschätzt, meines Erachtens misst sie im Durchmesser
an manchen Stellen fast 30 Meter. Zuerst habe ich gedacht,
es wäre eine Sinnestäuschung durch zu wenig Sauerstoff,

weil ich bis zum Limit, 70 Meter tief, getaucht bin. Aber die Struktur, das Gebilde ist wirklich dort. Schwärme von kleinen und großen Felchen umkreisen das merkwürdige Artefakt, verstecken sich ringsherum in Algenschnüren und Schlick. Dort unten ist es so still, als ob ich durch die Zeit gefallen wäre.

Irgendwo habe ich gelesen: Der Mörder kehrt an den Ort seines Verbrechens zurück. Ob das immer so ist, weiß ich nicht, aber in meinem Fall trifft es zu.

Seit dem Betriebsausflug sind mehr als zwei Jahre vergangen. Alle dreißig, unsere ganze Belegschaft, waren freudig überrascht und wollten mit. Der Ausflug sollte mit einer Übernachtung in Friedrichshafen und einem Besuch der Oldtimerausstellung beginnen. Unsere Firma hatte für diesen Event die Werbung mit Flyern, Plakaten und Diashow konzipiert. Überhaupt waren wir dick im Geschäft mit der Autoindustrie, unserem Hauptkunden.

»Nachdem wir uns das Zeppelinmuseum angesehen haben, werden wir als krönenden Abschluss« – genau so hatte es unser Chef René ausgedrückt, man merke die Anspielung – »eine Fahrt auf der Hohentwiel, dem königlichen Dampfschiff von Wilhelm II. von Württemberg, unternehmen. Inklusive eines festlichen Abendessens. Ich werde noch ein oder zwei zukünftige Klienten und ihre Ehefrauen einladen. Customer relationship, alles klar«, sagte er in Richtung seiner versammelten Angestellten und lachte dabei dröhnend. »Wölfchen, könntest du nur für uns das ganze Schiff chartern und die Buchungen übernehmen? Wir bekommen wahrscheinlich einen Bus von unserem Autokunden gesponsert. Du weißt Bescheid? Kannst du auch das Sightseeing vorbereiten?« Dabei schaute er mich fragend mit seinen eisblauen Augen an.

Ich nickte nur. Wie ich dieses »Wölfchen« hasste! Eifrig notierte ich alles auf meinem Tablet. Ich wunderte mich ob dieser großzügigen Einladung seines Personals. Dass er wichtige zukünftige Kunden einlud, verstand ich nur zu gut. Aber warum lud er die gesamte Belegschaft ein, wo er doch sonst so knickerig bei den Betriebsausgaben war? Drei Viertel der Angestellten bestand aus Praktikanten und Volontären, die nur einen Bruchteil dessen an Lohn kosteten, was ausgebildete Art-Direktoren, Texter oder Grafiker erhalten würden.

Das Durchschnittsalter im Büro lag bei fünfunddreißig, wobei nur René und ich mit meinen fast fünfzig den Durchschnitt anhoben. Aber die Leute halten mich sowieso für jünger und an Gesundheit und Fitness kann ich mit jeder Fünfundzwanzigjährigen mithalten, was mir auch der Taucharzt bescheinigt hat.

Sightseeing! Natürlich kannte ich den Bodensee und seine Städte, insbesondere Konstanz. In den vergangenen Jahren hatte ich für René des Öfteren von dort aus Wanderungen unternommen. Sein Schwarzgeld im Rucksack, um es auf sein Schweizer Konto einzuzahlen. Ganz easy, keine Kontrollen an der Grenze. Schengen sei Dank. Später habe ich mit meiner eigenen Jolle die Schweiz angesteuert.

Meine Wenigkeit ist seit zwanzig Jahren in der Firma Mädchen für alles. Nicht nur zuständig für die Buchhaltung und den Telefondienst, belüge ich Renés abgelegte Gespielinnen, fülle seinen Kühlschrank zu Hause auf, gebe seine Anzüge in die Reinigung, vertröste drängelnde Kunden und koche Kaffee für die Belegschaft. Weil niemand sonst daran denkt, besorge ich auch das Toilettenpapier.

Renés Lob ist noch immer in meinem Gedächtnis: »Was würde ich nur ohne dich machen, Wölfchen?«

Also, meine Wenigkeit hatte wieder einmal für die reibungslose Organisation zu sorgen. Organisieren, das konnte ich. Die Buchhaltung frisieren auch. Gegen alles andere war das ein Klacks.

Jetzt wird jeder denken, wenn ich für meinen Chef sogar den Fiskus hintergehe, hätte ich etwas mit ihm gehabt. Aber unser Verhältnis war rein beruflich. Obwohl ich nicht abgeneigt gewesen wäre. Früher einmal. Als ich ihn noch nicht so gut kannte.

René war ein Mann der Werbung. Wenn dieser Branche gerne dämonisierend die Attribute »geheime Verführer« und »Kenntnisse der seelischen Abgründe« zugesprochen werden, war er ein genialer Werbefachmann. Niemand anders konnte die verborgenen Schwächen seines Gegenübers besser erahnen, aufdecken und nutzen als er. Oh, er war vorsichtig dabei, lavierend, den richtigen Zeitpunkt abwartend, bis er seine Information gewinnbringend einsetzen konnte.

Er pflegte einen auffälligen, luxuriösen Lebensstil. Ein Loft im Stuttgarter Westen, ein Maserati, dicke kubanische Zigarren und Maßanzüge gehörten zu ihm genauso wie Champagner und alter Whisky. Ein harter Hund eben. Die schwäbischen Kunden waren nüchtern, sparsam, unauffällig und gesundheitsbewusst. Er dagegen arbeitete kaltblütig an seinem Ruf, an seinem Erfolg.

Schon beim Einchecken im Hotel in Friedrichshafen bemerkte ich es erneut. Eine seltsame Vertrautheit zwischen der neuen Volontärin Maja und meinem Chef. Sofort drängte sich bei mir wieder die Geschichte von der Biene Maja auf. Und genauso, wie eine Biene eine Blume umschwirrt, so umschwirrte die Neue meinen Chef. In nur drei Monaten hatte sie es verstanden, sich lieb Kind zu machen. Immer mehr Kompetenzen gingen auf sie über. Nach außen hin nett und höflich, sonst aber knallhart war sie das weibliche Pendant zu René. Ich begann mir ernsthaft Sorgen um meinen Job und meine Zukunft zu machen, als René die Überlegung anstellte, ihr auch die Kontoführung zu übertragen. Vorgestern, praktisch zwischen Tür und Angel, hatte er mir den scheinheiligen Satz hingeworfen: »Dann bist du ein bisschen entlastet, Wölfchen, wirst auch nicht jünger.«

Das musste ich unbedingt verhindern, denn nicht nur René führte zwei Bücher, sondern auch ich hatte in den letzten zehn Jahren ohne sein Wissen ein schönes Sümmchen durch fingierte Rechnungen und Ausgaben (niemand achtete auf die Preise von Kaffee und Klopapier) auf die Seite geschafft. Eingezahlt habe ich das Geld auf mein eigenes Schweizer Konto, ebenfalls bei meinen Ausflügen über den Bodensee.

Wer will schon mit 1.000 Euro Rente auskommen? Ich jedenfalls nicht. Das hatte ich mir geschworen, nachdem ich gesehen hatte, wie meine Mutter, nachdem sie 45 Jahre in der Dosenfabrik malocht hatte, noch mit fast 70 putzen ging, um sich über Wasser zu halten. »Nein, lass mal, Kind«, sagte sie zu mir, wenn ich ihr Geld zusteckte. »Du kannst es besser gebrauchen als ich.«

Natürlich konnte ich es gut gebrauchen. Ohne einen vermögenden Mann an der Seite und bei einem Arbeitsmarkt, auf dem man mit 50 zum alten Eisen geworfen wird, kann das Leben ziemlich hart sein. Allein deshalb musste ich mir überlegen, wie ich mich weiterhin für René unersetzlich machen oder ganz schnell eine andere Lösung finden konnte.

Es war ein herrlicher Maitag. Ungewöhnlich warm für die Jahreszeit. Keine einzige Wolke zeigte sich am Himmel, als wir am Morgen vom Hotel aus zu unserem Ausflug aufbrachen. René trug passend einen maritimweißen Leinenanzug samt Panamahut. Die Neue – mit eierschalenfarbenem Seidenkostüm, riesengroßer Sonnenbrille und High Heels aufgebrezelt wie eine Diva – wich dem Chef selbst im Museum nicht von der Seite. Auch als wir zum Landungssteg gingen, blieb sie auf Tuchfühlung. Anscheinend waren sie und René bis jetzt noch kein Liebespaar. Jedenfalls schliefen sie im Hotel in getrennten Zimmern, aber was sagte das schon? Natürlich schmeichelte es dem alten Gockel, mit einer so jungen, strahlenden Frau gesehen zu werden, und es war nur noch eine Frage der Zeit, bis es so weit sein würde.

Das Dampfschiff lag vor uns. Sein Schaufelrad drehte sich und der Schornstein qualmte. Ich fühlte mich wie durch eine Zeitreise ins vorige Jahrhundert zurückversetzt, als die Jacht illustre Gäste und Adlige über den Bodensee schipperte. Nur dass in der Gegenwart das gewöhnliche Volk mit ihr fuhr und sich dabei fürstlich fühlen konnte.

Auf Deck, unter dem Sonnensegel, nahmen wir den Aperitif ein – einen Champagner-Cocktail. Wie selbstverständlich folgte Maja mir und René in den ehemaligen königlichen, mit Mahagonihölzern ausgekleideten ersten Salon. Als Separee eingerichtet, lud er mit samtbezogenem Sofa und Stühlen zum gemütlichen Verweilen ein. Eigentlich hatte ich nur für den Chef, für die zwei wichtigen Kunden mit Damen und mich reserviert, aber René erfasste mit einem Blick die Situation.

»Da ist noch ein Plätzchen frei, legen Sie noch ein Gedeck nach«, befahl er dem Steward.

Maja verstand es nicht nur, den Chef zu bezirzen, auch der männliche Part der Gäste erlag sofort ihrem Charme, was den Ehefrauen sichtlich ärgerlich aufstieß. Trotzdem machten sie gute Miene zu bösem Spiel. Auch ich kehrte meine beste Laune hervor und las die Menükarte vor. Sie bestand aus feinstem, handgeschöpftem Papier und wurde mit einer Goldkordel in der Mitte zusammengehalten. Dann reichte ich Maja die Karte über den Tisch hinweg. Dabei stand ihr halbvolles Glas in Reichweite meiner Hand. Niemand achtete darauf, als ich es scheinbar zufällig berührte.

Während René ein paar Worte zur Begrüßung sprach und wir noch einmal mit dem Champagner-Cocktail anstießen, kam auch schon der erste Gang unseres Dinners. Zu Kerzenschein und trockenem Weißburgunder aus Meersburg wurde eine klare Consommé mit Parmesan-Blätterteighaube serviert. Der zweite Gang bestand aus frischem, einheimischem Spargel, Bodenseefelchen und Kartoffelgratin. Dazu bestellten wir einen Spätburgunder Weißherbst vom Bodensee.

Als Nachtisch sollte es Apfelsorbet mit Apfelbrand (natürlich ebenfalls vom Bodensee) und Espresso geben.

Allen schien es zu munden und René ließ sich gerade zu einem Lob an mich hinreißen: »Gut herausgesucht, Wölfchen«, als Maja mit einem Mal bleich wurde.

»Ich glaube, mir wird schlecht«, murmelte sie und stand wankend auf. »Ich muss dringend an die frische Luft.«

René wollte schon aufstehen und sie hinausbegleiten, aber ich war schneller.

»Lass mal, das ist bestimmt so 'ne Frauensache«, beschwichtigte ich ihn, während ich meinen Arm um Maja legte und sie die Stufen hinauf auf das menschenleere Deck begleitete. Sie hielt sich ihren Bauch und wollte sich auf eine Bank setzen. Aber ich riet ihr, sich an der Reling den Wind um die Nase wehen zu lassen. Notfalls könnte sie auch so besser »die Fische füttern«.

»Ich kann mich kaum auf den Beinen halten, so schlecht ist mir. Ich sehe alles verschwommen«, jammerte Maja. Sie sah tatsächlich ziemlich übel aus. Ihr Make-up war verschmiert, und auf ihrem Kleid prangte ein hellroter Fleck.

»Keine Sorge, wenn du dich übergeben musst, halte ich dich«, sagte ich zu ihr, denn tatsächlich ist meine Armmuskulatur, seitdem ich segle, kräftiger denn je.

Wie bei heftigem Seegang auf ihren High Heels schwankend, ging Maja zur Brüstung und beugte sich mit ihrem Oberkörper darüber. Ich stand ganz nah bei ihr und umschlang sie, wie ich glaubte, fest genug. Aber plötzlich, ohne ersichtlichen Grund, stürzte Maja wie von selbst kopfüber ins Wasser und verschwand unter dem sich drehenden Schaufelrad.

Ich schrie hysterisch auf: »Frau über Bord, Frau über Bord.«

Eines musste man der Schiffsmannschaft lassen, sie reagierte schnell und professionell. Aber es half nichts. Obwohl die Polizeitaucher suchten, wurde Maja nicht gefunden. Ihr Körper oder das, was von ihm übrig sein mochte,
war verschwunden und lag für immer auf dem Grund des
Sees. Ich bin mir nicht sicher, ob das Artefakt etwas mit Ma-
jas Verschwinden zu tun hat, aber es ist da und es lässt mir
keine Ruhe.

Seit diesem tragischen Ereignis gibt es in der Firma keinen
Betriebsausflug mehr. Es gibt auch keine Ankündigung
mehr, meine Befugnisse zu beschneiden, im Gegenteil, mein
Gehalt ist deutlich erhöht worden.

Sollte René einen neuen Liebling in der Firma haben,
so merke ich nichts davon, so vorsichtig ist er geworden.
Manchmal, wenn René mich ansieht, sehe ich so etwas wie
Grauen in seinen Augen, und dann weiß ich, dass er weiß,
was mit Maja geschehen ist.

Bodenseefelchen

Zutaten:
1 küchenfertiger Felchen
Salz
unbehandelte Zitrone und Zitronensaft
50 g Butter
Petersilienstrauß
Sauce:
40 g Butter, 1/2 Zwiebel oder Schalotte, frischer Salbei, Saft von 1/4 Zitrone, Fischfond, 3 EL Sahne, Salz, Pfeffer, Petersilie

Zubereitung:
Den Felchen vorsichtig außen und innen waschen, abtupfen und mit Salz einreiben. In den geöffneten Bauch zwei bis drei Petersilienstängel und zwei Scheiben Zitrone hineinlegen. Den Felchen in Butter von beiden Seiten circa vier bis fünf Minuten braten. Herausnehmen. Warmstellen.
Für die Sauce die fein gehackte Zwiebel in der Butter anschwitzen, mit Fischfond aufgießen, eventuell mit Salz und Pfeffer und mit etwas gehacktem Salbei nachwürzen. Mit wenig Zitronensaft abspritzen. Kurz aufköcheln. Zum Schluss die Sahne hinzugeben. Vom Feuer nehmen. Die Sauce über den Felchen geben und gehackte Petersilie darüberstreuen.

ANITA KONSTANDIN

Verwickelt

Am Nachmittag, kurz vor vier, schaltet sie ihre Kaffeema-
schine an. Geschwind streckt sie den Kopf aus dem Küchen-
fenster und schaut in die Hintergärten hinunter. Ihr Garten
ist ungelogen der schönste, denn er strotzt vor blühenden
Rosen – Roter Korsar, Queen Elizabeth, Gloria Dei. Der
Garten der Nachbarin: grauslich. Tintenblaue Dekoku-
geln auf Rindenmulch, viel mehr ist dazu nicht zu sagen.
Das dritte Grundstück, eine Art Streuobstwiese, gehört dem
Bauern. Da steht er, im knöcheltiefen Gras, inmitten seiner
Elstar-Apfelbäume. Neben ihm zwei Polizisten in blauen
Uniformen. Sie telefonieren unentwegt und schauen dau-
ernd zu dem Baumstamm mit der Leiche.

Sie zieht den Kopf wieder rein und deckt sich den Kaf-
feetisch schön. Sie stellt sogar eine kleine weiße Kerze auf.
Sie zittert überhaupt nicht. Der würzige Kaffeeduft füllt die
ganze behagliche Küche. Ihr selbst gebackener Kuchen auf
der Anrichte sieht so feierlich aus, dass ihr das Herz hüpft.
Sie backt sich immer so gern den Apfelkuchen vom Gra-
fen von Montfort mit den vielen Mandeln und quasi ohne
Mehl. Sie sagt sich: Jetzt aber ein Stück für die Ingeruth!
Das ist ihr Name: Ingeruth. Die Mutter konnte sich nicht
entscheiden. Gern würde Ingeruth nur Inge heißen. Das
sind die schlanken Frauen mit Lippenstift. Oder bloß Ruth.
Praktische, gewitzte, humorige Weiber. Von all den Quali-
täten hat sie nur das Praktische; Ingeruth kann gut Sachen
reparieren oder irgendwie ummodeln. Was sie anpackt, ist
hinterher nicht mehr dasselbe.

Jetzt fährt sie mit dem langen Kuchenmesser unter den
Montfort, um ihn von unten her ein wenig zu lockern.
Dann schneidet sie sich ein schönes Stück heraus. Bevor sie

sich an den Tisch setzt, gönnt sie sich noch einen Blick aus dem Fenster.

Im Garten des Bauern wuselt ein Schwarm von weiß vermummten Spurensicherern umher. Wenn das ein Tatort ist, sagt sie zu sich selbst, dann wird der aber hübsch zusammengetrampelt. Immerhin sperren jetzt zwei Uniformierte das Gelände mit rot-weißem Polizeiband ab. Au weia, links im Bild schieben sich mehrere Personen mit grauen Puschelmikrofonen ums Hauseck des Bauern.

»Achtung, Presse!«, ruft Ingeruth den Polizisten zu.

Sie nicken beide zu ihr herauf, Hand an der Waffe. Die Reporter pressen die molligen Rücken an die Hauswand. Unterdessen rückt von der anderen Seite polizeiliche Verstärkung heran: eine Wagenfuhre Ziviler in Jeans und roten Cordhosen. Da kann Ingeruth sich wieder ihrem Kaffee widmen. Doch lang hält sie es nicht aus, denn von Natur aus ist sie neugierig.

Zwei Beamtinnen mit lockigen Haaren führen den Bauern über die Terrasse in sein Haus. Die Terrassentür steht halb offen, sodass Ingeruth sehen kann, wie es in seinem Wohnzimmer nur so von Polizei wimmelt. Es ist fast mehr Kripo im Haus als draußen bei der Leiche. Überhaupt die Leiche. Der Polizeifotograf schießt ein Bild nach dem anderen, obwohl man nur die Turnschuhe sieht. Er legt sich sogar ins Gras, um die Schuhe von Nahem abzulichten. Sie sind ja das Einzige, was auf einen Toten hinweist, wie sie da so schön nebeneinander am Baumstamm stehen, mit Füßen drin ohne Socken.

Ingeruth zieht es zu ihrem Kuchen. Das Kerzlein flackert, denn vom See her weht ein sanfter Wind zum Küchenfenster herein. Sie überlegt, ob sie den fleißigen Ermittlern nicht ein paar Stückchen Kuchen bringen soll, aber sie verwirft den Gedanken; es sind einfach zu viele. Sie kann ja schlecht nur den Hauptkommissaren einen Teller reichen und der Rest der Mordkommission schluckt trocken. Das bringt sie nicht über sich.

Der Kaffee ist noch schön heiß und der gräfliche Apfelkuchen schmeckt wie immer einwandfrei. Er wurde mit Liebe gebacken. Und acht ganzen Eiern. Aber das, was draußen passiert, ist auch nicht ohne. Ingeruth verfolgt ja die meisten Krimiserien im Fernsehen und kennt sich dementsprechend gut aus. Der Bauer schaut praktisch nur den Tatort. Sie sieht ihn ja immer, wenn er sonntagabends mit einer Flasche Gutedel vor seinem Fernseher sitzt, im Hintergrund der Katzenkratzbaum mit vier Etagen. Ingeruth darf gar nicht an die Katze denken, sonst sträuben sich ihr die Haare.

Wie der soeben eingetroffene Rechtsmediziner in diesem speziellen Fall vorgeht, das interessiert sie nun aber doch. Sie geht ans Fenster. Der Rechtsmediziner stellt seinen großen schwarzen Koffer ins Gras und wendet sich unverzüglich der Leiche zu. Er schüttelt den Kopf, so verblüfft ist er. Es wird ja nicht jeden Tag in Langenargen ein Toter gefunden, und dieser hier ist etwas Besonderes. Der Mann wurde mit einem haferbreifarbenen Gurtband an den Baumstamm gefesselt, und zwar *ganz* – von den Knöcheln bis über den Scheitel hinaus. Auf den ersten Blick erkennt man gar nicht, dass sich unter der dicken Fessel irgendetwas befindet. Nur die Nachbarin mit ihrer Fantasie hat sich zusammengereimt, dass vielleicht ein dünner Mensch unter der Bandage steckt; ein dicker sicher nicht.

Ingeruth bläst die Kerze aus, die spart sie sich für ein andermal auf. Sie schenkt sich noch einen Kaffee ein und nimmt Tasse und Kuchenteller mit ans Fenster.

Wie eine riesige Raupenpuppe sieht das Gebilde aus, um das sich die Kriminaler scharen. Auf eine Metamorphose brauchen sie aber nicht zu warten, da kommt garantiert nichts herausgeschlüpft, schon gar kein Schmetterling. Ingeruth schaut weiter in den Garten. Das hat sie sich beinahe gedacht: Die Polizisten haben ihre Schwierigkeiten mit dem Toten, sie bekommen ihn gar nicht recht los von dem Baum, er klebt quasi an der Borke. Sie gehen behutsam mit ihm um; bis hinauf in ihre Wohnung spürt Ingeruth das polizeiliche Zartgefühl. Es dauert über eine Stunde, bis die Leiche endlich freigewickelt ist. Ingeruths Kaffee ist längst alle, und die zwei Montfort-Stückchen, die sie sich genehmigt hat, liegen ihr warm und heimelig im Magen. Immer noch läuft der Bauer frei in seinem Wohnzimmer herum. Die lockigen Ermittlerinnen sind bei ihm; die brünette hakt ihn unter, die rotblonde legt ihm eine Hand auf die Schulter. Was sind denn das für Methoden? Wieso verhaften sie ihn nicht? Das sind Fragen, die Ingeruth beschäftigen. Immerhin drehen die Spurensammler weiterhin auf seiner Wiese jeden Grashalm um und gucken in jedes Mauseloch.

Bäh, Mauseloch. Da muss sie wieder an die Katze denken. Ingeruth bereut aber nichts. Sie sieht zu, wie sich die Weißvermummten jetzt durch den Rindenmulch der Nachbarin arbeiten. Ab und zu stoßen sie mit ihren Köpfen an die Dekokugeln, die auf morschen Stäben stecken. Ingeruth kennt in dem Fall nur eine Lösung: rausreißen. Jetzt wechseln die Spurensicherer sichtlich erleichtert auf ihr Grundstück hinüber, in die Rosenidylle in Rot und Rosa und Vanillegelb. Fast ehrfurchtsvoll tauchen sie ihre Nasen in die duftenden Blüten. Ingeruth holt sich ein Kissen und legt es auf den Fenstersims, damit sie es gemütlich hat. Zwangsläufig muss sie an die Perserin des Bauern denken, denn die hatte mit Gemütlichkeit nicht viel am Hut. Die kraxelte auch bei Starkregen in den Fliederbusch und fing die Blaumeisen, junge wie alte, aus der Luft. *Wisch! Zack!* Einmal im Winter, als der Schnee wie dicke Schlagsahne in den Gärten lag, baumelte das Vogelfutterhäusle merkwürdig schwer an seinem Ast. Und wer lag drin? Wer hatte sich unverfroren da hineingequetscht? Rauchblau, mit Augen gelb wie Senf? Die Rosie vom Bauern.

Ingeruth konzentriert sich weiter auf die Ermittlungen im Apfelgarten. Vorsichtig, als wäre er aus Zuckerglas, legen die Polizisten den Leichnam ins Gras. Sie beugen sich hinab und picken noch eine Handvoll Rindenstückchen von ihm herunter. Ein weiterer Beamter schlängelt die *Slackline* in eine weiße Plastikwanne. Ganz dreckig sieht sie aus in der schönen weißen Wanne.

Als Ingeruth sie am Vormittag vom Fenster aus das erste Mal sah, dachte sie, das wäre ein leerer Feuerwehrschlauch, aber der junge Mann meinte: »Slackline«, und: »Ämm, noch Fragen?« Sie machte ihm deutlich, was passiere, wenn der Bauer heimkomme, doch der Kerl zog seelenruhig seine Leine mit einer Ratsche nach. Sie hing dann schwach gespannt knapp hüfthoch zwischen den beiden Elstarbäumen. Und er stellte sich drauf und stakste drüber wie ein Storch im Salat. »Wenn der Bauer kommt«, rief sie noch zu ihm hinunter, »können Sie einpacken.« In dem Moment schlugen die Kirchenglocken zwölf Uhr Mittag, und sie wollte doch ihren schönen Montfort backen. Also ging sie vom Fenster weg und kümmerte sich um ihre Kuchenzutaten. Das war sowieso schöner. Sie schabte der Zitrone die duftende Haut ab und mahlte die Mandeln, eine hübscher als die andere. Sie schälte die Äpfel und spürte das glatte, feste Apfelfleisch in der hohlen Hand. Die in Sahne eingeweichten Vortagsbrötchen klebten fest zusammen, aber Ingeruth griff sich den fetten Brocken und schnitt ihn mit dem Japanmesser in hauchfeine Scheiben.

Sie ging ganz auf in ihrer Arbeit, aber manchmal musste sie schon hinausschauen, wie der junge Kerl im grellen Mittagslicht zwischen dem blauen Himmel und der grünen Wiese des Bauern über das Seil spazierte. Im Hintergrund schimmerte der See. Hin und wieder fuhren weiße Segelboote vorbei. Schneeweiß wie die Zuckerkristalle, die sie glitzernd in das Schälchen mit dem Zimt rieseln ließ. Und schon lag wieder das Messer in ihrer Hand, und ruckzuck waren die geschälten Äpfel in Würfel geschnitten, und nichts war mehr ganz und nichts war mehr heil. Sie gab Butter in die Rührschüssel und ein glänzendes Ei nach dem anderen. Sie mischte Mandeln und Brötchen unter und quirlte die Masse volle fünf Minuten lang. Dankbar strich sie dem Mixer über den Rücken, bevor sie den Stecker zog. Er war ihr bester Freund. Sie füllte die Kuchenform und stellte sie in den heißen Ofen. Wie wenig man doch brauchte, um glücklich zu sein.

Zurück zur Leiche. Sie liegt im grünen Gras und der Rechtsmediziner kniet an ihrer Seite. Seine schöne Hose wird Grasflecken abkriegen, Ingeruth kennt zwei Methoden, wie man die wieder herausbekommt. Mehrere Polizisten stehen neben ihm, Hände in den Seiten, rätselnde Gesichter. Ingeruth könnte ihnen sehr wohl erzählen, wie der Hobbyakrobat auf seiner *Slackline* umherstolzierte, in seiner Dreiviertelhose in Khakibraun. Mal stand er mit einem Bein auf der Leine und das andere streckte er von sich oder ließ es herabhängen. Mal hüpfte er und drehte sich in der Luft herum und landete wieder auf dem Seil, dass es nur so bebte. Und Ingeruth rief laut aus dem Fenster: »Ja, sind wir denn im Zirkus?« Der Kerl zeigte nur mit dem Finger auf die Stöpsel in seinen Ohren und hopste lässig weiter. Ingeruth schrie: »Wenn der Bauer kommt, sind Sie geliefert.« Doch der Schnösel schaute bloß kariert und setzte an zum nächsten Sprung.

Jetzt erhebt sich der Rechtsmediziner und spricht mit den Polizisten. Seine Blicke schießen zwischen den beiden Apfelbäumen hin und her, dann zeigt er auf die Wanne mit dem Gurtband. Okidoki, das hat jetzt jeder begriffen: Der Mann ist mittels *Slackline* ermordet worden, quasi gefesselt bis zum Gehtnichtmehr.

Die Nachbarin von gegenüber kann gar nichts gesehen haben. Sie spielt sich nur auf. Einmal hat sie behauptet, der Bauer wäre doch eigentlich ein ganz normales Mannsbild. Gott, diese Schneegans. Jetzt flattert sie in ihrem orchideenbunten Kleid quer durch den Tatort. Als junge Frau wollte sie Opernsängerin werden, blieb dann aber im Kressbronner Kirchenchor hängen, als eine Art Paradiesvogel. Sie kann nichts gesehen haben. Vor ihren Fenstern wuchert eine blickdichte Bambushecke, die Ingeruth an ihrer Stelle schon dreimal herausgerissen hätte. Und nun rennt sie unter der polizeilichen Absperrung hindurch und zerstört jede Spur. Schon ist sie im Wohnzimmer vom Bauern, bei den lockigen Polizistinnen, und vielleicht bietet man ihr einen Kaffee an; Kuchen sicher nicht.

Als der Montfort gegen halb zwei Uhr fertig gebacken war und zum Abkühlen auf dem Gitter stand, spähte Ingeruth wieder hinaus. Da traf sie fast der Schlag. Das war nun wirklich eine gefährliche Situation. Der Bauer würde den Hüpfer totschlagen, wenn er ihn so sehen würde. Wie er den Salto rückwärts übte und immer ausgerechnet an der Stelle vom Seil absprang, an der Rosie beerdigt war. Man konnte ihm deshalb keinen Vorwurf machen, das Grab war als solches nicht mehr erkennbar. Längst hatte der Bauer das Holzkreuzle rausgezogen und auf der braunen Erde Gras gesät. Aber im Grunde war Rosie halt immer noch da. Ingeruth zog die Schürze aus und lief höchstpersönlich zu dem Turner-Boy in den Garten hinunter.

»Hüpfen Sie nicht auf dem Katzengrab herum!«, schrie sie ihm mitten ins Gesicht. »Wenn der Bauer *das* sieht, haben Sie ausbalanciert.« Der Angesprochene schaute von seiner *Slackline* gar nicht auf sie herab. Als wäre sie durchsichtig. Als wäre sie – Luft. Durfte man eine Ingeruth wie Luft behandeln? Nein, das durfte man nicht.

Jetzt klappt der Rechtsmediziner seinen schwarzen Koffer zu. Die beiden Kriminalbeamten neben ihm schnalzen aus der Hocke hoch. Die Presse macht ein Geschrei, sie will Fakten hören, Bilder schießen, Zeugen interviewen. Sie ist begeistert von diesem wie zu einem Rollbraten verschnürten Toten. Auch das Fernsehen schleicht um die Ecke und hinauf auf die Bauernterrasse. Dort lässt die Rotblonde gerade die Jalousie vor der Glastür herab. Die TV-Leute krabbeln geschwind unten durch. Noch nie war das Wohnzimmer drüben so vollgestopft.

Früher, als Rosie noch lebte, durfte Ingeruth sich für den Hausgebrauch immer Gratis-Äpfel beim Bauern holen. Genauso wie die Sängerin, die daraus ihr schludriges Kompott kochte, das sie aller Welt zum Probieren aufzwängte. Ingeruth aber verarbeitete die Elstar einzig zu einem Gedicht von einem Kuchen – dem gräflichen Montfort. Kurz nach Rosies Tod brachte sie dem Nachbarn einen ganzen hinüber, zum Trost und aus Mitleid. Und so empfing sie der Bauer: die Augen blutunterlaufen, die Brauen bis in die Geheimratsecken hinaufgezogen, das Gesicht puterrot. »Hond Sie mei Katz' auf'm Gwissa?«, bellte er sie an.

Am liebsten hätte sie ihm die Kuchentransportbox mit dem Adelskuchen vors Hirn gehauen, was sie in Gedanken auch tat. »Ich? Die Rosie? Nie!«

Unfein schlug er ihr die Tür vor der Nase zu, wobei Ingeruth ums Haar ihre Kleinfingerkuppe verloren hätte, die am Türrahmen ein wenig in den bäuerlichen Flur hineingeragt hatte. *So* brutal war der Mann. Sie war schon fast bei ihren Rosen, da riss er nochmal seine Tür auf und rief ihr hinterher, sie solle ihre Äpfel beim *Teufel* holen, falls der welche für sie übrig hätte. *So* bösartig war der Bauer.

War es nicht ihre Menschenpflicht, dem Ahnungslosen auf dem Seil reinen Wein einzuschenken? Minutenlang stand sie schon bei ihm, er hörte gar nicht auf mit dem Gespringe und Getänzel.

»Der Bauer ist ein brutaler Mensch«, erklärte sie ihm. »Er hat sogar mir, seiner ältesten Nachbarin, den Gehörnten und Gehuften hinterhergeschickt.«

Sie sah, wie mager der Junge war. Kein Gramm Fett auf den Rippen. Wie Christus am Kreuz stand er auf der Leine, die Arme weit ausgebreitet, als wollte er die ganze Welt umarmen. In Wirklichkeit nur, um das Gleichgewicht zu halten. Sie stieß den Zeigefinger in seine feste, nackte Wade. Da blickte er auf sie hinunter. Gesichtsausdruck: angepisst. Sie solle ihn gefälligst in Ruhe *slacken* lassen, näselte er. Auch sein Gesicht ganz mager – nur Augen. Sie zwang ihn, die Ohrstöpsel rauszunehmen, und schließlich pulte er sie widerwillig heraus und sah dann weg.

»Sie können bei mir einen Kaffee trinken«, schlug sie vor, »und ein Stück Apfelkuchen essen, es ist ein Montfort.«

»Ämm, kein Hunger«, antwortete der Bengel kurz angebunden. Er stand ganz schief auf seiner Leine. Schief und verlogen.

»Freilich haben Sie Hunger.« Eine Ingeruth täuschte man nicht so leicht. Er zog nur die Nase hoch. Nun konnte sie ihm auch nicht mehr helfen. Sie erzählte ihm eine kleine Geschichte von früher. »Wir haben immer Indianerles gespielt und ich fing die meisten Bleichgesichter.« Komisch, obwohl sie dicht neben ihm stand, fühlte sie sich von ihm abgetrennt wie durch eine unsichtbare Wand. Sie erschrak sogar ein bisschen, als er den Mund aufmachte und »ämm« sagte und sich das Haar aus dem Gesicht schleuderte. »Kann mir nich vorstelln, ämm, dass Sie 'nen Cowboy erwischt haben solln«, kam es frech. Frech. Frech. Frech. Sie konnte seine Frechheit an ihren Fingerspitzen spüren, als sie ihm zeigte, wie sie früher die Bleichgesichter an den Marterpfahl band. Er staunte nicht schlecht über ihre Kraft und Geschicklichkeit, und bevor er »ämm« sagen konnte, wickelte sie schwuppdiwupp die Slackline um seinen Kopf.

Heiß brannte die Sonne durch die grünen Blätter der Elstarbäume, und sie beschloss, rasch in ihre kühle Wohnung hinaufzugehen. In der Küche machte sie ein Selfie von sich und dem Kuchen und schickte es über Facebook an ihre Freunde. Sie besaß vierzehn Freunde, von denen sie drei persönlich kannte. Der Bauer gehörte seit Rosies Ableben nicht mehr dazu; noch am selben Tag hatte er sie aus seiner Freundesliste gelöscht. Das war nicht nett. Das hätte er nicht tun sollen; eine Ingeruth löschte man nicht.

Manchmal wunderte sie sich, wie frisch sich Demütigungen doch hielten. Jeder Montfortkuchen verwest innerhalb drei Wochen, eine Kränkung aber hält ewig.

Ingeruth sieht wieder nach draußen. Der Rechtsmediziner und die Spurensicherer ziehen sich im schwindenden Licht vom Tatort zurück. Düster kreuzen die Bestatter auf – ein älterer Herr mit silbernen, wie toupiert hochstehenden Haaren, und ein junger, dunkler, mit Schafsnase und langen Koteletten. Sie heben die Leiche auf wie ein Blatt Papier und legen sie in einen Metallsarg. Nur Haut und Knochen. Er hätte mehr essen sollen. Ingeruth stellt die Augen scharf. Seine khakifarbene Dreiviertelhose ist dermaßen zerknautscht, dass sie gar nicht hinsehen mag, so schlampig sieht die aus.

Wenig später klingelt es an ihrer Tür. *Ding-dong.* Die beiden lockigen Mordermittlerinnen marschieren in die Küche. Vielleicht wollen sie ein Stück Kuchen. Ingeruth setzt die Damen an den Tisch und zündet die kleine Kerze an. Wenn sie die Kerze anzündet, geht auch in ihrem Inneren ein Licht an. Es flimmert ein bisschen, aber das macht nichts. In der Tür steht ein breitschultriger Kollege und passt auf. Die Kommissarinnen schießen los mit Routinefragen und die Brünette erzählt dies und das und schweift völlig ab.

»Wie bitte?«, sagt Ingeruth nach einer Weile. »Ich wusste gar nicht, dass der Bauer einen Neffen hat.«

»Hatte«, korrigiert die Rotblonde.

»Er wollte ein paar Tage Urlaub bei seinem Onkel machen«, äußert der Kollege im Türrahmen, schlenzt herüber und setzt sich mit an den Tisch. Ingeruth schenkt ihm einen langen Blick. Er sollte vielleicht mal zum Friseur. Wer trägt heute noch Pferdeschwanz als Mann? Milde fragt sie: »Wie wäre es mit einem Stückchen Kuchen?« Mit dem Kinn und den Augen zeigt sie zur Anrichte, wo unter einer transparenten Plastikhaube auf einer schneeweißen Papierunterlage mit Spitzenrand ihr göttlicher Apfelkuchen prangt. »Es ist ein Montfort«, verkündet sie. »Mit acht Eiern gebacken und fast ohne Mehl.« Die Flamme der kleinen Kerze zittert bei ihren Worten und fast wäre sie erloschen. Da legt Inge-ruth die Hände auf den Tisch. »Ich geb es ja zu«, sie setzt ein feines Lächeln auf, »der Montfort ist eine Kalorienbombe, aber ab und zu muss man auch mal sündigen. Bitte, greifen Sie doch zu.«

Montfort-Apfelkuchen

Zutaten:
3 Vortagsbrötchen
200 g Sahne
8 Äpfel – Boskoop oder Elstar
Zimtzucker: 10 g Zimt und 75 g Zucker vermischen
1 Bio-Zitrone
250 g weiche Butter
8 Freilandeier
Mandelzucker: 250 g gemahlene Mandeln und 125 g Zucker vermischen
1 TL Mehl
2 EL Mandelblättchen

Zubereitung:
Zwölf Schritte zum gräflichen Apfel-Mandelkuchen:
1. Eine Stunde vorher: Brötchen stark zerkleinern und in der Sahne einweichen
2. Backofen auf 200 Grad vorheizen (Ober-Unterhitze)
3. Äpfel schälen und in kleine Würfel schneiden
4. Zimtzucker zu den Apfelwürfeln geben und vermengen
5. Zitronenschale abhobeln
6. Butter in einer Rührschüssel mit den Zitronenspänen mixen
7. Nach und nach die Eier unterrühren
8. Mandelzucker in die Sahne-Brötchen-Masse rühren
9. Apfelwürfel mit einem Rührlöffel untermengen
10. Springform fetten und mit einem Teelöffel Mehl ausstreuen
11. Mandelblättchen auf dem Boden verteilen
12. Masse in die Springform (26 Zentimeter) füllen und eine Stunde backen

Nadine Buranaseda

Seenacht

Doch mit des Geschickes Mächten
ist kein ew'ger Bund zu flechten,
und das Unglück schreitet schnell.
Friedrich von Schiller (1759–1805)

Schröder hob nicht einmal den massigen Kopf, als ein ver-
irrter Feuerwerkskörper in den nächtlichen Himmel zischte
und in einem Farbball explodierte. Die glitzernde Kaskade
tauchte die Brücke der MS Konstanz in bläulich-silbernes
Zwielicht. Hans Brandl saß auf dem Kapitänsstuhl vor dem
Kartentisch mit Kompass, Lineal und Kursdreieck. Zu seinen Füßen lag die Olde English Bulldogge, ausgestreckt auf
einer ordentlich gefalteten Wolldecke. Das kurz anliegende
Fell leuchtete weiß in der Dunkelheit. Nur das linke Auge
war von einem Monokel umrandet, dessen schwarzer Fleck
sich hinter dem Vorderlauf wiederholte.

»Wir sind gleich daheim, Schröder, alter Freund.«

Die Bulldogge spitzte ein Ohr, bewegte sich jedoch keinen
Zentimeter. Neben ihr standen Metallnäpfe, in denen Futter
und Wasser schaukelten. Kapitän Brandl beugte sich vor
und tätschelte den dreijährigen Rüden. Er spürte die gleichmäßigen Atemstöße, die den warmen muskulösen Körper
durchliefen. Ächzend richtete sich der alte Mann wieder auf
und versuchte, die Klänge des Silvesterballs auszublenden,
die von Ober- und Hauptdeck zu ihm ins Steuerhaus he-
raufschallten. Brandl versenkte sich ganz in das Dröhnen
der Dieselmotoren, die die beiden Schneider-Voith-Propel-
ler antrieben. Er dachte an das zurückliegende Jahr, das einige Herausforderungen für ihn bereitgehalten hatte: Die
Fahrt im Frühjahr, auf der das Schiff kurz nach dem Ab-

legen den Grund des Sees berührt hatte und Wasser in den Maschinenraum gedrückt worden war, hatte ihn nicht aus der Fassung gebracht. Dass Maria vor ein paar Wochen für immer ihre Koffer gepackt hatte, konnte er dagegen nicht verkraften. Seitdem leistete ihm nur die Bulldogge in den einsamen Nächten Gesellschaft, die sich in unerträglicher Gleichförmigkeit aneinanderreihten. Dabei hatte er nach der Hochzeit den Dienst als Marineoffizier quittiert, um die Fahrt zur hohen See mit einer Fracht, die niemals meckerte, gegen die geregelten Dienstzeiten eines Binnenschiffers einzutauschen.

Brandl schnäuzte sich. Die Bulldogge erwiderte die ungewohnte Gefühlsregung mit einem Schmatzen und streckte eine Pfote aus. Der Kapitän blickte aus der Führerkabine und entdeckte sein Spiegelbild in einer der Glasscheiben. Er strich über die Goldknöpfe seiner Sonntagsuniform und straffte seinen Rücken. Für Sentimentalitäten gab es keinen Platz in seinem Leben, das hatte er sich geschworen.

Ein Alarmton riss Brandl aus den Gedanken. Er betätigte den Knopf für die Sicherheitsfahrschaltung, um der Schiffscrew zu signalisieren, dass alles in Ordnung war. Unterdessen pflügte die MS Konstanz, die Alpenkette im Rücken, weiter durch das nachtschwarze Wasser des Sees auf die hellerleuchtete Hafeneinfahrt zu. Auf der Ostseite schaute der Bayerische Löwe, gestützt auf seine Vorderpranken, mit steinerner Miene Richtung Schweizer Ufer. Gegenüber dem Podest mit der sechs Meter messenden, bewehrten Sandsteinfigur ragte auf der Westseite der Neue Leuchtturm in die Höhe, der südlichste seiner Art in Deutschland und der einzige in Bayern. Tausende LED-Lämpchen ließen die beiden Wahrzeichen in goldenem Licht erstrahlen. Dahinter erstreckte sich die Lindauer Altstadt mit ihren mittelalterlichen Türmen, Kirchen und dem Alten Rathaus im Herzen der Insel. Die Dächer waren schneebedeckt und erinnerten an Lebkuchenhäuser, die mit Zuckerguss überzogen waren.

Kapitän Brandl drosselte die Motoren, um das Brems-
manöver einzuleiten. Mit ruhiger Hand bediente er den
Joystick und warf einen Blick auf die ECDIS-Anlage. Die
elektronische Seekarte war mit einem GPS gekoppelt. Sicher umschiffte er die grünen Flecken, die das Flachwasser
auf dem Bildschirm markierten. Trotz der technischen Neu-
erungen erforderte das Navigieren Augenmaß und jahre-
lange Erfahrung. Gemächlich zog das Schiff an der Mole
vorbei. Der Inselbahnhof am Hafen empfing sie mit bunten
Lichterketten. Kapitän Brandl griff zum Mikrofon. Über
Bordfunk verabschiedete er sich von den Gästen der Weißen
Flotte und schickte einen Gruß in das neue Jahr, das keine
zwei Stunden alt war.

***

Dana ließ das Seitenfenster herunter. In dem verdammten
Taxi war es so heiß wie in einer finnischen Sauna. Statt die
Heizung herunterzuregeln, steckte die junge Frau den Kopf
aus dem Wagen und blickte nach oben. Einzelne Schneeflo-
cken trudelten vom Nachthimmel und schmolzen auf ihrem
Gesicht. Stimmen wehten zu ihr herüber. Im Außenspiegel
sah sie eine Gruppe junger Leute, die untergehakt über die
Straße auf sie zu torkelten. Ein Mädchen löste sich aus der
Umklammerung, stützte sich gegen eine Häuserwand und
erbrach sich. Die Kotze dampfte auf dem Asphalt. Dana zog
den Kopf zurück und schloss das Fenster. Es gab Nächte,
in denen sie die Beförderungspflicht verfluchte, die ihr als
Taxifahrerin auferlegt war. Erst Heiligabend hatte sie einen
sturzbetrunkenen Mann, dem das letzte Viertel Weißwein
nicht bekommen war, in einem Hotel abgesetzt. Der mit-
leidige Blick des Tankstellenbesitzers, der ihr an der Kasse
eine Handvoll Duftbäume über die Theke schob, hatte sie
lächeln lassen. Sie wusste die Geste zu schätzen. Gegen den
Gestank half jedoch kein Tannenduft.

Dana trommelte auf das Lenkrad und beobachtete, wie die Truppe lautstark im Bahnhof verschwand. Sie beugte sich über den Beifahrersitz und öffnete das Handschuhfach. Mit der Zungenspitze im Mundwinkel angelte sie nach der Brotdose, in der ein Rest Zwiebelkuchen vor sich hin trocknete. Mutter Natur hatte sie mit einem robusten Magen ausgestattet. Sie klappte den Deckel auf, nahm ein Stück und stopfte es sich in den Mund. Die herzhafte Füllung war appetitlicher, als sie erwartet hatte. Sie klaubte den nächsten Bissen aus der Plastikdose. Kauend drehte sie das Radio lauter und dachte darüber nach, ihre Schicht frühzeitig zu beenden. Dana schaute auf die Uhr in der Mittelkonsole: Fast zwei. Die Nachtschwärmer waren längst noch nicht alle heimgekehrt. Sie brauchte das Geld. In diesem Moment ertönte in der Ferne ein Schiffshorn. Der tiefe Ton rollte durch die Dunkelheit und brach sich am Ufer.

»Okay, noch ein, zwei Touren«, sagte sie zu sich selbst und leckte sich die fettigen Finger ab.

* * *

Franz Haller zog die Autotür auf und ließ sich auf den Beifahrersitz fallen. Das gequälte Lächeln einer Frau in den Zwanzigern empfing ihn.

»Wohin soll's gehen?« Sie wirkte übermüdet.

Haller gab eine Adresse im festländischen Zech an und hatte Mühe, seine Beine im Fußraum unterzubekommen.

»Stört es Sie, wenn ich das Radio anlasse?« Die Taxifahrerin startete den Motor und setzte den Blinker. Bevor sie den Mercedes auf die Straße lenkte, blickte sie über die Schulter.

»Nein, nein.« Haller griff unter sich und stellte den Sitz zurück. Er rieb sich die Hände, die Lederhandschuhe knarzten. Offen musterte er sie von der Seite und fragte sich, was sie wohl unter dem grauen Wollpulli trug, in dem ihr schlanker Körper versank.

»Darf ich?« Er schnippte ein paar Krümel weg, die sich in ihrem Pulloverkragen verfangen hatten.

Sie zuckte zusammen.

»Ich wollte Sie nicht erschrecken, tut mir leid!« Haller lächelte entwaffnend.

»Nichts passiert«, sagte die Frau eine Spur zu schnell. »Die Nacht war ziemlich anstrengend.«

»Kann ich mir vorstellen. Bei all den Verrückten da draußen, die es an Silvester aus ihren Löchern treibt.«

»Sie sagen es. Sind Sie gut ins neue Jahr hineingekommen?«

Sie wechselte das Thema. Die Reaktion kannte er.

»Ja, ich war auf einem Silvesterkonzert.« Haller wunderte sich jedes Mal, wie gut er lügen konnte. »Und selbst?«

»Wenig spektakulär, wie zu erwarten war. Aber nachher stoßen mein Freund und ich noch mit einem Glas Sekt an.«

Franz Haller ging jede Wette ein, dass sie gar keinen Freund hatte. Denn warum sonst sollte sie ausgerechnet in der Silvesternacht Taxi fahren. Zu Hause gab es niemanden, der auf sie wartete. Das hatte er in der ersten Sekunde erkannt.

Wenig später erreichten sie die Brücke, die aufs Festland führte. Das Schneegestöber, durch das sie fuhren, wurde mit jedem Meter dichter. Die junge Frau schaltete die Scheibenwischer eine Stufe höher und vermied es, ihren Fahrgast anzusehen. Die nächsten Minuten verbrachten sie schweigend. Aus den Lautsprechern quiekte Mariah Carey ihren unvermeidlichen Weihnachtssong.

Gerade als Haller den Gesprächsfaden wieder aufnehmen wollte, trat die Taxifahrerin heftig auf die Bremse und riss das Lenkrad nach links. Reflexartig warf er die Arme vors Gesicht und hielt die Luft an.

»Mir friert das Telefon gleich am Ohr fest.« Joshi atmete kleine Wolken in die Dunkelheit, die nur vom Display seines Handys erhellt wurde. Bei jedem Schritt klirrten leere Bierflaschen in dem Armeerucksack, den er über der Schulter trug.

»Stell dich nicht so an, Mann! Du glaubst nicht, was gerade passiert ist.«

»Du erzählst es mir jetzt bestimmt, Lisa.« Joshi konnte seine Finger kaum spüren. Er hätte doch auf seine Mutter hören und Handschuhe mitnehmen sollen. Aber mit den dämlichen Fäustlingen konnte er sich auf keinen Fall irgendwo blicken lassen.

»Klara hat sich gerade die Seele aus dem Leib gekotzt.«

»Ich dachte, die verträgt mehr.«

»Tut sie auch: Danach hat sie sich nämlich sofort die nächste Pulle Asti geschnappt.« Joshi sah Lisa vor sich. Er liebte die Pudelmütze, die er ihr bei jeder Gelegenheit ins Gesicht zog.

»Igitt.«

»Ja, ist mir auch zu süß, das Zeug. Wir warten immer noch auf den gottverdammten Zug. Bist du wenigstens bald zu Hause?«

»Nein, ich muss schieben. Das Scheißfahrrad ist im Schnee stecken geblieben.«

»Oh, eine Runde Mitleid für Joshi!«

Joshi hörte Gegröle im Hintergrund. Lisa kicherte.

»Haha, verarschen kann ich mich selbst.«

»Krieg dich wieder ein, Joshi. Wann sehen wir uns?«

»Weiß nicht.« Joshi zog die Schultern hoch, seine Zähne klapperten vor Kälte.

»Jetzt hab dich nicht so. Du hast versprochen, mit mir ins Kino zu gehen.«

»Mmh.« Die Sohlen seiner Springerstiefel knirschten auf dem Neuschnee.

»Was? Hast du was Besseres vor?«

Joshi lächelte. »Nö.«

»Also, wann holst du mich morgen ab?«

»Du meinst: heute.«

»Was?«

»Morgen ist heute.«

»Haarspalter! Aber von mir aus: Dann eben heute.«

Ein ohrenbetäubender Knall zerriss die Stille.

»Lisa, ich muss auflegen.«

»Wa...?«

Joshi ließ das Mountainbike fallen und rannte über die verschneite Straße. Aus irgendeinem unerfindlichen Grund war das Taxi, das ihn gerade überholt hatte, ausgeschert und ungebremst gegen einen Baum gekracht.

»Scheiße. Scheiße. Scheiße!«

* * *

»In Ordnung, noch einmal von vorne, Herr Haller. Woran können Sie sich als Letztes erinnern?«

»Die Taxifahrerin ist irgendetwas ausgewichen. Vielleicht einem Tier.« Seine Stimme zitterte. »Danach verschwimmen meine Erinnerungen.«

»Wir werden das untersuchen.«

»Ich kann immer noch nicht fassen, dass ich das hier überlebt habe, Herr ...?«

»Kriminalhauptkommissar Maisch.«

Haller blies in den Becher Tee, den er mit beiden Händen umklammerte. Bevor er einen Schluck nahm, schaute er auf und blickte aus dem Einsatzfahrzeug, als würde er die nächtliche Szenerie, über die grelles Blaulicht zuckte, zum ersten Mal sehen. »Seit wann ermittelt die Kripo bei einem Verkehrsunfall?«

»Wir haben diese Sporttasche im Straßengraben gefunden, nur wenige Meter von der Unfallstelle entfernt. Herr Haller, können Sie mir das hier erklären?«

»Mein Gott, wie abscheulich!« Haller starrte auf den Inhalt der geöffneten Tasche, die Maisch ihm entgegenstreckte.

»Nun?«

Haller schluckte schwer und setzte den Becher so heftig auf dem Resopaltisch ab, dass der Tee überschwappte.

»Ich weiß, dass Sie gerade einen schrecklichen Unfall erlebt haben, Herr Haller. Aber hiermit ist nicht zu spaßen. Sie haben sicher Verständnis dafür, dass wir der Sache so schnell wie möglich nachgehen müssen. Das Leben dieser Frau könnte auf dem Spiel stehen!«

»Ja.« Haller presste die Lippen aufeinander und konnte die Augen nicht von den Polaroidfotos abwenden.

»Verstehen Sie, was ich sage, Herr Haller?«

»Ja.«

»Bitte beantworten Sie meine Frage.«

Franz Haller stellte den Blick scharf. »Ich schwöre, ich habe nichts damit zu tun!«

***

»Bleiben Sie bei mir!«

Der Krankenwagen bretterte mit Blaulicht und Sirene über die vereiste Straße.

»Hören Sie mich?« Basti spritzte mehr Morphium in den Schlauch des Tropfs, der im Arm der jungen Frau steckte.

Die Schwerverletzte lag unter einer Isolierdecke auf der Krankenliege. Für die Erstversorgung hatten sie den grauen Wollpullover, den sie trug, aufgeschnitten und sie in eine stabile Lage gebracht. Eine Halskrause stützte ihren Kopf, über dem mehrere Geräte ihre Vitalfunktionen überwachten.

»Ihre Rippen müssen durch den Aufprall gebrochen worden sein«, sagte die Notärztin auf der anderen Seite der Liege. Die Taxifahrerin war frontal gegen einen Baum gefahren. Die Feuerwehr hatte die beiden Fahrzeuginsassen mit einer Hydraulikschere aus dem Blechhaufen schneiden müssen.

Basti nahm die Hand der Frau. Ihre kalten Finger krampften sich um sein Gelenk. Ohne Vorwarnung sprudelte Blut aus ihrem Mund.

»Die Lunge ist perforiert«, brüllte die Notärztin. »Wir müssen die Blutung irgendwie stoppen!«

Ihnen blieb keine Zeit, die Röntgenaufnahmen im Krankenhaus abzuwarten.

»Verflucht, es hört nicht auf!« Basti starrte auf den Monitor des EKGs. »Kammerflimmern!«

Die Luft wich aus dem Brustkorb der jungen Frau. Das Letzte, was sie sah, war der nächtliche Sternenhimmel, der am Oberlicht des Krankenwagens vorbeizog. Basti schaute die Notärztin traurig über die Tote hinweg an. Für ein paar Menschen würde Silvester niemals mehr ein unbeschwerter Tag sein.

»Basti?«

»Was?« Basti löste sich von der jungen Frau und schwankte durch einen schmalen Durchgang in die Fahrerkabine des Rettungswagens.

»Die Polizei.« Der Fahrer hielt ihm das Funkgerät hin, ohne den Blick von der Straße zu lösen.

Basti griff nach dem Gerät. »Ja?«

»Spreche ich mit dem Sanitäter, der bei der verletzten Taxifahrerin ist?«

»Ja.«

»Mein Name ist Kriminalhauptkommissar Maisch.«

»Wie ... wie kann ich Ihnen helfen?«

»Wir haben in der Nähe des Unfallfahrzeugs eine Sporttasche mit einem äußerst beunruhigenden Inhalt sichergestellt.«

Ein Zittern durchfuhr Basti.

»Sind Sie noch in der Leitung?«

»Ja.« Er räusperte sich. »Die gehört bestimmt dem Typen, der beim Unfall keinen Kratzer abbekommen hat.«

»Das dachten wir zunächst auch. Der Zeuge hat uns glaubhaft versichert, dass es nicht seine Tasche ist. Er war auf einer Silvesterparty in der Altstadt. Wir werden seine Aussage überprüfen, aber ich bin sicher, dass er die Wahrheit sagt.«

»Und wie kann ich Ihnen weiterhelfen?«

»Der Fahrgast davor muss die Tasche im Kofferraum des Taxis vergessen haben. Wie geht es Bogdana Dobre? Sie ist die Einzige, die den Mann beschreiben kann.«

»Sie hat es nicht geschafft.« Basti ließ das Funkgerät sinken und schloss für einen Moment die Augen.

* * *

Das Feuerwerk hatte sie aus der Betäubung gerissen. Seitdem lag sie mit klopfendem Herzen zusammengekrümmt in der Dunkelheit. Der Boden unter ihr war kalt und rau. Beton. Ein Keller?

Sie wusste nicht, was der Mann in den letzten Stunden mit ihr gemacht hatte. Er hatte sie am Vormittag auf dem Supermarktparkplatz angesprochen.

»Meinem Hund geht es nicht gut. Der Tiernotarzt ist unterwegs. Ich muss mich an die Straße stellen, um ihn auf den Parkplatz zu lotsen. Wären Sie so freundlich und schauen so lange nach ihm?«

Sie beugte sich in den geöffneten Kofferraum und sah das faltige Gesicht einer weißen Englischen Bulldogge. Ein Auge war schwarz umrandet. »Du armes Kerlchen. Wie heißt du denn?«

Sie war mit Kabelbindern an den Handgelenken aufgewacht. Der Knebel in ihrem Mund hatte sie am Schreien gehindert. Jetzt liefen heiße Tränen ihre Wangen hinunter. Sie hatte sein Gesicht gesehen. Er hatte sich keine Mühe gegeben, es vor ihr zu verbergen.

Sie musste hier raus!

Panisch zerrte sie an den Fesseln und schrie ihre Verzweiflung durch den Knebel. Die Kabel schnitten ihr ins Fleisch, aber das machte sie nur noch wütender. Plötzlich vernahm sie ein Geräusch. Sie hielt in der Bewegung inne und lauschte in die Stille.

Nichts.

Da war nichts.

Das durfte nicht sein!

Eine Autotür schlug. Sie erstarrte und spürte ihr Herz schneller schlagen.

Erneute Stille.

Nach einer Weile beruhigte sie sich. Vielleicht hatte sie sich das alles nur eingebildet. Sie schloss die Augen und dämmerte wieder weg.

»Sakra, jetzt hab ich die verdammte Tasche im Taxi liegengelassen!«

Sie riss den Kopf hoch. Schritte auf der Kellertreppe, kein Zweifel. Die Stimme, die dumpf durch die Tür drang, kam ihr bekannt vor. Der Mann vom Parkplatz! Panik schnürte ihr die Kehle zu. Augenblicke später flammte eine nackte Glühbirne unter der Decke auf. Sie blinzelte in das grelle Licht.

»Wie geht es dir, Maria?«

Sie hieß nicht Maria!

»Schhhh, schhhh, das wird schon wieder, mein Schatz. Wenn du mir versprichst, dich ab sofort zu benehmen, lasse ich dich wieder nach oben ins Haus.«

Veganer Zwiebelkuchen

Zutaten:
Für den Teig:
250 g Mehl (Typ 550)
10 g Hefe
1/8 l Sojamilch
40-50 g Margarine oder Alsan
Prise Salz

Für die Füllung:
750 g Zwiebeln
200 g Räuchertofu (etwa von Taifun)
200 ml Sojasahne
3 TL Sojamehl
3 EL Wasser
Salz, Pfeffer
1 TL Kümmel

Zubereitung:
Teig:
Mehl, Salz, Hefe und Sojamilch gut miteinander vermengen und zu einem glatten Teig kneten. Mit einem Geschirrtuch abdecken und für eine halbe Stunde an einem warmen Ort gehen lassen. Danach sollte der Teig sein Volumen verdoppelt haben. Anschließend den Teig auf einer bemehlten Arbeitsfläche ausrollen und in eine leicht gefettete 26er-Springform geben.

Füllung:
Zwiebeln schälen, in feine Ringe schneiden und in einer großen Pfanne mit Öl anbraten, bis sie glasig sind. Das mit Wasser vermischte Sojamehl hinzugeben und die Masse bei geringer Hitze andicken lassen. Mit Salz, Pfeffer und Kümmel abschmecken.

Den Räuchertofu in kleine Würfel schneiden und scharf anbraten. Wenn der Tofu von allen Seiten braun ist, die Zwie-
belmasse hinzufügen und alles gut vermischen. Die Füllung
in die Springform geben und im vorgeheizten Backofen bei
180 Grad für 30 bis 40 Minuten backen.

Tipp:
Wenn der Zwiebelkuchen nicht sofort verzehrt werden soll,
nur 30 Minuten backen. Erst kurz vor dem Servieren erneut
10 bis 15 Minuten im vorgeheizten Backofen erwärmen. So
wird der Zwiebelkuchen nicht trocken und kann warm gereicht werden. Dazu passt ein Federweißer oder ein neuer
Wein.

CHRISTIAN SUSSNER

Olgas Geheimnis

Kira Rechenbach, knapp 25, Millionärin, Witwe und Nach-
fahrin russischer Zaren, stemmte Gewichte in der Villa auf
dem Anwesen ihres Großvaters am Bodensee. Sie dachte
an Max, und bei dem Gedanken an seine verstrubbelten
blonden Haare und das spitzbübische Grinsen musste sie
lächeln. Sie freute sich auf ihn und seine Freunde Marianna
und Hermann.

Nach dem Tod ihres Mannes – seiner Ermordung, wie
sich Kira in Gedanken verbesserte – waren Max, seine
Freunde und die schäbige Wohnung, die sie sich im Stuttgarter Süden teilten, so etwas wie der einzige Halt in Kiras Welt geworden, die trotz des alten Geldes ihrer Familie und des neuen Geldes, das sie von ihrem Mann geerbt
hatte, aus den Fugen zu geraten drohte. Seit Max geholfen hatte, den Mörder ihres Mannes zu finden[1], war eine
Freundschaft entstanden, wie Kira sie zuvor nicht gekannt
hatte. Kira seufzte und fragte sich nicht zum ersten Mal,
ob er nicht schon ein bisschen mehr als ein Freund geworden war, auch wenn sie für eine neue Beziehung noch nicht
bereit war.

Als sie gerade das Training beendet hatte, betrat Anton,
der Hausdiener, den Raum. Im Laufe von Kiras Leben waren seine einst vollen schwarzen Haare erst grau geworden
und schließlich fast alle ausgefallen. Oft brachte er heißes
Wasser statt Tee. Dennoch war er noch immer der engste
Vertraute von Kiras Großvater, der sich seit dem Tod ihrer
Großmutter aus dem Geschäftsleben der Familie zurückge-
zogen hatte.

---

1 Nachzulesen in „Hauptgang mit Leiche", in: Bettina Hellwig (Hrsg.):
„Schwabens Schwarze Seele. 25 Krimis, 28 Rezepte." Wellhöfer Verlag,
2015.

Sie spürte, wie sie ein flaues Gefühl im Magen bekam. Antons unerwartetes Auftauchen im Fitnessraum bedeutete nichts Gutes.

Er sah sie aus wässrigen grauen Augen an. »Olga ist wach. Es geht ihr sehr schlecht. Sie will sofort mit Ihnen sprechen.«

* * *

»Schwäbisches Essen! Nichts anderes!« Marianna strahlte Maximilian Gottlieb Hallertau, genannt Max, an, während der in seinem Hühnerfrikassee und Hermann in seinen Königsberger Klopsen stocherten. Am Fenster sausten Kirchtürme und Scheunen vorbei. »Wer einmal Linsen mit Spätzle probiert hat, der will nichts anderes mehr!« Sie kicherte. Ihr Pferdeschwanz wippte. »Stimmt's, oder hab ich recht, Max?«

Max saß mit seinen beiden Stuttgarter Mitbewohnern, der quirligen Marianna und dem Engländer mit nigerianischen Wurzeln Hermann, im Zug nach Ulm, wo sie nach Lindau umsteigen würden. Kira hatte sie eingeladen und sogar die Zugfahrkarten bezahlt. Der 80. Geburtstag ihres Großvaters stand bevor – und der war reich wie Posh Spice. So hatte es Hermann ausgedrückt, als Kira ihnen Fotos seiner Jacht und der Villa gezeigt hatte, neben der sogar der Kreml wie ein Bungalow wirkte. Bei dem Gedanken an Kira schlug sein Herz schneller. Gleichzeitig war er nervös. Hoffentlich mochte sie das Geschenk, das er für sie gekauft hatte – eine Haarspange mit einer weißen Rose. Sie hatte eine ähnliche mit roten und schwarzen Blütenblättern. Er fand, dass sie toll an Kira aussah.

Als Max sein Frikassee wegschob, griff eine große schwarze Hand danach. »Better than these dumplings.« Hermann lachte ihn an und deutete auf die Königsberger Klopse. »They are worse than Haggis, you know what I mean!« Er zwinkerte Max zu, dem er schon von der schottischen Spezialität erzählt hatte: dem Magen eines Schafes, unter anderem gefüllt mit Schafs-Innereien.

»Wir brauchen was zum Runterspülen!«, rief Marianna und wedelte mit der Speisekarte. »Bitte ein Bit!« Sie gluckste. Als Hermann aufsprang, um zur Theke zu gehen, rumpelte der Zug gerade über eine Weiche. Er prallte mit der Schulter gegen den Arm eines großen schlanken Anzugträgers, worauf dieser einen Teller mit Torte fallen ließ, der klirrend auf dem Boden zersprang.

»Vorsicht, Blacky!«, rief der fremde Mann und drückte seinen Zeigefinger auf Hermanns Brust. Durch seine Solariumsbräune wirkte er jünger, als er wahrscheinlich war. »Weißt du nicht, wie man sich benimmt! Wenn du bei uns leben willst, dann musst du wissen, wo dein Platz ist. Oder es geht zurück in den Busch!« Hermann war so groß wie der andere, aber doppelt so breit. Er wich keinen Schritt zurück, verzog den Mund zu einem breiten Grinsen und sagte nur »Oh dear, you're hurt!«

Max wusste, dass sich Hermann nicht provozieren lassen würde. Es war nicht das erste Mal, dass er wegen seiner Hautfarbe angefeindet wurde. Er wollte trotzdem seinem Freund helfen und trat neben Hermann, während Marianna die Reste der Torte zusammensammelte.

»Entschuldigen Sie bitte. Ich kaufe Ihnen eine neue Torte«, sagte er zu dem Fremden. Der blickte ihn erstaunt an. »Halt dich da raus, Kleiner. Es geht nicht um die Torte. Mister Black hier muss Manieren lernen.« Er hatte den Zeigefinger noch immer erhoben. Unter dem dunkelblauen Jackett blitzten goldene Manschettenknöpfe.

»Come on man«, mischte sich Hermann wieder ein. »No need to fight. Please accept my apologies.« Er streckte dem anderen die Hand entgegen.

Die Kiefermuskeln des Fremden arbeiteten. Er schlug die Hand weg und trat noch einen Schritt auf Hermann zu, sodass sich ihre Gesichter fast berührten. »Nicht so einfach, Freundchen. Erst machst du hier Ordnung!« Er deutete auf die Scherben, die noch über den Boden verteilt waren, und einen Mitarbeiter des Bordbistros, der soeben mit einem Besen anfing, sie zusammenzukehren. »Wir sind hier nicht deine Diener!«

Hermann grinste ihn wieder an und drehte sich dann weg, um sich wieder an den Tisch zu setzen. »If only we were amongst friends ... or sane persons!«, flüsterte er Max zu. Den Angriff sah er nicht kommen. Der Fremde rammte ihm von hinten die Schulter in den Rücken, doch Hermann schwankte kaum. Ihn warf so schnell nichts um – jahrelanges Schwimmtraining, wie Max wusste.

Marianna hatte genug gesehen. Sie sprang auf, warf sich auf den Fremden und trommelte mit beiden Händen auf ihn ein. »Lass! Ihn! In! Ruhe!«, kreischte sie, von der stillen Beobachterin verwandelt in eine Furie.

Der Fremde stieß sie weg, beugte sich über sie und machte einen verhängnisvollen Fehler.

Er holte zum Schlag aus. Da erschien hinter ihm ein großer Schatten, der die erhobene Faust auffing. Ein muskulöser schwarzer Arm legte sich um seinen Hals, der sich so schnell und kraftvoll zusammenzog wie eine Python um den Leib ihrer Beute. Der Fremde schlug wild um sich.

Doch Hermann ließ nicht locker.

Als die Bewegungen des anderen nachließen, rappelte sich Marianna auf, die wie Max für einen Moment erstarrt den ungleichen Kampf beobachtet hatte. Sie legte die Hand auf Hermanns Schulter. »Ich glaube, Mister White hat genug. Lass ihn.« Sofort lockerte Hermann den Griff, doch ließ er ihn noch nicht los. Er flüsterte etwas in das Ohr des Fremden, das Max nicht verstand. Dann stieß er ihn von sich. Der Fremde sank in die Knie und röchelte. Von der anderen Seite des Bordrestaurants hörte Max Applaus. Als der Fremde sich wieder erheben konnte, blickte er wutentbrannt in die Richtung der drei Freunde, die sich wieder an den Tisch gesetzt hatten. »Das … ihr werdet das noch bereuen!«, stotterte er, dann wandte er sich um und verließ das Restaurant. Ihm folgte ein zweiter Mann, der zwei große Koffer zog.

»Was hast du ihm eigentlich gesagt?«, fragte Max Hermann, als die beiden Männer weg waren.

Hermann lächelte wieder. »Thank you for the kind conversation!«

* * *

Wie es Kira versprochen hatte, wartete am Bahnhof eine schwarze Limousine auf sie. An der Kühlerhaube lehnte ein schmächtiger Mann, der nur etwas über 1,60 Meter groß war, und durch dessen dünne, akkurat nach hinten gekämmten weißen Haare die Kopfhaut schimmerte. Tiefe Falten im Gesicht zeugten von einem langen, wechselhaften Leben.

Max sprach ihn an. »Entschuldigen Sie bitte. Sie müssen Anton sein. Mein Name ist Maximilian Hallertau. Das sind Marianna und Hermann. Wir sind Kiras Freunde.«

Der Mann sah ihn an und lächelte. »Na also, dann sind wir ja schon komplett! Schmeißt eure Koffer in den Kofferraum, dann fahre ich euch in die Villa!« Wie Kira hatte er einen leichten russischen Akzent.

Max war beeindruckt, wie agil der kleine alte Mann war. »Danke, Anton. Ich darf doch Anton sagen?«

»Ganz wie du willst.« Der Alte lachte. »Ich sollte aber vielleicht verraten, dass ich nicht Anton bin. Der Gute ist vorhin eingeschlafen. Da bin ich eingesprungen. Wenn ihr wollt, könnt ihr mich Sascha nennen.«

Sie erreichten den Bodensee und folgten einer Straße am Wasser entlang. »Nur ein kleiner Umweg, wäre schade, wenn ihr den See verpasst«, nahm Sascha das Gespräch wieder auf. »Am Wochenende sind die Bregenzer Festspiele, da wimmelt es hier von Touristen. Ich glaube nicht, dass wir dann noch mal herkommen.« Max nickte. Auch der Zug nach Lindau war brechend voll gewesen. Sascha fuhr fort: »Kira freut sich sehr auf euch. Es tut ihr gut, dass sie auf dem Fest ihres Großvaters ein bisschen Gesellschaft von Leuten hat, die nicht nur über Geld, Karriere oder Thronfolge reden.«

Max gefiel, wie offen Sascha über die Familie sprach. »Ihre ganzen Neffen, Tanten, Cousinen und so weiter scheinen ihr ganz schön auf die Nerven zu gehen«, sagte er, worauf Sascha so heftig lachen musste, dass er sich verschluckte. »Stimmt!«, rief er. »Da ist einer schlimmer als der andere, ihr macht euch keine Vorstellung!«

»Warum zwingt ihr Großvater sie dann, zu solchen Festen zu kommen?«, erkundigte sich Marianna.

»Familie«, sagte Sascha. »Das bedeutet uns viel. Die Neffen, Tanten und Cousinen würden nicht verstehen, wenn Kira nicht da wäre. Zumal ja ihre Eltern nicht kommen können.« Kira hatte erzählt, dass ihre Eltern geschäftlich auf der ganzen Welt unterwegs waren. Sie hatten von Kiras Großvater einen Teil des Familienimperiums übernommen, Kiras Onkel Nikolaj den anderen.

»La Famiglia Corleone«, ergänzte Hermann von hinten.

»Da ist was Wahres dran, mein Bester. Da ist was Wahres dran.«

Sie erreichten ein großes weißes Flügeltor, das sich wie von Zauberhand öffnete.

»Gleich sind wir da. Dann lernt ihr alle kennen.«

* * *

Max, Marianna und Hermann musterten die Villa mit offenstehenden Mündern. »Palast« hätte das Gebäude besser beschrieben. Es war noch pompöser, als es auf den Fotos ge-

270

wirkt hatte, unmöglich, auf den ersten Blick alle Türmchen und Nebengebäude zu erfassen. Am Hang des Pfändermassivs gelegen, breitete sich unterhalb der Villa ein großartiger Blick über den Bodensee aus.

Sascha führte sie durch eine Empfangshalle, die größer als ein Einfamilienhaus war. Über eine großzügig geschwungene Bogentreppe gelangten sie in den ersten Stock, wo sie einem endlosen Gang folgten, von dem unzählige Türen abgingen. Schließlich kamen sie an eine Doppeltür, neben der auf einem großen Messingschild »Alexander Romanow« stand. Ohne zu klopfen, drückte Sascha die Tür nach innen auf. »Das Büro von Kiras Großvater. Hereinspaziert!« Er lächelte breit.

Max war überrascht, wie sparsam der Raum eingerichtet war, von überquellenden Bücherregalen auf beiden Seiten abgesehen. Anders als auf dem Flur gab es hier keinen dicken Teppich, sondern einfache Holzdielen. Als einzigen Luxus schien sich Herr Romanow viel Platz zu gönnen. Obwohl der Raum mindestens 10 mal 10 Meter maß, gab es nur einen großen Holzschreibtisch und eine einfache Sitzecke mit geblümten Polstermöbeln. Zu seinem Erstaunen setzte sich Sascha direkt an den Schreibtisch und wartete lächelnd auf eine Reaktion. Als keiner der Freunde sich traute, etwas zu sagen, breitete er die Arme aus. »Willkommen im Anwesen der Romanows. Mein Name ist Alexander Romanow. Ihr dürft mich gerne weiter Sascha nennen!« Er grinste wie ein Junge nach einem gelungenen Streich.

Marianna zog die Luft ein und wurde rot. Hermann verschluckte sich. »Sorry for the Corleones«, brachte er heraus. Max musste lachen. Er vermutete, dass das ein Trick von Sascha gewesen war, um nicht zu viel Ehrfurcht aufkommen zu lassen. Er wollte nur Kiras Großvater sein, nicht der millionenschwere Nachfahre russischer Zaren. Und vielleicht hatte er sie auch ein wenig auf die Probe gestellt.

Max verstand, warum Kira so an ihrem Großvater hing.

Sascha griff nach einem goldummantelten Telefon. »Schick bitte Kira her. Ihre Freunde sind da. Danke.«

Er wandte sich wieder an Max und seine Freunde. »Anton ist wieder wach.«

In diesem Moment flog die Tür auf.

»Vater!«, schrie ein Mann, den nicht nur Max sofort erkannte.

»Mister White!«, zischte Marianna.

Sascha erhob sich. »Nikolaj, was machst du denn schon hier? Darf ich dir Kiras Freunde vorstellen? Und nenn mich nicht Vater, du weißt, dass ich das nicht mag.«

Nikolaj betrat den Raum, ihm folgte der Mann mit den Koffern, ein kleinerer, blonder Mann Mitte 20.

»Was wollen die denn hier? Das kommt wohl davon, wenn man sich mit Bürgerlichen einlässt! Erst dieser Industrielle, und dann diese ...« Er wandte sich direkt an Max. »So sieht man sich also wieder. Wir werden ja sehen, ob ihr hier auch so impertinent seid ...«

»Schluss jetzt!« Sascha trat hinter dem Schreibtisch hervor. Seine Augen blitzten. »Sie sind meine Gäste und du wirst sie gut behandeln. Haben wir uns verstanden?«

Nikolajs Kiefermuskeln spannten sich an, wie im Zug, bevor er auf Hermann losgegangen war. Dann entspannte er sich.

»Aber natürlich, Sascha. Wir werden uns einfach aus dem Weg gehen. Ich glaube ohnehin nicht, dass unser Freund aus dem Busch hier zu einer gepflegten Konversation imstande ist.« Marianna schnappte nach Luft, doch Hermann sparte sich eine Antwort.

Es klopfte an der Tür. Ein Mann betrat den Raum, der noch älter als Sascha zu sein schien und dessen spärliche weiße Haare in alle Richtungen standen. Max war sich sicher: Das war Anton.

Er redete mit der krächzenden Stimme eines alten Mannes. »Ich kann Kira nirgends finden. Sie war vorhin kurz bei Olga. Vielleicht möchte sie allein sein.«

»Wahrscheinlich schwänzt sie deinen Geburtstag, Sascha, und niemand passt auf ihre Freunde auf. Lass uns schon mal die Silberlöffel zählen«, sagte Nikolaj und blickte in Hermanns Richtung.

Der junge blonde Mann, der die Koffer gezogen hatte, erwachte zum Leben. »Was ist mit meiner Mutter? Ist sie wach?«

Nikolaj drehte sich zu ihm um. »Ganz ruhig, Wanja. Die Alte ist bestimmt wohlauf.«

Anton räusperte sich und trat auf Wanja zu. »Tut mir leid, Junge. Olga hat es hinter sich.«

* * *

Nachdem Sascha sie entlassen hatte, geleitete Anton Max, Marianna und Hermann in ihre Zimmer. Sie befanden sich in einem anderen Flügel des Anwesens, dem alten Teil, wie Anton erläuterte.

Max war enttäuscht, dass Kira sie noch nicht begrüßt hatte. Bereute sie, ihn eingeladen zu haben? Wünschte sie sogar, dass er wieder ging?

Oder hatte ihr Fernbleiben mit dem Tod dieser Olga zu tun, Wanjas Mutter?

* * *

Am nächsten Morgen war Kira noch immer nicht aufgetaucht, und Nikolaj war tot.

Ein lang gezogener Schrei in den frühen Morgenstunden hatte Max geweckt.

Kurze Zeit später standen sie wieder in Saschas Arbeitszimmer, wo Kiras Großvater und Wanja sie erwarteten. Niemand schien Anstoß daran zu nehmen, dass Marianna noch immer ihren Pyjama trug – lilafarben mit grünen Häschen – und Hermann und Max nur Boxershorts und T-Shirts.

»Danke, dass ihr gleich kommen konntet. Ich habe leider schlechte Nachrichten. Nikolaj ist heute früh von einem der Türme gestürzt. Unser Arzt hat vor wenigen Minuten seinen Tod festgestellt.« Er blickte sie ausdruckslos an.

Hermann fand als Erster die Sprache wieder. »Sorry for your son.«

»Danke. Er war nicht mein Sohn. Und wir hatten kein … kein sehr herzliches Verhältnis, so kann man es vielleicht sagen.« Er räusperte sich. »Wir wissen noch nicht, ob es sich um einen Unfall oder um … etwas anderes handelt. Bitte setzt euch.« Er deutete in Richtung der geblümten Sofas. »Wanja, bitte wiederhole, was du gerade gesagt hast.«

Max war von Saschas Tempo überrascht. Er ließ ihnen keine Gelegenheit, Fragen zu Nikolajs Unfall zu stellen.

Der blonde junge Mann blickte unsicher von Sascha zu Max, dann zu Hermann. »Ich habe von dem Vorfall im Zug gestern berichtet … als Sie«, er deutete auf Hermann, »Nikolaj fast erwürgt hätten.«

»Er hat angefangen!«, platzte Marianna heraus. »Und Hermann beleidigt!« Marianna verschränkte die Arme vor ihrem bunten Schlafanzug. Sie sah aus wie ein trotziges Kind.

»He was about to slap Marianna in the face«, ergänzte Hermann, der wie immer ganz ruhig blieb.

»Das stimmt«, bestätigte Sascha. »Wanja hat auch diese Seite der Geschichte erzählt. Versteht das bitte nicht falsch, aber ich muss herausfinden, was geschehen ist. Und zwar ohne Öffentlichkeit. Die erfährt irgendwann die Variante mit dem tragischen Unfall. Hermann, ich muss dich bitten, bei uns zu bleiben, bis alles aufgeklärt ist. Die Polizei will dich sicher auch befragen.«

Max konnte die Frage nicht länger zurückhalten: »Wo steckt eigentlich Kira?«

Sascha und Wanja sahen sich an, dann zuckten beide fast gleichzeitig mit den Schultern.

»Wir haben da etwas Komisches entdeckt«, sagte Wanja. »Sie war gestern die Letzte, die mit meiner Mutter reden konnte. Seitdem hat sie niemand gesehen.« Er holte einen Ausdruck hervor. »Einer der Putzfrauen ist vorhin aufgefallen, dass Kiras Laptop lief und das Mailprogramm noch geöffnet war. Offensichtlich hatte sie begonnen, eine Mail zu schreiben, diese aber dann nicht fertiggestellt und abgeschickt.« Er gab Max das Papier. »Aber lies selbst.« Max sah auf den Ausdruck. Adress- und Betreffzeile waren leer:

„Du kannst dir nicht vorstellen, wie erschüttert ich bin. Sie hat mir ihr Lebensgeheimnis offenbart, und es ist so tragisch, so unfassbar. Ich muss mich fragen, ob der nahende Tod ihre Gedanken verwirrt hat. Fast wünsche ich es mir. Leider sagt mir mein Gefühl, dass jedes Wort wahr ist. Und daher werde ich nicht denselben Fehler machen wie Olga, sondern mein Wissen mit dir teilen. Er muss zur Rechenschaft gezogen werden. Noch immer kann ich nicht glauben, dass er zu so etwas fähig war, dass er kalten Blutes ..."

An dieser Stelle brach die Mail ab.

»Was hat das zu bedeuten?«, fragte Max. »Und warum hat sie die Mail nicht beendet?«

»Das wissen wir auch nicht. Aber sie ist erwachsen. Sie muss sich nicht abmelden, wenn sie geht. Das hat sie schon früher nie gemacht. Kira kann auf sich aufpassen.«

Sascha erhob sich. »Meine Enkeltochter war schon immer sprunghaft. Eine nicht beendete Mail muss nichts bedeuten. Unsere Unternehmen sind nicht deswegen so erfolgreich, weil wir leicht in Panik geraten. Sie wird sicher bald auftauchen.« Er setzte sich wieder. »Mein Fest habe ich bereits abgesagt. Anton wird euch jetzt zu euren Zimmern zurückbringen. Sobald Kira wieder da ist, sehen wir weiter.«

Statt Anton, den erneut die Müdigkeit ereilt hatte, begleitete Wanja sie zu ihren Zimmern.

»Ich wollte mich noch bei euch entschuldigen«, setzte Wanja an, als sie Saschas Zimmer verlassen hatten. »Ich hoffe, ihr bekommt wegen mir keinen Ärger. Nikolaj war kein guter Mensch. Im Zug habt ihr nichts falsch gemacht. Hoffentlich klärt sich alles.«

Hermann lächelte breit. »It's alright, mate. No worries!«

»Was meinte Sascha vorhin?«, fragte Marianna. »Nikolaj nicht sein Sohn? Ich dachte, er ist Kiras Onkel?«

Wanja sah sie an. »Er war der Sohn von Saschas erster Frau. Sie brachte ihn mit in die Ehe. Sie starb kurz nach der Hochzeit.«

»Und dann hat er Kiras Großmutter geheiratet?«

»So in etwa, ja. Ein paar Jahre vergingen schon. Ich glaube, Sascha fühlte sich gegenüber Nikolaj irgendwie schuldig. Weil er ohne Mutter aufwachsen musste, oder weil er noch einmal geheiratet hat, vielleicht. Sie hatten kein herzliches Verhältnis, das hat er vorhin selbst gesagt. Aber es fehlte Nikolaj nie an etwas. Studium in der Schweiz, Geld, so viel er brauchte. Dann hat er mit Kiras Vater die Leitung der Familienunternehmen übernommen. Er war kein schlechter Geschäftsmann. Sehr ... naja: strikt.«

»Du kennst ihn schon lange, oder?«

»Ich bin hier aufgewachsen, meine Mutter stand schon seit Urzeiten im Dienst der Romanows. Schon mit 16 wurde ich Nikolajs Diener. Befreundet waren wir allerdings nicht. Er war sehr ... er hatte ein sehr ausgeprägtes Standesdenken.«

»Und Kira kennst du auch gut?«, fragte Max.

»Seit meiner Kindheit.«

Sie erreichten Max' Zimmer. Wanja legte eine Hand auf den schweren Türgriff. »Sie hat mir schon von dir erzählt.«

Max' Herz setzte einen Schlag aus. »Warum hat sie dann mir nie von dir erzählt?«

»Ich glaube, sie spricht nicht gerne über ihre Familie, obwohl hier nicht alles schlecht ist. Und mach dir keine Sorgen.« Er lächelte und öffnete die Tür. »Wir sind wie Bruder und Schwester.«

Max musste lächeln. Was Kira ihm wohl erzählt hatte?

»Weißt du, was deine Mutter Kira sagen wollte? Oder wo sie jetzt steckt?«

»Keine Ahnung. Ich denke, Kira wird es uns erzählen, falls sie möchte. Ich glaube auch, dass sie bald wieder auftaucht.«

* * *

Die drei Freunde verbrachten einen langweiligen Tag ohne Neuigkeiten von Kira. Max war von ihrer Mail irritiert. Was, wenn sie Hilfe brauchte? Sascha und Wanja schienen sich jedoch keine Sorgen zu machen, und sie kannten Kira so viel länger als er.

Max sah ein, dass er dem jetzt nicht auf den Grund gehen konnte.

Am Nachmittag befragte sie ein gelangweilter Polizeibeamter, der sich sicher war, dass Nikolaj Opfer eines tragischen Unglücks geworden war. Von Sascha hörten sie nichts.

Nach dem Abendessen in seinem Zimmer beschloss er, dass sie genug herumgesessen hatten.

»Ich weiß nicht, wie es euch geht, Leute. Mir sind das zu viele Zufälle für einen Tag. Erst stirbt Wanjas Mutter. Dann verschwindet Kira, nachdem sie Olga am Totenbett besucht und angefangen hat, eine sonderbare Mail zu schreiben. Was meinte sie? Zur Rechenschaft ziehen? Kalten Blutes? Das ist doch nicht normal. Dann stirbt auch noch Nikolaj. Das muss doch irgendwie zusammenhängen. Die Frage ist nur: wie?«

»Was meinst du?«, fragte Marianna.

»Na, irgendwas muss Olga Kira gesagt haben. Und irgendwie hat das dazu geführt, dass Kira überstürzt aufbrechen musste und sich bis jetzt nicht bei uns melden kann.

Und dann muss das irgendwie mit dem Tod von Nikolaj zusammenhängen.«

»Pretty much *irgendwie*«, sagte Hermann.

Max ließ die Schultern hängen. »Ich weiß. Aber das Rumsitzen geht mir auf den Wecker.«

»Sascha hat gesagt, wir sollen nicht weggehen«, sagte Marianna.

»Er hat gesagt: Verlasst nicht die Villa. Und das machen wir auch nicht. Abgesehen davon glaube ich nicht, dass wir seine Gefangenen sind.«

»Was schlägst du vor?«, fragte Marianna. »Kira und Olga können wir schlecht fragen.«

Hermann erhob sich. »Let's see where Nikolaj died!«

* * *

Sie brauchten über eine Stunde, bis sie endlich den Innenhof fanden, wo in den Morgenstunden Nikolaj in den Tod gestürzt war. Jetzt war es ruhig. Der Hof war mit einem Plastikband abgesperrt, über das sie kletterten. Sie fanden den Ort des Aufpralls sofort: ein breiter Fleck getrockneten Bluts, der mit Sand bedeckt worden war. Er war etwa einen Meter von einem hohen viereckigen Turm aus rohem Stein entfernt, der den Hof dominierte. Er stellte einen merkwürdigen Gegensatz zu dem sonst so feinen und gepflegten Anwesen der Romanows dar.

Max blickte nach oben. Er konnte untereinander fünf unverglaste Fenster sehen. Darüber verlief die Regenrinne eines hohen Satteldachs.

Aus einem dieser Fenster musste Nikolaj gestürzt sein.

Marianna zog an der Tür. Unverschlossen. »Was meint ihr, Jungs, wollen wir mal?«

Sie betraten das Innere des Turms – ein quadratischer Raum, mehr nicht, in dessen hinterem Bereich eine enge Wendeltreppe nach oben führte.

»Up we go!«, rief Hermann und machte sich an den Aufstieg.

Nach einem Dutzend niedriger Stufen erreichten sie einen Treppenabsatz, von dem eine Tür in ein leeres Zimmer mit tiefer Decke und einem Fenster führte, das auf den Hof blickte. Die Außenwände zu beiden Seiten bestanden aus nacktem Stein.

In den folgenden drei Stockwerken fanden sie identische leere Zimmer.

Sie stiegen weiter nach oben. »Wie viele Stufen kommen da eigentlich noch?«, fragte Marianna, die schwer nach Luft rang.

Schließlich endete die Treppe endlich vor einer letzten Tür. Sie war verschlossen. Max rüttelte am Türknopf, aber es tat sich nichts. »Verdammt! Da muss doch was …«

Marianna zog Max zur Seite. »Mach mal Platz.«

»*Sesam öffne dich*!«, schrie Hermann in seinem starken englischen Akzent und rammte die Schulter gegen die Tür. Sie sprang nach innen auf, und die dahinterliegende Kammer war –

Leer.

Sie war deutlich schmaler als die unteren Räume. Oberhalb der Wände war die Konstruktion des Satteldachs zu sehen. Das Fenster führte aus einer Dachschräge nach außen und gab den Blick über die Dächer der Villa und Teile des Innenhofs frei. Unterhalb des Fensters verlief eine alte Regenrinne, die mit Laub verstopft war.

Sonst gab es nichts zu entdecken.

Max seufzte enttäuscht.

»Tut mir leid, Max.« Marianna hakte sich bei ihm unter. »Wir werden Kira schon noch finden.«

* * *

Als sie aus dem Turm ins Freie traten, wartete Wanja auf sie. »Ach hier seid ihr. Sascha will euch dringend sprechen. Er macht sich jetzt auch Sorgen um Kira.«

Kira. Max musste an die Haarspange denken, die er ihr schenken wollte, die mit der weißen Rose. Warum fiel sie ihm gerade jetzt ein?

Na klar. Am unteren Rand des Turms war eine Rosen-hecke. Dort blühten rote Rosen, und eine hatte dieselben schwarzen Blütenblätter wie Kiras Haarspange ... er griff nach der Rose. Sie war aus Plastik und mit dünnem Draht an einer Haarspange festgemacht.

»Marianna! Hermann!«

Seine Freunde drehten sich zu ihm um.

»So eine hat Kira auch!« Er hielt die Haarspange in die Höhe. »Wie kommt die hierher?«

»Vielleicht ist das nicht ihre?« Marianna zuckte mit den Schultern.

»Vielleicht nicht. Aber langsam glaube ich nicht mehr an Zufälle.«

»But the tower is empty!« Hermann deutete nach oben. Max folgte unwillkürlich seinem ausgestreckten Arm, und plötzlich hatte er das Gefühl, als hätte er etwas übersehen ...

»Kommt ihr bitte? Sascha hat viel zu tun.« Wanja wurde ungeduldig. »Und er wartet nicht gerne.«

Max sah noch einmal den Turm an. Fünf Fenster, dann das Dach. Alle Zimmer waren leer. Was nur ...

»Bitte, ich will ihn nicht warten lassen. Außerdem wird es gleich regnen!« Wanja wedelte mit der erhobenen Hand.

Und dann fiel der Groschen.

»Die Regenrinne!«, brüllte Max.

Er stürmte in den Turm. Hermann und Marianna folgten ihm.

Im Rennen erklärte er:

»Von außen sehen wir fünf Fenster unterhalb des Dachs und der Regenrinne. Im Inneren des Turms haben wir fünf

Zimmer gefunden – allerdings ist das oberste Zimmer in der Dachschräge, oberhalb der Regenrinne. Und kann nicht gesehen werden, wenn man direkt vor dem Turm steht.«

»Oh yeah?«, fragte Hermann, der unmittelbar hinter ihm war.

Max blieb stehen und drehte sich zu seinen Freunden um. »Es gibt noch ein Zimmer, hinter dem obersten Fenster. Marianna, du hast dich vorhin beschwert, dass es am Ende so viele Stufen waren. Es waren unter dem Dach tatsächlich mehr als zwischen den anderen Stockwerken, wahrscheinlich genau doppelt so viele.

Marianna schlug sich mit der Hand auf die Stirn.

»A secret chamber!«, rief Hermann.

»Genau, und zwar in einer geheimen Ebene über dem obersten Zimmer und unterhalb der Dachkammer. Die Frage ist: Wo ist der Eingang für das geheime Zimmer?«

Max war sich sicher, dass sie Kira dort finden würden.

Sie begannen, im Treppenhaus nach geheimen Hebeln und versteckten Türen zu suchen, ohne Erfolg. Danach nahmen sie sich das Zimmer unterhalb der Dachkammer vor. Die Wände bestanden aus großen Steinquadern, deren Konturen klar zu erkennen waren. Sie zogen und rüttelten an jeder Kante.

Von einem geheimen Zugang keine Spur.

»Must be up there.« Hermann deutete in Richtung der Dachkammer.

»Vielleicht war sie ja deswegen verschlossen«, ergänzte Marianna.

Sie gingen nach oben. Auch in der Kammer waren ein paar Stellen so ungenau gearbeitet, dass Steine hervorstanden, doch so viel sie auch in jede Richtung rüttelten, es tat sich nichts. Sie klopften die Wände ab, schauten aus dem Fenster, ob es vielleicht im Rahmen oder der Dachrinne einen Hebel gab. Sogar den Boden untersuchten sie Stück für

Stück nach verborgenen Luken oder Falltüren, die eine Ebene nach unten führten.

»Why not ... climb?«, schlug Hermann vor.

Marianna lachte schrill. »Das ist nicht dein Ernst! Da geht es mindestens zehn Meter runter!«

Hermann zuckte mit den Schultern.

»Vielleicht unter dem Dach?« Max deutete nach oben. Nur das Satteldach war über ihnen, mit den steil nach oben zulaufenden Schrägen des Dachstuhls über der Tür auf der einen und dem Fenster auf der anderen Seite. Dazwischen ragten die Seitenwände des Turms an den höchsten Stellen in der Mitte mindestens vier Meter in die Höhe.

Er konnte die Holzkonstruktion erkennen, auf der die Ziegel auflagen.

Hermann begann, an den unebenen Stellen der linken Seitenwand hinaufzuklettern.

»Sollten da nicht Spinnweben oder so was sein?«, fragte Marianna.

»Holy Shit! Max, come up here!«, rief in diesem Augenblick Hermann und setzte sich – obendrauf.

Max traute seinen Augen nicht. Wie konnte er sich auf die Mauer setzen, die doch das Dach tragen musste?

Nach ein paar Augenblicken saß er neben Hermann auf der Mauer und sah endlich deren Geheimnis: Sie war nicht die eigentliche Außenwand des Turms. Diese kam etwa einen halben Meter dahinter. Von unten wirkte die vordere Mauer wie die Außenwand, dabei stand sie frei vor der eigentlichen Außenmauer des Turms: eine optische Täuschung.

Zwischen beiden Mauern waren Eisenstiegen befestigt, die nach unten führten, weit nach unten ....

Max begann den Abstieg in das untere Stockwerk. Er erreichte den Boden und musste sich durch einen engen Gang seitlich hindurchdrücken, bis er endlich in einem weiteren Raum stand, der keine Türen, aber ein Fenster hatte – das oberste von außen sichtbare Fenster.

Und da fand er sie, die Hände über dem Kopf mit einem Seil an einen Ring in der Decke gefesselt, ihr Mund geknebelt: Kira.

* * *

»Kurz vor eurer Ankunft erwachte Olga. Sie wusste, dass es mit ihr zu Ende ging.«

Kira sah Max an. Sie lag in einem großen Bett in ihren Räumen der Villa.

Als Max sie in dem Turm gefunden hatte, war sie dehydriert und kaum bei Bewusstsein gewesen. Mit Hermanns Hilfe hatte er sie aus dem Geheimzimmer die Eisenstiegen hochgeschleppt. Sascha hatte sich sofort um ärztliche Versorgung gekümmert. Anschließend schlief Kira über zwölf Stunden, wobei Max nicht von ihrer Seite gewichen war.

Jetzt stand er mit Sascha, Hermann, Marianna und Wanja an ihrem Bett.

»Sie wollte sich aber nicht nur verabschieden. Sie hatte ein Geheimnis.« Kira holte tief Luft. »Nikolaj, mein Onkel, naja, Stiefonkel natürlich, übernahm mit meinem Vater die Unternehmensleitung, nachdem Oma gestorben war. Oma hätte das nie zugelassen.« Kira machte eine kurze Pause, bevor sie weitersprach.

»Wie praktisch, dass sie starb, als Nikolaj so weit war, in die Unternehmensspitze aufzusteigen.«

»You mean, she …«, unterbrach sie Hermann.

»Er hat sie ermordet, ja. Olga hatte es beobachtet. Er hat sie bedroht.«

Sie blickte in Wanjas Richtung. »Es ging um dich. Er drohte, dir etwas anzutun, Wanja, wenn sie irgendjemandem etwas sagen würde. Deswegen wollte er dich auch als Diener haben. Solange du in seiner Nähe warst, war er sicher, und er musste nicht auch noch Olga ermorden.«

»Aber warum hat sie es jetzt erzählt?«, fragte Marianna.

»Ich weiß nicht. Sie ist ja nicht zur Polizei gegangen, sondern erzählte es nur mir. Vielleicht wollte sie es nicht mit ins Grab nehmen, und da ich die beste Freundin ihres Sohnes bin, vertraute sie vielleicht darauf, dass ich schon das Richtige tun würde. Sie starb, sobald sie es mir erzählt hatte. Ich glaube, sie hat ihren Frieden gefunden.«

Sascha keuchte. »Ich hatte keine Ahnung. Was, wenn er eines Tages die alleinige Macht über das Unternehmen hätte haben wollen?« Er zog sich einen Stuhl heran und setzte sich. »Dass deine Großmutter auch dann noch recht behält, wenn sie schon lange tot ist.«

Kira lächelte ihn an. »Als Nikolaj erfuhr, dass sie im Sterben lag, musste er befürchten, dass sein Geheimnis nicht mehr sicher war.«

»Deshalb war er im Zug so schlecht gelaunt. Und Hermann hat die volle Wucht seiner schlechten Laune abbekommen!«, sagte Max.

»Er war auch schlecht gelaunt, weil wir überhaupt Zug fahren mussten«, ergänzte Wanja. »So kurzfristig war kein Flugzeug mehr zu chartern. Das Wochenende der Bregenzer Festspiele halt. Er fürchtete, zu spät zu kommen.«

»Genau. Er war aber trotzdem vor euch hier. Ich hatte so schnell nicht mit ihm gerechnet. Es gelang ihm, mich zu überwältigen, noch bevor ich meine Mail absenden konnte, die übrigens für Wanja bestimmt war. Nikolaj seilte mich in dieses Turmzimmer ab.«

»Dieser Turm.« Sascha runzelte die Stirn. »Er steht seit Urzeiten leer. Und von dem Geheimraum wusste ich nichts. Nikolaj muss ihn zufällig entdeckt haben. Das perfekte Versteck. Wenn Max dich nicht gefunden hätte …«

»Aber wie ist er gestorben?«, fragte Max.

»Das war ich.« Kira schlug die Augen nieder. »Ich wollte das nicht, aber ich hatte Todesangst. Es gelang mir, mich an dem Seil hochzuziehen und ihn mit Schwung mit beiden Füßen zu treten. Er verlor das Gleichgewicht und stürzte aus dem Fenster in die Tiefe.«

»Geschah ihm recht«, flüsterte Sascha. »Und ich habe ihn immer unterstützt.«

»Geht mir genauso.« Wanja zog die Stirn in Falten. »Wenn ich bedenke, dass meine Mutter die letzten Jahre ihres Lebens mit diesem Geheimnis leben musste.«

* * *

»What is it in Germany with your dumplings?« Hermann lachte in die Runde und schnitt ein erstes Stück von seinen Hechtklößchen.

Nachdem es Kira wieder besser gegangen war, hatte ihr Großvater beschlossen, doch noch seinen Geburtstag zu feiern, nur mit Kira und ihren Freunden, und sie in sein Lieblingsrestaurant einzuladen – kein Sternerestaurant, wie Max erleichtert feststellte. Die *Schwedenschenke* auf der Insel Mainau platzte natürlich aus allen Nähten, doch Sascha schien wohlbekannt zu sein. Wie durch Zauberhand war der beste Tisch des Restaurants frei, und so konnten sie doch noch einen Nachmittag am See verbringen.

Sascha hatte für alle sein Lieblingsgericht bestellt.

»Yeah man! These *Hechtklößchen* are Rock 'n' Roll!« Hermann hatte den ersten Bissen probiert.

Max hob sein Champagnerglas. »Alles Gute, Sascha!« Auch die anderen hoben ihre Gläser, und Sascha stieß mit allen an – mit Hermann, der noch kaute, mit Marianna, mit Wanja, dem der Schmerz um den Verlust seiner Mutter noch anzusehen war, mit Max, und zuletzt mit Kira, die noch etwas blass war. Sie trug die weiße Rose im Haar, die Max ihr geschenkt hatte.

»Wie schön, meinen Geburtstag mit euch zu feiern. Am meisten freue ich mich natürlich, dass meine Enkelin dank eurer Hilfe wohlauf ist.«

Er lächelte, doch Max hatte nur Augen für Kira, die ihn direkt ansah. Er dachte an das, was sie ihm gesagt hatte, als sie kurz allein gewesen waren und er ihr die Haarspange geschenkt hatte:

»Schon wieder verdanke ich dir mein Leben, Maximilian Gottlieb Hallertau. Bitte bleib bei mir.«

Badische Hechtklößchen

Zutaten:
1 kg Hecht
1 kg Sahne
28 g Salz
etwas Noilly Prat (ein Wermut)

Zubereitung:
Wichtig: alles sehr kalt!
Am besten wird alles in einem Cutter püriert und zu einer homogenen Masse verrührt. Je nach vorhandenen Geräten kann auch mit Fleischwolf (zweimal durchdrehen mit feinster Scheibe) und / oder Mixer gearbeitet werden. Ein Pürierstab ist ungeeignet.
Von der Masse werden mit zwei Löffeln Klößchen abgestochen und im 80 bis 90 Grad heißen Fischfond kurz gegart.
Zu den Klößchen eine schöne Sauce servieren, z. B. eine Sahnesauce mit Dill oder Krabben oder eine Grauburgundersauce (auch mit Sahne). Der Fantasie sind keine Grenzen gesetzt.
Vielen Dank an die Schwedenschenke auf der Insel Mainau für das Rezept!

REGINA SCHLEHECK

Menschenskind

»Nee, ne?« Tanica stöhnte. Wir lehnten am Fenster unseres Zimmers im Naturfreundehaus – traumhafter Blick auf den Bodensee! Wenn da nicht die Neuankömmlinge gewesen wären, die sich mit Taschen und Rollkoffern vor dem Gebäude sammelten. »Wie behindert ist das denn?«

Tatsächlich. Behinderte! Gestern früh hatten die italienischen Handballer sich verabschiedet. Enrico, mio amore! Eine mit Kuli auf ein ausgerissenes Stück karierten Ringbuchpapiers gekritzelte Adresse und ein Schweißband hatte er mir dagelassen. Tanicas in italienisch-englischem Kauderwelsch verfasster Brief von Paolo gab mehr her: »Ti prometto di visit you in the prossima vacanze in Dortmund!«

Als wir ausgekichert hatten, hielt Tanica den Bogen mit spitzen Fingern übers Spülbecken und zückte ihr Feuerzeug. Ich gab Enricos Adresse dazu. Das Schweißband entsorgte ich in den Papierkorb. Aus dem ich es allerdings blitzschnell wieder herausfischte, als Tanica auf dem Klo war, um es ganz unten in meinem Koffer zu verstauen. Dass die Adresse längst in meinem Kalender stand, behielt ich für mich.

Einen Tag lang waren wir mit dem Männergesangsverein aus Mannheim allein im Frühstückszimmer gewesen und hatten gehofft, dass sich unter den angekündigten Jugendlichen aus Bad Salzuflen-Knetterheide etwas Brauchbares fände. Nun war das ja voll in die Hose gegangen! Zwei der Betreuer schienen immerhin noch in einem Alter zu sein, das mit einem bisschen Augenzudrücken als jung durchgehen konnte. Dafür trug der eine Rasta-Locken, der andere Vollbart. Weia!

Zum Abendessen durften wir die Truppe dann aus der Nähe bewundern. Zwei Rollstuhlfahrerkinder waren dabei, einige, deren Geschlecht nicht ganz eindeutig war, die meisten hinkten, fuchtelten rum, stierten blöde in die Gegend, gaben komische Geräusche von sich und – das war am unappetitlichsten – sabbelten beim Essen.

»Widerlich!«, zischte Tanica, die mit einem voll beladenen Teller vom Buffet zurückkehrte. Sie hatte hinter einem Mongölchen anstehen müssen, das sich mehrfach etwas auf den Teller geschaufelt und dann wieder zurückgelegt hatte, sobald es etwas sah, worauf es mehr Lust hatte. »Total eklig!« Der bärtige Erzieher war schließlich dazugekommen. »Lass gut sein, Nico, die anderen wollen auch noch was!«, äffte Tanica ihn nach. »Ich hab ihm gesagt, dass ich diese Schweinerei jedenfalls nicht mehr anfassen und schon gar nicht essen werde!«

»Und? Was hat er gesagt?«

»Ich sollte mich nicht so anstellen!« Tanica bebte vor Wut. Sie war gleich zur Niewind gegangen und hatte sich beschwert. Die hatte gelacht und das Gleiche gesagt. Ausgerechnet die Niewind! Die uns am ersten Abend eingebläut hatte, dass man genau das niemals tun dürfte. Das hätte was mit Hygiene zu tun!

»Wieso wird diese blöde Schlampe eigentlich jedes Jahr zur Vertrauenslehrerin gewählt?«, erkundigte sich Gero, der nichts ausließ, um sich einzuschleimen.

Die Jungs aus unserer Klasse checkten einfach nicht, dass sie nicht unsere Liga waren. Erbärmliche Pickelfaces mit Kieksstimme, die auf cool machten, Hosen auf Halbmast, Zigaretten zwischen Daumen und Zeigefinger, sich abklatschten und hinterm Haus dreckige Witze erzählten, über die sie sich stundenlang abgeierten. Na ja, manchen der Mädchen schienen sie damit zu imponieren. Aber die waren genauso unterste Schublade.

»Meint ihr, euer Domian wär besser?«, gab ich zurück.

Eigentlich hieß er ja Dormin. Aber jeder nannte ihn so, und er fand das okay. Als SV-Lehrer wär man schließlich

derjenige, bei dem die Schüler sich Tag und Nacht aus-
kotzen könnten. Letzten Endes war er aber nur wegen der
Jungs mitgekommen. Weil die Klassenlehrerin ja nicht bei
denen in die Zimmer durfte. Die beiden machten sich ein
feines Leben. Die Niewind ließ uns zur Selbstfindung jeden Vormittag ein bisschen mit Wasserfarben malen oder
Collagen kleben, ansonsten lag sie in der Sonne rum. Der
Domian spielte nachmittags Fußball – klar, nur mit den
Jungs – und hockte die meiste Zeit auf der Terrasse vorm
Haus rum, rauchte Pfeife und las Zeitung. Abends gab's
schon mal einen Film im Frühstücksraum. Schwimmen
nur unter Aufsicht, und wir mussten schon viel Glück haben, wenn zweimal am Tag einer mit an den Strand kam.
Manchmal mussten wir wandern. Es gab da noch Tisch-
tennisplatten, Billard, Basketballkörbe und Gesellschafts-
spiele. Sonst nix! Keine elektronischen Geräte! Genau
eine Stunde am Tag – nach dem Frühstück – durften wir
unsere Smartphones benutzen, die wurden ansonsten im
Safe eingeschlossen. Nach Absprache mit unseren Eltern!
Nach einer Woche hatten sie fast alle Zweithandys ein-
kassiert. Wer noch eins hatte, ließ keinen mehr ran. Kein
Wunder, dass wir uns an die Italiener hatten ranmachen
müssen.

Als der Domian sich nach dem Frühstück breitschlagen
ließ, uns beim Schwimmen zu beaufsichtigen, war die Be-
hindertentruppe schon da. Jubelnd und brabbelnd humpel-
ten oder hüpften sie am Ufer hin und her, gruben Zehen in
den Sand oder steckten sie kreischend ins Wasser. Die Betreuer hatten jede Menge zu tun. Wir drückten uns vorbei
und suchten Zuflucht im See.

Das Mongölchen strahlte uns vom knietiefen Wasser aus
entgegen, winkte aufgeregt und rief: »Hallo, wie heißt du?«
Die Frage war wohl an Tanica gerichtet, aber er guckte sie
gar nicht an, sondern fixierte fasziniert ihre Brüste, die das
lila Bikinioberteil nur knapp bedeckte.

»Mops und Möpschen«, gab Tanica zurück und hob erst die rechte, dann die linke Brust an, als wollte sie sie ihm anbieten.

Der Junge schien verwirrt. Dann schob er seine Unterlippe vor.

»Mops ist ein Hund«, sagte er.

Ich versuchte einzuschätzen, wie alt er sein mochte. Er war kleiner als die Jungs in unserer Klasse. Der Gesichtsausdruck und die Art waren irgendwo zwischen blöde und kindisch, aber ganz so jung konnte er eigentlich nicht mehr sein. Am Kinn hatte er schon ein bisschen Flaum. Seine Augen waren knallblau, das einzige, was richtig cool an ihm aussah. Den Rest musste man sich wegdenken. Na ja. Im Vergleich zu den anderen Krüppeln aus seiner Truppe konnte er fast als normal durchgehen. Wenn ich mir die Jungs anguckte, die am Steg übten, wie man mit dem lautesten Gebrüll die fettesten Arschbomben hinlegte, wusste ich nicht so genau, für wen ich mich mehr fremdschämte. Die Behinderten beobachteten die Show mit Glubschaugen und offenem Maul.

»Ich bin Nico«, sagte der Junge und streckte die Hand vor.

»Wolltste grabbeln, oder was?«, ranzte Tanica. Sie ging in die Knie, ließ sich ins Wasser gleiten, stieß sich ab und tauchte ganz dicht über dem Grund an ihm vorbei. Er quiekte überrascht und hockte sich hin, als wollte er sie festhalten, verlor dabei aber das Gleichgewicht und setzte sich mit einem Platsch ins Wasser, was für einen neuen Quieker sorgte.

Der Betreuer mit den Rasta-Locken rief: »Alles in Ordnung, Nico?«

Der rappelte sich auf. Seine mit hellblauen Delfinen vor dunkelblauem Hintergrund gemusterte Badehose und der untere Teil des T-Shirts waren klatschnass. Ein Flip-Flop war ihm vom Fuß gerutscht, weshalb er erst einmal eine Weile vornübergebeugt hantierte. Ich winkte, und der Rastafari wandte sich wieder einem kleinen Mädchen zu, dessen Rollstuhl ein Stück weiter oben auf dem Weg am Strand stand. Sie saß mit dickem Popo, Hemdchen und Sonnenhütchen am Saum des Wassers und patschte begeistert in den matschigen Schlick. Ich überlegte, ob die schwappenden Wellen wohl auch den Inhalt ihrer Windel in den Bodensee schwemmten, und schauderte.

Tanica war ein Stück weiter aufgetaucht und rief: »Isa! Komm!«

»Nimmst du mich mit?«, fragte der Junge.

»Kannst du denn schwimmen?«

»Ein bisschen.« Er sagte es in Richtung Tanica. Es klang traurig und ein bisschen sehnsüchtig.

Ich entschied, dass er mir egal sein konnte, legte mich ins Wasser und schwamm in Richtung meiner Freundin. Als ich bei ihr ankam und mich umdrehte, sah ich ihn am Ufer hocken. Er hatte die Augen mit einer Hand beschattet und guckte in unsere Richtung. Als wir weiter rausschwammen, vergaß ich ihn gleich wieder.

Nach dem Essen war Kinoabend. Arielle, die kleine Seejungfrau. Kinderprogramm! Aber welche Alternative gab es?

Auf dem See hatten wir Pläne geschmiedet. Wir wollten nachts bei Mondschein schwimmen gehen. Dafür musste es aber erst mal dunkel werden und alle mussten schlafen. Schließlich hätten uns alle, die auf der Seeseite untergebracht waren, beobachten können. Da waren viele Fenster! Vor der Niewind und dem Domian hatten wir keine Angst. Die blieben normalerweise auf den Gängen und lauschten an den Türen. In die Zimmer gingen sie nur, wenn sie etwas hörten. Für den Fall, dass die Niewind trotzdem spingsen käme, würden wir mit Klamotten und Badetüchern dicke Knubbel unter den Decken bauen, sodass es so aussähe, als schliefen wir fest eingekuschelt. Den Trick hatten wir schon zweimal genutzt, als die Italiener da waren. Zum Glück waren wir zwei in dem Parterre-Doppelzimmer untergekommen. Die anderen Mädchen schliefen zu viert in je zwei Etagenbetten.

Bis dahin konnte man auch ein bisschen im Frühstücksraum bei »Arielle« vor sich hindösen. Dafür war es aber wieder zu laut. Diese Behinderten konnten einfach nicht die Klappe halten. Die meisten kapierten wahrscheinlich eh nicht, worum es ging. Freuten sich aber trotzdem über die Bilder und vor allem über die Musik. Sie schienen den Film schon zu kennen. Schon bei der Intro fingen sie an zu wippen und strahlten. Irgendwie fand ich das dann auch wieder süß, auch wenn sie total dämlich aussahen dabei. Wir waren reingekommen, als der Raum schon dunkel war, und hatten nur darauf geachtet, dass wir weit genug weg von den Jungs und den Sabblern im Rollstuhl saßen.

Als Arielle ihr Lied sang »Sieh dich nur um – ist das nicht schön?«, hörten wir einen Jungen im Stimmbruch hinter uns mitsingen. »Heute und hier – wünsche ich mir – ein Mensch zu sein!« Das Mongölchen! Inbrünstig und mit geschlossenen Augen. Voll die Seejungfrau! Obwohl seine Angebetete direkt vor ihm saß. Der raffte gar nicht, wie peinlich der war! »Das ist kein Spiel – es ist mein Ziel – ein Mensch zu sein!«, schmetterte er, und als er die Augen wieder aufmachte, glitzerten Tränen darin. In dem Moment tat er mir zum ersten Mal richtig leid.

»Wow!« Tanica kicherte. »Du solltest zu *Deutschland sucht den Superstar* gehen!«

Zum Glück schien er die Sendung nicht zu kennen und schon gar nicht zu kapieren, dass Tanica ihn verarschen wollte. Er guckte nur total dösig.

Irgendwann später, als die kleine Seejungfrau sich auf der Leinwand so richtig in Pose schmiss und ihre Möpse präsentierte, beugte er sich zu Tanica vor und sagte: »Ich liebe Arielle! Die ist wie du. Guck! Der lila BH!«

Tanica prustete los. »*BH*!« Sie schrie es durch den ganzen Saal und alle drehten sich um und johlten, auch wenn keiner den Zusammenhang mitgekriegt hatte. Es gibt so Reizwörter, die einen Saal voller pubertierender Kids zuverlässig zum Kochen bringen. Nico wurde knallrot.

An dem Abend dauerte es ewig, ehe alles ruhig war. Als wir endlich aus dem Haus schleichen konnten, stand ein fetter Vollmond am Himmel. Das Wasser war eiskalt. Ich krabbelte ziemlich schnell wieder auf den Steg, hüllte mich bibbernd ins Handtuch und beobachtete Tanica, die in dem glitzernden Streifen, den der Mond aufs Wasser warf, auf den See hinausschwamm. Sie hatte was von Arielle, keine Frage. Okay, die Haarfarbe war Henna, aber es passte super. Im Mondlicht erst recht.

Beim Frühstück waren wir hundekaputt. Wahrscheinlich schwieg Tanica deswegen erst einmal, als Nico mit einem Teller voller Riebeln ankam. Schnallte der gar nicht, dass er mit seiner Anschleimerei das Gegenteil von dem erreichte, was er wollte?

»Die sind super lecker!«, sagte er. »Wollt ihr auch welche?«

Tanica warf ihm einen Blick zu, der einen Elefanten hätte töten können. »Matschepampe!«, knurrte sie.

Ich war nicht scharf auf Riebeln. Aber Tanica war nicht fair! Was hatte er verbrochen?

»Holst du mir ein Schälchen?«, fragte ich.

Er flitzte zum Buffet. Ein kleiner, pubertierender, verliebter Junge. Behindert, okay. Er ahnte, dass er nie eine Schnitte bei Tanica kriegen würde, aber versuchte es trotzdem. Das Lied kam mir in den Kopf. Wie mochte sich das anfühlen, so eine Art halber Mensch zu sein?

»Wieso machst du diesen Hirni noch heiß?«, zischte Tanica.

»Was hat er dir getan?«, gab ich zurück.

Nico kam zurück, in der einen Hand ein Schälchen mit Riebeln, in der anderen schwenkte er einen Streuer.

»Nimm Zimt dazu!«

Ich kostete. Es schmeckte gar nicht so übel.

»Ich hab euch gesehen heute Nacht!«, sagte Nico.

Tanica musterte ihn mit zusammengekniffenen Augen.

»Ach. Und jetzt willst du uns verpetzen?«

Ich weiß nicht, ob er »verpetzen« kannte. Es schien aber auch gar nicht bei ihm anzukommen. Er lächelte.

»Du bist eine Seejungfrau.«

Tanica beugte sich vor.

»Weißt du, was Seejungfrauen mit kleinen Jungs machen?«, fragte sie. Er starrte sie aus großen blauen Augen an. »Sie locken sie ins Wasser, wo sie elendig ertrinken müssen.«

Er schüttelte den Kopf. »Du bist nicht so.«

Da sagte sie nichts mehr.

Als ich in der nächsten Nacht auf dem Steg hockte und Tanica nachsah, wie sie ihre Bahn im fahlen Licht des Mondes schwamm, hatte er fast unmerklich abgenommen, gerade so viel, dass er nicht mehr so strahlend, eher ein bisschen sorgenvoll wirkte. Oder war es eher mein Gefühl?

Ich zog die Beine an, legte den Kopf auf die Knie und schloss die Augen. Vielleicht bin ich kurz eingenickt, keine Ahnung, ich war auf jeden Fall hundemüde. Plötzlich war da ein Plätschern irgendwo links von dem Steg im Wasser. Ich riss die Augen auf und starrte ins Dunkle. Da zappelte etwas! Zu groß für einen Fisch. Ein Keuchen.

Dann rief eine dünne Stimme: »Guck, Tanica!«

Obwohl sie uns den Rücken zukehrte, musste sie es gehört haben.

Sie wendete, winkte und rief: »Nicht, Nico!«

Er war schneller weg als Tanica zurück und ich im Wasser war. Ganz plötzlich. Er hat gar nicht geschrien. Einfach weg. Wir haben getaucht. Wieder und wieder. Nichts! Es war viel zu dunkel, als dass man unter der Oberfläche irgendwas hätte erkennen können. Wir tasteten blind, und immer, wenn ich Tanica zu packen kriegte, dachte ich, ich hätte ihn. Irgendwann war klar, dass es sowieso viel zu spät war. Wir schwammen zum Ufer.

»Was für eine Kacke!«, sagte Tanica. Ihre Stimme zitterte.

Das Haus war vollkommen still. Nirgends ein Licht.

Wir schlichen aufs Zimmer und verkrochen uns in die Betten.

In der Nacht habe ich Tanica zum ersten Mal weinen gehört.

Vorarlberger Riebeln

Vorarlberger Riebeln, auch »Stopfer«, »Pflutta« oder »Brösel« genannt, ist ein Armeleutegericht aus Vorarlberger Riebelmais, der seit 350 Jahren traditionell angebaut und fast nur regional verzehrt wird. Riebeln werden meist zum Frühstück gegessen.

Zutaten:
100 g Butterschmalz oder Margarine
500 g Milch
300 g Riebelgrieß
eine Prise Salz

Zubereitung:
Leicht gesalzene Milch aufkochen lassen, Grieß hinzufügen, unter Rühren quellen lassen, Flamme abstellen, Speise zugedeckt abkühlen lassen, ggf. über Nacht. Dann in einer Pfanne mit Butterschmalz oder Margarine erhitzen und unter dauerndem Wenden und Zerstoßen rösten, sodass man leicht angebackene, unregelmäßige Grießklümpchen erhält. Die Riebeln werden mit Kaffee oder Milch, als Nachspeise mit Zucker und nach Belieben Zimt, gerne mit Apfelmus oder Dörrbirnen verzehrt.
»Kriesi-Riebeln« werden schon während des Backens frische Kirschen untergemengt.

Uschi Kurz

Treibholz

Ex-Kommissar Heiner Krum saß auf der Terrasse vor seinem schmucken Häuschen, ließ sich die Sonne auf den stattlichen Bauch scheinen und langweilte sich zu Tode. Genau genommen war es das Häuschen seiner Frau Antonia, denn ohne die Erbschaft von Antonias Tante hätten sie sich das Schmuckstück mit Seeblick nie leisten können. Genauer genommen war es ein Zipfelchen Seeblick, und den konnte auch nur erhaschen, wer auf den Dachboden stieg, sich so weit wie möglich aus dem Fenster lehnte (was aufgrund seines bereits erwähnten stattlichen Bauchs in seinem Fall nicht weit genug war) und den Kopf bis zum Anschlag nach rechts drehte. Dann und nur dann hatte man den Seeblick, den Antonia nie unerwähnt ließ, wenn sie von ihrem Haus am See sprach. Haus am See mit Seeblick.

Als Heiner Krum vor zwei Jahren pensioniert worden war, hatte auch Antonia ihren Beruf als Kunsterzieherin an den Nagel gehängt und sich endlich ihrer eigentlichen Passion gewidmet: der Kunst selbst. Sie hatten das Häuschen gekauft und waren nach Langenargen gezogen, wo Antonia rasch Anschluss an eine kleine, ambitionierte Künstlerkolonie gefunden hatte. Sie belegte einen Kurs nach dem anderen und hatte vor Kurzem den ersten richtigen Erfolg, als sie in einer Sammelausstellung neben renommierten Künstlern einige ihrer Werke ausstellen durfte. Antonias Arbeiten, das konnte sogar der Kunstbanause Heiner erkennen, waren durchaus gelungen – und sie wurden immer besser. Wilde Farben, aber so harmonisch komponiert, dass er sie stundenlang betrachten konnte. Die Zeit dazu hatte er ja. Denn während seine Frau ganz in ihrer Selbstverwirklichung aufging, langweilte er sich zu Tode. Die einzige Abwechslung,

die er hatte, waren die Gesprächsfetzen der verrückten Radler, die zu jeder Tages- und manchmal auch Nachtzeit vor
ihrem Grundstück vorbeisausten.

»Wenn du noch ein halbes Stündchen durchhältst, be-
kommst du auch ein schönes Eis ...« »Mir tut aber jetzt
schon der Hintern weh ...« »Ich muss mal ...« »Fahr vor-
sichtiger, da laufen doch ...« »Schau mal, die Farbe sieht
doch auch scheußlich ...« »Schon wieder so ein Drecks-E-
Bike ...« »Wieso? Manchmal fände ich so ein Ding auch
nicht schlecht ...« »Ach was, eine richtige Plage ist ...« »...
Idiot. Kann der nicht aufpassen. Dem gehört der Radweg
doch auch nicht ...«

Heute Morgen saß der Kommissar im Ruhestand wider
Willen noch keine halbe Stunde auf seiner Terrasse und hatte die Nase schon wieder gestrichen voll. Wieso mussten die
Radler permanent quatschen? Konnten die nicht einfach
ruhig vor sich hin strampeln? Oder wenigstens so langsam
fahren, dass er nicht immer nur Bruchstücke ihrer Unterhal-
tungen mitbekam?

»Was meinst du, sollen wir heute in Bregenz eine Kleinigkeit zu Mittag essen? Vielleicht im *Kornmesser*. Und
wenn wir heute Abend zurückkommen, im *Adler* in Oberdorf?«... »Wenn wir es so weit schaffen.«

Na, wenn ihr weiter so trödelt, bestimmt nicht, dachte
Krum, der diesmal leider den ganzen Dialog mitbekommen
hatte. In den *Kornmesser* zu Mittag und in den *Adler* zum
Abendessen, dachte er neidisch. Beide Restaurants waren
ihm wohlbekannt, und er hätte viel darum gegeben, wenn
er mal wieder ein zartes Winzerschnitzel oder einen deftigen
Krautkrapfen hätte schnabulieren dürfen.

Doch seit sich Antonia in den Kopf gesetzt hatte, ihm die
überflüssigen Pfunde wieder abzutrainieren, die er sich als
Ruheständler lustvoll angefressen hatte, war's, als wäre bei
ihnen Schmalhans Küchenmeister. Schonungslos hatte sie
ihm vorgerechnet, dass er, wenn er weiter so zunähme, in

fünf Jahren 150 Kilo wöge. Statt wie früher Braten mit Sauce und üppigen Beilagen kochte sie ihm neuerdings kalorienreduzierte Menüs, bei denen das Lesen der aufwendigen Rezepte bereits mehr Kalorien verbrannte, als hinterher auf seinem Teller ankamen. Zugegeben, farblich waren die Speisen hervorragend arrangiert, und sie schmeckten auch nicht schlecht. Aber sie machten ihn einfach nicht satt. Anstelle von Mordfällen und ihren Ermittlungen träumte er deshalb neuerdings von Schweinelendchen, Rostbraten, Spätzle und Kartoffelsalat.

Mittlerweile hatte er bereits acht Kilo abgenommen, und die unbestechliche Digitalwaage zögerte seit einigen Tagen zumindest morgens vor dem Frühstück kurz bei der 100er-Marke, um dann doch gnadenlos Richtung 102 Kilogramm auszuschlagen.

Zusätzlich zur reduzierten Kost, die Antonia aus Sympathie ebenfalls verspeiste, freilich ohne selbst nennenswert an Gewicht zu verlieren, gingen sie viel spazieren und unternahmen – für seine Verhältnisse – umfangreiche Ausflüge mit dem Fahrrad. Auch heute hatten sie eine kleine Radtour vor. Nach Wasserburg, wo Antonia im Treibholz, das dort in einer Bucht angeschwemmt wurde, nach Material für ihre Skulpturen suchen wollte. Sie hatte für die Sommerferien einen Bildhauerkurs gebucht und war schon jetzt Feuer und Flamme. Dass sie sich in Wasserburg mit ihrem Dozenten Till Strasser treffen wollte, steigerte seine Laune nicht wirklich. Immerhin hatte sie, wohl um ihn zu ködern, vorgeschlagen, man könne doch im *Hegestrand3*, das direkt am See lag, gemütlich einen Kaffee trinken und vielleicht sogar einen Kuchen essen. Ausnahmsweise!

»Krümel, du hast es halt gut«, seufzte Heiner und streichelte seinen kugelrunden Kater, der ihm laut schnurrend um die Beine strich.

»Heini, bis du fertig? Können wir los?«

»Meinetwegen«, brummte der und erhob sich schwerfällig.

Die Masse des in der kleinen Bucht angeschwemmten Treibguts war in der Tat beeindruckend. Ein vier Meter hoher Berg aus großen und kleinen Baumstämmen, Ästen und Wurzeln, der sich fast über die ganze Breite des Strands erstreckte. Die einzelnen Schwemmstücke waren mehr oder weniger stark deformiert und ausgelaugt – je nachdem, wie lange sie schon im Wasser getrieben waren. Manche hatten so skurrile Formen angenommen, dass sie locker als moderne Kunst durchgehen konnten.

Während seine Frau mit ihrem Dozenten – einem reichlich eingebildeten Schnösel, der Antonia schamlos den Hof machte, obwohl sie seine Mutter hätte sein können – im Strandgut stocherte, unterhielt sich Krum mit einem Mitarbeiter der Seemeistereistelle Lindau.

»Sie sind also für den Abtransport des Schwemmholzes verantwortlich. Da haben Sie aber eine Menge zu tun.«

»Das kann man wohl sagen. Wir sind schließlich mit für die Sicherheit der Schifffahrt verantwortlich«, meinte der Arbeiter nicht ohne Stolz. »Am bayerischen Ufer kommen jährlich rund 10.000 Kubikmeter Treibholz an. In Jahren, in denen es in den Bergen starke Schnee- oder Regenfälle gibt, sogar noch mehr.«

»Schau mal, Till.« Die Stimme seiner Frau klang begeistert.

»Der Baumstamm da vorne, der sieht schon fast aus wie ein menschlicher Körper. Den könnte ich mir gut als Skulptur vorstellen.« Menschlicher Körper, auf diese Worte reagierte Krum wie sein Kater Krümel, wenn er den Dosenöffner hörte. Unwillkürlich richtete er seinen Blick auf den Berg aus Totholz und wusste sofort, welchen »Baumstamm« Antonia meinte. Elektrisiert trat er näher.

»Das sieht nicht nur aus wie ein menschlicher Körper«, sagte Krum und versuchte seiner Stimme einen möglichst beiläufigen Klang zu geben, »das *ist* ein menschlicher Körper.«

Der Schrei, der Antonia im selben Moment entwich, zeigte, dass nun auch sie das Totholz als das wahrgenommen hatte, was es war: ein toter Mensch. Krum reagierte so professionell, als hätte sich nie ein »Ex« vor den Kommissar geschoben.

»Bitte nichts mehr anfassen und alle einmal zurücktreten.« Krums Stimme war so von Autorität erfüllt, dass die meisten zusammenzuckten und seiner Aufforderung widerspruchslos nachkamen. Immer mehr Strandbesucher entdeckten die Leiche. Lautes Gekreische war die Folge.

»Da vorne, da liegt ein Toter«, schrie eine junge Frau. Nun stellten auch die wenigen, die noch in den Holzmassen gewühlt hatten, ihre Suche ein. »Wenn Sie bitte alle einige Meter zurücktreten würden. Ich bin von der Polizei.« Von einer Sekunde auf die nächste fühlte sich der Ex-Kommissar in seinem Element. Quasi wie ein Felchen im Bodensee.

»Sie können mir helfen. Sie haben doch bestimmt Absperrband auf Ihrem Lastwagen. Damit sichern wir den Fundort«, wandte er sich an den Mitarbeiter der Seemeisterei.

Während der Mann seinen Auftrag ausführte, wurde Krum von Till Strasser in Beschlag genommen. Der Kunstdozent war kalkweiß und gerade im Begriff, sich neben die Leiche zu übergeben.

»Bitte, Herr Strasser, wenn Sie Ihr Geschäft etwas weiter dort drüben verrichten könnten«, meinte Krum humorlos, schnappte den Kunstheini am Ärmel und zog ihn abrupt zur Seite. Die spontane Körperentleerung ließ sich dadurch freilich nicht mehr verhindern. Allerdings wurde durch die plötzliche Rotation, in die Krum den armen Mann versetzt hatte, das Schuhwerk von Strasser – zwei Stiefel, mit denen man laut Werbung meilenweit gehen konnte – ganz erheblich in Mitleidenschaft gezogen.

Als sich Strasser wieder etwas beruhigt hatte, flüsterte er Antonia aufgeregt etwas ins Ohr.

»Heiner«, hielt diese ihren Mann zurück, der sich bereits wieder wichtigeren Dingen zuwenden wollte. »Heiner, Till kennt den Toten.«

Obwohl sich Krum nur schlecht vorstellen konnte, dass Till Strasser das zermatschte Etwas, das nur noch wenig mit einem menschlichen Antlitz gemein hatte, tatsächlich identifizieren konnte, wandte er sich dem immer noch kreidebleichen Kunstdozenten zu.

»Sie kennen den Toten?«, fragte er ungläubig.

»Ja, ich bin mir ganz sicher. Das ist Professor Meinrad Strawinski, ein bekannter Kunsthistoriker aus München. Er besitzt ein Ferienhaus in Kressbronn. Ich bin ihm schon öfters auf Vernissagen begegnet.«

»Und an was wollen Sie ihn so zweifelsfrei erkannt haben? Sein«, er zögerte, fand aber keinen geeigneteren Ausdruck, »sein Gesicht kann es ja wohl nicht sein?«

»Die Fliege«, flüsterte Strasser mit nahezu tonloser Stimme. »Seine Fliege. Der Professor trägt immer ganz spezielle Fliegen. Sonderanfertigungen aus Stoffen, die er mit Motiven von Werken seiner Lieblingsmaler bedrucken lässt.«

Krum blickte zu der Leiche. Erst jetzt fiel ihm der bunte nasse Lappen auf, der traurig am Hals des Toten baumelte, aber unverkennbar von gutem Tuch war.

Auch Antonia war etwas näher getreten und nahm die Leiche abermals in Augenschein.

»Kärcher«, sagte sie eifrig. »Ich glaube, die Fliege trägt ein Motiv aus einem Werk Ernst Ludwig Kärchers.«

»Respekt, meine Liebe, Ihr Kunstsachverstand ist wirklich ganz beachtlich.«

Aha, dachte der Kommissar, der mittlerweile seinen »Ex« gänzlich abgelegt hatte, dem Herrn Strasser geht es wieder etwas besser. Er kann schon wieder Süßholz raspeln. Krum beugte sich über die Leiche. Dabei sah er, dass aus deren Anzugtasche ein Papierzipfelchen ragte. Routinemäßig griff er in sein Jackett und zog ein Paar Latexhandschuhe heraus, die er immer bei sich trug. Eine Angewohnheit, die er auch nach seiner Pensionierung nicht abgelegt hatte. Schließlich konnte man nie wissen. Dann fischte er mit spitzen Fingern das Streichholzbriefchen, als das sich der Schnipsel entpuppte, aus der Tasche des Toten. Es war zwar stark aufgeweicht, der Schriftzug aber immer noch erkennbar: Hotel *Rorschacher Hof*, offensichtlich eine Unterkunft im schweizerischen Rorschach. Was bedeuten konnte, dass die letzte Reise des Professors tatsächlich mit dem Treibholz über den Bodensee geführt hatte.

Rorschach, war dort nicht dieses neue Museum, in das ihn Antonia schon seit Wochen schleppen wollte?

Kurz war Krum versucht, den verräterischen Papierschnipsel einfach einzustecken. Doch dann siegte sein Rechtsbewusstsein. Er zog sein Smartphone aus der Tasche, fotografierte das Streichholzbriefchen und steckte es an den Fundort zurück. Dann suchte er im Sakko des Toten nach Ausweispapieren und Wertgegenständen. Ein Handy fand er keines, was nicht viel zu bedeuten hatte, das konnte schließlich leicht ins Wasser gefallen sein. Aber in einer Brieftasche, in der sich mehrere 50-Euro-Scheine befanden – ein Raubmord schied also aus – entdeckte er den Personalausweis: Prof. Dr. Meinrad Strawinski.

»Sie hatten recht«, meinte er anerkennend zu Strasser, »der Tote ist tatsächlich dieser Strawinski.«

Dann ging er einige Schritte zur Seite. Er musste seine Konstanzer Kollegen von der Mordkommission anrufen. Ein Glück, dass er den dortigen Leiter gut kannte. Als sich vor zwei Jahren im Zuge der Polizeireform die Zuschnitte der Polizeipräsidien und die Zuständigkeiten veränderten, waren viele Beamte versetzt worden. Mit Joachim Schneider, dem neuen Leiter der Kripo Konstanz, die auch für diesen Küstenabschnitt zuständig war, hatte Krum einige Jahre gemeinsam in Stuttgart gearbeitet, bevor er in Ruhestand ging. Krum hatte den jungen Kollegen zu Beginn seiner Karriere kräftig unterstützt und immer noch etwas bei ihm gut.

Es dauerte eine geschlagene halbe Stunde, bis Kriminalhauptkommissar Schneider mit den Kollegen der Spurensicherung endlich eintraf. Ein deutlicher Nachteil der Polizeireform, dachte Krum verbittert. Hätte man die alten Zuständigkeiten beibehalten, wäre man in spätestens 20 Minuten am Einsatzort gewesen. Was hier und heute freilich gänzlich unerheblich war, denn der Fundort war nicht der Tatort, und was der Tote mitteilen konnte, hatte Krum bereits erfahren. Deshalb überließ er die weitere Arbeit auch gerne Schneider und seinem Team, nicht ohne sich zuvor von dem Hauptkommissar versichern zu lassen, dass er ihn über den Stand der Ermittlungen auf dem Laufenden halten werde.

Während die Beamten am Strand in hektische Betriebsamkeit ausbrachen, trank Krum mit Antonia und Strasser im *Hegestrand* Kaffee und bestellte zur Feier des Tages ein Stück Schokoladentorte. Antonia war immer noch so erschüttert, dass sie gänzlich das Protestieren vergaß.

Im Laufe des Gesprächs entpuppte sich der Kunstdozent als ganz patenter Mensch, der bei Weitem nicht so eingebildet war, wie Krum vermutet hatte. Und er hatte interessante Informationen über den toten Professor. Der war auf das Erstellen von Expertisen spezialisiert gewesen. Strawinski hatte schon zahlreiche Kunstwerke als Fälschungen entlarvt und dadurch mehrere Auktionshäuser und auch Museen an den Rand des Ruins gebracht. Selbst im Ruhestand hatte der Kunstdetektiv nicht aufgehört zu schnüffeln, was ihn Krum richtig sympathisch machte.

»Jedenfalls«, meinte Strasser ehrfürchtig, »wo Strawinski auftaucht, gerät die Kunstszene ins Zittern.«

»Geriet, geriet ins Zittern«, verbesserte Krum, wohl wissend, dass es da irgendwo jemanden gab, der noch lange nicht ausgezittert hatte.

»Was hältst du davon, wenn wir heute einen Ausflug in die Schweiz machen und dieses Museum in Rorschach besuchen? Das wolltest du doch schon lange einmal.« Krum, der mit Antonia auf der Terrasse frühstückte, versuchte seiner Stimme einen möglichst harmlosen Klang zu geben. Doch Antonia musterte in misstrauisch.

»Du willst freiwillig mit mir in ein Museum? Kann es sein, dass dein plötzlich erwachtes Kunstinteresse mit dem gestrigen Leichenfund zusammenhängt?«

»Schon gut«, beschwichtigte sie, als Heiner aufbrausen wollte, »einem geschenkten Gaul schaut man nicht ins Maul. Wir sollten dann aber nicht zu spät aufbrechen. Sonntags ist das Rütli-Museum bestimmt ganz schön voll.«

Eine knappe Stunde später standen sie bereits auf dem Kursschiff der Bodensee-Schiffahrtsbetriebe, das von Langenargen direkt nach Rorschach fuhr, und genossen den Fahrwind. Heiner hatte außer seiner Brieftasche und einer leichten Sommerjacke, in deren Taschen die obligatorischen Latexhandschuhe steckten, nichts dabei. Antonia hatte, wie immer, wenn sie länger als eine halbe Stunde von zu Hause weg war, ihre schwarze Umhängetasche geschultert, die in ihrer Größe locker als Seesack hätte durchgehen können.

»Jetzt mal ehrlich, Heini«, schmeichelte Antonia und hakte sich zärtlich bei ihm unter, »du gehst doch nicht freiwillig mit mir ins Museum. Du hast doch einen Verdacht. Stimmt's?«

Krum wollte schon widersprechen, besann sich dann aber eines Besseren. Antonia ließ sich nicht so leicht hinters Licht führen.

»Also gut. Ich habe bei dem Toten einen Hinweis gefunden, dass er im Hotel *Rorschacher Hof* war. Wenn dein Dozent recht hat und der Strawinski wirklich so ein genialer Kunstdetektiv war, dann könnte es ja sein, dass er gerade einer Fälschung auf der Spur war. Dann wäre das Rütli-Museum naheliegend.«

»Oh – wie aufregend. Und wir sind mittendrin.« Antonia strahlte über das ganze Gesicht.

Als das Schiff wenig später in den kleinen Hafen von Rorschach einfuhr, hatten sie das Hotel bereits entdeckt, das genau gegenüber der Schiffsanlegestelle lag.

»Dort ist das Rütli-Museum«, zeigte Krum auf den imposanten Neubau, der linker Hand wenige Hundert Meter entfernt direkt am Wasser stand.

»Sollen wir nicht zuerst in der Pension nachfragen, ob der Professor dort abgestiegen ist? Vielleicht erinnert sich ja jemand an ihn«, fragte Antonia, deren kriminalistischer Spürsinn offensichtlich erwacht war.

»Wenn du meinst«, sagte Krum, der eigentlich genau das vorgehabt, aber mit dem Widerstand seiner kunstsinnigen Gattin gerechnet hatte.

Vielleicht lag es daran, dass der Hotelportier selbst kein Schweizer war, sondern eindeutig schwäbischen Migrationshintergrund hatte. Oder es interessierte ihn ganz einfach nicht, dass ein deutscher Kommissar (den »Ex« hatte Krum geflissentlich verschwiegen) in der Schweiz ermittelte. Jedenfalls wollte er keinen Polizeiausweis sehen.

»Schtemmd, der hat bei ons übernachtet. Des war so vor zwei Wochen.« Der Portier warf nur einen kurzen Blick auf das Foto von Professor Strawinski, das Krum aus dem Internet hatte.

»Sind Sie sicher?«

»Ha freilich. Der isch doch abgreist, ohne auszuchecka. Ond en Saustall hat er au hinterlassen.«

»Was für einen Saustall?«

»Schreibkram halt. Der ganze Boda in seim Zemmer war mit vollgekritzelte Blätter übersät.«

»Und sonst nichts? Keine Spur, wo sich Ihr Gast aufhalten könnte? Wieso haben Sie denn nicht die Polizei verständigt?«

»Wieso denn? Der hot die zwoi Nächt im Voraus zahlt. Ond an Gepäck hot er bloß a Aktentasche ghet, und die hot er mitgnomma.«

»Was haben Sie denn mit den Papieren gemacht?«

»Ha, was wohl? En d'r Altpapier-Container gworfa nadierlich. Des heißt, so en Kunstkatalog aus em Rütli-Museum war au no dabei, den hemm'r en d'r Aufenthaltsraum gelegt, könnt ja sein, dass sich einer der Gäste dafür interessiert. Die Ausstellung läuft ja no.«

Heiner und Antonia wechselten einen raschen Blick.

»Können wir den mal sehen?«

Wenig später saßen sie bei einer Tasse Kaffee im Restaurant des *Rorschacher Hofs* und blätterten gespannt den Katalog zur Ausstellung Landliebe im Museum Rütli durch. »Wald und Wiese in Bildern und Skulpturen der Sammlung Rütli« war dort noch bis zum kommenden Februar zu sehen. Das Titelbild zierte jenes Werk von Ernst Ludwig Kärcher, das Strawinski als Fliege um den Hals getragen hatte: »Am Waldesrand«. Reichlich makaber, dachte Krum, in Anbetracht dessen, dass der Professor seine letzte Reise über den Bodensee quasi als Beifang in Gesellschaft toter Bäume unternommen hatte.

Antonia schlug Kärchers Bildbeschreibung im Innern des Katalogs auf.

»Sieh mal, da hat er einen Namen hingeschrieben. M. Seidel und daneben eine Telefonnummer. Wollen wir doch mal sehen, ob der was mit dem Museum zu tun hat.«

Antonia öffnete ihren Seesack und zog ein Tablet heraus.

»Du bist ja bestens ausgerüstet.« Krum warf seiner Gattin einen anerkennenden Blick zu. »Hast du hier überhaupt Netz?«

»Die haben hier WLAN. Hast du nicht gesehen?«

»Ha. Dachte ich es mir doch«, triumphierend zeigte sie auf einen Internet-Eintrag, das einen jungen, nicht unsympathisch aussehenden jungen Mann zeigte. »Der Knabe ist der Kustos der Ausstellung.«

»Der was?«

»Der Kurator. Markus Seidel. Er hat die Landliebe-Schau konzipiert. Wir sollten ihn anrufen.« Sie griff nach ihrem Smartphone.

»Untersteh dich. Wenn er etwas mit dem Tod von Strawinski zu tun hat, dürfen wir ihn auf keinen Fall aufscheuchen. Zu dumm, dass wir nicht wissen, was der Professor in seinem Zimmer aufgeschrieben hat. Aber vielleicht ist das Altpapier noch gar nicht abgeholt.«

War es tatsächlich noch nicht. Weshalb das Ehepaar Krum kurz darauf einträchtig im Hinterhof des Hotels saß und den Inhalt des Altpapier-Containers durchwühlte. Leider war offensichtlich der ein oder andere Papierkorb alles andere als sortenrein in den Container entleert worden. Jedenfalls müffelte es in der Mittaghitze erbärmlich.

Es dauerte eine geschlagene Stunde, bis Antonia aufgeregt schrie: »Ich glaube, ich habe was. Siehst du, hier die Kopie, das ist doch das Kärcher-Bild, und daneben stehen Notizen! Papierstruktur, Farbzusammensetzungen, lauter Begriffe, die sich auf die Beschaffenheit des verwendeten Materials beziehen. Und hier, das glaube ich jetzt nicht, das heißt doch Beltracchi. Und dahinter ein fettes Ausrufezeichen! Mein Gott, dass ein Kärcher von ihm gefälscht wurde, war bisher aber nicht bekannt. Das wäre wirklich eine Sensation.«

Krum pfiff anerkennend durch die Zähne. Wolfgang Beltracchi war sogar ihm ein Begriff. Dieser Kunstfälscher, der Millionen mit seinen Kopien verdient und dafür eine lächerlich kurze Zeit im Knast abgesessen hatte. Die Ermittler gingen davon aus, dass sich noch zahlreiche weitere »Werke« Beltracchis unerkannt in namhaften Museen im falschen Ruhm sonnten oder zumindest ihr wohlbehütetes Dasein in deren Depots fristeten.

Der Ex-Kommissar hatte unterdessen weitere Notizblätter gefunden, auf denen der Professor seine Zweifel hinsichtlich der Echtheit des Kunstwerks dokumentiert hatte.

»Das ist ja interessant.« Er hielt ein DIN-A4-Blatt in die Höhe. »Hier hat Strawinski Daten von Markus Seidel aufgeschrieben. Er stammt aus Stuttgart und hat nach seinem Studium zunächst dort in der Staatsgalerie gearbeitet. Vor zwei Jahren wurde er vom Rütli-Museum eingestellt. Kurz danach hat er auf einer Auktion den Kärcher für die Sammlung Rütli ersteigert. Das könnte erklären, warum sich Strawinski mit seinem Verdacht an ihn gewandt hat.«

»Schau mal«, sagte Antonia, die ihrem Mann interessiert über die Schulter blickte und mit ihm die Aufzeichnungen des toten Professors entzifferte. »Seidel wohnt in Rorschach. Hier steht seine Adresse.«

»Ich glaube, das reicht erst mal.« Heiner Krum stand ächzend auf und klopfte sich den Staub von der Hose. »Mann, ich könnte jetzt eine Dusche gebrauchen.«

»Was hältst du davon, wenn wir im Rorschacher Hof einchecken, uns etwas frisch machen und dann gemütlich essen gehen? Und danach will ich endlich ins Museum.«

Krum starrte Antonia verblüfft an. Was war nur in seine Frau gefahren?

»Aber wir haben doch gar nichts zum Übernachten dabei.«

»Du hast nichts zum Übernachten dabei. Ich schon.« Antonia klopfte auf ihre prall gefüllte Umhängetasche und grinste. »Ich bin allzeit bereit. Für dich habe ich auch eine Zahnbürste eingesteckt.«

Ihr spätes Mittagsmahl nahmen sie im benachbarten *Englers am See* ein, das ihnen vom schwäbischen Portier empfohlen worden war. Antonia entschied sich für ein leichtes Sommergericht, Bodenseefelchenfilet an Limonensauce auf Spargelrisotto, und Krum, der ansonsten deftigere Kost bevorzugte, tat es ihr gleich – so glücklich war er über den Verlauf, den sein Ausflug in die Schweiz bis jetzt genommen hatte. Das Essen war wirklich hervorragend, und so erschienen nur einmal ganz kurz – wie eine ferne Fata Morgana – die Krautkrapfen aus dem *Adler* vor seinem inneren Auge.

Als sie auf den Espresso warteten, erhielt Krum einen Anruf von Hauptkommissar Joachim Schneider.

»Störe ich?«

»Im Gegenteil.«

»Ich sollte dich doch auf dem Laufenden halten. Also pass auf. Bei dem Toten handelt es sich um einen Kunsthistoriker aus München. Aber wie ich dich kenne, weißt du das ja bereits. Der Todeszeitpunkt liegt etwa eine Woche zurück. Der Mann ist erschlagen worden. Er hat eine Wunde am Hinterkopf. Der Rechtsmediziner meint, das könnte aber auch die Folge eines Sturzes gewesen sein. Die Leiche ist offensichtlich in den Oberrhein geworfen worden und hat sich dann an einem großen Baumstamm verfangen. So ist er über den Bodensee bis nach Wasserburg gelangt. Es deutet alles darauf hin, dass der Professor einer Kunstfälschung auf der Spur war. Wahrscheinlich im schweizerischen Rorschach. Leider sind uns dort ja die Hände gebunden. Und am Wochenende läuft in Sachen Amtshilfe sowieso nichts. Deshalb dachte ich ...« Schneider stockte. Er suchte offensichtlich nach Worten.

»Und da dachtest du, dass ich vielleicht dort inkognito etwas meine Fühler ausstrecken könnte?«

»Genau.« Schneider klang erleichtert.

»Das trifft sich gut. Ich bin mit Antonia nämlich gerade in Rorschach.«

»Ihr seid wo?«

»In Rorschach, wir gehen jetzt gleich das Rütli-Museum besichtigen. Das hatten wir schon lange vor.«

»Wer's glaubt ...«, sein Gesprächspartner prustete entrüstet, »also wirklich. Ich hätte es mir ja denken können.

Du sollst dich aber nur umsehen. Unternimm auf keinen Fall etwas ohne Rücksprache.«

Nicht nur das moderne Gebäude beeindruckte Krum, er fand auch die Ausstellung ausgesprochen interessant. Besonders fasziniert war er von einem Werk von Robert Longo, das eine ganze Wand einnahm. Von Weitem hatte er gedacht, es wäre eine Fotografie, so realistisch erschien ihm der dargestellte Wald, der von Lichtreflexen durchzogen wurde. Als Antonia ihm sagte, dass es sich um eine Kohlezeichnung handle, wollte er es zunächst gar nicht glauben.

Natürlich gab es auch Arbeiten, die Krum nicht unbedingt als Kunst bezeichnen würde. Aber er verstand ja auch nicht wirklich etwas davon. Nur einmal, angesichts einer wilden Farbkomposition, die er beim besten Willen nicht mit dem Thema Landliebe in Einklang brachte, konnte er sich ein »das kannst du aber besser« nicht verkneifen. Worauf er sich einen vernichtenden Blick seiner Frau einfing.

Ein wenig schien sie aber auch geschmeichelt, denn als sie weiter gingen, schmiegte sie sich fest an ihn. Als er sie verstohlen betrachtete, vermeinte er ein zufriedenes Lächeln zu entdecken.

Dann betraten sie den Raum, in dem das Bild von Kärcher ausgestellt war, das Strawiniski vielleicht das Leben gekostet hatte: »Am Waldesrand.« Ehrfürchtig traten sie näher.

Das war nun auch für den Ex-Kommissar erkennbar Kunst. Schwer vorstellbar, dass sich ein solches Gemälde fälschen ließ.

»Meinst du, dass dieser Beltaschti so etwas tatsächlich kopieren könnte?«

»Beltracchi. Na ja, das Zeug dazu hätte er jedenfalls.«

Krum war nicht sicher, ob seine Frau damit das Talent oder die nötigen Utensilien oder vielleicht beides meinte.

Auch wenn Kunstfälschungen nicht sein Metier waren, wusste er doch, wie schwierig es war, Papier und Farben aus der Herstellungszeit des Originals zu beschaffen oder sie entsprechend zu manipulieren. Die Kunstwerke ließen sich mittlerweile zeitlich so exakt bestimmen, dass sich die Fälscher schwer taten. Und die wissenschaftlichen Methoden wurden immer besser. Trotzdem war es Beltracchi gelungen, zahlreiche Werke zu kopieren. Er hatte jahrelang den Kunstmarkt genarrt und mit seinen Fälschungen ein Vermögen verdient.

»Man müsste dem Typ eine Falle stellen. Ich hätte sogar schon eine Idee«, sagte Krum mehr zu sich selbst, als sie ihren Rundgang fortsetzten. »Schade, dass das nicht geht.«

»Wieso denn nicht?«

»Na ja, allein kann ich wenig ausrichten. An die Schweizer kann ich mich nicht wenden. Und Schneider wird mir wohl kaum aus Deutschland Verstärkung schicken.«

»Du bist aber nicht allein«, blitzte Antonia ihn vielsagend an.

»Spinnst du?« Krum wollte schon heftig protestieren, hielt sich dann aber doch zurück. Die Vorstellung war einfach zu verlockend.

Beim Spaziergang durch den großzügig angelegten Museumsgarten, in dem Skulpturen von Niki de Saint Phalle und Horst Antes ausgestellt waren, was Antonia spitze Begeisterungsschreie entlockte, erläuterte Krum seinen Plan.

»Ich werde ihn einfach anrufen und sagen, dass ich ihn mit Strawinski beobachtet hätte und dass ich mich mit ihm am selben Ort treffen möchte. Wenn er darauf eingeht, wissen wir, dass es dieses Treffen tatsächlich gab. Dann brauchen wir nur vor seiner Wohnung zu warten. Vielleicht führt er uns dann zum Tatort.«

»Sieh mal, ist das nicht herrlich, da kann man sich sogar reinsetzen«, meinte Antonia, die soeben mit kindlicher

Freude eine bunte Plastik von Niki de Saint Phalle in Gestalt eines Bären inspizierte.

»Ich werde Seidel anrufen«, sagte sie dann mit einer Bestimmtheit, die keinen Widerspruch duldete.

»Wieso das denn?«

»Weil du ihm, wenn er mit einer Frau rechnet, ungestörter folgen und ihn beobachten kannst.«

Krum musste widerwillig zugegeben, dass da etwas dran war. Auf ihrem Rückweg kamen sie an einem kleinen Hafenbecken vorbei, das zum Museumsgelände gehörte. Einige Jollen schaukelten friedlich auf dem Wasser. Vor dem Becken lag als steinerne Bank ein großer Findling, auf dem sich im Licht der Abendsonne ein dunkler Fleck abzeichnete.

Antonia rief Markus Seidel von einer öffentlichen Telefonzelle aus an. Er nahm bereits nach dem zweiten Klingelton ab. Antonia leierte ihr Sprüchlein herunter, das sie sich zurechtgelegt hatte. Als sie geendet hatte, herrschte am anderen Ende lange Schweigen.

Endlich fragte Seidel kaum hörbar: »Wann?«, und Antonia schlug ungerührt ein Treffen für 5.30 Uhr vor. Um die Zeit war es bereits hell und doch noch so früh, dass auf den Straßen wenig los war. Da sie nicht wussten, wie weit der Treffpunkt entfernt war, würden sie bereits eine Stunde früher vor seiner Wohnung auf der Lauer liegen.

»Ich glaube, dem Knaben steht eine unruhige Nacht bevor«, meinte Heiner Krum, tief beeindruckt von der schauspielerischen Leistung seiner Frau.

Eine unruhige Nacht hatte auch das Ehepaar Krum. Als der Wecker um vier Uhr klingelte, war es beiden, als hätten sie kein Auge zugemacht. Wenig später standen sie, von einer Hecke gut verborgen, vor dem Mehrfamilienhaus in der Rorschacher Altstadt, wo Seidel wohnte, und sehnten sich nach einem starken Kaffee. Ihre Geduld wurde auf eine harte Probe gestellt, denn fast eine Stunde geschah nichts. Entweder Seidel hatte das Weite gesucht oder er wollte sie versetzen. Oder aber – und das hoffte Krum – der Treffpunkt lag in unmittelbarer Nähe.

Plötzlich öffnete sich die Haustür, und Markus Seidel trat heraus. Er sah sich kurz um und ging Richtung Seeufer davon. Heiner und Antonia folgten ihm in gebührendem Abstand.

»Ich glaube, der will ins Museum!«, raunte Krum seiner Frau zu.

An der Uferstraße angelangt, versteckten sie sich auf einem Parkplatz hinter einem Bus und beobachteten, wie Seidel die Straße überquerte.

Krums Vermutung schien sich zu bestätigen, doch als Seidel vor dem Museum angelangt war, ging er nicht auf den Eingang zu, sondern wandte sich nach links.

»Der hat sich mit Strawinski im Garten getroffen«, flüsterte Antonia aufgeregt. »Ich laufe rasch hinten herum und verstecke mich in der Bärenplastik.«

Bevor Heiner Krum etwas erwidern konnte, war seine Frau auch schon davongerannt.

Der Kommissar wartete, bis Seidel hinter dem Museum verschwunden war, dann ging auch er über die Straße und eilte hinterher.

An der Gebäudeecke hielt Krum inne. Er sah gerade noch, wie seine Frau in der Bärenplastik verschwand. Zum Glück unentdeckt von Seidel. Der stand vor dem kleinen Hafenbecken und schaute auf seine Uhr. Als er wieder aufblickte, war der Kommissar direkt vor ihm.

»Was wollen Sie denn von mir?«

»Hauptkommissar Krum«, sagte Heiner, als würde das alles erklären. »Hier haben Sie sich also mit Professor Strawinski getroffen.«

Seidel stöhnte laut und warf einen gequälten Blick auf den Findling. Krum sah den dunklen Fleck an der Kante der steinernen Bank, und mit einem Mal war ihm alles klar.

»Sie wollten ihn gar nicht umbringen. Aber Sie haben sich gestritten, weil er ihnen vorwarf, Sie hätten einen gefälschten Kärcher gekauft. Und dann haben Sie ihn gestoßen und er ist auf diesen Stein gefallen. Stimmt's?«

»Ich wollte ihn doch nicht töten. Ganz bestimmt nicht. Da... das müssen Sie mir glauben«, stotterte Seidel. »Aber sein Verdacht war wirklich so absurd. Das habe ich ihm auch gesagt und dabei habe ich ihn am Jackett gefasst. Nur ganz leicht. Aber er ist ins Straucheln gekommen und auf den Stein gefallen. Er war sofort tot.« Seidel schluchzte laut auf.

»Was haben Sie dann mit ihm gemacht?«

»Ich war wie von Sinnen und wollte ihn einfach nur loswerden. Das kleine Boot dort«, er zeigte Richtung Hafenbecken, »gehört mir. Ich habe Strawinski hineingelegt und bin Richtung Oberrhein gefahren.« Er verstummte.

»Und dort haben Sie die Leiche dann ins Wasser geworfen.« Seidel nickte. Er schien irgendwie erleichtert.

Es bedurfte keiner großen Überredungskunst, Seidel davon zu überzeugen, sich der Polizei zu stellen. Da er auf keinen Fall in die Mühlen der Schweizer Justiz geraten wollte, nahm er Krums Vorschlag fast dankbar an, mit ihm und seiner Frau, die mittlerweile aus ihrem Versteck gekommen war, über den See zu fahren.

Als Krum Hauptkommissar Schneider anrief und den verblüfften Kollegen über die Aufklärung des Falls und die bevorstehenden Übergabe des geständigen Täters informierte, schwang eine gehörige Portion Stolz in seiner Stimme mit. Aber der, dachte der Kommissar, der seinen »Ex« früher, als ihm lieb war, wieder würde annehmen müssen, war auch vollauf berechtigt.

Heiner Krum spießte das letzte Krautkrapfenstück auf die Gabel, nahm damit vorsichtig die restliche Bratensauce auf und türmte kunstvoll die verbliebenen Butterzwiebeln obenauf, dann schob er das Gebilde genüsslich in den Mund. Zufrieden klopfte er sich auf den seit langem einmal wieder richtig gefüllten Bauch und prostete seiner Frau mit dem Bierglas zu. »Du musst zugeben, es war eine richtig gute Idee, mal wieder im *Adler* essen zu gehen.«

Seine Frau, die den Mund voller köstlicher Heidelbeerpfannkuchen hatte, widersprach ihm nicht.

Epilog:

Einige Wochen später stellten mehrere Experten unabhängig voneinander fest, dass es sich bei dem im Rütli-Museum in Rorschach ausgestellten Werk »Am Waldesrand« zweifelsfrei um einen echten Kärcher handelte. Der Professor hatte sich geirrt. Ein Irrtum, der ihn das Leben gekostet hatte.

Krautkrapfen

Zutaten (für vier Personen):
400 g fein gemahlener Hartweizengrieß
3-4 Eier
Füllung:
500 g Sauerkraut (mild)
ca. 150 g heller geräucherter Speck (Gelderländer)
1-2 Zwiebeln
150 g Butterschmalz (Butaris)
1 Büschel Petersilie oder Lauchzwiebel
3/4 l Fleischbrühe (zum Garen)

Zubereitung:
Aus dem Hartweizengrieß und den Eiern wird ein fester Nudelteig geknetet, der ausgerollt und in etwa 16 Zentimeter breite Streifen geschnitten wird.
Die Zwiebeln würfeln und im Butterschmalz glasig dünsten. Jetzt das Kraut auf dem Teig gleichmäßig verteilen. Darauf wird der Speck (kann auch gebraten sein) und die halbe Menge Butterzwiebeln gleichmäßig verteilt.
Aufrollen zu etwa 8 Zentimeter Durchmesser, in der Mitte teilen und jeweils die Schnittfläche nach oben in eine gebutterte Form einlegen. Darauf achten, dass der Topf ausgefüllt ist.
Jetzt die kräftige Brühe aufgießen und im Ofen zugedeckt 1 Stunde bei 180 Grad garen. Der Speck und die Fleischbrühe geben den Krapfen genügend Würze. Wer mehr will, würzt am Tisch mit Salz und Pfeffer nach.
Petersilie hacken, die zweite Hälfte der Butterzwiebeln goldbraun dünsten, beides beim Anrichten über die Krapfen geben. Dazu passen eine Bratensauce und mild angemachte Blattsalate mit Radieschen und Tomate.

Für das Krautkrapfen-Rezept danken wir dem Gasthof Adler in Oberdorf.

Barbara Saladin

Die letzte Besprechung

»Aufs Raclette-Schiff? Hast du sie nicht mehr alle?« Julia glaubte, sich verhört zu haben. Ausgerechnet aufs Raclette-Schiff wollte Urs sie einladen! Einen fieseren Ort hätte ihr Noch-Ehemann sich kaum ausdenken können, um sie nochmals zu treffen und einen letzten Versuch anzustrengen, sich ohne Fetzenflug und teure Anwaltskosten auf die Modalitäten der Trennung zu einigen.

»Du weißt genau, dass ich Raclette nicht mag, und bei hohem Seegang wird mir übel!«

»Hoher Seegang? Wir reden hier vom Bodensee, Julia! Ich gedenke nicht im Geringsten, dich ans Meer einzuladen«, konterte Urs.

»Aber der Käseklumpen im Magen ...«, Julia verschluckte weitere Ausführungen. Stopp, dachte sie. Jetzt keine Schwachstelle zeigen. Auf die wartete Urs ja nur.

»Raclette-Schiff, oder ich verweigere die Trennung«, schnarrte dieser, sodass es durchs Handy klang, als würde Julia sich mit einem Roboter unterhalten.

»Pfff«, antwortete sie. Dann halt Raclette-Schiff. Sie willigte ein; eine außergerichtliche Trennung kam immerhin billiger. Ihr war das Geld, das sie – ja, zur Hauptsache sie, nämlich! – in den letzten Jahrzehnten verdient hatte, und ihre Freiheit zu lieb, um jetzt Kindergarten zu spielen. Schließlich hatte Urs recht gehabt mit dem Sermon von wegen »du bist ja diejenige, die sich scheiden lassen will, also musst du auch ein wenig kooperativ sein«, den sie sich vorher hatte anhören müssen.

Aber trotzdem: Ausgerechnet auf einem Raclette-Schiff, bei romantischem Kerzenlicht und stinkenden Käseschwaden, sollten sie nochmals zusammenkommen und das Wichtigste regeln.

Na ja, wenn Urs es unbedingt wollte. Sie musste zugeben: Für gewisse Vorhaben, die in ihr keimten, war ein Schiff weit draußen auf den schwarzen Wassermassen des nächtlichen Sees ja wirklich geradezu ideal.

* * *

Was die wieder für ein Theater aufführte! Das nervtötende Gequietsche hallte Urs in den Ohren noch nach, als er den Aus-Knopf des Handys längst betätigt hatte. Wie man sich verändern konnte im Leben! So sehr er sich auch anstrengte: Heute schaffte er es beim besten Willen nicht mehr nachzuvollziehen, weshalb er diese Frau einmal geheiratet hatte. Naja, man war jung gewesen, leidenschaftlich und naiv – und hatte sich von den Eltern weichklopfen lassen, dass eine Heirat die einzige Möglichkeit sei, die Schande eines unehelichen Kindes zu vermeiden, bla bla bla. Welche Moralvorstellungen! Urs ertappte sich dabei, wie er den Kopf schüttelte.

Na ja. Das dann doch nicht uneheliche Kind hatte im vergangenen Jahr die Anwaltsprüfung bestanden, und das war auch der Moment gewesen, an dem seine Noch-Ehefrau und er sich das letzte Mal gesehen hatten. Reden taten sie schon Ewigkeiten nicht mehr miteinander. Jetzt musste diese Scheidung anscheinend plötzlich über die Bühne. Julia wollte wohl diesen jungen Schnösel heiraten können, diesen Stecher vom Mittelmeer, diesen Juan oder Jorge oder wie der Mensch hieß. Von der emotionalen Seite her war Urs dies total egal. Nur dass sein Ruf durch diese Geschichte keinen Schaden nahm, darauf musste er achten. Deshalb lebte er auf dem Papier ja mit Julia noch immer zusammen, obwohl sie vor über einem Jahr ausgezogen war. Dass sie nun wohl möglichst viel Geld aus der Ehe rausquetschen wollte – Geld, das zu einem großen Teil er verdient hatte, nämlich! – das musste er verhindern.

Raclette. Julia hatte das Gefühl, als müsste sie den Brechreiz schon allein bei dem Wort unterdrücken. Doch sie biss die Zähne zusammen. Sie würde ja gar nichts essen müssen – oder fast nichts wenigstens. Zwei, drei Kartöffelchen, und wenn's nicht zu verhindern war, halt eine Scheibe Käse. Bis da wollte sie den Plan bereits ausgeführt haben und ihren wankenden Gatten nach draußen geleiten. Wichtig war einzig, dass sie dann schon weit genug vom Ufer entfernt waren. Am besten irgendwo in der Grenzregion zwischen der Schweiz und Deutschland, damit die Seepolizei zuerst Zuständigkeiten würde abklären müssen, bevor Rettung möglich war. Julia zog die Lippen nach und prüfte ihr Aussehen vor dem Spiegel. Sie blinzelte, sperrte die Augen auf, bis sie richtig erschrocken aussah, und erklärte ihrem Spiegelbild gehetzt, aber gefasst: »Es geht ihm nicht gut, ich muss dringend an die frische Luft mit ihm. Nein, ist schon okay, das hat er öfters. Lassen Sie mich durch.«

Klang nicht schlecht. Sie sprach die Sätze nochmals vor sich hin. Etwas schneller noch, vielleicht. Ja, besorgt sollte es klingen, aber trotzdem so, dass die Gäste oder das Servierpersonal davon ausgehen konnten, sie habe die Situation im Griff.

Doch, es klang gut. Julia kontrollierte, ob sich das Fläschchen mit den K.-o.-Tropfen wirklich in der Handtasche befand, dann nahm sie den Mantel und ging zur Tür.

Das Raclette-Schiff, das mit unzähligen Lämpchen dekoriert im Hafen von Romanshorn lag, füllte sich immer mehr. Während Urs sich von seinem Auto entfernte, schloss er den Wagen per Fernbedienung, was dieser mit einem Aufblinken quittierte. An der Gangway stand eine junge, hübsche Dame, die ihn mit einem süßen Lächeln begrüsste. Etwas aufgesetzt, klar, die wurde ja fürs Lächeln bezahlt. Aber Urs genoss es trotzdem. Seine Frau saß schon an dem von ihm reservierten Tisch. Ihre Mimik veränderte sich nicht im Geringsten, als er sich zu ihr setzte. Ein knappes »hallo«, sonst sagte sie kein Wort. Das Raclette-Öfelchen stand wie ein Bollwerk auf dem Tisch zwischen ihnen. Der Duft nach geschmolzenem Käse, der den Esssaal des Schiffes in Besitz nahm, erfüllte Urs mit Genugtuung. Er wusste, dass seine Frau diesen Geruch hasste. Sie hatte stets eine Laktoseintoleranz vorgetäuscht, wenn sie von Freunden oder Bekannten zu Raclette oder Fondue eingeladen worden waren. Nun hatte sie nicht ablehnen können. Da musste sie durch. Schließlich war sie es, die sich von ihm scheiden lassen wollte, nicht er von ihr. Er seinerseits wollte eigentlich gar nicht mit dem Zivilstand »geschieden« leben und hatte deshalb den Entschluss gefasst, dass ein »verwitwet« besser zu seinem Lebenslauf passte. Urs musste seine Mundwinkel mit aller Kraft daran hindern, bei diesem Gedanken wild nach oben zu zucken.

* * *

Ihr Gespräch verlief harzig. Schließlich hatten sie sich nichts mehr zu sagen. Sogar die Hasstiraden waren schon vor über einem Jahr abgeebbt, und seit Javier in Julias Leben gekommen war, fühlte sie ihrer Vergangenheit gegenüber sowieso nur noch Gleichgültigkeit. Höchstens noch ein wenig Ekel.

Aber irgendwie war sie nun gezwungen, die Zeit totzuschlagen, die sie mit Urs am selben Tisch verbringen musste, bis dieses vermaledeite Raclette aufgefahren wurde. Zwar war die gesamte Umgebung warm und stimmungsvoll – Kerzen, Loungemusik und das Gemurmel der anderen Gäste, die sich allesamt auf die Ausfahrt zu freuen schienen – doch in Julias Innern herrschte Eiszeit. Sie misstraute ihrem Gatten auf der ganzen Linie, und so kam sie sich vor wie ein Tier, das, in die Enge getrieben, jederzeit mit dem Angriff eines Fressfeinds zu rechnen hat. Sie würde sich wehren, wenn er sie anfallen würde – das heißt, sie würde es gar nicht so weit kommen lassen. Die Tropfen waren da, ihr Plan stand fest. Sie brauchte nur noch eine gute Gelegenheit, sie ihm in den Weißwein zu tröpfeln. Und ihr Magen würde es ihr danken, wenn ihr das gelänge, bevor sie zu viel von dieser scheußlichen Käsemasse hatte essen müssen.

* * *

Noch bevor das Essen begann, ging Urs kurz auf die Toilette. Erstens konnte er so diesem schleppenden, fast schon peinlichen Gespräch für einen kurzen Moment entfliehen, das er mit Julia zu führen genötigt war. Über Smalltalk waren sie beide noch nicht hinausgekommen. Vielleicht weil er spürte, dass die Verhandlungen über die Trennungsmodalitäten durchaus hitziger werden könnten. Er hoffte, dass es so weit gar nicht mehr kommen musste. Denn zweitens wollte er mit seinem WC-Gang Julia dazu animieren, es ihm gleichzutun, damit er ein paar ungestörte Momente allein mit ihrem Weinglas am Tisch hätte.

Julias Blase aber schien nichts davon zu halten, zur Toilette gehen zu müssen. Also musste er zu Plan B greifen. Kontrollierend tastete seine Hand sich durch die Anzugtasche, bis er das Fläschchen fühlen konnte. Es war noch da. Dann ließ er die Serviette vom Tisch gleiten und schob sie, bevor er sich bückte, mit dem Fuß rasch zu Julia hinüber.

»Könntest du bitte die Serviette aufheben? Sie ist bei dir drüben«, sagte er, nach dem gespielten Suchen, als er sich wieder aufrichtete.

»Wieso?«, fragte sie unwillig.

»Weil du besser rankommst. Ich hab's im Rücken, das weißt du doch.«

»Eigentlich habe ich mir geschworen, dich kein einziges Mal in meinem Leben mehr zu bedienen«, sagte sie schnippisch. »Aber dann mach ich halt meine letzte Ausnahme«, fügte sie hinzu. Sie lächelte nicht dabei, aber sie beugte sich unter den Tisch, und diese drei Sekunden reichten für Urs, die Tropfen in Julias Wein zu gießen.

Dann kam der Käse. Sie tranken, ohne anzustoßen. Als Urs endlich registrieren konnte, wie Julias Augen sich verdrehten und sie auf dem Stuhl zu wanken begann, wollte er aufspringen, den Umstehenden die gut geübte Nummer mit den Kreislaufproblemen seiner Gattin zurufen und Julia später, wenn sie ganz bewusstlos war, über Bord gehen lassen. »Beim Erbrechen über die Reling gefallen«, würde es später heißen. Welch peinlicher Tod.

Doch Urs kam nicht weiter mit seinen Überlegungen. Als er aufstehen wollte, merkte er, dass er keine Kraft mehr in den Beinen hatte. Der Raum um ihn drehte sich, als würde das Raclette-Schiff kentern, und das Aufschlagen des Hinterkopfs auf dem harten Fußboden spürte er schon fast nicht mehr.

* * *

Als Julia erwachte, brauchte sie einen Moment, bis sie begriff, dass sie sich offenbar in einem Spitalbett befand. Wie war sie dem Raclette entkommen? Was war geschehen? Zufällig war gerade eine Pflegerin anwesend, die sich am Bett rechts neben ihr zu schaffen machte. Als sie merkte, dass Julia wieder bei sich war, trat sie zu ihr.

»Sie hatten einen Zusammenbruch, gestern Abend, auf dem Raclette-Schiff auf dem See«, erklärte sie ihr.

Julia verstand die Welt nicht mehr. Der Filmriss setzte dort ein, als sie sich an den Tisch gesetzt und auf Urs gewar-

tet hatte. Hatte sie ihn nun umgebracht oder nicht? War er
überhaupt gekommen?

»Wissen Sie etwas über meinen Mann?« fragte sie mit
schwacher Stimme.

Die Pflegerin legte ihr die Hand auf den Unterarm und
deutete dann zum Nachbarbett: »Keine Sorge. Ihr Mann ist
hier. Selbstverständlich haben wir Sie gemeinsam ins Zimmer gelegt. Wahrscheinlich war das Raclette schlecht. Wir
werden das untersuchen.«

Julia lief es heiß und kalt den Rücken hinunter. Erst nach
ein paar Sekunden wagte sie einen Blick nach rechts. Von
dort aus blickte Urs ihr aus dem Spitalbett entgegen.

Seine Augen waren finster. Er lächelte nicht.

Raclette

Zutaten (für zwei Personen):
400 g Pellkartoffeln (vorwiegend festkochende Sorte verwenden)
400 g Raclette-Käse, in ca. 4 mm dicke Scheiben geschnitten
Pfeffer
Paprikapulver

Außerdem nach Belieben dazu servieren:
Perlzwiebeln, Essiggurken, Mixed Pickles, Champignons, Speckwürfel, frisch geschnittene Zwiebeln, fein geschnittener Knoblauch

Zubereitung:
Käse im Racletteofen schmelzen, im Teller über heiße Pellkartoffel geben, würzen, zusammen mit den Beilagen (nach Belieben) genießen.

Tanja Roth

Seefilet

Dicke Nebelschwaden hingen wie vollgesogene Watte über
dem See und ließen die Grenze zwischen Luft und Wasser verschwimmen. Doch langsam verzog sich der Dunst und gab den
Blick auf die kahlen Uferbäume frei. Vom Jachthafen aus fotografierte jemand das malerische Ensemble mitten im Seepark:
das Schlosshotel *Alt Romanshorn,* direkt neben der mittelalterlichen Kirche. Still und versunken lag die Landschaft da.

»Bitte, gärn gscheh.« Küchenchef Karl Wehrli nahm das leere Glas entgegen, das der Jogger ihm hinhielt, und schaute
dem Mann nach, wie er mit neuem Schwung weiterlief. Er
schloss die Terrassentüre und warf noch einen Blick durch
die voll verglaste Front, die über den Seepark zum Wasser
hin zeigte. In etwas mehr als einem Monat war Saisoneröff-
nung, bald würden sich wieder die üblichen Touristenströ-
me aus den Fähren in die Stadt ergießen und endlich, endlich würden auch Hotel und Restaurant wieder aus ihrem
Dornröschenschlaf erwachen.

Nachdenklich ging er zurück in sein Reich, die Küche des
Hotelrestaurants *Seestern.* Stolz erfüllte ihn, wenn er durch
die Räumlichkeiten schritt. Wehrli hatte das bis vor ein paar
Jahren stiefmütterlich behandelte Restaurant zu neuem
Glanz geführt und im letzten Jahr den ersten Michelin-Stern
erhalten. Der Lohn großer Mühen; ein Lohn, der ihn endlich
bestätigte – und ihm eine deutlich bessere Position einräumte
in den schier endlosen Diskussionen mit den Hotelinhabern
um Qualität und Preise der Speisen. Der *Seestern* trug seinen
Namen nun ganz zu Recht, und das war allein sein Verdienst.

Eine Hand legte sich auf seine Schulter. »Was wollte der? Das
Haus ist noch geschlossen. Wir sind sozusagen top secret hier.«

»Nur ein Schlückli zu trinken. Hat uns hier drin gesehen und geklopft.«

»Was an Aansertrottel! Wer so unvorbereitet zum Sporteln geht, der sollt bloß aufpassn.«

Harald Weinberger, langjähriger Freund Wehrlis, von Geburt Wiener und Spitzenkoch im *Bemsler* in Bregenz, schickte sich an, eins der feuchten Handtücher hochzuheben, unter denen sich Wehrlis geheim gehaltene Köstlichkeit wölbte.

»Du, Löli, pack deine österreichischen Langfinger von mini subere Tüecher!«

Sein Freund hatte jedoch schon durchschaut, was Wehrli da versteckte. »Mit deinen von Schiffsölen verseuchten Karpfen aus dem Romanshorner Hafen hast du nicht den Hauch einer Chance gegen mich, mei Liaba.«

Wehrli hieb mit einem Holzlöffel nach der Hand des Kollegen, die dieser schnell zurückzog. Es war ungeschriebenes Gesetz unter den Köchen: Das Geheimnis der Gerichte, die sie füreinander zubereiteten, wurde erst beim Kochen gelüftet.

»Das mit dem Schiffsöl mag in Bregenz so si, bi üs isch es suber, min Fründ.« Eine Frechheit, den Bodensee als schiffsölverseucht darzustellen.

Die Vorbereitungen für den internen Wettbewerb waren in vollem Gange. Überall dampfte und köchelte es. Eingeladen hatte Wehrli die zwei Schweizer Pietro Clerico und Martin Charveaux, den Österreicher Harald Weinberger sowie die beiden Deutschen, Gabi Haag aus dem Allgäu und Christian Burgmann aus Langenargen. Wehrli und seine Kollegen vereinte die Lust am Kochen – und Können auf höchstem Niveau. Ein jeder von ihnen unterhielt ein Sternerestaurant in Bodenseenähe. Kleine Auszeiten wie die Vorsaison nutzten sie gerne dafür, sich gegenseitig zu bekochen und sich dabei vielleicht den einen oder anderen Trick abzuschwatzen.

Wehrli schnitt ein paar Kräuter für die Dekoration und hob die Nase, um den unterschiedlichen Düften nachzuspüren, die in der Luft lagen. Damit die anderen bei der Arbeit den exklusiven Blick auf den See genießen konnten, hatte Wehrli die Schwingtüren zum Gastraum geöffnet. Vielleicht auch ein klein bisschen zum Angeben, wer hatte schon eine solche Aussicht zu bieten? Niemand außer ihm und Burgmann auf der gegenüberliegenden Seite des Sees. Fast noch mehr als aufs Kochen freute Wehrli sich auf das anschließende Zusammensein, darauf, dass man einmal ein rundum würdiges Publikum um sich versammelt hatte, das Kunst und Mühen der anderen zu schätzen wusste. Auch wenn er im wahren Leben wohl mit keinem von ihnen befreundet gewesen wäre, außer mit Harald Weinberger. Aber der war sowieso wie die Pest; hatte man ihn einmal am Hals, wurde man ihn nicht mehr los.

So unterschiedlich die Charaktere der Köche, so ähnlich wiederum die Wirkungsstätten. Auch Wehrli nannte eine moderne Großraumküche sein Eigen, die problemlos für die Verpflegung des napoleonischen Heeres ausgereicht hätte. In diesem klinisch anmutenden Raum trennten Aufbauten aus Edelstahl die verschiedenen Bereiche. Allerlei Teller, Kochgeschirr und Hilfsmaterialien waren in den Schränken gestapelt. Töpfe von der Größe eines Kaffeebechers bis zum Umfang einer 50-Liter-Wassertonne standen auf und unter den Anrichten und in Ecken. Pflegeleichte Kacheln, deckenhoch und weiß, auch der Boden gefliest. Herdplatten und Öfen für jede einzelne Küchenabteilung. Die Spülküche mit der meterlangen Industriespülmaschine besaß allein schon die Ausmaße eines großen Zimmers.

»Wenn die Hiwis nisch da sind, isse Stimmung gleisch viel bessere.« Genüsslich biss Pietro Clerico, der in der *Rüte Hütt* in Appenzell kochte, in ein saftiges rotes Stück Paprika. In der Tat verzichteten die Köche auf sämtliche Hilfskräfte. Bei diesem besonderen Anlass wollte man unter sich bleiben; auch wenn das bedeutete, jedes Detail selbst vorzubereiten.

»Wobei so a paar Saftschubsen den Tag ungemein auflockern«, Weinberger nippte genüsslich an seinem Thurgauer. »Natürlich nur, wenn du nicht alles überstrahlst, mein Sonnenschein«, schob er schnell hinterher und blinzelte Gabi Haag zu.

Die brünette Köchin warf ihm ein gnädiges Lächeln zu. Der alte Charmeur! Wehrli schüttelte den Kopf. Mögliche Chance beim anderen Geschlecht durfte man sich nicht durch unbedachte Aussagen verbauen. Wie gut er die Gedankengänge des gebürtigen Wieners seit ihrer gemeinsamen Zeit an der Hotelfachschule in Luzern kannte. Weinberger, der das Wort Freizeit genauso wenig kannte wie sie alle und der trotzdem reibungslos mit Ehefrau und der einen, anderen oder vielleicht auch dritten Liebschaft jonglierte.

»Saftschubsen? Helfen bei euch Österreichern die Kellnerinnen in der Küche aus?«, fragte Christian Burgmann.

»Da is da Hund begrobn: Ihr müsst halt netter mit euren Weiberln umgehen, dann hättet ihr mehr solche Prachtstücke in euren Küchen.«

Wehrli wusste, was Weinberger meinte, schließlich glich manche Küche einem Truppenübungsplatz; klare Hierarchien statt Kuschelfaktor. Bei dem in Wellen auftretenden Stress war höfliches Bitten sinnlos, deshalb gingen viele gleich zum Brüllen über. Frauen hatten sich dem Ton halt anzupassen, es sei denn, sie gaben das Tempo selbst vor – was in so gut wie keiner Großküche vorkam, zumindest Wehrlis Wissen nach. Vielleicht hielt es Gabi Haag selbst ja anders.

Nun ja, der raue Ton gehörte zum Handwerk. Wer das nicht anerkannte und spurte, hatte in einer Großküche nichts verloren. Wo Fleisch geschnitten wurde, spritzte es eben; nicht selten auch Blut.

Wehrlis Blick ging hinüber zum Getränkebuffet, wo *sie* erhaben auf dem Regal stand. Jeder von ihnen konnte heute darauf hoffen, sie zu gewinnen. Die Bronzefigur im wallenden Gewand blickte gütig mit geöffneten Armen auf sie herab. Pietro Clerico hatte den Pokal beim ersten Mal mitgebracht. Liebevoll hatten sie die Dame *Emiglia* getauft, nach einer Hochburg der Kochkunst, der Emiglia Romana, und nach der *Emily* der Traditionsmarke Rolls Royce. Die winzige Kochhaube aus Papier hatte ihr Clerico, der Scherzkeks, selbst aufgesetzt. Auf die Plakette am Sockel wurde jeweils der Name des aktuellen Siegers graviert. Der Bodensee-Wettstreit fand heuer bereits zum sechsten Mal statt, aber ganz oben auf der Metallplatte stand er, Karl Wehrli; der allererste Sieger. Nach einer langen Durststrecke hatte er fest vor, sein Heimspiel zu gewinnen. Die *Emiglia* konnte ja schließlich nicht zum dritten Mal in Folge an den Franko-Schweizer Martin Charveaux gehen, der im *Roten Güggel* in Sankt Gallen kochte, diesen – zugegebenermaßen talentierten – Emporkömmling mit seinen gerade mal vierunddreißig Lenzen.

Wehrli verteilte Apfelschnaps in mundgeblasenen Schnapskelchen und musterte dabei seinen gefährlichsten Konkurrenten. Der schmale, dunkelhaarige Charveaux hatte seine steile Karriere quasi über Nacht begonnen, als er beim Kochen in irgendwelchen bitterarmen indischen Slums von einem Presseteam begleitet worden war. Charveaux werkelte an den äußersten Grenzen des Geschmacks, mixte ungeheuerliche Zutaten miteinander und – es schmeckte auch noch. Schokolade mit Kardamom, so weit war die Sache noch nachvollziehbar. Aber Chilifäden in Agar-Agar an Limettenschaum und Garnelen im Karamellmantel? Schon der Gedanke versetzte Wehrlis Darm in Aufruhr. Doch eben nicht nur Wehrlis Darm, sondern auch das des sensationsgeilen Pariser Publikums. Der neue Held wurde sogar eingeladen, bei Lagerfelds Modenschauen zu kochen, war es zu fassen? Endlich mal was Neues, etwas, das den Drahtseilakt zwischen Erstaunen, Geschmack und Übergeben schaffte. Das brachte in der Tat nur dieser Überflieger Charveaux hin. Was für eine Werbung für sein Restaurant und Sankt Gallen! Wie dem auch sei – Wehrli musste den Franko-Schweizer einladen, auch wenn er wieder gewinnen würde.

»Ich habe mir überlegt, Heuschrecke im Speckmantel als Amuse-Gueule mitzubringen«, erzählte Charveaux gerade. »Aber das trifft bestimmt nicht jeden Geschmack.«

»Verständlich. Unser Praktikant aus Asien hat uns neulich Mehlwürmer in Nougat serviert.« Sogar Burgmann hatte Mehlwürmer probiert? Nicht zu fassen.

»Welchen Gästen tischt ihr diese Köstlichkeiten denn auf?«, wollte die Haag wissen.

Wehrli verließ die Debatte und war froh, dass seine Gäste ähnlich dachten wie er selbst. Kreativität hing doch nicht von der Verwendung möglichst seltsamer Ingredienzien ab. Er ging zu seinem Platz, um die Vorbereitungen abzuschließen. Sein Menü kam ihm plötzlich fast langweilig vor. Blödsinn, ließ er sich tatsächlich durch solche realitätsferne Diskussionen entmutigen?

Die Zwiebelpaste musste ein letztes Mal abgeschmeckt werden. Wehrli würzte mit seiner eigens vorbereiteten Würzmischung aus dem Hotelgarten, steckte den Finger in die Paste, dann in den Mund, schmatzte und putzte die Finger an seinem *Torchon* ab, dem Geschirrtuch, das jeder Koch an der Schürze stecken hatte. Hervorragend. Er beobachtete Burgmanns Stiernacken. Muskeln bewegten sich routiniert unter der weißen Kochuniform, als er mit der rasenden Geschwindigkeit, die nur Köche beherrschten, frische Kräuter schnitt. Dabei plauderte er angeregt mit Gabriele Haag.

Clerico kam herüber und auch Weinberger gesellte sich zu ihnen und schenkte beiden Apfelschnaps nach.

»Nur aus Apfel, ohne Heuschrecke. Vielleicht ist der ein oder andere Wurm drin.«

»Langsam, langsam! Ob mit oder ohne Wurm.« Wehrli zog sein Glas weg, bevor Weinberger es bis zum Rand füllen konnte.

Clerico lachte. »Kochen mit Schwipse isse nisch das Gleische wie Kuche mit Schwips. Außerdem muss ich mein neue Damaszener-Messer in Griff behalte. Ein Kuppe isse schon ab.«

Demonstrativ wedelte er mit einem bepflasterten Finger. Natürlich wollte der Koch mit seinem neuen Messerset prahlen, das er in einer Privataudienz direkt beim international bekannten Schmied Jorgio in Madrid abgeholt hatte – und das ihn mit Sicherheit einen ganzen Monatslohn gekostet hatte. Während Weinberger Informationen zu Brenntemperatur und Faltmenge der Stahlschichten abfragte, beendeten auch die anderen ihre Vorbereitungen.

Nebenan vernahm Wehrli Weinbergers Flüstern: »... i verwend am ollerliabsten mei Santokumesser vom Hofer.«

»Aber gibte solche und solche!« beharrte Clerico.

»Dös muss keine Frage des Preises sein!«, betonte Weinberger. »Sonst bist bold krochen wia a Kaisersemml.«

Wehrli nahm das süffisante Grinsen wahr, dass der Freund nur leidlich unterdrückte. Natürlich verarmte ein Koch durch den Kauf guten Arbeitsmaterials nicht, aber Weinberger liebte es zu provozieren.

»Schau dir diese an!« Clerico zog sein Messer aus dem Gurt hervor und nahm ein Filet vom Tisch, das er mühelos zwischen seinen Fingern zertrennte. Wenn er so weitermachte, konnte er sich bald von der nächsten Fingerkuppe verabschieden.

»Dös kann mei Filetiermesser a!«, stichelte der Österreicher weiter.

Clerico zog die Luft ein und warf die Filethälften mit lautem Klatschen auf die Anrichte. Beim Thema Fleischzubereitung wurde aus Spaß schnell Ernst.

»Lasst uns einen Moment nach draußen gehen und die Sonne genießen.«

Wehrlis Vorschlag wurde gern aufgenommen. Die schlichte weiße Küchenuhr zeigte Viertel nach zwei; es blieb auch nach einer Pause noch genug Zeit für die Zubereitung der Speisen und ein ausgiebiges Zusammensein.

Während sich Weinberger und Clerico hinter ihm weiter beharkten, öffnete Wehrli die Terrassentüre. Auf den noch unbestuhlten Außenbereich folgte eine sanft abschüssige, gepflegte Rasenfläche, über die ein Weg für Spaziergänger verlief. Sie gingen die etwa siebzig Meter hinunter bis zum Hafen. Nur wenige kleine Boote schaukelten im Wasser. Wärmende Sonnenstrahlen legten sich auf Gesicht und Haut. Sanfte Wellen brandeten über die Steine, und Möwen hielten nach einem Leckerbissen Ausschau. Die Kollegen genossen die Ruhe, Wehrli und Charveaux rauchten schweigend.

Gabi Haag erzählte Burgmann von ihren neuen Ideen für die Sommerkarte. Wehrli spitzte die Ohren, als Koch konnte er gar nicht anders. Dann vernahm er ein Wort, das sie unmöglich so gesagt haben konnte.

»Was in aller Welt soll denn das sein, In-vitro-Fleisch?«, dachte er laut.

»Ah ja, sehr interessant! Toll, dass du dich dafür interessierst«, schaltete sich Charveaux ein.

Wehrli bemerkte das Zucken um Haags Mundwinkel; das Lob vom Klassenprimus schien ihr runterzugehen wie Öl.

»Die Japaner züchten Fleisch ohne das Tier drumherum«, erzählte Gabi Haag. »Was immer du willst: Muskelfleisch, feines Filet, Bauchspeck ...«

»Fleisch ohne Tier? Bist du sicher, dass sie das nicht bei irgendwas rausgeschnitten haben, was jetzt im Straßengraben liegt?« Harald Weinberger nahm wirklich nichts ernst.

»Nein, das wird aus Zellen im Reagenzglas gezüchtet.« Charveaux war mal wieder bestens informiert, wie es schien. »Lass uns das mal zusammen ausprobieren!«

Die Haag nickte freudestrahlend.

Weinberger, der seine Felle davonschwimmen sah, schob sich demonstrativ zwischen die beiden. »Gabi, i würd mi als Testesser anbieten! So ganz privat natürlich ...«

»Und wie schmecktese?«

»Wie füttern sie das Reagenzglas dann? Ein schöner Braten vom Weiderind ist doch was ganz anderes! Muss man kaum mehr würzen«, schimpfte Burgmann.

Natürlich probierte auch Wehrli Neues und Exotisches aus, aber er musste nicht jeden Tag eine neue Sau durchs Dorf treiben. Er wandte sich um in Richtung Gebäude. Zeit, den Fisch fertigzumachen. Und er war wirklich neugierig, welche Pfeile die anderen im Köcher hatten, um die *Emiglia* zu gewinnen. Gott sei Dank waren weder Insekten noch In-vitro-Fleisch dabei. Ob er punkten konnte mit seiner Kreation? Er hatte eine wunderbare Kräuterfüllung für seine überbackenen Karpfen entwickelt, über den Winter verschiedene Mischungen ausprobiert und Freunde bekocht. Das Rezept war inzwischen ausgereift, und die Karpfen hatten eine sehr gute Qualität. Karl Wehrli war sich fast sicher, heute einen Punkt zu landen. Auch auf die Tradition des Grußes aus der Küche wollte er nicht verzichten und hatte die heimische Spezialität, *Romanshörnli*, vorbereitet. Gebratenes Poulet mit Hörnchennudeln in einem Apfelwein-Saucenrahm-Sud mit Speckwürfeln. So simpel das Gericht schien, das am Nationalfeiertag am ersten August bei der alten Kirche gratis ausgegeben wurde, so schmackhaft war es.

Nein, er musste sich nicht verstecken mit diesem Menü. Er schlenderte um eine prächtige Trauerweide herum, deren lange Äste sich im sanften Frühlingswind bis auf den Boden wiegten. Und blieb auf dem Absatz stehen. Ein Mann lag auf dem Kiesweg, regungslos. War das nicht der Jogger, der vorhin nach einem Glas Wasser gefragt hatte? Kein Zweifel; er hatte ein Problem. Wehrli rannte hinüber.

»Hallo? Kann ich Ihnen helfen?«

Der Jogger war bei Bewusstsein. Er versuchte, ein Bein anzustellen, und seine Augen öffneten sich zu Schlitzen. »In ... miner Tasch ...«

Thurgauer Dialekt, einer von hier. Es war der Mann von vorhin, kein Zweifel. Karl Wehrli schob seinen Arm unter seinen Oberkörper und zog ihn in Sitzposition. Es gab keine Unterstützung, der Jogger hing wie ein schwerer Sack in seinen Armen. Er ächzte, dann sackte der Kopf auf die Brust. Wo blieben denn die anderen? Bestimmt hatte einer ein Handy dabei, um Hilfe zu holen.

»... die Flasche«, die Stimme war ein Flüstern; der Arm des Mannes ging zu seiner Hosentasche und fiel dann jäh zu Boden.

Hatte er einen Herzanfall? Hastig griff Wehrli in die Tasche. Es war ihm unangenehm, einem fremden Mann an den Oberschenkel zu fassen, aber er drückte den Gedanken weg. Keine Flasche. Ein Krampf zuckte durch den Körper und im nächsten Moment erschlaffte der Mann völlig. Wehrli tastete nach der Halsschlagader. Ein schwacher Puls, kaum mehr zu spüren. Mit bebenden Fingern suchte er in der anderen Hosentasche. Nichts, kein Taschentuch, kein Handy, nicht mal ein Autoschlüssel. Endlich, Schritte und Stimmen von hinten.

»Karl! Was isse los?« Pietro Clerico war als Erster an der Unfallstelle und beugte sich gleich über den Mann. Die anderen folgten. Weinberger und Burgmann packten den regungslosen Mann und trugen ihn zur Terrasse.

»Beim Empfang steht ein Sofa«, delegierte Wehrli.

Charveaux zückte sein Handy. »Wir brauchen einen Notarzt!«

Im Pulk drängten die Köche über die Terrasse, durch den Gastraum in die Lobby, hin zum Sofa.

»Er wirkt irgendwie leblos, der Mann«, meinte die Haag.

»Gerade hat er noch gesprochen. Eine Flasche braucht er.«

»Ein Flascherl also«, Weinberger klopfte die Jacke des Mannes ab. »Wart amol … hier ist wos.«

»Handy und Brieftasche wären gut.«

»Nah, nichts. Hier ist das kleine Flascherl. Und jetzt?«

»*Insulfinon*, ein Diabetes-Medikament. Unterzucker«, meinte Burgmann. »Schnell, tropf ihm ein bisschen auf die Zunge! Und dann Wasser.«

Dankbar, endlich etwas tun zu können, spurtete Wehrli davon.

Als er mit dem Glas Wasser zurückkehrte, war etwas anders. Die Köche wechselten betretene Blicke. Charveaux beäugte immer noch sein Handy, stumm, reglos.

»Alles ok? Rührt er sich wieder?« Wehrli schaute in die Runde.

»Scheiße, der iste tot wie ein Leberwurst!« Pietro Clerico nahm die Hand von der Stirn des Mannes und begann, große Kreise auf dem weichen Teppichboden der Lobby zu drehen.

Tot, pah. So schnell starb man nicht. Wehrli drückte auf die Wangen des Mannes und zog seinen Unterkiefer hinunter, dann setzte er das Glas an, während die Haag seinen Kopf hoch hielt. Einen Moment später lief das Wasser an seinen Mundwinkeln heraus: kein Husten, kein Röcheln, nichts. Die eben noch geschlossenen Augen waren nun einen Spalt breit geöffnet, der Mund stand ebenfalls offen. Wehrli legte seine Hand an den Hals des Mannes. Die Haut fühlte sich eigenartig an. Sie war noch warm und feucht; der Sportler hatte stark geschwitzt, sein T-Shirt war nass. Wehrli war Koch, kein Arzt, aber auch für ihn wirkte der Körper nun leer, wie eine bloße Hülle. Er betrachtete das Gesicht des Fremden. Friedlich, wie schlafend, ruhte er auf dem Sofakissen.

»Herzmassage!« Nachdem niemand reagierte, schob Gabi Haag das T-Shirt des Mannes nach oben. Ein Pulsmesser war um den Brustkorb gespannt. Haags Finger suchten die richtige Stelle unter den Rippen.

»Wenn es wirklich Unterzucker war, bringt uns das jetzt nichts mehr«, behauptete Burgmann, der immer noch abseits stand, als wolle er klar machen, dass ihn das Geschehen nicht betraf.

»Martin, ruf endlisch de Notarzt«, jammerte Clerico.

»Dös is nimma notwendig«, befand Harald Weinberger.

»Wieso?«

»Weil er dod is. Mausedod«, erklärte Weinberger geduldig. »Der braucht auf dieser Welt keinen Arzt mehr.«

»Ist doch egal, Notarzt oder Polizei, ist alles die gleiche Nummer«, drängte Gabi Haag, die sich nicht durchringen zu können schien, ihre Lippen zur Beatmung auf die des Mannes zu drücken. Wehrli trat vor, um die letzte Chance zu nutzen. Dem Mann könnte es jetzt gut gehen, wenn er nur das verdammte Fläschchen rechtzeitig gefunden hätte. Er atmete ein, wartete, dann stieß er seinen Atem hinunter in den Hals des Mannes. Die Lippen wirkten eigenartig fest und kühl. Er pumpte mit den Handballen auf den regungslosen Oberkörper, atmete, pumpte, atmete. Schließlich ließ er ab und schloss den Mund des Mannes.

Charveaux starrte immer noch auf sein Handy und schien auf ein Zeichen zu warten.

»Jetzt ruf schon an«, knurrte Wehrli. Dieser junge Starkoch erlebte in einem Jahr mehr als die meisten in ihrem ganzen Leben – und ein einziger Toter ließ ihn zur Salzsäule erstarren. Andererseits...

»Halt, warte!«

Fünf Augenpaare fixierten Wehrli.

»Wenn wir ... wenn wir jetzt die Polizei rufen, ist es vorbei mit dem Kochen«, versuchte er den Gedanken in Sprache umzuwandeln und kam sich im gleichen Moment wie ein Arschloch vor. Er wandte sich ab, um den moralischen Protest der Kollegen an seinem Rücken abprallen zu lassen.

»Wo der Karl recht hat, hat er recht ...«, ergriff Weinberger stattdessen dieselbe Position. »Die schene *Emiglia*, unsere Vorbereitungen, das Essen, alles für die Katz. Nur wegen einem Jogger, der davon auch nicht mehr lebendig wird.«

»Und was habt ihr vor? Ihn ins Kühllager hängen bis zum Montag?« fragte Haag spöttisch.

»Absurd!«, grollte Burgmann, den Arm über die leere Rezeptionstheke gelegt, als ob er auf die Empfangsdame wartete.

»Lassete ihn zurucklegen und so tun, als ob wir ihn nisch hätten gesehene«, schlug Clerico vor.

Eine gute Idee, wie Wehrli fand. Doch irgendjemand würde ihn finden, schon bald. Und wenn die Polizei nur den kleinsten Zusammenhang zu ihnen herstellte, waren sie in ärgster Erklärungsnot. Im schlimmsten Falle beobachtete irgend ein Ornithologe mit seinem Feldstecher von der anderen Seite des Sees, wie sechs weiß gekleidete Köche einen leblosen Mann aus dem Hotel trugen. Und dann? Was für ein Abschluss ihres Wettkochens, was für ein unwiederbringlicher Schaden für das Haus, für seinen Ruf. Es hatte alles keinen Sinn. Vorbei mit der *Emiglia*, vorbei mit dem gemütlichen Zusammensein. Er seufzte.

»Komm, des mit dem Kühllager is gar ned so deppert«, überlegte Weinberger. »Und dann werfen wir ihn heute Abend gemeinsam in den See.« Moralische Schranken kannte der Österreicher wohl nicht einmal bei einem Kapitalverbrechen.

Sogar Burgmanns Mienenspiel war vom Empörten ins Nachdenkliche gerutscht und er löste sich von seiner Empfangstheke. »Kein Handy dabei. Das heißt, hier im *Seestern* wird ihn keiner vermuten.«

»Außerdem geschieden«, dem versierten Blick Weinbergers entging nichts. Er deutete auf eine verschlankte, helle Stelle am linken Ringfinger.

»Schade um den Burschen«, Gabi Haag ließ einen mitleidigen Blick über den Toten gleiten. »So sollte es nicht enden.«

»Eine ganze Menge Muskelfleisch hat er«, überlegte Charveaux, der bislang gar nichts gesagt hatte.

»Was soll das 'eiße?« fragte Clerico. »Willste du dein Menü für heute ändern?«

Heiseres Lachen erklang hier und da.

»Ich habe nur nachgedacht«, verteidigte sich Charveaux sofort. »Damals in Ecuador habe ich für ein paar Wochen bei einem Stamm gelebt ...«

»... in dem ihr Meerschweinchen und eure Feinde gegessen habt«, witzelte Weinberger. Immer noch standen sie alle im Halbkreis um das rote Sofa und den friedlich daliegenden Toten.

»Du kannst nicht mit einem Pygmäenstamm leben, die Sitten und Gebräuche lernen, um dann bei einem der urzeitlichsten und wichtigsten Rituale den Schwanz einzuziehen ...«

»Ungeheuerlich ...« flüsterte Clerico. Sein Blick hingegen zeigte blanke Neugier.

»Du hast wirklich Menschenfleisch gegessen?«, fragte die Haag direkt. »Wie schmeckt es?«

»Bei euch in Sankt Gallen gehen auch die Ideen aus«, witzelte Burgmann ungelenk.

»Andere Länder, andere Sitten. In Thailand gibt es exzellente Reisratten, in China bestimmte Hundesorten, bei uns Garnelen, in Afrika Erdmaden. Wir sollten uns moralisch nicht über andere Kulturen erheben.«

Vereinzelt zustimmendes Nicken.

»Aber es ... so ein Fleisch meine ich, muss doch bestimmt gut abhängen, oder?«, fragte Wehrli.

»Kommt drauf an ...«, erwiderte Charveaux. »Der erste Teil, das Herz, wird am Abend roh verzehrt; sozusagen als Ehrerbietung an den Unterlegenen. Diese Ehrerbietung gilt den Angehörigen des anderen Stammes. Nur so hatte sein Tod einen Sinn.«

»Und der pH-Wert?«

»Wird das Gleiche sein wie beim Rind. Herz, Filet oder Rumpsteak gehen sofort«, konzentrierte sich Weinberger auf die technischen Informationen und ignorierte den sittlichen Überbau. »Natürlich auch Hack. Bewegung, gute Ernährung und langsames Wachstum sind das A und O für zartes Muskelfleisch. Was hier zweifellos vorläge. Also rein hypothetisch. Natürlich. Wie war das nochmal mit dem Geschmack?«

»Oh, ja, ganz erstaunlich. Manche Teile schmecken tatsächlich wie Rind – oder eher Känguru oder Strauß – sehr herzhaft. Andere Stücke ähneln von der Textur her dem Schwein. Das kommt ganz auf die Lebensumstände an. An einem Pygmäen, der die meiste Zeit des Tages sammelt, jagt und arbeitet, ist nicht viel Fett dran.« Charveaux kam beinahe ins Schwärmen. Wehrli spürte, dass es ihm mit seiner Experimentalküche tatsächlich ernst war.

»Aber bissele Fett isse auch gute 'schmacksträger ...«

»Manchmal muss man dankbar sein für die Dinge, die der Zufall mit sich bringt.«

»Ach ja, so ist es. Vielleicht sollten wir den Guten zuerst einmal wegbringen und dann später entscheiden, was passiert. Was meint ihr?«

»Ja später entscheiden ist sehr gut. Vielleicht legen wir ihn solange auf die Küchenanrichte?«

»Sehr gute Idee. Am besten auf die im Rôtisseur-Posten, mit der Auffangrinne und dem Wasserschlauch. Natürlich nur, um mal zu gucken.«

»Vollkommen richtig. Vielleicht ein kleiner Probeschnitt ...«

»Vielleicht auch an größerer. Dann hätten wir das Problem mit den Spuren schon gelöst. Fast schon nebenbei, haha. Kloaner Scherz sozusagen.«

Es ging auf den Abend zu in Romanshorn, am Südufer des Bodensees. Die Luftfeuchtigkeit formierte sich zu dicken Nebelkissen, Vögel sangen ihre abendlichen Frühlingsgesänge. Ein möglicher Beobachter, der durch den Seepark spazierte, hätte nichts Ungewöhnliches bemerkt. Hinter den Panoramascheiben des *Seestern* war nichts zu sehen, nur eine schwache Lichtquelle kündete von einer Zusammenkunft. Die Versammlung der Spitzenköche verzichtete diesmal auf die Verleihung der *Emiglia* an den besten unter ihnen.

Romanshörnli

Zutaten:
400 g Hörnchen-Nudeln
400 g Pouletfleisch
Salz
Schwarzer Pfeffer
Cayennepfeffer
2 EL Butter / Bratöl
1 Zwiebel
50 g magere Speckwürfeli
2 1/2 dl Apfelwein
1 dl Bouillon
1 säuerlicher Apfel
1 Becher Sahne
Mehl zum Binden
Gebratene Apfelringe und Speckscheiben als Garnitur

Zubereitung:
Die Nudeln kochen.
Pouletfleisch würzen, anbraten, aus der Pfanne nehmen und warmstellen.
Die Zwiebel fein hacken, zusammen mit den Speckwürfeli im Bratfond andämpfen. Mit Apfelwein ablöschen, zur Hälfte einkochen lassen. Bouillon dazugießen, nochmals etwas einkochen lassen. Den Apfel würfeln, dazugeben, mit dem Saucenrahm verfeinern.
Das Fleisch dazugeben und nochmals erhitzen, abschmecken.
Mit den gekochten Hörnli auf einen Teller geben, mit Apfelringen und Speckscheiben garnieren

Autoren

Margarete Buhl

Aufgewachsen am Zusammenfluss von Saar und Mosel, verschlug es Margarete Buhl mit ihrem Mann über den Umweg Mainz und ein Zwischenspiel in Wiesloch in die schöne Pfalz. Jetzt lebt sie mit zwei Söhnen in Schwegenheim und genießt die pfälzische Lebensart. Inspiriert vom Wandern am Bodensee oder in Cornwall, Paddeln im Spreewald und anderen Abstechern in reizvolle Landschaften, schreibt sie ihre Geschichten auch gerne einmal unter dem Apfelbaum im Garten, während die Katze um ihre Beine streicht.

Nadine Buranaseda

Nadine Buranaseda, Jahrgang 1976, ist gebürtige Kölnerin mit thailändischen Wurzeln väterlicherseits. Sie studierte Deutsch und Philosophie in Bonn und wurde im Hörsaal entdeckt: Für einen ihrer letzten Scheine, den sie für die Anmeldung zum Ersten Staatsexamen benötigte, durfte sie einen Kurzkrimi schreiben, den ihr Professor dann einem Verlag vorlegte. 2005 veröffentlichte sie ihren ersten Krimi – einen Jerry-Cotton-Roman, dem mehr als ein Dutzend folgten. 2007 wurde sie für den Agatha-Christie-Krimipreis nominiert. Mit »Seelengrab« und »Seelenschrei« erschienen 2010 und 2012 ihre psychologischen Ermittlerkrimis. 2011 war sie Stipendiatin des Krimifestivals »Tatort Töwerland« und arbeitet aktuell an einem Thriller. Seit fünf Jahren lebt sie vegan und belegt mit ihrem köstlichen Zwiebelkuchenrezept, dass Tierschutz und Genuss einander nicht ausschließen.
www.nadineburanaseda.de

Gitta Edelmann

Gitta Edelmann wurde in Offenburg geboren und lebte später in Rio de Janeiro und Edinburgh, bevor sie sich in Bonn niederließ. Sie schreibt hauptsächlich Krimis und Kinderliteratur und gibt Workshops für kreatives Schreiben.

»Canterbury Requiem« und »Canterbury Serenade« waren die ersten Bücher ihrer England-Krimireihe um die Liebesromanautorin und Hobbydetektivin Ella Martin; derzeit arbeitet sie an weiteren Bänden.

Gitta Edelmann ist Mitglied bei den Mörderischen Schwestern, im Syndikat, im Bödecker-Kreis, in der europäischen Autorenvereinigung Die Kogge und im Vorstand des Verbands deutscher Schriftsteller VS in NRW.

Thomas Erle

Thomas Erle studierte Mathematik und Sport in Heidelberg. Während und nach der Studienzeit zog es ihn wiederholt auf eigene Faust in die Welt, unter anderem nach Süd- und Ostasien, Nord- und Lateinamerika, stets geleitet von seinem tiefen Interesse für Ethnologie, Geschichte, Kunst und Musik fremder Völker und Kulturen. Danach war er 30 Jahre lang pädagogisch tätig, zuletzt als Lehrer an der ersten deutschen integrativen Waldorfschule in Emmendingen bei Freiburg.

Als Autor veröffentlichte Thomas Erle zunächst zahlreiche Kurzgeschichten. 2010 gehörte er zu den Siegern beim ersten Freiburger Krimipreis. 2011 wurde »Der Zauberlehrling« für den renommierten Agatha-Christie-Preis nominiert.

Mit seinem 2013 veröffentlichten Debütroman »Teufelskanzel« gelang ihm auf Anhieb ein Überraschungserfolg. Nach »Blutkapelle« (2014) ist inzwischen mit »Höllsteig« der dritte Band um den Privatermittler Lothar Kaltenbach erschienen. Ebenfalls 2015 veröffentlichte Thomas Erle mit »Freiburg und die Region für Kenner« einen Reiseführer der besonderen Art.

Thomas Erle ist Mitglied im Syndikat, der Vereinigung deutschsprachiger Kriminalschriftsteller.

www.thomas-erle.de

Anne Grießer

Anne Grießer ist aufgewachsen im Odenwald, studierte Ethnologie und Germanistik, bevor sie auf die schiefe Bahn geriet. Nach einigen Ausflügen ins seriöse Berufsleben (Bibliothekarin, Redakteurin) schreibt sie heute hauptsächlich über Mord und Totschlag. Als Autorin (Kurzgeschichte, Roman, Hörspiel, Theater), Herausgeberin und Krimi-Entertainerin (Live-Krimis in der Brauerei, Hör- und Fühlkrimis im Stockdunkeln) schwingt sie in Freiburg die Feder und so manches blutige Theaterrequisit. Zuletzt gab sie für den Wellhöfer-Verlag die kulinarische Krimisammlung »Badische Grabschäufele« heraus.

www.anne-griesser.de

Frank G. Gerigk

Frank G. Gerigk, geboren 1963 in Radolfzell am Bodensee, machte dort auch Abitur. Er ist Diplom-Geologe, Journalist und Technischer Redakteur. In seiner Freizeit publiziert er Kurzgeschichten mit fantastischen und technischen Elementen. Seine erste Anthologie »Als ich in der Fernsehwelt war« kam 2008 heraus. Insgesamt veröffentlichte er über 50 Kurzgeschichten sowie einige Bücher, darunter das Sachbuch »Perry-Rhodan-Illustrator Johnny Bruck: Der meistpublizierte Künstler des Universums«.

Bettina Hellwig

Bettina Hellwig, Jahrgang 1963, ist promovierte Fachapothekerin für Arzneimittelinformation. Sie lebt und arbeitet als Autorin in Konstanz und in Stuttgart. Neben medizinischen Fachtexten schreibt sie kriminelle Geschichten, wobei sie immer wieder gerne auf ihre – nicht ganz so kriminelle – langjährige Erfahrung in der Offizin zurückgreift. 2013 wurde sie für einen Kurzkrimi beim Freiburger Krimipreis prämiert, 2014 veröffentlichte sie »Julmonds Grab« bei Oertel + Spörer, einen Kriminalroman im Reitermilieu. Sie ist Mitglied bei den Mörderischen Schwestern und im Syndikat.

Karl F. Fritz

Karl F. Fritz, geboren am 16. März 1951, beschäftigt sich seit seiner frühen Jugend mit der Geschichte der Bodensee-Schifffahrt und hat zahlreiche Publikationen über dieses Thema verfasst. Er ist bei der Bodensee-Schiffsbetriebe GmbH (BSB) tätig, für die er seit 2012 die Schiffslandestelle von Dingelsdorf am Nordufer des Bodanrücks betreut. Sein Spezialgebiet sind vor allem die früheren Dampfschiffe (»Das Dampfschiff Hohentwiel«, Stadler 1994; »Das goldene Zeitalter der Schaufelraddampfer auf dem Bodensee«, Sutton 2013). 2015 erschien bei Sutton »Der Siegeszug der Motorschiffe auf dem Bodensee«.

Renate Klöppel
ist promovierte Ärztin für Kinderheilkunde und Diplommusiklehrerin. Nach vier erfolgreichen Sachbüchern wechselte sie 1999 zur Belletristik und schrieb unter anderem sechs Krimis, in deren Mittelpunkt der Freiburger Medizinprofessor Alexander Kilian steht. 2003 war sie Stipendiatin des Förderkreises Deutscher Schriftsteller in Baden-Württemberg. Für die im Rowohlt Verlag erschienene Biografie »Die Schattenseite des Mondes. Ein Leben mit Schizophrenie« wurde sie 2007 mit dem Horst-Joachim-Rheindorf-Literaturpreis ausgezeichnet. Im März 2015 verlegte der Wellhöfer Verlag ihren neuesten Kriminalroman unter dem Titel »Stumme Augen«, im Herbst 2015 folgte der Afrika-Roman »Namibia – Namibia«.

Anita Konstandin
lebt mit Mann und Hund in Stuttgart-Bad Cannstatt. Die freiberufliche Werbetexterin schreibt seit 2005 Kurzgeschichten, am liebsten Krimis, die sie mit Spannung würzt und mit Humor verfeinert.

Susanne Kraft
wurde 1975 in der Nähe von Bonn geboren und studierte in Nordrhein-Westfalen Mathematik, Chemie und Geschichte auf Lehramt. Danach war sie drei Jahre lang an der Universität Oldenburg als wissenschaftliche Mitarbeiterin im Fachbereich Chemie tätig und begann anschließend in Heidelberg mit dem Referendariat. Seit 2006 lebt sie in Südbaden und unterrichtet an einem Gymnasium im Markgräflerland.

Monika Küble

alias Helene Wiedergrün, geboren 1960 in Bergatreute in Oberschwaben. Studierte Sozialpädagogik in Weingarten, italienische Sprache und Kultur in Perugia / Italien, Romanistik, Germanistik und Kunstgeschichte in Konstanz. Hat drei Krimis mit der Ermittlerin Apollonia Katzenmaier veröffentlicht – »Der Tote in der Grube« (2006), »Blutmond« (2010), »Blutmadonna« (2013) – sowie verschiedene Kurzkrimis.

Henry Gerlach

geboren 1960 in Hamburg. Studierte Germanistik, Philosophie und Kunstgeschichte in Konstanz und Hamburg. Diverse Publikationen u. a. zum Konzil von Konstanz.

Gemeinsame Publikationen:

2013 »In Nomine Diaboli«, ein Kriminalroman zum Konstanzer Konzil

2014 »Augenzeuge des Konzils«, eine hochdeutsche Übertragung der Konzilschronik von Ulrich Richental

Uschi Kurz

ist in Ludwigsburg aufgewachsen und nach dem Studium (Germanistik und Philosophie) und einem Volontariat zwischen Tübingen und Reutlingen gestrandet. Als freie Journalistin und später als Redakteurin beim Schwäbischen Tagblatt hat sie häufig Strafprozesse beobachtet und viel über menschliche Abgründe erfahren. Die kriminelle Energie, die dabei in ihr geweckt wurde, setzt sie schreibend um. Aus einer ihrer Kurzgeschichten entstand ihr erster Kriminalroman »Der Totenschöpfer«, der 2011 in der Regionalkrimi-Reihe im Silberburg Verlag in Tübingen erschienen ist. Der zweite Krimi mit demselben Ermittler-Duo erscheint 2016.

Uschi Kurz ist Mitglied bei den *Mörderischen Schwestern* und im *Syndikat* und lebt mit ihrer Familie und zwei Katzen in Wannweil.

Jutta Motz

lebt seit 1978 in Zürich, wo sie in einer Galerie und in mehreren Verlagen tätig war. Sie studierte Archäologie und promovierte in Kunstgeschichte. Zurzeit ist sie in Teilzeit in einem kleinen Familienunternehmen beschäftigt, und sei es nur, um ihre Recherchen für weitere Krimis zu finanzieren. Sie veröffentlichte zahlreiche Kurzgeschichten. Ihr fünfter Roman »Blutfunde« ist im Elster Verlag, Zürich erschienen, der sechste Roman »Eine abscheuliche Affäre« ist im Entstehen.

Petra Naundorf

Jahrgang 1967, studierte Germanistik, Politikwissenschaften und BWL an der Universität Stuttgart und arbeitete für verschiede Verlagshäuser in Stuttgart und Hamburg. Sie ist verheiratet und hat einen erwachsenen Sohn.

Tanja Roth

geboren 1976 in Stuttgart, lernte den Beruf der Hotelfachfrau und studierte danach Kommunikationsdesign. Stationen ihres Arbeitslebens sind Orléans, München und Rom. Seit 2008 lebt sie mit ihrer Familie auf den Fildern und ist als Grafik-Designerin und Autorin tätig. Bisher hat sie mehrere Krimikurzgeschichten veröffentlicht. Aktuell feilt sie an ihrem ersten Roman.

Barbara Saladin

geboren an einem Freitag, den 13. im Jahr 1976, lebt im Kanton Basselland / Schweiz und arbeitet als freiberufliche Krimiautorin, Journalistin und Texterin. Sie hat bisher mehrere Kriminalromane, Kurzgeschichtensammlungen, Sachbücher, ein Drehbuch für einen Kinofilm sowie zahlreiche Kurzkrimis geschrieben. Während eines Krimi-Stipendiums lernte sie die Ostfriesischen Inseln kennen. Seither liebt sie sowohl Wellen, Watt und Weite der Nordseeküste als auch die Wälder und Weiden der Schweizer Jurahügel und ist literarisch gesehen an beiden Orten zuhause. Übrigens: Raclette gehört zu ihren Lieblingsspeisen. Weitere Infos: www.barbarasaladin.ch

Ursula Schmid-Spreer

Lehrerin im Gesundheitsbereich, etliche Veröffentlichungen in Anthologien, Fernseh- und Rundfunkzeitschriften. Ermittlerin in ihrem dritten Krimi, der im Spätherbst erscheint, ist Bertaluise Nürnberger. Die ersten beiden Krimis: »Die Nürnbergerin« und »Der Tote vom Silbersee« (Aavaa Verlag, Verlag Detlef Knut edition oberkassel). (Mit)herausgeberin von zehn Krimi-Anthologien (Wellhöfer Verlag, Mannheim). Mitarbeiterin bei The Tempest, zuständig für Verlagsporträts, Interviews und Wettbewerbe, Organisatorin von Seminaren, Schreibreisen und dem Nürnberger Autorentreffen, Mitglied bei den Mörderischen Schwestern und im Syndikat. www.schmid-spreer.de

Regina Schleheck

hat sich in der Fantastik wie im Krimi einen Namen gemacht. Unter anderem wurden ihr mit dem Friedrich-Glauser-Preis der deutschsprachigen Krimiautoren und dem Deutschen Fantastikpreis die begehrtesten Auszeichnungen beider Genres zugesprochen – neben vielen anderen Preisen.

Die 1959 geborene hauptberufliche Oberstudienrätin, nebenberufberufliche Referentin, Herausgeberin, Lektorin und fünffache Mutter veröffentlichte seit 2002 Hunderte Kurzgeschichten, Hörspiele, Erzählungen, Gedichte, Theaterstücke, Drehbücher und Essayistisches. Die Autorin ist in Köln aufgewachsen, hat nach ihrem Studium in Aachen zehn Jahre mit ihrer Familie in Ostwestfalen gelebt und wohnt seit 1996 in Leverkusen.

www.regina-schleheck.de

Christian Sußner

ein fränkischer Drilling, wurde in Erlangen geboren. Über Hessen, England und Bayerisch-Württembergisches Grenzgebiet ist er nach Stuttgart gekommen, wo er heute lebt und arbeitet.

Er hat vor Kurzem gemeinsam mit seinem Bruder Florian das Fantasy-Spielbuch »Das Feuer des Mondes« veröffentlicht, in dem der Leser in die Rolle eines jungen Abenteurers schlüpft. Von der Geschicklichkeit, der Findigkeit und nicht zuletzt den richtigen Entscheidungen des Lesers hängt es ab, ob die Geschichte ein gutes Ende nimmt.

Heike Thissen

wurde 1980 in Memmingen geboren und lebt inzwischen in Konstanz. Als Journalistin und Autorin arbeitet sie freiberuflich an allem, was ihr Spaß macht, und deckt mit großer Begeisterung Geheimnisse auf: Mit ihrer Koautorin Eva-Maria Bast schreibt sie die preisgekrönte Buchserie »Geheimnisse der Heimat« und ist dabei längst nicht mehr nur am Bodensee, sondern inzwischen in ganz Deutschland unterwegs. Bei den Recherchen für die Konstanzer Geheimnisbücher stolperte sie auch über den Frauenpfahl und die Hinrichtungsstätte am Ende der heutigen Friedrichstraße, von denen ihre Geschichten in diesem Buch handeln.

Michael Wanner

studierte in Tübingen Germanistik, Pädagogik und Rechtswissenschaft. Er vertritt Gewerkschaftsmitglieder vor Arbeits- und Sozialgerichten. Mit seiner Frau, die wie er Kriminalromane, Drehbücher und Theaterstücke schreibt, wohnt er nach Aufenthalten im befreundeten Ausland (Baden) wieder in Tübingen.

Ulrike Wanner

studierte Sprachwissenschaft und Altorientalistik in Tübingen und London, bereiste den Vorderen Orient und arbeitete an einem Forschungsprojekt im Irak mit. Seit ihrem Studium der Informationswissenschaft in Konstanz ist sie als Programmiererin und im IT-Support tätig.
Sie veröffentlichte die Kriminalromane »Tübinger Totentanz« 2016 und »Efeuschlinge«, Silberburg-Verlag 2015 und 2009, den Near Future Science Fiction-Thriller »Motherbrain«, Sieben Verlag 2014, und zahlreiche Kurzgeschichten. Daneben schrieb sie Drehbücher und erfolgreich aufgeführte Theaterstücke. Sie ist Mitglied bei der Autorenvereinigung Mörderische Schwestern.
www.storystore.de

Gudrun Weitbrecht

schreibt seit 2001. Bereits ihr erster Kurzkrimi wurde verfilmt. Seitdem hat sie zahlreiche Kurzkrimis und drei Kriminalromane veröffentlicht. Sie ist Herauseberin und Koautorin von vier Schwabenanthologien, darunter beim Wellhöfer Verlag »Henker, Huren, Mordgesellen«. Im Oktober 2015 kam ihr Erzählband »Weihnachtsgeschichten aus Stuttgart« heraus. Zurzeit schreibt sie an ihrem vierten Kriminalroman.

www.weitbrecht.info

Ingrid Werner

in München geboren, liebt die berufliche Abwechslung: Bankkauffrau, Juristin, Mutter von drei Kindern, Heilpraktikerin, Entspannungspädagogin, freischaffende Malerin und Autorin. Sie lebt mit ihrer Familie in Bad Griesbach. Im Emons Verlag erschienen die Rottal-Krimis »Niederbayerische Affären«, »Unguad« und »Karpfhamer Katz«. 2013 wurde sie mit der Kurzgeschichte »Ein wasserdichtes Alibi« für den Agatha-Christie-Krimipreis nominiert. Sie ist Mitglied bei den Mörderischen Schwestern und im Syndikat.

www.werner-ingrid.de